Mark Franley
Verhasstes Blut -
Ein Ruben-Hattinger-Thriller

Das Buch

Ein ermordetes Paar, eine vermisste Frau tot unter Zweigen versteckt, ein verstörter Junge, der eine Jacke aus menschlicher Haut trägt: Drei brutale Vorgänge im Thüringer Wald alarmieren Sonderermittler Ruben Hattinger. Er sieht Ähnlichkeiten mit einem Fall, der fünf Jahre zurückliegt, doch seitdem sitzt der Täter in einer psychiatrischen Klinik. Hat Ruben damals den Falschen überführt?

Eigentlich ein exzentrischer Einzelkämpfer, wird der erfahrene Kommissar zur Teamarbeit gezwungen. Schon bald stößt seine neue Kollegin Eva Lange, die er von früher kennt, zwischenmenschlich an ihre Grenzen. Doch dann geschehen zwei weitere Morde, die alles von den beiden abverlangen.

Der Autor

1972 in Nürnberg geboren, ist Mark Franley bis heute seiner Heimat treu geblieben. Inspiriert durch die lange und oftmals auch dunkle Geschichte seiner Stadt, macht er diese zur perfekten Kulisse für das, was einen guten Psychothriller ausmacht. Mit den spannenden Fällen um seine Kommissare Mike Köstner, Lewis Schneider und Ruben Hattinger hat der Bestsellerautor Hunderttausende Leser in seinen Bann geschlagen.

MARK
FRANLEY

VERHASSTES BLUT

EIN **RUBEN HATTINGER** THRILLER

Deutsche Erstveröffentlichung bei
Edition M, Amazon Media EU S.à r.l.
38, avenue John F. Kennedy, L-1855 Luxembourg
September 2020

Umschlaggestaltung: zero-media.net, München
Umschlagmotiv: © plainpicture/Anja Weber-Decker; © ESB Professional / Shutterstock; © komkrit Preechachanwate / Shutterstock; © asimetric / Getty
1. Lektorat: Lektorat Kanut Kirches
2. Lektorat und Korrektorat: Rotkel Textwerkstatt
Gedruckt durch:
Amazon Distribution GmbH, Amazonstraße 1, 04347 Leipzig /
Canon Deutschland Business Services GmbH, Ferdinand-Jühlke-Str. 7, 99095 Erfurt /
CPI books GmbH, Birkstraße 10, 25917 Leck

ISBN 978-2-49670-544-7

www.edition-m-verlag.de

Prolog

Hätte die junge Mutter noch Augen, sie könnte den schützenden Wald sehen. Hätte sie noch ihre Haut, könnte sie die sanfte Kühle der herannahenden Nacht erahnen. Sie würde spüren, wie die Luft langsam feuchter wird und sich die länger werdenden Schatten der Bäume wie kühle Seide über ihren Körper legen. Ihre Nase würde das Leben riechen. Wie alle Rehe hatte sie die frischen Kräuter geliebt und noch vor gar nicht langer Zeit die jungen Triebe der Bäume genossen. Jetzt lag sie auf einem Bett aus Tannenzweigen und Butterblumen. Nackt und kalt, schutzlos der Nacht ausgeliefert.

Es gab schlimmere Orte, dem Tod zu begegnen, und doch wäre sie gerne noch einige Jahre durch diese Wälder gestreift. Einige Monate hätte sie noch mit ihrem Kitz verbringen können. Dann wäre ihr Kleines vielleicht selbst zur Mutter geworden.

Doch all das war ihr nicht mehr vergönnt. Sie lag ihrer Sinne beraubt inmitten einer Wiese und ihr Fleisch wartete nur noch darauf, anderen eine Mahlzeit zu sein.

Füchse waren keine Feinde, Wildschweine erst recht nicht. Der Wolf, ja, der konnte ihnen ernsthaft gefährlich werden. Doch in diesen Wäldern gab es keinen Wolf. Es war der Tod höchstpersönlich, der sich hier herumtrieb. Und er war nicht barmherzig. Die Schreie seiner Opfer hallten immer dann durch diesen Wald, wenn es um Leben oder Sterben ging.

Sie hatte sich stets ferngehalten und war doch zum Opfer geworden. Sie stieß dieselben Schreie aus, durchlitt dieselben Qualen wie die anderen vor ihr, bis endlich die Erlösung eintrat und ihr wärmender Pulsschlag versiegte.

1

Professor Dr. Lauenstein war auf einem guten Weg gewesen. Doch jetzt stand er vor dem vergitterten Fenster, wippte seit einer Stunde mit dem Kopf vor und zurück … vor und zurück … vor und zurück.

Der große Baum draußen in der klinikeigenen Parkanlage musste sich dem Herbst beugen. Die Natur ließ ihm keine andere Wahl, als seine Blätter braun werden zu lassen. Nun nahm sie der Wind mit sich. Blatt für Blatt für Blatt.

Lauenstein gefiel das. So wie der Wind sich ein Blatt nach dem anderen nahm, riss auch die Zeit seine Erinnerungen mit sich. Der Baum tat ihm nicht leid, er mochte ihn nicht, er ertrug Bäume generell nicht mehr. Natürlich malte er sie, denn das musste er tun, das befahl ihm eine seiner zahllosen Persönlichkeiten, die sich seit jener Zeit abgespalten hatten, um den Kern seiner Seele zu schützen.

Heute war er nach außen hin ruhig und friedlich, aber der Sturm in seinem Inneren frischte wieder auf, seit er vor ein paar Tagen diesen Artikel gesehen hatte. Ein Klinikbesucher hatte seine Zeitung liegen gelassen. Es war keine Schlagzeile, eher eine Randnotiz, die gleich unter der Zeile mit dem Ausgabedatum der Regionalzeitung stand.

Natürlich wusste ein Teil seines Gehirns, welches Jahr gerade war. Das Problem – oder besser der Segen – war nur, dass er diese Information nie mit seinen anderen Persönlichkeiten teilte.

»Geht es wieder los?« war die Frage, die in dem Zeitungsartikel gestellt wurde. Vanessa Lauenstein hatte ihn geschrieben. Seine Tochter, natürlich, wer sonst? Sie verwies auf zwei getötete Tiere, die man in Thüringens Wäldern gefunden hatte. Sie brachte die Sache mit den Vorfällen vor sechs Jahren in Verbindung, deren Schrecken Lauenstein nur allzu gut kannte.

»Lass sie machen, dir wird ohnehin niemand glauben«, raunte ihm eine Stimme zu. »Warnung, Warnung, Warnung«, schrie eine andere. Und mit jedem Wechsel der Stimmen wippte sein Kopf vor und zurück.

Das leise Klopfen ließ ihn nicht innehalten. Die Tür öffnete sich, Klaus, sein Lieblingspfleger, trat ein und grüßte freundlich: »Abendessen, Herr Professor. Da Sie nicht im Speisesaal waren, dachte ich mir, ich bringe Ihnen den Sonntagsbraten vorbei.«

»Braten, Braten, Braten«, hallte es durch seinen Kopf und die schrecklichen Bilder verstärkten sich. Draußen löste ein leichter Windstoß eine weitere Erinnerung aus. Ein Blatt riss sich von dem welken Baum los und schwebte bis vor sein vergittertes Fenster.

Der Schrei kam so unvermittelt, dass Klaus beinahe das Tablett fallen ließ. Eilig trat er zum Tisch und stellte es ab. Eigentlich glaubte er, inzwischen sämtliche Persönlichkeiten des Professors zu kennen, doch wieder einmal wurde er eines Besseren belehrt. In der Mimik des Mannes lag nichts Menschliches mehr. Augen und Mund waren aufgerissen. Sein Atem ging so schnell, dass sich kein weiterer Schrei bilden konnte. Klaus nahm die geplatzten Äderchen in der Iris des Professors wahr. Die alten Hände begannen erst, leicht zu zittern, um kurz darauf unkontrolliert auf und nieder zu schwingen. Das Vibrieren der Nervenbahnen breitete sich auf den ganzen Körper aus, wurde zu einem Tsunami aus Muskelkontraktionen, die seinen Leib durchschüttelten.

Das Ganze endete so schnell, wie es begonnen hatte. Als hätte jemand den Strom abgestellt, erstarrte der Professor. Er sah sich verwirrt um, entdeckte Klaus, setzte ein Lächeln auf und stellte mit völlig normaler Tonlage fest: »Oh, ich habe dich gar nicht kommen hören.«

Der Pfleger schüttelte seinen Schrecken ab, lächelte ebenfalls und deutete auf das Tablett auf dem Tisch. »Ihr Sonntagsbraten, Herr Professor«, wiederholte er. »Möchten Sie alleine essen oder soll ich Ihnen Gesellschaft leisten?«

Lauenstein schien kurz darüber nachdenken zu müssen. »Danke, Klaus, ich möchte heute lieber alleine speisen«, entschied er dann und setzte sich an den kleinen Tisch.

Klaus deutete ein Nicken an, nahm die Warmhalteglocke vom Teller und erklärte beim Hinausgehen: »Aber die Tür muss ich leider offen lassen.«

»Was war da los?«, erkundigte sich die diensthabende Stationsschwester mehr aus Pflichtgefühl als aus Sorge.

Klaus zuckte mit den Schultern. »Nichts weiter. Der Professor hatte nur einen kleinen Anfall.« Dann setzte er sich an den Rechner, öffnete die Akte Lauenstein und tippte: »Freitag, 25.10., 18:30 Uhr – epileptischer Anfall von kurzer Dauer. Keine Gefährdung für sich oder andere. Keine medizinische Intervention nötig.« Danach trank er seinen inzwischen erkalteten Kaffee aus, warf noch einen Blick auf den Hintern der jungen Kollegin und ging zurück zum Patientenzimmer.

Dort trat er an den Tisch, sah auf den Teller und stellte ohne Wertung in der Stimme fest: »Entschuldigen Sie den

Versuch. Ich dachte, Sie hätten heute vielleicht doch einmal Lust auf Fleisch.« Der Professor schwieg. Wie so oft war er in seiner eigenen Dunkelheit gefangen. Klaus holte sein Handy heraus und schoss Fotos von dem Teller.

Dass es Rind gab, war Zufall. Doch es hatte es dem Professor einfacher gemacht, jede einzelne Fleischfaser von der anderen zu lösen und diese fein säuberlich nebeneinanderzulegen. Klaus sah sich das bizarre Kunstwerk noch einen Augenblick lang an, stülpte die Glocke darüber, trug das Tablett hinaus in den Flur und stellte es zurück in den Wagen.

Wieder im Zimmer, fragte er den Professor: »Kann ich noch etwas für Sie tun?«

Dieser stand am Fenster, deutete hinaus auf den Baum und murmelte: »Siehst du die ganzen Erinnerungen am Boden liegen?«

Klaus trat neben ihn und folgte dem Fingerzeig. »Meinen Sie die Eichenblätter?«

»Ja … ja, ja. All diese Erinnerungen. Jemand sollte sie wegmachen und weit fort von hier bringen«, flüsterte der Professor und fügte noch leiser hinzu: »Aber nicht verbrennen, denn im Feuer lauert das Böse.«

Klaus sah ihm prüfend ins Gesicht. »Diese Blätter – ich meine, diese Erinnerungen. Ist es das, was Ihnen so zu schaffen macht?«, fragte er vorsichtig.

Nun hob Lauenstein den Kopf. Durch die geplatzten Äderchen wirkte sein Blick wie der eines Dämons. Er fixierte Klaus mit einer Mischung aus Autorität und Wahnsinn und deutete ein Kopfschütteln an. »Nein, mein Freund. Nicht die Erinnerungen machen mir zu schaffen, sondern das, was tatsächlich passiert ist.«

Das war der Punkt, an dem Klaus den Professor haben wollte. Scheinbar beiläufig fragte er: »Möchten Sie mir davon erzählen?«

Lauensteins bis dahin versteinerte Miene verzog sich zu einer Fratze. Er packte seinen Pfleger mit beiden Händen an dem Kragen seines Kittels, hob ihn fast vom Boden und brachte das Gesicht dicht vor seines. Er sah ihm starr in die Augen. »Du verdammter Narr«, sagte er mit einer Stimme, die tiefer als sonst klang. »Glaubst du wirklich, der Teufel würde sich dir offenbaren? Glaubst du, dein schwacher Geist würde dem Abgrund des Bösen auch nur im Ansatz widerstehen können?«

Wenige Sekunden später löste er den Griff und sah Klaus mitleidig an. »Und jetzt geh. Das Dunkle kommt, auch ohne dass es sich dir schon vorher offenbart.« Lauter brüllte er: »Geh … geh … geh. Hinweg mit dir, du Narr.«

Klaus sah den Mann noch einen Augenblick lang an, beschloss, dass es für heute genug war, und wandte sich ab. Er zog seinen Kittel zurecht, verließ den Raum und öffnete von draußen die Beobachtungsklappe.

2

Sofi hatte sich bisher für einigermaßen sportlich gehalten. Doch nach zwölf Kilometern fühlten sich ihre Beine an wie Pudding und sie musste notgedrungen gegen den Fahrtwind rufen: »Könnt ihr ein bisschen langsamer machen?«

Felix, einer ihrer neuen Freunde, drehte den Kopf über die Schulter und grinste frech. »Schon platt, Prinzessin?«

Sofi hasste es. Nur weil sie aus Berlin kam und mit so mancher Eigenart der Landjugend fremdelte, war sie noch lange keine Prinzessin. Sie trat noch einmal in die Pedale, brachte sich damit neben den Jungen und schimpfte: »Nenn mich noch einmal Prinzessin, dann zeige ich dir, wie wir die Dinge in Berlin geregelt haben.«

»Ah ja«, erwiderte er und tat, als müsste er nachdenken. »Habt ihr euch mit Smartphones beworfen oder gleich mit angsteinflößenden Kurznachrichten beschimpft?«

Isabell drängte sich mit ihrem Mountainbike zwischen die beiden und unterbrach damit das Gespräch. Sie war bis über beide Ohren in Felix verliebt, das hatte Sofi schon vor einiger Zeit erkannt.

Michael, der sich meistens etwas im Hintergrund hielt, schloss nun ebenfalls auf. Er hatte den Blick nicht von Sofi wenden können, als sie vor einigen Wochen der Klasse vorgestellt wurde. Inzwischen waren alle vier so etwas wie beste Freunde – und Michael für Sofi schon ein wenig mehr. Als hätte es die vorangegangene Diskussion nicht gegeben, deutete er nach vorne und sagte, ebenfalls außer Puste: »Dort vorne ist der Abzweig, dann sind es nur noch ein paar Hundert Meter bis zum See.«

Sie bogen von der schmalen Landstraße ab und die Lichtverhältnisse änderten sich schlagartig. Hier im dichten Wald konnte die tief stehende Sonne nicht mehr viel ausrichten. Der zunächst breite Weg verengte sich zu einem festgetretenen Pfad und zwang die vier hintereinanderzufahren.

Sofi war erst einmal an dem kleinen, versteckt liegenden See gewesen. Damals war es Mitte August gewesen und die Sonne hatte um diese Zeit noch deutlich höher gestanden. Jetzt, Ende September, sorgte das Zwielicht des Waldes für ein beklemmendes Gefühl und sie war froh, dass sie nicht die Letzte in der Reihe war. Fünf Minuten später öffnete sich der Wald so plötzlich, wie er begonnen hatte, und ihre Sorgen waren vergessen.

Laut Wetterbericht war heute einer der letzten schönen Tage, bevor sich der Sommer endgültig verabschieden sollte. Sie dachte kurz an Berlin, wo ein See an so einem Tag eher einer Menschensuppe glich. Hier, inmitten des Thüringer Waldes, wo die nächste Ortschaft einige Kilometer entfernt war und hauptsächlich aus alten Leuten bestand, war man praktisch alleine.

Sie stellten ihre Räder am Rande einer Lichtung ab, die rechts von einer Felswand und zur anderen Seite von dichtem Wald begrenzt wurde. Während die beiden Mädchen ihre Taschen mit den Badesachen vom Gepäckträger zogen, trat Michael neben Felix und fragte mit Blick über den See: »Meinst du, die bleiben noch lange?«

Felix, der das Pärchen auf der anderen Seite ebenfalls bemerkt hatte, warf einen Blick zum Himmel und schüttelte den Kopf. »Kann ich mir nicht vorstellen, oder würdest du als Wanderer die Nacht im Wald verbringen wollen?«

»Na egal«, beschloss Michael. »Hauptsache, sie sind weg, wenn wir Feuer machen wollen.«

Ein paar Minuten später kamen Sofi und Isabell aus dem Wald zurück. Die beiden Jungs konnten sich bei ihrem Anblick ein Grinsen nicht verkneifen. Michael löste seine Augen von Sofis knappem Bikinioberteil, rief: »Wer als Erster im Wasser ist«, und rannte auch schon los.

Sofi hatte kaum Erfahrung mit Jungs, was ihr in ihrer alten Schule den Ruf eingebracht hatte, verklemmt zu sein. Hier auf dem Land war das zwar nicht anders, aber Michael war kein Junge, der sie das spüren ließ. Sie genoss seine Nähe, fühlte sich aber nie bedrängt. Und seit Felix diesen abendlichen Badeausflug vorgeschlagen hatte, hoffte sie insgeheim darauf, dass es heute zu etwas mehr als nur Küssen kommen würde.

»Wir haben genug«, rief Felix einige Minuten später und schwamm mit Isabell ans Ufer zurück.

»Alles klar«, bestätigte Michael und schwamm zu Sofis Enttäuschung hinterher.

Ohne die wärmende Sonne war es außerhalb des Wassers empfindlich frisch. Alle vier hüllten sich zitternd in ihre Badetücher. Dann ließen sich Felix und Isabell auf der Decke nieder, wo sie sich gegenseitig wärmten.

Michael wechselte unter dem Handtuch die Badeshorts gegen seine kurze Hose und sah Sofi ein wenig unsicher an. »Wollen wir schon mal Brennholz besorgen?« Mit Blick zu den anderen beiden fügte er, insgeheim neidisch, hinzu: »Das kann ja keiner mit ansehen.«

»Und man hat sie nie wiedergefunden?«

Der See wirkte inzwischen, als hätte ein Riese einen übergroßen Spiegel in den Wald gelegt. Die beiden Wanderer waren kurz vor Sonnenuntergang verschwunden und nun gab es nur noch die vier Freunde, die Geräusche des Waldes und den großen Halbmond, dessen fahles Licht auf das Wasser fiel.

Felix spießte noch ein Würstchen auf seinen angespitzten Stock, hielt es ein Stück über das kleine Feuer und schüttelte den Kopf. »Nein, nie wieder.«

»Aber wie konnte man sich dann so sicher sein, dass es dieser Professor war?«

»Muss das Thema jetzt sein?«, fragte Isabell dazwischen.

Felix ignorierte sie und antwortete Sofi: »So sicher ist das gar nicht. Es gab zwar einige Indizien, aber selbst heute, knapp sechs Jahre danach, glauben viele, dass es der Teufel höchstpersönlich war. Vielleicht auch, weil Wanderer immer wieder von einer seltsamen Gestalt berichten, die sich hier herumtreiben soll. Einige hören sogar die Stimme eines Kindes im Unterholz.«

Eine leichte Windböe raute das Wasser auf, strich über das Gras am Ufer und brachte die Flammen zum Flackern. Sofi war, als würde etwas sie berühren. Sie zuckte zusammen, rückte ein klein wenig näher zu Michael und suchte seine Hand. Trotzdem siegte ihre Neugierde und sie fragte scheinbar gelassen: »Und was glaubt ihr? Habt ihr keine Angst …« Sie stockte, bevor sie etwas leiser hinzufügte: »Ich meine, jetzt und hier?«

»Ich schon«, gab Isabell zu.

Felix winkte ab, zog das Würstchen vorsichtig vom Spieß und erklärte kauend: »Ist doch alles Quatsch. Erstens sind wir uns ja wohl darüber einig, dass es keinen Teufel gibt. Und zweitens passieren in jeder Großstadt am Tag mehr Verbrechen als hier auf dem Land im ganzen Jahr.«

Michael griff nach der Flasche Lambrusco, die Sofi organisiert hatte, trank einen Schluck, gab sie weiter und sagte nachdenklich: »Aber dass man jetzt wieder tote Tiere findet, ist schon ein wenig unheimlich.«

Wieder winkte Felix ab. »Auch das gab es in den letzten fünf Jahren immer wieder. Und im Wald sterben Tiere nun mal. Außerdem ist und bleibt der Professor in der Psychiatrie.«

Sofi nahm einen langen Schluck von dem billigen Rotwein. Erstens, um sich Mut für dieses Gespräch zu machen, und zweitens, weil sie Michael gegenüber lockerer werden wollte.

Sie wischte sich mit der Hand über den Mund, reichte die Flasche an Isabell weiter und warf noch einen der trockenen Äste ins Feuer. Wieder strich ihr eine kühle Böe über den Rücken. »Woher willst du das wissen? Ich meine, woher willst du wissen, dass es dieser Professor war und dass er eingesperrt bleibt?«

Als Felix nicht gleich antwortete, gab Michael zu bedenken: »Und ja, im Wald sterben sicherlich Tiere. Aber ich habe noch nie davon gehört, dass ein Raubtier sein Opfer häutet und den Rest liegen lässt.«

»Schluss jetzt«, bestimmte Isabell aufgebracht. »Ich will von dem Scheiß nichts mehr hören, sonst fahre ich auf der Stelle heim!«

Irgendwo hinter ihnen brach ein Ast und ließ alle vier gleichzeitig zusammenzucken. Obwohl es zwischen den kräftigen Tannen kaum Bewuchs gab, war nichts zu erkennen. Vom Rand der Uferlichtung konnte man vielleicht noch zehn Meter weit in den Wald hineinsehen, alles andere verschwand in der Dunkelheit. Und auch auf dem See änderte sich die Stimmung. Knapp über dem Wasser bildete sich langsam eine feine Nebeldecke, die bei jedem Windhauch ein Eigenleben zu entwickeln schien.

Als es erneut knackte, stand Michael auf.

Sofi, die noch immer seine Hand festhielt, fragte ängstlich: »Wo willst du hin?«

Er löste sich von ihr, nahm einen der dickeren Brennholzstöcke und erwiderte entschlossen, aber doch mit ein wenig Unsicherheit in der Stimme: »Nachsehen, ob da drüben im Wald ein Spanner sitzt.«

»Ich komme mit«, beschloss nun auch Felix, holte die starke Taschenlampe aus seinem Rucksack und richtete den Strahl in den Wald. Das Licht verlor sich zwischen den Bäumen. Er ließ den Lichtkegel ein Stück wandern und erstarrte. Die Gestalt war viel näher, als es das Geräusch zuvor vermuten ließ. Sofi und Isabel stießen einen Schrei aus und Michael hob seinen Stock auf Brusthöhe.

»Alles gut … bitte … wir wollten euch nicht erschrecken.« Der Mann hob die Hände ein Stück nach oben und fast im gleichen Augenblick trat nun auch noch eine deutlich kleinere Frau, die zuvor hinter ihm gestanden hatte, ins Licht.

Michael atmete hörbar aus, hielt seine Waffe aber weiter fest umgriffen und rief: »Was wollen Sie? Was machen Sie mitten in der Nacht im Wald? Beobachten Sie uns etwa?«

»Nein, nein«, rief der Mann und ging langsam auf sie zu. Als die beiden vom Wald auf die Uferlichtung traten, deutete er auf die Frau neben sich und erklärte: »Claudia und ich waren vorhin drüben, am anderen Ufer, baden. Erinnert ihr euch? Danach wollten wir eigentlich zu dem Campingplatz in Großbreitenbach, sind aber offenbar im Kreis gelaufen.«

»Haben Sie kein Handy dabei?« Michael blieb vorsichtig.

Während die beiden noch näher kamen, erklärte der Mann: »Nein, nur so ein altes Ding für Notfälle. Wir haben bewusst darauf verzichtet, um uns richtig entspannen zu können.«

»Und eine Lampe haben Sie wohl auch nicht? Oder wollten Sie uns etwa doch beobachten?« Nun war es Felix, der sich einmischte.

»Warum seid ihr so misstrauisch? Doch, wir haben eine Lampe, aber die Birne hat den Geist aufgegeben.«

Seine Frau, diese Claudia, schien deutlich schlechtere Laune zu haben. Sie nickte zu dem Feuer und bemerkte: »Das sollte man nach dieser Trockenheit aber auch nicht machen.«

Michael ignorierte sie, ließ jedoch den Stock sinken und winkte die beiden ans Feuer. Sie nahmen die Rucksäcke ab und tranken einen Schluck aus ihrer Thermoskanne. Sofi konnte nun ihre Gesichtszüge besser erkennen und schätzte sie auf etwa dreißig. Dann nickte der Mann in den Wald hinein. »Verdammt dunkel da drinnen«, stellte er das Offensichtliche fest. »Könnt ihr uns sagen, wie wir zu diesem Campingplatz kommen?«

Felix wirkte immer noch unwillig, deutete aber zu dem Pfad, auf dem sie selbst gekommen waren. »Ein paar Hundert Meter da entlang bis zur Straße und dieser nach links folgen. Es dürften etwa neun Kilometer bis Großbreitenbach sein …« Dann fügte er bissig hinzu: »… also nur noch zweieinhalb Stunden und schon sind Sie da.«

Isabell schien Mitleid zu haben. Sie bot dem Pärchen die Weinflasche an, was der Mann allerdings ablehnte. Also nahm sie selbst einen Schluck und schlug vor: »Oder Sie gehen an der Straße nach rechts und folgen der Beschilderung nach Neustadt am Rennsteig. Dann sind es nur drei Kilometer und eine Pension gibt es dort auch.« Sie warf einen Blick auf ihre Uhr, schüttelte den Kopf und fügte bedauernd hinzu: »Nur zu essen werden Sie nichts mehr bekommen. Es ist gleich neun. Das heißt, die Küche dort schließt gerade.«

Die Frau erhob sich zuerst, bedankte sich und sagte zu ihrem Partner: »Das ist trotzdem noch eine gute Stunde, wir sollten los.«

Der Mann bedankte sich ebenfalls, und kurz darauf wurden die beiden von der Dunkelheit verschluckt.

3

Am Anfang hatten sie alle Mühe, auf dem von den Jugendlichen beschriebenen Pfad zu bleiben. Doch gerade als Peter sich zum dritten Mal darüber aufregte, dass ihre einzige Taschenlampe kaputt war, öffnete sich der Wald.

Auf der schmalen Landstraße schaffte es das Mondlicht wenigstens bis auf den Boden. Sie wandten sich nach rechts und gingen zunächst am Straßenrand, wo der finstere Wald unbehaglich nahe war. Erst als auch nach einiger Zeit kein Auto vorbeigekommen war, nutzten sie die ganze Breite der Straße.

Claudia, die immer wieder verstohlen einen ängstlichen Blick nach hinten warf, brach schließlich das Schweigen. »Diese vier sind ganz schön mutig, in der Dunkelheit hier draußen zu bleiben. Denkst du, die fahren heute noch heim, oder schlafen sie am See?«

»Hm«, brummte Peter, der keine Angst zeigen wollte. »Nach Übernachtung sah mir das nicht aus. Außerdem waren die höchstens siebzehn.«

»Und ganz schön abweisend«, fügte Claudia hinzu.

»Stimmt«, bestätigte er und blieb dann abrupt stehen. »Pssst.« In der Stille der Nacht hörten sie den Wagen, lange bevor sie seine Lichter sahen.

Vom Straßenrand aus warteten sie, bis der Fahrer sie sehen musste, dann streckte Peter die Faust mit dem Daumen nach oben. Das Auto, ein alter, schmutziger Jeep, wurde kurz langsamer, rollte an ihnen vorbei und beschleunigte wieder.

»Was zur Hölle?«, fluchte Peter und hätte am liebsten einen Stein hinterhergeworfen. »Was haben die hier alle für ein Problem?«

Claudia zuckte trotz der Last ihres Rucksacks mit den Schultern und erwiderte schnippisch: »Du wolltest hierher.« Da sie ein wenig sauer auf ihren Freund war, äffte sie ihn nach: »›Die sind dort alle total gastfreundlich und nett‹«, und als er nicht gleich reagierte, fügte sie noch hinzu: »Das waren deine Worte. Wenn es nach mir gegangen wäre …«

»Jaja, ich weiß …«, unterbrach er sie barscher, als er wollte. Dann drehte er sich zu ihr und sagte: »Tut mir leid, mein Schatz. Ich bin langsam auch etwas durch. Vielleicht hätten wir unser Zelt einfach an diesem See aufstellen sollen.«

»Ja, vielleicht«, erwiderte sie und umarmte ihn kurz. Danach gingen sie schweigend weiter, bis sich die Straße gabelte.

Die kleine Holzbank wirkte zwischen den beiden Straßen völlig deplatziert, kam aber wie gerufen. Während Peter seine Wanderkarte aus dem Rucksack holte, zog Claudia den linken Wanderschuh und die Socke aus und bat: »Kannst du mir das Feuerzeug kurz geben? Ich hoffe, diese scheiß Blase sieht nicht so aus, wie sie sich anfühlt.«

»Moment.« Er hielt das Feuer kurz über die Karte, murmelte: »Noch nicht mal die Hälfte«, und ließ die Flamme anschließend zu ihrem Fuß wandern. Trotz des Pflasters hielt die Haut der ständigen Reibung nicht stand und hatte sich auf einer Seite der großen Blase bereits abgelöst. Peter beleuchtete die Wunde von allen Seiten. »Das sieht wirklich böse aus und das Baden im See war vielleicht auch keine gute Idee. Wir sollten morgen zusehen, dass wir irgendwo einen Arzt finden.«

Claudia war zwar hart im Nehmen, scheiterte aber schon bei dem Versuch, ein frisches Pflaster über die Wunde zu kleben. Mit einem leisen Stöhnen löste sie es wieder, warf es auf den Boden und fragte etwas verzweifelt: »Und jetzt?« Bevor er antworten konnte, stand sie auf und beschloss: »Dann eben barfuß!«

»Warte«, hielt er sie auf und widmete sich wieder der Karte. Peter zog ein kurzes Lineal aus der Plastikhülle der Landkarte, schob es ein wenig auf dem Papier herum und schüttelte den Kopf. »Es sind noch mindestens zwei Kilometer bis zu diesem Neustadt, das schaffst du barfuß nicht, ohne dir auch noch die Fußsohlen zu ruinieren. Entweder wir stellen hier irgendwo unser Zelt auf oder wir hoffen, dass doch noch jemand vorbeikommt, der uns mitnimmt.«

»Du willst hier campen?«, fragte sie in einem Tonfall, als hätte er nicht mehr alle Tassen im Schrank.

Peter machte eine ratlose Geste. »Ja, warum nicht? Wenn wir der rechten Straße folgen, müsste in etwa zweihundert Metern eine Lichtung an einem Bach kommen. Und im Grunde ist es doch genau das, was wir wollten. Was kann ursprünglicher sein, als mitten in der Natur zu campieren?«

»Mir ist ein Campingplatz ursprünglich genug«, murrte sie, musste bei einem weiteren Blick auf ihren nackten Fuß aber zugeben, dass es die beste Lösung war. Trotzdem fragte sie ängstlich: »Und du meinst, hier ist es sicher?«

Peter war auch nicht ganz wohl bei dem Gedanken, was er sich aber nicht anmerken ließ. Einigermaßen selbstsicher antwortete er: »Sicherer als zu Hause in Frankfurt ist es allemal. Die Wildschweine haben um diese Jahreszeit keine Frischlinge mehr und Wölfe gibt es hier nicht. Wir könnten ein kleines

Feuer machen und etwas zu essen und eine Flasche Wein haben wir auch. Also, warum nicht?«

Nach ihrem Liebesspiel unter dem Sternenzelt wurde es Claudia und Peter bald zu frisch. Sie nahmen die Becher und die Rucksäcke mit ins Zelt, schlossen den Reißverschluss und machten es sich drinnen bequem.

Die beinahe vollkommene Dunkelheit und die Wirkung des Alkohols hatten einen ganz eigenen Reiz. Sie lagen eine Weile zusammen, redeten über die Hochzeit und begannen schließlich, sich nur mit dem Tastsinn zu erkunden. Dieses Mal hatten sie keine Eile und ließen es langsam angehen. Nach einigen kurzen Pausen hielt es Peter nicht mehr aus, legte sich hinter Claudia und brachte sie langsam bis zum gemeinsamen Höhepunkt. Danach hauchte er: »Ich liebe dich«, zog den Schlafsack über ihre Körper, legte einen Arm beschützend über sie und schloss die Augen.

4

War das der Wind oder hatte sich das leise Plätschern des nahen Baches verändert? Peter benötigte ein paar Sekunden, bis er wieder wusste, wo er war. Er spürte Claudias nackten Körper vor sich, hörte ihren gleichmäßigen Atem und roch den Geruch ihres Liebesspiels. Einen kurzen Moment lang schien alles, wie es sein sollte.

Er war gerade wieder dabei einzuschlafen, als sich das leise Geräusch wiederholte. Jetzt, da er halbwegs wach war, konnte er den Wind und den Bach ausschließen. Es war kaum zu hören, wollte aber nicht hierher passen. *Ein weinendes Kind*, war sein erster Gedanke. Aber das konnte ja kaum sein. Wahrscheinlich ein junges Tier, das sich verletzt hatte.

Peter gab sich damit zufrieden, dass es ziemlich weit entfernt schien, und versuchte, erneut in den Schlaf zu finden. Es war bei diesem Ausflug schließlich nicht das erste Mal, dass er feststellen musste, wie fremd ihm die Geräusche der Natur geworden waren.

Eine halbe Stunde später konnte er es nicht länger zurückhalten. Der Gedanke, das Zelt zu verlassen, war grauenvoll, doch seine Blase ließ ihm keine andere Wahl. Selbst wenn er es unterdrückte, würde er so nie wieder in den Schlaf finden.

Nach einem tonlosen Fluch verzichtete er aus Rücksicht auf Claudia darauf, nach seinen Klamotten zu suchen. Er löste sich von ihrem warmen Körper und verließ dann das Zelt. Seine analoge Armbanduhr zeigte im Mondlicht kurz nach Mitternacht, folglich war es der richtige Entschluss, sich noch einmal zu erleichtern, denn bis zum Morgen hätte er es niemals ausgehalten.

Sein erster Blick galt dem Himmel, wo sich inzwischen große Kumuluswolken vor die Sterne schoben. Danach sah er zum nahen Waldrand, in dem die dicken Stämme der uralten Tannen gerade noch zu erkennen waren. Nur ihre Wipfel zeichneten sich relativ klar vom Himmel ab und wankten im aufkommenden Wind.

Peter entfernte sich einige Meter vom Zelt, wo er sich an einen Busch erleichterte. Als das erledigt war, drehte er sich um und wollte zurück zum Zelt. Er machte ein, zwei Schritte und begriff plötzlich, was nicht stimmte. Es war nicht nur, dass dieses Geräusch von vorhin nicht mehr zu hören war. Es war, abgesehen vom Wind, gar nichts mehr zu hören. Es herrschte eine Stille. Keine Grille zirpte, kein Nachtvogel schickte seinen Schrei durch den Wald und kein Wildschwein brach die kleinen trockenen Zweige, die den Waldboden bedeckten.

Eine sanfte Windböe streifte über seinen nackten Körper, aber das war es nicht, was das leichte Frösteln auslöste. Denn genau in diesem Augenblick durchdrang ein leise gerufenes Wort die Stille: »Mama?«

Peter hielt den Atem an, lauschte in alle Richtungen und war sich beim nächsten Ruf sicher, dass er von dem bewaldeten Hügel kam, der sich unweit der Lichtung erhob. Unsicher beschloss er, nicht weiter als bis zu dem kleinen Bach zu gehen, der den Wald von der Wiese abgrenzte. Das Gras war kalt und feucht unter seinen Füßen, und plötzlich fühlte er sich ohne seine Kleidung schutzlos und verletzlich.

Am Rande des Baches blieb er stehen und starrte in die Dunkelheit. Von hier aus waren die einzelnen Stämme besser zu erkennen und sogar eine kleine Felsformation schälte sich aus dem sonst so ebenmäßig wirkenden Waldboden. Er hielt erneut den Atem an, und als sich das leise gewimmerte Wort wiederholte, war er sich sicher, dass es sich nicht um ein Tier handeln konnte. Peter räusperte sich, fragte leise: »Ist da wer?«, hörte aber nur seinen eigenen Herzschlag.

Unweit von ihm brach ein Ast, was ihn zusammenzucken ließ. Dann erfassten seine Augen eine Lücke zwischen den Bäumen, durch die das Mondlicht bis auf den Waldboden schien.

Die Stelle, vielleicht zwanzig Meter oberhalb von ihm, war zu weit weg, um Details erkennen zu können, und trotzdem war er sich sicher. Dort stand ein Kind, und es war nicht, wie er zuerst glaubte, dick. Es hatte einfach nur eine viel zu große Jacke an. Der oder die Kleine musste sich verirrt haben. Das Kind schien einfach nur dazustehen, blickte auf den Boden und jammerte leise vor sich hin.

Peter überlegte kurz, sich erst seine Klamotten zu holen, entschied sich aber dagegen. Er durchquerte den Bach und rief dabei, nun etwas lauter: »Warte … keine Angst, ich will dir helfen.« Nach der weichen Wiese und dem kalten Wasser des Baches wurde der Boden unter den hohen Tannen zu einer ziemlichen Herausforderung. Die trockenen Nadeln bohrten sich immer wieder in seine Haut und die kleinen Steine waren in der Dunkelheit praktisch unsichtbar. Trotzdem kämpfte er sich Meter für Meter nach oben.

Erst als ihn nur noch wenige Bäume von dem Kind trennten, blieb er stehen und versuchte, das Bild zu begreifen. »Oh mein Gott«, stieß er schockiert aus. Das Kind starrte nun nicht mehr auf den Boden, sondern zu Tode erschrocken an ihm vorbei. Diese eigenartig glänzende Jacke irritierte ihn, doch zu einem weiteren Gedanken kam er nicht mehr. Im selben Moment, als hinter ihm ein Ast brach, verschwand auch das Kind zur Seite weg und wurde nur einen Augenblick später von der Dunkelheit verschluckt.

Er wirbelte herum und sah es nur als Schatten. Noch während er versuchte, die riesenhaft erscheinende Gestalt einzuordnen, erfasste ein langer Stock mit einer Art Widerhaken seine Beine und riss ihn von den Füßen. Peter schlug hart auf, wurde aber nicht bewusstlos. Dann war es über ihm und nichts von dem, was er sah, ergab einen Sinn. Was im ersten Moment wie ein Mann wirkte, hatte dichtes Fell und einen Kopf, der aus vielen verschiedenen Tierköpfen zu bestehen schien. Das Ding atmete schwer, packte ihn an den Haaren und schlug seine Stirn scheinbar mühelos gegen den nächsten Baum.

Peters Bewusstsein schaffte es einige Male bis kurz vor die Grenze zur Realität. Er spürte, wie der Waldboden über seinen Rücken kratzte. Spürte, dass er an einem Fuß bergab gezogen wurde. Spürte kurz das Wasser des Baches, dann das Gras und schließlich, wie erneut etwas gegen seinen Schädel krachte.

Claudias Schreien und Flehen wenige Augenblicke später hörte er dagegen nicht mehr.

5

»Das glauben die uns nie«, fluchte Michael, während er die Kurznachricht an seine Eltern tippte.

»Doch, das funktioniert. Und außerdem hat doch keiner von denen Lust, jetzt noch loszufahren«, erwiderte Felix. Kurz darauf hob er sein Handy triumphierend in die Höhe und präsentierte die Antwort seiner Mutter. »Seht ihr, sie hat schon geantwortet.«

»Und was schreibt sie?«

»›Gut, dass ihr zu viert seid. Repariert das Fahrrad und fahrt vorsichtig.‹«

»Mein Vater ist weniger entspannt«, erklärte Isabell, grinste aber, als sie hinzufügte: »Aber er hat schon etwas getrunken und kann nicht mehr fahren.«

Auch Michaels Handy meldete sich nun. Er las den Text und nickte zufrieden. »Ich soll bis halb zwei zu Hause sein.« Er wandte sich an Sofi und fragte: »Wie sieht es bei dir aus?«

Sofi war deutlich angetrunkener als die anderen. Sie legte eine Hand auf seine Schulter und antwortete leicht lallend: »Allesch gut. Paps ist bei einem Ärztekongress und kommt erst morgen wieder.« Dann stupste sie Michael auf die Nase und flüsterte: »Eigentlich schade, dass du nicht die ganze Nacht wegdarfst.«

Michael dachte an das gemeinsame Bad im See. Sofi hatte ihn genötigt, noch einmal ins Wasser zu springen, und dann war es passiert. Der Wein hatte ihnen dabei geholfen, ihre Ängste zu überwinden, und nach dem ersten Kuss wussten sie beide, dass sie heute noch mehr wollten.

Trotzdem hatte er nun doch ein wenig Bedenken. Sie mussten noch gut zehn Kilometer auf nächtlichen Landstraßen fahren und Sofi hatte ordentlich einen sitzen. »Meinst du, es geht auf dem Fahrrad?«, fragte er unsicher.

Sie gab ihm einen Kuss auf den Mund und nickte. »Klar, und wenn wir früher im Dorf sind, kommscht du noch kurz mit zu mir. Okay?«

Trotz der Lampen an ihren Rädern schoben sie diese durch den stockfinsteren Wald, bis sie auf die Landstraße trafen. Dort brauchte vor allem Sofi ein paar Meter, auf denen sie bedenklich schwankte. Dann ging es besser und sie fuhren zurück in Richtung Frauenwald.

An der Gabelung der Straße, dort, wo die unsinnig platzierte Holzbank stand, spürte Sofi bereits den Druck in ihrem Magen. Sie dachte an die Möglichkeit, Michael noch kurz mit sich nach Hause zu nehmen, und biss die Zähne zusammen.

Ein Stück weiter hielt sie es nicht mehr aus und bat ihn: »Können wir kurz anhalten? Mir ist speiübel.«

Michael rief den anderen etwas zu und Felix und Isabell hielten ebenfalls an.

Ohne den Fahrtwind im Ohr war die Nacht still, viel zu still, aber das war Sofi im Augenblick völlig egal. Sie stieg ab, gab Michael das Rad zum Halten und schaffte es gerade noch bis zum Straßenrand, bevor sich das wenige Essen und der Rotwein lautstark ihren Weg bahnten.

Die großen Kumuluswolken waren inzwischen näher gekommen und verdeckten den Mond. Nur am Horizont waren noch einige Sterne zu sehen. Das Feld neben der Straße war kaum zu erahnen und auch der sich anschließende Wald erschien Michael wie eine dunkle, undurchdringliche Wand. Auf der anderen Straßenseite, wo die Tannen gleich neben der Fahrbahn standen, brachen einige Äste und ein aufgeschreckter Vogel flog mit lautem Schimpfen davon.

Michael drehte den Lenker von Sofis Rad und damit auch den Lichtkegel ihrer Lampe zu den Bäumen, konnte aber nichts erkennen.

»Alles gut?«, rief Felix, der mit Isabell ein paar Meter weiter stand.

Michael wollte gerade antworten, als Sofis Schrei alle drei zu Tode erschreckte. Sie stand mit ausgestrecktem Arm da, zeigte auf eine Stelle in der Wiese und stammelte: »G… G… Geist … da … steht …«

Felix, der die stärkste Fahrradlampe hatte, zog diese aus ihrer Halterung und richtete den Lichtkegel auf die Stelle. Er spürte, wie sich ein eiskaltes Gefühl vom Nacken über den gesamten Rücken ausbreitete.

»Ist das …«, begann Isabell, starr vor Schreck. Das Licht hatte es schwer durch den Nebel, der über der feuchten Wiese lag, trotzdem war die Gestalt ganz gut zu erkennen. Sie war klein, hatte einen hellen Umhang an und langes, verstrubbeltes Haar.

»Scheiße«, rief jetzt auch Michael, der seine Lampe ebenfalls in der Hand hielt. Er legte die Räder auf die Seite, ging einige Schritte auf das Feld und rief: »Das ist ein Kind … ein kleines Kind.«

Während nun auch Felix abstieg, huschte sein Lichtkegel unkontrolliert über die Wiese. Isabell sah es nur für einen kurzen Augenblick, riss sich aus ihrer Erstarrung und forderte: »Gib mir mal die Lampe.« Sie leuchtete damit zu einer Stelle kurz vor dem Wald. Das Zelt war kaum noch als solches zu erkennen und auf den ersten Blick hätte man es für eine weggeworfene Plane halten können.

Sofis Kreislauf spielte nicht mehr mit und sie musste sich auf die Straße setzen. Michael ging zu dem Kind. Er vermied es, die Kleine direkt anzuleuchten, aber sie zeigte so oder so keine Regung. Sie stand einfach nur da und sah starr zu Boden. Der übergroße Umhang stellte sich als viel zu große Jacke heraus, deren Material irgendwie seltsam aussah. Michael ging vor ihr in die Hocke und fragte sanft: »Geht es dir gut? Hast du dich verlaufen?«

Das Mädchen drehte sich, ohne den Kopf zu heben, in Richtung Wald. Dann sagte sie leise und seltsam monoton: »Mutter.«

Michael schluckte. »Ist deine Mutter dort oben? Ist sie verletzt?«

»Mutter«, wiederholte sie. Danach blieb sie stumm.

Er riss sich vom Anblick des kleinen, völlig verschmutzten Gesichts los und rief zu seinen Freunden: »Isabell, kannst du dich um das Mädchen kümmern? Sie sagt, dass ihre Mutter drüben im Wald ist. Felix, wir müssen sie suchen.«

Als die beiden Jungs die Mitte der Wiese erreicht hatten, schälten sich erste Details aus dem zähen Bodennebel, der über dem Gras waberte. Felix hielt seine Lampe auf das Zelt gerichtet. Ihm wurde immer mulmiger zumute.

»Scheiße, was ist da passiert?«, fragte sein Freund mit leiser, fast schon ehrfürchtiger Stimme. Das Zelt war nicht einfach zusammengebrochen, es war regelrecht zerstört worden. Der dünne Stoff hing an einigen Stellen in Fetzen und vor dem Eingang lag ein Rucksack.

Sie gingen noch näher, trauten sich aber nur noch zu flüstern. Kurz vor dem Chaos blieben sie stehen und Michael fragte leise: »Hallo, ist jemand hier?«

Nichts rührte sich. Felix leuchtete den Rucksack an und sagte mehr zu sich selbst: »Das ist der von dem Pärchen drüben am See.«

»Sicher?«

»Ja. Der Typ hat ihn getragen. Ich habe mich noch über die komische Farbwahl gewundert.«

»Und wo sind sie?«, fragte Michael flüsternd. »Und wo kommt das Mädchen her? Die hatten doch kein Kind dabei.«

»Was weiß ich?« Felix versuchte, seine Angst zu überspielen, was seine Antwort ziemlich pampig wirken ließ.

Michael wollte gerade etwas erwidern, als der Lichtkegel seiner Lampe auf etwas fiel, das sich hell vom Waldboden abhob. Seine Augen benötigten einen kurzen Augenblick, dann begriff er endlich, was er dort sah. Er schluckte hörbar, stieß seinem Freund mit dem Ellenbogen leicht in Seite und raunte: »Ruf die Bullen.«

Felix verstärkte das Licht mit seiner eigenen Lampe, dann sah auch er den nackten Körper zwischen den Bäumen liegen. Die Frau lag auf dem Bauch. Breite rote Striemen zogen sich über ihren Rücken. Für einen Moment lähmte ihn der Schock, doch dann sagte er entschlossen: »Wir müssen erst nachsehen, ob sie noch lebt.«

Sie überwanden die wenigen Meter, sprangen über den schmalen Bach und gingen neben der Frau auf die Knie. Während Felix am Handgelenk nach dem Puls suchte, zog Michael sein Smartphone heraus und wählte den Notruf.

Gerade als sich ein müde klingender Mann meldete, knackte ein Stück über ihnen ein brechender Ast. Michael schwenkte seine Lampe in die Richtung. »Was zum Teufel …«

Er erkannte gerade noch, wie ein großer, unförmiger Schatten hinter den Bäumen verschwand.

6

»Wo steht die längste Brücke Europas?«

Florian warf den kleinen Ball ein weiteres Mal in den winzigen Basketballkorb, den er über der Bürotür angebracht hatte. Als dieser vom Rand abprallte, drehte er sich zu seiner ratlosen Chefin und erklärte: »Das ist die Ponte Vasco da Gama in Lissabon.«

Verona Goldbach hob den Blick von ihrem Online-kreuzworträtsel und stellte trocken fest: »Klingt, als hättest du zu viele Nachtschichten hinter dir.«

Ihr junger Kollege verzog das Gesicht zu einem müden Grinsen. »Das auch, aber du weißt eben noch nicht alles von mir.«

»Mach es ruhig spannend«, murrte sie.

Er lachte. »Was? Bin ich hier der Kriminalhauptkommissar oder du? Na los, du löst doch gerne Rätsel.«

Sie legte den Finger an den Mund, was sie immer tat, wenn sie nachdachte, doch weiter kam sie nicht. Das Telefon klingelte. Da in den letzten beiden Nächten ihrer Bereitschaft absolut nichts passiert war, zuckten die beiden Kommissare gleichzeitig zusammen. Verona hob ab, meldete sich mit »Kriminaldauerdienst, Kriminalhauptkommissarin Goldbach am Apparat« und hörte kurz zu. Nach einigen Sekunden schaltete sie den Lautsprecher des Telefons ein und fragte: »Und für wie glaubwürdig halten Sie den Notruf?«

»Hm, schwer zu sagen«, brummte der Kollege aus der Notrufzentrale. »Der junge Mann hat seinen Namen genannt, lallte aber auch leicht. Doch, ja, ich denke, wir sollten sicherheitshalber auch einen RTW hinschicken.«

»Und was mit dem Mann ist, wissen diese Jugendlichen nicht?«

»Nein«, bestätigte der Kollege. »Aber sie sind sich sicher, dass die Frau nicht alleine unterwegs war. Mehr Informationen habe ich leider nicht. Das Telefonat war ziemlich wirr, brach dann ab und jetzt erreiche ich die Nummer nicht mehr. Ich konnte gerade noch den Standort ermitteln.«

»Alles klar«, erwiderte Verona. »Bitte schicken Sie mir die genauen Koordinaten auf mein Diensthandy und fordern Sie einen Krankenwagen mit Notarzt an, wir machen uns auf den Weg.«

Florian war einer der wenigen Kollegen, bei denen sich Verona auf dem Beifahrersitz wohlfühlte. Er schaffte die fünfundzwanzig Kilometer von Suhl bis zu dem angegebenen Ziel in nur dreißig Minuten, und das, obwohl er auf den nächtlichen Landstraßen gleich zwei Rehen ausweichen musste.

»Da vorne«, sagte sie, als das Fernlicht des BMW den Reflektor eines Fahrradreifens aufblitzen ließ. Ihr Kollege reduzierte die Geschwindigkeit und blieb kurz vor der kleinen Gruppe stehen, wobei er das Blaulicht zur Warnung anderer Verkehrsteilnehmer eingeschaltet ließ. Beide griffen sich die starken Taschenlampen, stiegen aus und verschafften sich einen ersten Eindruck.

Zwei Fahrräder lagen am Straßenrand, zwei standen herum. Verona suchte nach mindestens vier Personen, sah aber nur drei. Eine junge Frau saß neben ihrem Erbrochenen auf dem Boden, eine andere kauerte neben einem kleinen Mädchen, das eine eigenartige Jacke anhatte und insgesamt ziemlich verwildert aussah.

Verona ließ den Schein ihrer Lampe erst einmal über die nähere Umgebung gleiten, ging anschließend zu der sitzenden Jugendlichen und fragte: »Sind Sie die verletzte Person, wegen der wir gerufen wurden?«

Diese schüttelte den Kopf und zeigte stumm in Richtung der großen Wiese, auf der das nasse Gras im Scheinwerferlicht glänzte.

Verona wandte sich zu ihrem Kollegen und sagte leise: »Es fehlen zwei, sei vorsichtig.« Danach ging sie zu dem kleinen Mädchen und der jungen Frau, die sie auf sechzehn oder siebzehn schätzte.

Noch bevor die Kriminalkommissarin nachfragen musste, erklärte diese: »Die Kleine stand einfach auf der Wiese. Mitten in der Nacht … und … und …« Nun deutete sie auf die eigenartige Jacke und schluckte. »Ich glaube, die Jacke ist aus Haut.«

Verona versuchte, sich von dieser Information nicht schockieren zu lassen. »Und wo sind deine Freunde? Ich sehe vier Fahrräder.«

Die junge Frau deutete über das Feld. »Felix und Michael sind da drüben am Waldrand. Sie haben eine verletzte Wanderin gefunden. M… Michael hat uns eben Bescheid gesagt, ist dann aber zurückgegangen, um Felix zu helfen.«

»Okay, bleib ganz ruhig, es wird alles gut«, versuchte Verona, den Teenager zu beschwichtigen. Mit geübtem Griff streifte sie sich ein Paar Handschuhe über und zog dem kleinen Mädchen die eigenartige Jacke aus. Danach bat sie Florian, eine Decke aus dem Wagen zu holen, und legte diese der Kleinen um die Schultern. »Wie heißt du denn, mein Schatz?«, fragte sie beiläufig. Doch die Kleine antwortete nicht und sie konnte sich nicht länger mit ihr aufhalten. Sie bat die beiden jungen

Frauen: »Ihr bleibt bitte bei ihr. In wenigen Minuten wird ein Arzt kommen, den schickt ihr bitte rüber zum Waldrand. Mein Kollege und ich gehen jetzt zu euren Freunden.«

Obwohl die beiden Jungs schon von Weitem mit ihren abnehmbaren Fahrradlampen auf sich aufmerksam machten, blieben die Kommissare vorsichtig. Durch das regelmäßige Zucken des Blaulichts wirkte der Wald, als wäre er voller lebendiger Schatten. Es war eine unheimliche Szenerie.

Sie erreichten den ersten großen Strohballen. Der Lichtkegel von Florians Lampe fiel auf das Chaos dahinter. »Ach du Scheiße«, raunte er leise.

Verona nahm das Bild des zerfetzten Zeltes und der weitläufig verstreuten Gegenstände in sich auf, konzentrierte sich aber weiterhin auf die beiden Jungs. Während Florian den Lichtstrahl seiner Lampe systematisch durch den umliegenden Wald gleiten ließ, sah Verona zum ersten Mal das eigentliche Opfer. Sie überwand die letzten Meter und den Bach im Laufschritt, musterte kurz die beiden Jungs und fragte, während sie sich neben die Frau kauerte: »Lebt sie noch?«

Die Stimme des kleineren der beiden wirkte unsicher. »Ja, ich habe ihren Puls gefühlt, aber wir haben uns nicht getraut, sie umzudrehen. Das heißt, wir haben es versucht, aber sie ist offenbar auf einen Ast gefallen, der jetzt in ihr steckt.« Er sah zu, wie Verona prüfend ihre Hand an den Hals der nackten Frau hielt, und flüsterte, als hätte er Angst vor der Antwort: »Glauben Sie … ich meine … wird sie es schaffen?«

Die Kommissarin sah dem Teenager seine Angst an. »Keine Sorge, ihr habt alles richtig gemacht. Sie wird es bestimmt schaffen und der Arzt müsste auch gleich hier sein.« Sie wandte sich wieder der Frau zu und versuchte, diese anzusprechen.

Florian, der nun ebenfalls dazugekommen war, bat die beiden Jungs, ein Stück wegzutreten. »Ihr habt am Telefon gesagt, dass die Frau in Begleitung unterwegs war. Habt ihr den Mann hier gesehen?«

Dieses Mal antwortete der größere Junge: »Nein, aber als wir die Frau gefunden haben, habe ich einen Schatten zwischen den Bäumen verschwinden sehen.«

»Wo war das?«

Er deutete ein Stück in den Wald hinein. »Dort oben, wo die Felsbrocken zwischen den Bäumen liegen.«

Wie zur Bestätigung schickte ein Kauz seinen Schrei durch die Dunkelheit und Florian schauderte. Doch er riss sich zusammen, deutete ein Nicken an und sagte mit fester Stimme: »Ihr habt richtig gehandelt. Und jetzt geht ihr direkt zurück zur Straße und zeigt dem Arzt, wie er hierherkommt. Trampelt aber bitte nicht durch das Chaos.« Nach einem weiteren Blick in die blassen Gesichter der offenbar unter Schock stehenden Teenager fragte er: »Geht das? Schafft ihr das?«

Die beiden nickten stumm.

Nachdem sie sich ein Stück entfernt hatten, trat Florian neben seine Chefin, wobei er den Strahl seiner Lampe auf den Rücken der Verletzten richtete. Beim Anblick der blutigen Striemen, die sich einmal quer über deren Rücken zogen, beschloss er: »Wir sollten dringend Verstärkung anfordern.«

Verona nickte. »Mach das, und frag auch gleich nach, wo dieser verdammte Krankenwagen bleibt. Außerdem brauchen wir eine Rettungsdecke für die Frau, sie kühlt immer mehr aus und ich kann den Puls kaum noch ertasten.«

»Mach ich«, bestätigte Florian, zog seine Jacke aus und legte sie vorsichtig über den Rücken der Frau. Anschließend holte er das Handy heraus und wählte die Nummer der Zentrale.

Kurz darauf zuckte ein weiteres Blaulicht über die hohen Tannen. Florian winkte den Sanitätern und rief ihnen zu, einen weiten Bogen um den Tatort zu machen. Verona erklärte dem Notarzt, dass das Opfer vermutlich einen Ast im Leib stecken hatte, warf einen letzten bedauernden Blick auf die ohnmächtige Frau und trat zurück. Dann fragte sie Florian: »Und, wie sieht es aus?«

»Zwei weitere Streifen werden gleich hier sein, außerdem habe ich noch einen Sani für das Mädchen angefordert. Die Kleine muss dringend untersucht werden. Allerdings weiß ich nicht, was wir jetzt zuerst machen sollen. Wenn es stimmt, was die Teenies sagen, muss es noch einen Mann geben, der entweder ebenfalls ein Opfer oder der Täter ist. Außerdem frage ich mich, wo dieses seltsame Mädchen mitten in der Nacht hergekommen ist. So wie sie aussieht, glaube ich kaum, dass sie mit den beiden Wanderern unterwegs war.«

Verona spürte den Impuls, sich über die Augen zu wischen, hielt mit Blick auf ihre verschmutzten Handschuhe aber inne. Stattdessen atmete sie tief durch und warf einen Blick über die Wiese, wo die vier Teenager und das kleine Mädchen im Scheinwerferlicht der Fahrzeuge standen. Da dort soweit alles in Ordnung schien, beschloss sie: »Wir bleiben zusammen. Sollte der Partner dieser Frau hier irgendwo liegen und Hilfe brauchen, können wir nicht erst auf die Kollegen warten. Haben die Jungs noch etwas erzählt?«

Florian nickte. »Einer meinte, einen Schatten gesehen zu haben, der sich den Hang hinaufbewegt hat.«

»Gut. Wo genau?«

Florian sah starr dabei zu, wie der Arzt und die Sanitäter die verletzte Frau vorsichtig auf die Seite drehten. Da sie den Ast vorher abgeschnitten hatten, ragte dieser nun blutig aus ihrem rechten Unterleib. Schon der bloße Anblick schmerzte. Danach zeigte Florian mit seinem Lichtstrahl auf eine kleine Felsformation und erklärte: »Dort oben.«

»Frau Kommissarin?« Die Stimme des Arztes klang alarmiert. Verona dreht sich in seine Richtung. Der Mann stand wenige Meter von der Stelle entfernt, an der die Frau gelegen hatte, die gerade von den Sanitätern auf einer Trage davongetragen wurde. Stumm deutete er vor sich auf den Boden.

»Was haben Sie?«

Der Arzt ging in die Hocke, zog einen Stift aus seiner Jacke, stocherte auf dem Waldboden herum und hielt kurz darauf ein Haarbüschel in das Licht seiner kleinen Stablampe. Er deutete ein Kopfschütteln an und erklärte sachlich: »Die können nicht von der Frau stammen. Außerdem sind hier Schleifspuren, die entlang des Baches führen.«

7

Die Hornisse wollte einfach nicht von ihm ablassen. Wenn sie seinem Ohr zu nahe kam, hörte er ihr tiefes Brummen. Er scheuchte sie weg und sie verstummte kurz, doch nur um kurz darauf wieder anzugreifen. Am Ende schlug er sich selbst aufs Ohr und schreckte mit einem tiefen Atemzug aus dem Schlaf. Noch immer in dem Traum gefangen, sah sich Ruben panisch um. Über ihm war nichts, doch als das Brummen erneut einsetzte, war er kurz davor, ein Kissen auf Pias Gesicht zu schlagen.

Seine Frau schien von alldem nichts mitzubekommen. Sie murmelte etwas, drehte sich auf die andere Seite und schlief weiter.

Mit dem nächsten Brummen schoben die Vibrationen das Handy über die Kante des Nachtschränkchens. Es fiel auf den weichen Teppich, wo das Brummen zu einem sanften Summen wurde.

Ruben schüttelte den Schlaf ab, drehte sich auf die Seite und hob es auf. Nachdem er das Display zum Leben erweckt hatte, wurde er sich wieder einmal seiner nachlassenden Sehkraft bewusst. Erst als er die Kurznachricht auf eine ausreichende Größe zog, konnte er lesen, was da stand. Doch die Information brachte ihn nicht wirklich weiter, denn mehr als eine ihm unbekannte Nummer, die aktuelle Uhrzeit und die Bitte um dringenden Rückruf stand da nicht.

Ruben hatte als Sonderermittler keine Rufbereitschaft, was den Anruf morgens um vier umso ungewöhnlicher machte. Er schälte sich leise aus dem Bett, schenkte seiner schlafenden Frau noch ein Lächeln und ging in die Küche. Dort schloss er die Tür und tippte auf Rückruf.

Trotz der unchristlichen Uhrzeit klang die Stimme der Frau eher aufgeregt als schläfrig. »Kriminalhauptkommissarin Verona Goldbach, Kriminaldauerdienst LKA Thüringen. Bitte entschuldigen Sie die nächtliche Störung.« Es folgte eine kurze Pause. »Ich spreche doch mit Kriminalhauptkommissar Ruben Hattinger, oder?«

Ruben räusperte seinen Hals frei und antwortete träge: »Ja, der bin ich. Wie kann ich Ihnen helfen?«

»Wir hatten heute Nacht hier in der Nähe von Suhl einen Einsatz, der Sie vermutlich interessieren dürfte.«

Ruben war inzwischen einigermaßen wach. »Sie rufen doch sicher nicht an, weil mich etwas interessieren könnte. In der Regel rufen mich Kollegen an, weil ich ihnen eventuell helfen kann.«

Entgegen seiner ersten Einschätzung, dass am anderen Ende der Leitung eine junge, unerfahrene und verunsicherte Kollegin saß, sagte die Kommissarin nun mit fester Stimme: »Sie haben recht. Ich habe zwar schon einiges gesehen, aber diese Nacht hat mich ein wenig mitgenommen. Also noch einmal von vorne: Es gab heute Nacht einen Angriff auf ein Pärchen, das auf einer Wiese mitten im Thüringer Wald in einem Zelt übernachten wollte. Beide sind schwer verletzt und es ist noch nicht sicher, ob sie durchkommen werden. Außerdem tauchte zeitgleich, ziemlich genau um Mitternacht, ein kleines Kind auf, das eine Jacke aus Haut trug. Vermutlich Menschenhaut.«

Ruben, der nebenbei eine Tasse Tee vorbereitete, hielt inne. »Okay, jetzt haben Sie mich. Klingt ziemlich interessant.«

»Schön«, erwiderte Verona Goldbach ironisch und fuhr fort: »Ich lebe schon lange in der Gegend und der Fall erinnert mich an die Vorfälle vor etwa sechs Jahren.«

Ruben suchte kurz in seinen Erinnerungen. »Sie meinen den Fall mit dem schönen Arbeitstitel ›Unhold‹?«

»Genau«, bestätigte die Kommissarin. »Ich habe mir gerade die elektronische Akte dazu angesehen und darin steht, dass Sie diesen Altfall weiterhin bearbeiten, da der Täter nicht eindeutig identifiziert werden konnte.«

Ruben schüttete das nicht mehr kochende Wasser behutsam über das Tee-Ei, wobei seine Gedanken langsam Fahrt aufnahmen. Als die Tasse gefüllt war, murmelte er: »Professor Dr. Lauenstein«, und lauter sagte er: »Stimmt, die Soko war damals der festen Überzeugung, mit Professor Dr. Lauenstein den Täter gefunden zu haben. Der Richter und ich glaubten aber nie so richtig daran.« Er hob und senkte das Tee-Ei einige Male in der Tasse. »Bei Suhl, sagten Sie?«

»Ja genau. Ich bin in der LKA-Dienststelle Suhl.«

»Und der Tatort?«

»Etwa fünfundzwanzig Kilometer außerhalb. An einer Straße mit dem Namen Ochsenbacher Mühle.«

Ruben zog das Tee-Ei nach exakt drei Minuten zwanzig aus der Tasse, dachte kurz nach und beschloss: »Ich kann in eineinhalb Stunden da sein.«

Die Frau atmete aus. »Das wird knapp, meine Schicht geht bis sechs.«

»Heute nicht«, erwiderte er lapidar. »Schicken Sie mir die Koordinaten des Tatorts bitte auf mein Handy. Ich treffe Sie zwischen halb sechs und sechs an dieser Stelle. Ach, und ordnen Sie bitte an, dass die Spurensicherung erst einmal Frühstückspause machen soll. Ich sehe solche Tatorte am liebsten unverfälscht.«

Er hörte die Kommissarin noch »Ja aber …« sagen, doch es interessierte ihn nicht mehr. Sein Kopf war bereits mit dem Altfall beschäftigt und er legte auf, ohne ihre Antwort abzuwarten.

Während Ruben ohne Eile seinen Tee trank und sich dabei zwei belegte Brote machte, hörte er ein leises Tapsen im Flur. Kurz darauf streckte Elisa den Kopf durch den Türspalt und fragte gähnend: »Was ist denn mit dir, Paps? Du denkst doch sonst nachts nur über akute Fälle nach, und gestern hast du noch gesagt, dass es gerade ziemlich ruhig ist.«

Ruben schenkte seiner Tochter ein Lächeln. »Hat sich gerade geändert. Kannst du deiner Mutter ausrichten, dass ich nach Thüringen muss und mich nachher bei ihr melde?«

Elisa warf einen Blick auf die Küchenuhr. »Ich werde lieber doch keine Polizistin«, sagte sie mit einem leichten Kopfschütteln und fügte nach einem weiteren herzhaften Gähnen hinzu: »Ist gut, ich sag es ihr. Viel Spaß bei was auch immer.« Kurz darauf hörte Ruben erst die Klospülung und danach, wie seine Tochter ihre Zimmertür zuzog.

Die Kurznachricht mit den GPS-Koordinaten des Tatorts kam zeitgleich mit dem letzten Schluck Tee. Er notierte die Zahlen auf einem Zettel, um sie leichter ins Navi eingeben zu können. Danach streifte er sich sein Holster über die Schulter, holte die Waffe aus dem Safe und lud sie. Im Flur entschied er sich für die etwas dickere Jacke und verließ die Wohnung.

Im Licht der aufgehenden Sonne kamen die Herbstfarben richtig zur Geltung. Im Radio hatten sie gesagt, dass der erste Herbststurm kurz bevorstand, doch noch schafften es die Sonnenstrahlen immer wieder zwischen den dicken Quellwolken hindurch.

Ruben hatte sich durch einige Baustellen und einen Unfall um etwa eine Stunde verspätet, trotzdem genoss er die letzten

Kilometer des Weges durch den eindrucksvollen Thüringer Wald. Erst als die erste Polizeikontrolle, die vermutlich den Tatort abschirmen sollte, vor ihm auftauchte, besann er sich auf den eigentlichen Grund der Fahrt.

Er stoppte den Wagen neben dem Beamten, der ihm ziemlich pampig erklärte: »Ab hier geht es heute nicht weiter, die Straße ist gesperrt. Sie müssen dort auf dem Waldweg wenden und sich eine andere Straße suchen.«

Ruben hielt seinen Dienstausweis so, dass der Mann ihn noch nicht sehen konnte, und fragte scheinheilig: »Was ist denn passiert, dass Sie gleich eine ganze Straße blockieren müssen?«

»Polizeieinsatz«, lautete die knappe Antwort.

»Hier, mitten im Wald?«

Der junge Streifenbeamte, dessen Augen leicht gerötet waren, hielt offenbar nicht viel davon, an einem Sonntagmorgen mitten im Wald stehen zu müssen, und erwiderte mit einem Schulterzucken: »Ist halt so, und jetzt wenden Sie bitte.«

Ruben schenkte ihm ein Lächeln. »Genau auf diese Bitte habe ich gewartet, und wenn Sie mich fragen, sollten Sie am Abend vor Ihrem Dienst nicht ganz so viel trinken.« Bevor der Beamte etwas erwidern konnte, hielt er seinen Dienstausweis aus dem Fenster und erklärte: »Nach meinen Informationen könnte sich hier im Wald ein Tatverdächtiger herumtreiben. Es würde folglich Sinn machen, wenn Sie sich nicht nur auf die wenigen Autofahrer konzentrieren, sondern auch den Wald im Auge behalten.«

Der junge Kollege murmelte etwas, das wie »Scheiße« klang. Dann atmete er einmal durch und sagte, nun deutlich kleinlauter: »Ja, natürlich, Herr Kriminalhauptkommissar. Warten Sie bitte einen Augenblick, ich hebe das Absperrband an.«

»Super. Danke!«, gab Ruben entspannt zurück und ließ das Seitenfenster wieder nach oben fahren.

An der Straßengabelung, in deren Mitte eine ziemlich unsinnig aufgestellte Bank stand, wurde er von einem weiteren Kollegen nach links gelotst. Dort standen bereits zwei VW-Busse der Spurensicherung und ein Streifenwagen.

Hauptkommissarin Goldbach war deutlich älter, als Ruben sich aufgrund ihrer Stimme vorgestellt hatte. Sie hielt es offenbar nicht für nötig, die ersten grauen Strähnen in ihren kurzen Haaren zu verbergen, hatte einen wachen Blick und war gut in Form. Aus ihren Bewegungen sprach das Selbstverständnis jahrelanger Polizeiarbeit und die dafür nötige Autorität. Ruben besann sich auf ihre zurückliegende Nachtschicht und begrüßte sie freundlich: »Bitte entschuldigen Sie die Verspätung. Dieses Land ist eine einzige Baustelle.«

Ihre Gesichtszüge entspannten sich ein wenig, als sie ihm die Hand entgegenstreckte. »Kriminalhauptkommissar Hattinger, nehme ich an?«

»Der bin ich«, nickte Ruben, wies mit dem Kinn zu ihrer ausgestreckten Hand und erklärte: »Seien Sie mir nicht böse. Ich halte nichts von dem westlichen Brauch des Händeschüttelns. Das hat nichts mit Ihnen zu tun.«

»Wie Sie meinen«, erwiderte sie gleichmütig, drehte sich zu der Wiese, die sich hinter ihr bis zum Wald erstreckte, und deutete mit der Hand in Richtung eines großen Strohballens. »Das Ganze hat sich dort hinten abgespielt. Wir haben nach unserem Telefonat alles so gelassen, wie es war. Nur die Fundorte der beiden Verletzten sind markiert.«

»Traumhaft«, stellte Ruben erfreut fest. »Haben Sie einen Schutzanzug für mich? Ich will mir das erst einmal alleine ansehen.«

8

Dank der Plastikfolie über seinen Schuhen machte ihm das vom Morgentau tropfnasse Gras nichts aus. Nur die Spinnen taten ihm leid, da es sich nicht vermeiden ließ, auf einige ihrer vielen Netze zu treten.

Die besagte Stelle lag noch im Schatten des Hügels und der Wald sah gegen die aufgehende Sonne dunkel und bedrohlich aus. Als Ruben etwa die Mitte des Feldes erreicht hatte, sah er ein kleines Fähnchen im Boden stecken. Er drehte sich um, deutete darauf und rief laut zu der Kommissarin hinüber: »Was war hier?«

Verona Goldbach ging zum Straßenrand. »Dort haben die Jugendlichen das kleine Kind zum ersten Mal gesehen.«

Ruben zeigte mit dem Daumen nach oben an, dass er verstanden hatte. Er stellte sich auf die Stelle, stellte sich vor, es wäre finstere Nacht und er selbst wäre das Kind. Es ergab keinen Sinn, seine weiteren Fragen durch die Gegend zu brüllen. Also winkte er die Kommissarin zu sich. Sie nickte, streifte sich schnell einen Overall der Spurensicherung über und war kurz darauf bei ihm.

»Stand das Kind einfach nur da oder ist es zu den Jugendlichen gelaufen?«, fragte Ruben sie.

Die Kommissarin dachte darüber nach und kniff kurz ihre Lippen zusammen. »Soweit ich weiß, stand es einfach nur da. Ach, und es ist übrigens nicht, wie zunächst angenommen, ein Mädchen, sondern ein kleiner Junge. Der Amtsarzt konnte ihn aufgrund seines desolaten psychischen Zustands zwar noch nicht eingehender untersuchen, aber er scheint körperlich gesund und dürfte so um die fünf Jahre alt sein.« Verona Goldbach zog ihr Handy heraus und fragte: »Wollen Sie ihn sehen?«

Er nickte, nahm ihr das Gerät ab und sah sich das Foto an. Das kleine Kind wirkte eindeutig verwildert. Hände und Gesicht waren schmutzig, die Haare lang und ungepflegt, doch in seinem Blick war etwas sehr Waches. Ruben ließ das Gesicht ein wenig auf sich wirken und zoomte dann die eigenartige Jacke heran.

Was im ersten Augenblick wie ausgeblichener Stoff aussah, zeigte tatsächlich die Strukturen von Haut oder sehr dünnem Leder. Das Kleidungsstück hatte keinerlei Verzierung, wirkte aber trotzdem professionell gearbeitet.

Er gab das Handy zurück und erklärte mit sachlichem Interesse: »Ein wirklich ungewöhnliches Kleidungsstück. Ich bin schon sehr gespannt darauf, es aus nächster Nähe zu sehen.«

»Das ist vermutlich Haut … vielleicht sogar Menschenhaut«, entgegnete die Kommissarin entsetzt.

»Das macht die Bearbeitung des Materials umso schwerer«, erklärte Ruben. »Ich habe mich aufgrund einer meiner Altfälle ein wenig mit der Gerberei befasst. Das ist wirklich eine hohe Kunst.«

Verona Goldbach beließ es dabei und fragte nur mit sarkastischem Unterton: »Soll ich weiter mitgehen oder möchten Sie jetzt wieder Ihre Ruhe haben?«

Ruben lächelte sie an. »Beides. Ich gehe ein Stück vor und Sie folgen mir einfach.«

»Also wie Ihr Hündchen?«

Er schüttelte den Kopf. »Ich habe kein Hündchen.« Mit einem Blick auf die Kommissarin versicherte er dann aber: »Ich versuche, mich zu beeilen. Sie sind durch den Schlafmangel vermutlich ein wenig gereizt.«

Verona Goldbach atmete einmal tief durch, schien eine Antwort herunterzuschlucken und bemerkte nur: »Es wäre schön, wenn Sie sich beeilen.«

Ruben machte zwei Schritte, blieb erneut stehen und drehte sich wieder zurück zur Straße. Dann schloss er kurz die Augen und sagte zu sich selbst: »Ah ja, genau, das war es.« Er wandte sich wieder an seine Kollegin. »Ich habe durch unsere Diskussion über die Jacke des Kindes völlig vergessen, was mir vorher durch den Kopf ging. Sie sagten, dass das Kind einfach nur dastand. Ich frage mich, warum es nicht zu den Jugendlichen gelaufen ist. Ich meine, wenn es sich verlaufen hätte oder irgendwie auf der Flucht war, hätte es doch sicher aktiv nach Hilfe gesucht.«

Die Kommissarin nickte anerkennend und antwortete: »Gute Frage, für die ich leider auch keine Erklärung habe. Aber vielleicht kann uns das der Kleine ja bald selbst beantworten.«

»Ja, Sie haben recht«, bestätigte Ruben und ging, ohne ein weiteres Wort zu verlieren, bis zu dem ersten Strohballen.

Was von der Straße aus nicht zu erkennen war, stellte sich hier als wahres Schlachtfeld heraus. Ruben ging um das Stroh herum und vorsichtig durch die achtlos verstreuten Dinge der Wanderer. Vor dem zerfetzten Zelt blieb er stehen und musterte die Beschädigungen, wobei das Bild eines Raubtiers in seinem Kopf auftauchte. Da Raubtiere aber keine Rucksäcke entleeren und den Inhalt großflächig verteilen, korrigierte er den Gedanken.

Die meisten Sachen lagen in einem Radius von etwa acht Metern, nur eine kleine Kosmetiktasche lag etwas entfernter. Ruben bahnte sich seinen Weg, wobei er penibel darauf achtete, keine Spuren zu verwischen. Vor der Tasche ging er in die Hocke und betrachtete diese eine Weile.

»Haben Sie etwas gefunden?«, fragte seine Kollegin, nachdem sie das Chaos großräumig umrundet hatte.

Er zog einen Stift heraus und deutete auf den geöffneten Reißverschluss und das Sammelsurium von Dingen. Neben einem Blister mit Antibabypillen lagen ein Durcheinander von Schminkutensilien sowie ein Deostift. Danach sah er zu Verona Goldbach auf. »Nein, nicht wirklich. Ich habe mich nur gewundert, warum die Kosmetiktasche offen ist. Dürfte aber Zufall sein.«

»Alles klar«, nickte seine Kollegin, zog aber trotzdem ein dunkelrotes Fähnchen aus der Tasche und steckte es neben der Kosmetiktasche in den Boden.

Im Anschluss ließ sich Ruben noch die beiden Fundorte der Opfer zeigen. Als sie bei dem abgetrennten Ast angekommen waren, in dessen Umkreis die Erde blutgetränkt war, fragte er: »Haben Sie hier auch ein Foto gemacht?«

Verona Goldbach nickte unsicher. »Ich fand es zwar ein wenig pietätlos, da die Frau nackt war und noch lebte, aber mein Kollege hielt es für eine gute Idee.«

»Recht hat er, Ihr Kollege«, freute sich Ruben und nahm ihr das Handy aus der Hand. Er zoomte und schob das Bild ein wenig hin und her. »Schon wieder Krallen«, murmelte er.

»Unheimlich, oder?«, fragte die Kommissarin dazwischen. »Außerdem hat einer der Jungs, die die Frau gefunden haben, dort oben einen großen unförmigen Schatten verschwinden sehen.«

Ruben legte die Information in seinen Gedanken ab. »Und wo wurde der Mann gefunden?«

Sie deutete auf eine Stelle etwas abseits, zwischen dem Feld und den ersten Bäumen. »Dort drüben. Er lag zum Glück mit dem Rücken nach unten in dem Bach, sonst wäre er in seiner Ohnmacht sicher ertrunken. Außerdem war er genauso nackt wie seine Frau oder Freundin.«

»Also war der Täter vermutlich nicht darauf aus zu töten«, stellte Ruben fest.

Der dicke Ast brach ohne jede Vorwarnung und klang dabei wie ein Schuss. Während seine Kollegin nur zusammenzuckte, spürte Ruben, wie seine Knie weich wurden. Ohne den nächsten Baum in Reichweite wäre er einfach zusammengesunken. So konnte er sich gerade noch daran festhalten und nach der Ursache des Geräuschs suchen.

Der Mann trug die Kleidung eines Försters und kam wie selbstverständlich den steinigen Hang herunter. Er sah Ruben an, ignorierte dessen Schwächeanfall und erklärte: »Da wäre ich mir nicht so sicher.«

Ruben schloss kurz die Augen, um sich zu sammeln, konnte den Schock relativ schnell abschütteln und fragte irritiert: »Mit was wären Sie sich nicht so sicher?«

»Dass der, der das hier veranstaltet hat, nicht töten wollte.« Nun ging der Mann auf die Kommissarin zu, gab ihr die Hand und sagte: »Hallo, Frau Goldbach. Ich habe im Polizeifunk von der Sache hier gehört und dachte mir, ich sehe in meinem Wald lieber mal nach dem Rechten.«

»Das Gebiet darf nicht betreten werden«, warf Ruben ein, woraufhin sich der Mann umdrehte, seinen Hut kurz lüftete und dabei erklärte: »Gestatten. Hans Dittrich. Auch wenn ich eigentlich schon in Rente bin, obliegt dieser Wald so lange meiner Obhut, bis sich endlich einer findet, der die Arbeit machen will. Folglich will ich es natürlich wissen, wenn hier irgendetwas nicht stimmt.«

»Okay, okay«, gab Ruben nach. »Da Sie und die Kommissarin sich offenbar kennen, gehe ich davon aus, dass Sie einen Waffenschein für dieses wirklich sehr schöne Jagdgewehr haben.«

»Habe ich«, bestätigte der Mann.

Ruben dachte nach. Das Auftauchen des Försters war zwar unerwartet gekommen, aber vielleicht konnte er es für seine Zwecke nutzen. »Da Sie hier bereits so lange Förster sind, nehme ich an, dass Sie sich im Wald auskennen?« Als der Mann nickte, deutete er den Hang hinauf. »In dem Fall, würden Sie uns begleiten? Zeugen haben ausgesagt, dass der mögliche Täter in dieser Richtung im Wald verschwunden ist. Ich rechne zwar nicht damit, ihn jetzt noch zu finden, würde mich aber gerne umsehen. Jemand mit guter Ortskenntnis kommt mir da gerade recht.«

9

»Geht es Ihnen wieder gut?«, fragte Verona Goldbach, während die angeforderten Kollegen von der Spurensicherung über die Wiese kamen.

Ruben deutete ein Nicken an. Eigentlich wollte er sich nicht jedes Mal erklären, aber da ihn dieser Fall vermutlich eine Weile an die Kommissarin binden würde, tat er es trotzdem. »Ja, alles wieder gut. Ich habe als Jugendlicher einen Banküberfall miterlebt, bei dem geschossen wurde. Seitdem habe ich ein kleines Problem mit diesem Geräusch und allem, was einem Schuss ähnelt.«

»Hm«, brummte die Kollegin misstrauisch. »Und damit lässt man Sie in den Außeneinsatz?«

Ruben führte diese Diskussion nicht zum ersten Mal und antwortete routiniert: »So ziemlich jeder Fall wird zu fünfundneunzig Prozent am Schreibtisch beziehungsweise durch ungefährliche Nachforschungen geklärt. Und da ich ganz gut darin bin, unterschiedliche Spuren in einen Zusammenhang zu bringen, habe ich eine Absprache mit meinem Chef. Ich mache ganz normalen Dienst, bin aber verpflichtet, meine Kollegen über das kleine Handicap zu informieren. Ich versuche also, nicht zur Gefahr für mich und andere zu werden, und meide brenzlige Situationen. Sollten wir in diesem Fall zusammen ermitteln, wissen Sie jetzt Bescheid. Und natürlich haben Sie die Möglichkeit, mich quasi abzuwählen, wenn Ihnen das Risiko zu hoch erscheint.«

Verona Goldbachs Blick ruhte lange auf ihm, aber auch das kannte er bereits.

Schließlich murmelte sie: »Alles klar. Gut zu wissen.« Dann deutete sie den Hang hoch, wo der Förster bereits wartete. »Sehen wir uns im Wald um, ich könnte jetzt sowieso nicht schlafen.«

Niemand sagte ein Wort, während sie sich zwischen den Bäumen und herumliegenden Felsbrocken nach oben bewegten. Trotz der fortgeschrittenen Tageszeit strahlte der Wald etwas Bedrückendes aus. Die aufziehende Schlechtwetterfront schob immer wieder dunkle Wolken vor die Sonne und die hohen Tannen schluckten einen Großteil des verbliebenen Lichts. Irgendwann fragte einer der beiden Männer der Spurensicherung unsicher: »Glauben Sie, er ist noch hier?«

Ruben ließ sich ein wenig zurückfallen, sah den jungen Mann von der Seite an und schüttelte den Kopf. »Abgesehen davon, dass wir überhaupt noch nicht wissen, wer oder was unten auf der Wiese gewütet hat, glaube ich das nicht. Wir haben zwar nicht gerade viele Leute hier, aber trotzdem wäre es dumm von dem Täter, in der Gegend zu bleiben.«

Irgendwo über ihnen brach der Wind einen Ast, was den Kollegen zusammenzucken ließ. »Haben Sie ein Problem mit der Situation?«, fragte Ruben.

Sie überwanden die letzte Steigung, bevor der Mann schwer atmend zugab: »Ich komme sonst nur an Tatorte, die bereits gesichert sind. Das hier … ist … irgendwie anders.«

Ruben verstand. »Und Sie haben vermutlich keine Waffe dabei, was Sie zusätzlich verunsichert. Oder?«

Der Beamte schenkte ihm ein müdes Lächeln, hob den Alukoffer ein Stück an und erwiderte: »Das hier sind unsere Waffen.«

»Wenn jemand schnell flüchten wollte, würde ich annehmen, dass er diesen Weg genommen hat«, unterbrach der Förster lautstark ihre Unterhaltung und trat auf einen schmalen Wanderweg. Ruben nickte ihm zu.

Sie kamen nun deutlich schneller voran. Wenige Minuten später gabelte sich der ausgetretene Pfad. Der Förster blieb stehen und orientierte sich kurz. »Ich würde vorschlagen …«, begann er, doch Ruben hob die Hand, um ihn zu unterbrechen.

»Stopp«, sagte er und deutete auf eine kleine Felsformation. »Was ist das da?«

Hans Dittrich sah in die angegebene Richtung. »Was meinen Sie?«

»Links von dem größeren Brocken.«

Ruben bat den älteren KTU'ler trotz des Tageslichts um eine Taschenlampe, knipste diese an und ging langsam zu der besagten Stelle. Auf den ersten drei Metern zeigte der Waldboden keine Auffälligkeiten, dann folgte ein kurzes Stück, auf dem alte Tannennadeln und kleine Ästchen an mehreren Stellen zusammengeschoben waren.

Während er versuchte, nur auf die unberührten Flächen zu treten, richtete er den starken Lichtstrahl der Lampe etwas weiter nach vorne. Die Verfärbung war nicht sofort zu erkennen und zeigte sich vor allem an einer Seite des Felsbrockens. Doch was sollte die Farbe hier draußen in der Natur sein, wenn nicht Blut?

Ruben drehte sich zu den anderen und erklärte: »Hier ist etwas.« Und an die beiden Spurensicherer gewandt fragte er: »Können Sie auf die Schnelle zwischen menschlichem und tierischem Blut unterscheiden?«

Der jüngere warf einen unsicheren Blick in das umliegende Unterholz und rief zurück: »Ja, kein Problem. Geben Sie mir drei Minuten. Der Obti-Test dauert nicht lange.«

»Alles klar«, bestätigte Ruben. »Dann kommen Sie vorsichtig rüber.« Er wandte sich an die Kommissarin. »Dieses Kind, also dieser Junge, war wirklich unverletzt?«

Sie nickte. »Ja. Nicht ein Kratzer.«

Ruben kniff kurz die Lippen zusammen und dachte dann laut: »Wenn dieses Blut tatsächlich von einem Menschen stammt, kann es eigentlich nicht von den beiden Wanderern stammen, die lagen zu weit weg. Und wenn auch dieser Junge ausscheidet, muss hier irgendwo jemand sein, der ziemlich dringend Hilfe benötigt.«

Während der KTU-Mitarbeiter seinen Test durchführte, leuchtete Ruben systematisch den umgebenden Waldboden ab. Die Erde war in einem Umkreis von etwa fünf Metern aufgewühlt, aber auf den ersten Blick war nichts zu erkennen, was in eine bestimmte Richtung führte.

Verona Goldbach sah sich inzwischen ebenfalls um. Sie umrundete die kleine Felsformation in einem großen Radius, kam zu einer Mulde, in der ungewöhnlich viele alte Zweige und Äste lagen, und hielt plötzlich inne. Dann rief sie über die Schulter: »Herr Dittrich.«

Der Förster nahm den gleichen Weg wie die Kommissarin, folgte mit den Augen ihrem Fingerzeig und fragte: »Was ist? Ich seh nichts.«

»Ist das ein Stück Fell dort unten?«

»Wo?«

»Links, neben dem dickeren Ast mit den Tannenzapfen daran.«

Er stieg den kurzen Abhang hinunter, ging in die Hocke und stocherte mit einem Ast daran herum. Dann schreckte der Mann zurück und fluchte: »Gottverdammt!«

»Was?«, rief Verona alarmiert, woraufhin er den Kopf zu ihr drehte und mit belegter Stimme erklärte: »Ja, das ist ein Stück Fell … und darunter ist eine Hand, die es festhält.«

Nachdem sie das Gesicht der Frau freigelegt hatten und sicher waren, dass ihr nicht mehr zu helfen war, mahnte Ruben sie, sorgfältig vorzugehen. Daher dauerte es fast eine weitere halbe Stunde, bis alle Zweige, das Laub und die Erde entfernt waren.

Ruben hatte sich inzwischen die alte Akte von den Ereignissen, die Jahre zurücklagen, von seinem Kollegen Habermann schicken lassen. Nun hielt er das Handy neben das blasse Gesicht der Frau und verglich sie mit dem Foto. Schließlich nickte er. »Ja, das ist sie. So wie man sie hier zurückgelassen hat, scheint der Täter ihr nahezustehen.« Er entfernte sich wieder ein Stück und betrachtete das Gesamtbild.

Maria Schmucke war eindeutig nicht in das improvisierte Grab geworfen worden. Sie lag darin, wie man jemanden in einen Sarg legen würde. Einzig der ausgestreckte Arm, mit dem sie das Stück Fell festhielt, passte nicht zu dem Bild. *Lebendig begraben*, ging es Ruben durch den Kopf. Ihr ursprünglich weißes Kleid aus grobem Leinen war beinahe komplett mit Blut durchtränkt, wurde aber sorgfältig glatt gezogen. Sonst trug sie nichts. Schuhe fehlten ebenso wie eine Jacke. In der anderen Hand hielt sie drei kleine frische Tannenzweige, die auf Ruben wie ein Blumenersatz wirkten.

Die Kommissarin trat neben ihn und stellte geradezu ehrfürchtig fest: »Sogar die Haare wurden ordentlich gemacht. Wer auch immer hier am Werk war, er hat etwas für diese Frau empfunden.«

»Hm«, erwiderte Ruben nur nachdenklich.

»Das alles deutet doch auf die Zuneigung ihres Mörders hin«, hakte Verona nach. »Oder sehen Sie das anders?«

»Nein, Sie haben schon recht«, bestätigte Ruben. »Allerdings gibt es verschiedene Arten von Zuneigung. Das reicht von sexueller Anziehung bis hin zur Dankbarkeit.« Er schwieg noch einen Augenblick, bevor er sachlich feststellte: »Das wird ein wirklich außergewöhnlich interessanter Fall. Ich würde gerne den Staatsanwalt bitten, mich ins Boot zu holen. Was halten Sie davon?«

Für einen Moment blieb alles still, nur der Wind sang sein Lied in den Baumwipfeln. Nach einer Weile sah die Kommissarin erst auf die Tote hinab, dann blickte sie Ruben etwas zu lange in die Augen. »Empfinden Sie denn nichts bei diesem Anblick? Ich meine, ich könnte gerade heulen und Sie stehen hier und analysieren das alles ganz nüchtern. Gerade so, als ob es sich um ein Ding handele. Es muss Ihnen doch irgendwie nahegehen, was diese Frau noch vor wenigen Stunden durchmachen musste.«

Ruben reagierte nur mit einem verständnislosen Blick. Die Kommissarin seufzte und schien es aufzugeben. Stattdessen beantwortete sie nun seine ursprüngliche Frage bezüglich ihrer Zusammenarbeit: »Mal sehen. Ich halte mich bei so etwas gerne an eine alte Regel meines Ex-Mannes. Er ist Offizier bei der Bundeswehr.«

Ruben sah sie fragend an und sie erklärte: »Bei der Bundeswehr soll man möglichst immer erst eine Nacht über ein Problem schlafen, bevor man sich über irgendwas beschwert. So lösen sich die meisten Diskrepanzen von selbst.«

»Das wusste ich zwar nicht, klingt aber gut. Also, dann schlafen Sie einfach drüber und bis dahin kann ich ja schon ein wenig über die Sache hier nachdenken.«

Die Kommissarin verdrehte die Augen. »Sie haben sich jetzt schon festgebissen. Oder?«

Ruben setzte sein Lausbubengrinsen auf. »Sie haben immer noch die Chance, dass der Staatsanwalt oder mein Chef dagegen ist. Ich würde vorschlagen, dass Sie sich jetzt erst einmal ausruhen. Ich fahre zurück nach Bamberg und kläre einige Dinge. In der Zwischenzeit können die KTU und die Gerichtsmedizin ihre Arbeit machen.«

Verona Goldbach brummte: »Hoffentlich träume ich nicht von Ihnen.«

Sie verließen gemeinsam das Grab und ließen sich von dem Förster, der merklich weniger selbstsicher wirkte als zuvor, zurück zu der Landstraße bringen, wo ihre Fahrzeuge standen.

Ruben lehnte sich noch eine Weile an das Auto, dachte erst über das nach, was sich hier zugetragen haben könnte, und genoss dann noch für einige Augenblicke die Natur des Thüringer Waldes. Schließlich drehte er sich zu dem Waldstück auf der anderen Seite der Straße und fragte sich, warum darin kein einziger Vogel zu hören war.

10

Vanessa war erst ein Mal hier gewesen. Damals wie heute brodelte diese nicht greifbare Wut in ihr. Damals wie heute braute sich ein Sturm am Himmel zusammen. Fast schien es, als hätte es die Jahre dazwischen nicht gegeben.

Die Windböe fuhr ihr durch die langen Haare, erfasste den großen welken Baum und löste eine Vielzahl der braun verfärbten Blätter. Sie strich sich die Strähnen aus dem Gesicht.

Irgendwo dort oben war er, der Grund für ihre Wut. Sie ließ den Blick über die Fenster der psychiatrischen Abteilung des Erfurter Helios Klinikums schweifen und konnte dabei ein leichtes Frösteln nicht unterdrücken. Nach etwa fünfzehn Minuten lief sie zu einem der wenigen Aschenbecher, die man in der Parkanlage aufgestellt hatte. Dort drückte sie ihre Kippe aggressiv auf das Blech, atmete den letzten Rauch aus und ging los.

Ihr Presseausweis würde ihr hier nichts nützen, doch als Tochter stand sie auf der Liste geduldeter Besucher. Es war Sonntagmittag und sie musste sich in eine lange Reihe von Patientenbesuchern einreihen. Der junge Mann am Infoschalter arbeitete routiniert und trotz des Wochenenddienstes erstaunlich gut gelaunt. Sie zeigte ihm ihren Ausweis und bat knapp: »Ich möchte zu Herbert Lauenstein.«

»Zum Professor, na klar«, antwortete der Pfleger fröhlich und fügte noch hinzu: »Wenn man mich nicht gerade am Informationsschalter missbraucht, ist er einer meiner Lieblingspatienten.« Danach öffnete er eine Seite auf seinem Monitor und suchte nach ihrem Namen. »Da haben wir Sie ja. Vanessa Lauenstein … Oh, ich wusste gar nicht, dass der Professor eine Tochter hat.« Der junge Mann, den das Namensschild als Klaus Stolz auswies, sah sie noch einmal an, bevor er den Kopf etwas zur Seite neigte. »Waren Sie schon einmal hier? Ich kann mich gar nicht erinnern.«

Vanessa war eindeutig nicht in der Stimmung für ein derartiges Gespräch. Sie steckte ihren Ausweis zurück in ihren Geldbeutel und erwiderte knapp: »Es genügt völlig, wenn Sie mir die Abteilung und das Stockwerk nennen.«

Die schwere Tür mit der Aufschrift »Geschlossene Abteilung, bitte benutzen Sie die Klingel« erschien Vanessa wie das Tor zu einer anderen Welt. Kaum dass die Stationsschwester sie eingelassen hatte, rief eine Frau aus einem der ersten Zimmer: »Hau ab, du Fotze. Hau bloß ab, sonst …«

»Jutta«, schnitt die Schwester ihr das Wort ab, woraufhin die Frau noch etwas murmelte, sich aber zurücknahm.

»Sind die gefährlich?«, fragte Vanessa, nachdem sie ein anderer, männlicher Patient von oben bis unten gemustert hatte und an ihr riechen wollte.

»Nicht wirklich«, erwiderte die Schwester, ohne langsamer zu werden, und fügte wenig beruhigend hinzu: »Wenn man die Anzeichen kennt, weiß man, wann es brenzlig werden könnte.«

Am Ende des langen Flures bogen sie nach links ab, wo Vanessa in einen kargen Raum geführt wurde. Die Schwester ging zur Tür und lächelte ihr zu. »Ich hole den Patienten und schließe Sie zu Ihrer eigenen Sicherheit ein, während Sie warten.

Die Tür verfügt auf dieser Seite aber über eine Notentriegelung, Sie sind hier drin also nicht gefangen.«

Ihre innere Unruhe machte es Vanessa unmöglich, sich einfach hinzusetzen, also ging sie vor den beiden vergitterten Fenstern auf und ab, bis sich die Tür erneut öffnete.

Dünn war er geworden, genau wie die wenigen Haare, die sich noch auf seinem Kopf befanden. Vanessa war sich nicht sicher, glaubte aber, sich noch an das altmodisch karierte Hemd zu erinnern, das er auch heute wieder trug.

Wie bei ihrem ersten Besuch wirkte es noch immer, als würde er auf sein Äußeres achten. Nur die alten Lederpantoffeln wollten nicht so recht zu seiner Kleidung passen. Der Anblick ihres Vaters versetzte ihr einen Stich ins Herz. Doch dann fiel ihr wieder ein, was er mit ihrem Bruder gemacht hatte, und aus dem warmen Gefühl wurde Hass.

Die Krankenschwester fragte: »Kann ich Sie mit ihm alleine lassen?«

»Ich denke schon.«

»Gut. Sollte es Probleme geben, können Sie mit dem roten Knopf dort drüben Hilfe holen. Aber unser lieber Professor hat eigentlich noch nie ernsthafte Probleme gemacht.«

Obwohl Vanessa den Mann hasste, gefiel es ihr nicht, dass die Schwester trotz seiner Anwesenheit in der dritten Person von ihm sprach. Sie warf einen Blick zu dem großen runden Knopf und nickte. »Alles klar. Es wird nicht lange dauern. Kann ich danach einfach gehen?«

»Ja, kein Problem. Sagen Sie vorne nur kurz Bescheid, wenn Sie fertig sind.«

»Setz dich, Herbert«, forderte sie, nachdem sich die Tür wieder geschlossen hatte. Ihn noch mit Vater anzusprechen war ihr nicht mehr möglich.

Er kratzte sich umständlich an der Nase und sah sie lange mit seinem leeren Blick an. »Es geht wieder los. Warum, warum, warum? Die Zeitung. Du weißt es. Du bist hier, also geht es wieder los.«

Vanessa spürte Angst, empfand aber auch Wut. Sie wusste selbst nicht, was sie erwartet hatte, aber ihre Hoffnung schwand, heute die richtigen Antworten zu bekommen. Trotzdem schüttelte sie den Kopf und sagte schlicht: »Es kann nicht wieder losgehen, denn du bist jetzt hier.«

»Tiere … tote Tiere … verstümmelte Tiere … ich hab's gesehen, du hast sie gesehen.«

»Ach, du meinst meinen Artikel.« Jetzt begriff sie, wovon er redete. Sie winkte ab. »Ja, es gab immer wieder mal ein paar Vorfälle, aber deswegen bin ich nicht hier.«

»Aber …«

»Kein Aber«, unterbrach sie ihn barsch. »Setz dich endlich. Ich habe Fragen!« Dann zog sie ein dünnes, in Leder eingebundenes Buch unter ihrem Hosenbund hervor und legte es auf den Tisch.

Seine Augen flackerten zwischen ihr und dem Buch hin und her. »Du erinnerst dich also«, stellte sie fest.

Er ließ sich nun doch auf den Stuhl auf der anderen Seite des Tisches sinken. Seine Stimme wirkte für einen Moment klar, als er sagte: »Alte Gedanken aus der Zeit vor dem Tod.«

Vanessa nickte. »Ja, ich weiß. Das hier …«, dabei tippte sie auf den Ledereinband, »… stammt aus der Zeit, bevor du deinen Sohn – meinen Bruder – auf bestialische Weise getötet hast.«

Der Umschwung seines Verhaltens kam so unvermittelt, dass sie zurückzuckte. Die Hände ihres Vaters zitterten, er hob sie zum Kopf und schlug sich auf seine Ohren. »Schmerz, Schmerz, Schmerz«, rief er immer wieder.

Vanessas Blick flog zu dem Notknopf, doch ihr Vater hielt plötzlich inne und starrte zum Fenster hinaus. Sie folgte seinem Blick und sah gerade noch, wie eine Böe einige welke Blätter der großen Eiche mit sich nahm. Als sie sich ihrem Vater wieder zuwandte, saß dieser da, als wäre nichts geschehen. »Liest du mir etwas daraus vor?«, fragte er mit ruhiger Stimme. »Weißt du, der Wind hat schon so viele Gedanken mitgenommen … leider auch die guten.«

Sie zog eine Augenbraue nach oben, entspannte sich ein wenig und nahm das dünne Büchlein zur Hand. »Das hätte ich sowieso getan.«

Sie hatte drei Stellen des Tagebuchs mit kleinen farbigen Einlagen markiert und begann nun mit der ersten. Nach einem kurzen Blick über den Rand ihrer Lesebrille begann sie: »1. August 1984.« Sie unterbrach sich und sah ihn eindringlich an. Sie wollte, dass er sich auch wirklich an diese Zeit erinnerte. »Ich habe nachgerechnet. Da warst du vierunddreißig Jahre alt und hattest laut deinen Unterlagen gerade eine Stelle als Doktor der Psychologie im Jugendwerkhof angeboten bekommen.«

»Ich war Doktor?«, fragte der Professor ungläubig.

Sie ignorierte ihn und begann stattdessen zu lesen: »*Heute hätte ein schöner Tag werden können. Die Sonne scheint, die Luft hat eine angenehme Temperatur und die Menschen sind so ausgelassen wie selten. Während sich die anderen an diesem Sonntag erfreuen, lastet eine tonnenschwere Last auf meinen Schultern. Meine Seele brennt angesichts der Ungeheuerlichkeit meines Tuns, und doch lässt sie mir keine Wahl. Ich habe lange versucht, Adele zu beknien, und jetzt geht es nicht mehr anders. Gestern war der Tag, an dem sie die Weichen stellte, und heute ist der Tag, an dem sie begreifen muss, dass das, was wir taten, nie bekannt werden darf.*

Ich blicke seit Stunden auf die Uhr, überlege, es zu stoppen. Aber es ist zu spät. Wir könnten nirgendwo hin und in zehn Minuten wird der Befehl ausgeführt. Ich mag die Stasi nicht, aber ich habe das Wort meines Freundes. Bernhard versprach es mir mit Handschlag. Adele wird sich den Fragen stellen müssen, doch danach wird er dafür sorgen, dass man sie nicht lange in Haft behält.«

Vanessa stoppte, schlug das Buch wieder zu und sah ihren Vater lange an. Dieser sah unbeteiligt aus dem Fenster.

»Mit ›Adele‹ meinst du deine Schwester, oder?«, fragte sie. In seiner Mimik veränderte sich nichts.

»Was ist damals passiert?«, versuchte sie es noch einmal, wobei sie sich über ihre eigene Beherrschtheit wunderte. Erst als ihr Vater begann, ein Kinderlied zu summen, platzte ihr der Kragen. Sie stand so schnell auf, dass der Stuhl hinter ihr umkippte, pochte wieder auf das Tagebuch und schrie ihn an: »Wenn es darin um deine Schwester geht, ist sie tot, versteht das dein krankes Hirn? Sie hat eine Überdosis genommen und sich damit ins Jenseits befördert. Was zur Hölle ist damals passiert? Was hast du getan? Erst meine Tante, dann mein Bruder und am Ende auch noch Mutter. Was zur Hölle ist los mit dir? Du hast dieses Tagebuch nicht ohne Grund geschrieben. All die Jahre, bevor du Paul ermordet hast, hast du so getan, als wäre der Selbstmord deiner Schwester auch für dich völlig aus dem Nichts gekommen. Dabei wusstest du es ganz genau. Du wusstest, was passiert war … wenn nicht sogar … ja, wenn es nicht sogar deine Schuld war.«

Vanessa schnappte nach Luft und wurde ein klein wenig ruhiger. Sie stellte den Stuhl wieder auf, ließ sich darauf sinken und erklärte: »Vielleicht wäre es besser gewesen, ich hätte dieses Büchlein nicht gefunden. Aber eines kannst du mir glauben: Ich komme so oft wieder, bis du mir die Wahrheit erzählst. Ach, und nur dass du es weißt: Ich habe den Rest deiner Sachen, die seit deiner Haft bei mir im Keller lagen, zusammen mit deiner geliebten Briefmarkensammlung im Schrebergarten verbrannt.«

Nun drehte ihr Vater den Kopf zu ihr, lächelte und sagte überrascht: »Vanessa, schön, dich wieder einmal zu sehen.« Dann wurde sein Gesichtsausdruck entschlossen. »Geht es wirklich wieder los? Irgendetwas hat sich verändert und du musst aufpassen, dass er dich nicht findet.«

Sie schüttelte fassungslos den Kopf. »Du kannst mir nicht drohen, du sitzt in der Psychiatrie.« Sie nahm das Buch und verließ erst den Raum und wenig später das Krankenhaus.

11

Mit dem aufkommenden Sturm hatte auch leichter Nieselregen eingesetzt. Das Wasser auf ihrem Gesicht war Vanessa egal, doch aus irgendeinem Grund war es ihr ein starkes Bedürfnis, das Tagebuch zu schützen. Sie steckte es unter ihren Pullover in den Hosenbund, zog die Jacke darüber und hielt den Arm zum zusätzlichen Schutz davor.

Auch als sie eine halbe Stunde später nach Hause kam, kreiste der Besuch ihres Vaters immer noch wie eine lästige Fliege in ihrem Kopf. *Alles hängt mit allem zusammen*, schwirrte es ihr durch den Kopf, ein Satz, den sie im Studium gelernt hatte. Doch selbst wenn sie versuchte, zwischen den Zeilen des Tagebuchs zu lesen, blieben Herberts Ausführungen vage.

Sie legte das Buch auf ihren kleinen Esstisch, machte sich einen Kaffee und versuchte bei einer Zigarette, wieder etwas Abstand zu dem Thema zu bekommen. Danach schloss sie das Fenster, setzte sich mit der Tasse an den Tisch und öffnete die News-App der Erfurter Tageszeitung, für die sie seit sieben Jahren arbeitete. Die Hauptschlagzeile des Tages nahm das ganze Display ein, trotzdem glaubte sie, sich verlesen zu haben. Beim zweiten Mal sprach sie die wenigen Worte laut:

»Spektakuläre Wende im Fall der seit sechs Jahren verschollenen Maria Schmucke.«

Vanessa spürte, wie ihre Hände zu zittern begannen. Sie öffnete den Artikel und las:

> Nach ersten Informationen ist heute Morgen die Leiche der seit sechs Jahren als vermisst geltenden Maria Schmucke gefunden worden. Offenbar handelt es sich aber nicht um ein altes Verbrechen, denn Frau Schmucke lebte bis vor Kurzem noch. Die genauen Hintergründe liegen momentan noch im Dunkeln, da die Polizei eine Nachrichtensperre verhängt hat. Aus internen Kreisen heißt es allerdings, dass es noch mehr Verletzte gebe und ein mysteriöses Kind aufgetaucht sei. Wir werden die Sache selbstverständlich weiterverfolgen und Sie wie immer brandaktuell informieren. Bitte aktivieren Sie die Pushnachrichten, um nichts zu verpassen.

Ihre Gefühle drohten sie zu überwältigen. Für sie war wie für alle anderen immer klar gewesen, dass ihr Vater auch die Freundin ihres Bruders umgebracht hatte. Soweit sie wusste, hatten zig Beamte versucht, ihm das Geheimnis ihres Aufenthaltsorts zu entlocken, doch niemand hatte es geschafft, seinen Wahnsinn zu durchbrechen. Alles, was er damals zugegeben hatte, war der Mord an seinem Sohn gewesen. Doch diese Tatsache wäre auch ohne sein Geständnis offensichtlich gewesen. Schließlich hatte man ihren Vater an einer Feuerstelle aufgegriffen, als er gerade dabei gewesen war, die zerstückelten Körperteile seines Sohnes zu verbrennen.

Der Umstand, dass Maria Schmucke bis vor Kurzem gelebt hatte, veränderte alles, nicht aber sein damaliges Geständnis.

Nachdem sie die wenigen Informationen ein zweites Mal gelesen hatte, versuchte sie es noch auf anderen News-Seiten.

Doch außer einigen Spekulationen gab es auch dort nicht mehr zu erfahren.

Heute war Sonntag und in zwei Stunden würde der leitende Redakteur mit ihren Kollegen den Inhalt der morgigen Ausgabe der Tageszeitung ausarbeiten. Wenn es überhaupt eine Chance gab, an dem Fall Maria Schmucke mitrecherchieren zu dürfen, dann jetzt.

»Niemand kennt ihn besser als ich«, war das Totschlagargument und ihr Chef ließ sich darauf ein. Er presste seine Finger gegeneinander, bis die Gelenke lautstark knackten. Danach warf er einen Blick auf seinen altmodischen Tischkalender und bestimmte: »Ich genehmige die Spesen für drei Tage. Haben Sie bis dahin nichts Brauchbares, macht Herr Jacob weiter. Wen möchten Sie als Fotograf mitnehmen?«

Vanessa musste nicht lange überlegen. Sie unterdrückte ein Grinsen und versuchte, möglichst neutral zu klingen: »Torsten Bernau.«

Ihr Chefredakteur nickte. »Gut, dann los. Ich erwarte angesichts der großen Aufmerksamkeit des Falles eine fortlaufende Berichterstattung. Wenn es sein muss, können Sie einen der Redakteure auch nachts um zwei aus dem Bett klingeln. Unsere Onlineredaktion hatte die Schlagzeile heute als erste draußen, dementsprechend hoch ist die Resonanz und Sie wissen selbst, wie dringend wir mehr Follower brauchen.«

Vanessa stand auf. »Danke. Sie können sich auf mich verlassen«, sagte sie knapp. »Wir melden uns, sobald wir in Suhl angekommen sind.« Danach ging sie ein Stockwerk tiefer und begann, nach Torsten zu suchen. Wenn sie sich recht erinnerte, hatte er heute Morgen etwas von einer Sonderschicht gesagt, aber sicher war sie sich nicht.

Nachdem er weder an seinem Arbeitsplatz noch in der Teeküche war, fragte sie die stets gut gelaunte Praktikantin nach ihm. Die junge Frau dachte kurz nach, schüttelte den Kopf und erklärte dabei: »Nein, der war heute noch nicht hier. Allerdings steht er auch nicht im Dienstplan.«

Vanessa stutzte. »Du kennst den Dienstplan auswendig?«

Die angehende Reporterin zuckte mit den Schultern. »Du glaubst gar nicht, wie oft hier jemand einen anderen sucht. Und da ich offenbar ›Auskunft‹ auf der Stirn stehen habe, schaue ich mir den Plan jeden Morgen an.«

»Okay«, gab Vanessa gedehnt zurück, zog ihr Handy heraus und wählte Torstens Nummer.

Nach dem fünften Freizeichen hob er ab und fragte träge: »Hey, Baby, schon auf den Beinen?«

»Du ja offenbar noch nicht. Ich habe dir vorhin eine Nachricht geschickt.«

»Moment.« Es folgte ein Augenblick der Stille, in der er vermutlich die Nachricht las. Schließlich fragte er: »Und warum soll ich dich so dringend in der Redaktion treffen? Ich meine, wir haben heute frei und die letzte Nacht war … schön, aber anstrengend.«

In Vanessas Kopf blitzten kurz Bilder auf, für die sie im Moment allerdings keine Zeit hatte. Daher erklärte sie kurz: »Der Chef hat mir eine ziemlich brisante Story gegeben. Ich wollte natürlich dich als Fotografen, aber wir müssen sofort los.«

»Los wohin?«

»In die Gegend um Suhl.«

»Boah, warum nicht Hawaii oder Ibiza?«

»Weil der Mord nun mal in Thüringen passiert ist. Und jetzt komm her und hol mich bitte im Verlag ab«, erklärte sie knapp und wollte schon auflegen. Doch eine Sache geisterte ihr schon die ganze Zeit durch den Kopf, also fragte sie: »Wann bist du heute Morgen los? Es war doch so gegen sechs, oder?«

»Ja, in etwa. Warum?«

»Hast du da jemanden an meinem Briefkasten gesehen?«

»Lass mich überlegen, ich war ja nicht mehr ganz nüchtern. Aber nein, ich glaube, da war niemand. Warum stellst du mir lauter so komische Fragen?«

»Erkläre ich dir später. Es ist nur, als ich heute Morgen die Sonntagsausgabe unserer Zeitung holen wollte, lag noch etwas anderes darin. Aber jetzt komm erst einmal her. Auf der Fahrt haben wir noch genug Zeit für Erklärungen.«

12

Er saß zusammengesunken mit dem Rücken an den kalten Stein gelehnt. Es war die plötzliche Leere des Raumes, die er nicht begreifen konnte. Die Stille saugte ihn aus, raubte ihm jede Energie. Das leicht angerostete Gitter, die kleine Schale Müsli, der offen stehende Deckel der Campingtoilette … alles wirkte wie immer und doch war nichts mehr, wie es sein sollte.

Sein Blick fiel durch die schmale Tür in den angrenzenden Raum. Es hatte damals Monate gedauert, dem Boden die Erde abzutrotzen, eine richtige Schufterei war das gewesen.

Er dachte daran, wie oft sie dort hinten zusammengelegen hatten. Es war so echt … als wären sie Mann und Frau gewesen. Während der Kleine nebenan hinter dem Gitter in seinem Bettchen schlief, hatte er die Wärme seiner Mutter genossen.

Und jetzt? Er verstand es einfach nicht. War nicht in der Lage zu begreifen, warum sie diesen Weg gewählt hatte. Ihr musste doch klar gewesen sein, in was für eine Welt sie ihren Sohn damit verbannen würde? Weg von ihm, weg von dem Schutz, den er den beiden stets geboten hatte.

Mit geschlossenen Augen versuchte er, sich an die Ereignisse zu erinnern, sie zu ordnen, doch die Bilder rasten viel zu schnell durch seine Gedanken. Wie er mit seinem Sohn hinter einem Busch auf der Lauer lag und darauf wartete, dass das Reh nahe genug kam, um es mit einer einfachen Lanze töten zu können. Wie Maria sich mit einem Waschlappen reinigte. Wie sie alle drei zusammensaßen und er ihr ein frisches Brötchen durch die Gitterstäbe reichte, die den Tisch teilten.

Seine Gedanken durchliefen immer die gleichen Szenen und sie endeten immer mit ihrem Tod. Sie war einfach keine gute Läuferin gewesen, war viel zu selten dazu gekommen. In dem Augenblick, bevor sie über diesen Ast stolperte, hatte er es schon kommen sehen. Er rief, warnte sie, doch sie wollte einfach nur weg, und dann war es zu spät. Seine Erinnerungen führten ihm die Szene immer wieder und wieder vor Augen. Eine einzige Armlänge weniger, ein etwas schnellerer Schritt und er hätte es verhindern können … eine gottverdammte Armlänge. Er sah es vor seinem inneren Auge. Sah, wie ihr nackter Fuß unter den Ast geriet. Sah, wie sie nach vorne stürzte. Sah, wie ihr hübsches Gesicht gegen diese Felskante prallte. Hörte, wie ihr Jochbein brach.

Und dann, als sie ihren letzten Atemzug tat, sah er diese Liebe in ihren Augen, was ihre Flucht noch viel unverständlicher machte.

Natürlich wollte er seinen Sohn finden, aber er konnte sie nicht so einfach liegen lassen. Es war ein viel zu kurzes Ritual und er hätte sich wesentlich mehr Zeit für den Abschied gewünscht. Diese Mulde im Wald war ihrer unwürdig und die wenigen Zweige konnten sie kaum vor den Aasfressern schützen. Aber es war ihm gottverdammt noch mal keine Zeit geblieben.

Sosehr er sich auch beeilt hatte, seinen Sohn zu finden, er war zu spät gekommen.

Auf all ihren Jagdausflügen hatte er ihm gepredigt, wie schlecht und gefährlich die anderen Menschen seien. Er hatte ihm tausendmal erklärt, dass er sich unter allen Umständen von ihnen fernhalten müsse. Und trotzdem hatte der Kleine vor diesem nackten Mann gestanden und keine Anstalten gemacht wegzulaufen. Also hatte er sich der Gefahr für seinen Sohn angenommen, doch als er fertig war, war dieser erneut verschwunden.

Das letzte Bild vor seinem inneren Auge zeigte den Kleinen mitten auf der Wiese. Viel zu weit weg und umgeben von diesen Jugendlichen. Er hatte jede Chance auf Rettung verspielt.

In der Erinnerung an diesen letzten Anblick seines geliebten Jungen löste sich ein Schrei aus seiner Kehle. Er flutete das Kellergewölbe, brach sich an den felsigen Mauern und kehrte zu ihm zurück. Er schrie und schrie und schrie, bis sein Rachen wund und die Stimmbänder gereizt waren. Danach stand er auf, stieg die schmale Leiter hinauf und schlug die Bodenplatte hinter sich zu.

Hier oben war es schon immer einsam gewesen, doch ohne das Leben unten im Keller erschien es ihm heute unerträglich. Sein einziger Trost war, dass er es wieder ändern konnte. Und so nahm er eine lange Dusche, legte sich nackt in sein Bett und gab sich der Vorstellung hin, bald wieder einen warmen Körper neben sich zu spüren, den er vor der Welt beschützen würde.

Zwei Stunden später gab er es auf. Seine Fantasie konnte die Gesellschaft der beiden nicht ersetzen. Er ging erneut hinunter in das Gewölbe, das er liebevoll »das Nest« nannte.

Ihr Geruch hing noch in der Luft, und solange das Licht aus war, glaubte er, alles nur geträumt zu haben. Er musste nur leise das Gitter öffnen, ihr die Riemen anlegen und sie zum Bett führen. Dann würde er sich an sie schmiegen und damit die Einsamkeit verdrängen.

Wie fast in jeder Nacht verzichtete er auf die helle Deckenbeleuchtung. Schließlich brauchte der Junge seinen Schlaf und Maria war viel ruhiger, wenn sie ihn nicht nebenan weinen hörte. Er knipste die winzige Taschenlampe an, holte das Geschirr mit den Hand- und Fußfesseln, das er aus selbst gegerbtem Leder hergestellt hatte, und trat an das Gitter.

Für einen winzigen Moment glaubte er, ihren Haarschopf auf dem Kopfkissen zu erkennen, dann traf ihn die Erkenntnis wie ein Fausthieb in den Magen. Es war tatsächlich passiert. Sie waren weg … für immer und ewig. Maria lag blass und kalt in einem Kühlschrank und sein Sohn war bei fremden, bösen Menschen.

Sein Jammern hallte wie das Quietschen eines schlecht geölten Scharniers durch das Gewölbe. Er zog die Gittertür auf, wobei weitere Stücke aus der von Maria ausgehöhlten Wand fielen. Vor dem Bett zog er die Decke vor sein Gesicht, tauchte darin ein und sog die Luft bis tief in seine Lungen. Der Geruch war überwältigend, ließ ihn zurücktaumeln und Bilder sehen, die alles noch viel schlimmer machten.

Es kostete ihn all seine Willenskraft, den Stoff fallen zu lassen. Mit dem Rücken an das kalte Gitter gelehnt stand er einfach nur da und starrte in den leeren Raum. Das Gefühl warf ihn zurück in die Einsamkeit seiner Kindheit. Es gab keine Liebe, keinen Halt, kein Vertrauen und keine menschliche Nähe mehr. Nur noch ihn und diese alles vernichtende Kälte, die durch seine Adern kroch.

Ohne Maria und ihren Sohn hatte es keinen Sinn mehr, länger zu warten. Auch andere brauchten seinen Schutz und er hatte sie schon viel zu lange vernachlässigt.

Um in den kleinen Anbau zu kommen, musste er das Haus verlassen. Er verzichtete auf Kleidung und trat hinaus in die kalte Dunkelheit der Nacht, in der die Tiere des Waldes geheime Unterhaltungen führten.

Doch heute war keine Zeit, um sich unter sie zu mischen. Heute gab es andere Dinge zu erledigen.

In dem kleinen Anbau fand er alles, was er benötigte, um den Riegel wieder fest in der Wand zu verankern. Er holte einen Eimer, etwas Zement und einige Werkzeuge. Fest entschlossen, das Nest gegen den Rest der Welt abzusichern, mischte er den

Mörtel an, wartete, bis dieser die richtige Konsistenz hatte, und schaffte alles in den Keller.

Nach der Reparatur der Gittertür ging er in den winzigen angrenzenden Raum, der all sein Wissen beherbergte. Das Ergebnis der jahrelangen Recherche hing fein säuberlich an der Wand. Es gab Namen, Adressen und Fotos. Einige hingen für sich alleine, andere waren durch Fäden miteinander verbunden.

Sein Blick fiel auf das Bild des hiesigen Arztes, von dem er wusste, was dieser in einsamen Nächten trieb. Ein Foto seiner Tochter hing daneben. Er nahm einen roten Edding, umrahmte es mit einem Herz und beschloss, mit ihr zu beginnen. Danach wandte er sich einem weiteren seiner selbst gemachten Steckbriefe zu und übermalte das Gesicht des Mannes mit einem dicken X.

Gegen zwei Uhr morgens entfernte er die Reste des Mörtels von seinen Händen, zog sich die weichen Rehfelle über und machte sich auf den Weg in Richtung Frauenwald.

Am Waldrand, kurz vor den ersten Häusern, kniete er sich auf den Boden. Der Herbststurm war in vollem Gange. Er fuhr durch die Gipfel der hohen Tannen und drüben im Dorf fegte er das Laub durch die dunklen Gassen. Einige Augenblicke lang betrachtete er die Häuser. Inzwischen waren einige neue, moderne Bauten hinzugekommen, was ihm überhaupt nicht gefiel. Der Ort hatte sein Gesicht verloren und war zu etwas Kaltem geworden.

Nach einigen Minuten erhob er sich, zog die Kapuze mit dem ausgestopften Gesicht eines jungen Rehs über den Kopf und schlich von Baum zu Baum.

In drei der Neubauten glimmte noch eine Lampe hinter den zugezogenen Gardinen, doch bei seinem eigentlichen Ziel war alles friedlich und dunkel.

Es war eines der schönsten Häuser im Ort. Altes Fachwerk mit einer Fassade aus dunklen Schiefertafeln, gut gepflegt, und die ebenerdigen Fenster wurden von einer hohen Hecke beschützt. Er drückte sich durch die Lücke zwischen zwei hohen Kirschlorbeerbüschen und wollte gerade in den Garten treten, als ein Auto näher kam. Er wagte es kaum zu atmen und verharrte völlig regungslos zwischen den Büschen. Der Streifenwagen rollte so langsam an ihm vorbei, dass er glaubte, er würde jeden Moment stehen bleiben. Doch wenige Sekunden später beschleunigte er und sein Motorengeräusch verschmolz mit dem Rauschen des Windes.

Er atmete durch, schlüpfte in den Garten und ging gebückt bis zu dem Fenster, von dem er wusste, dass dahinter ihr Zimmer war. Dort schob er sich vorsichtig vor die Scheibe und stieß einen leisen Fluch aus.

Es war nicht das Gleiche wie mit Maria. Natürlich nicht! Maria hatte er von Anfang an geliebt. Er hatte einfach nicht zulassen können, was ihr mit ihrem Auserwählten bevorgestanden hätte.

Dieses Mädchen brauchte ebenfalls seinen Schutz und wusste es noch nicht einmal. Die Kleine wusste nicht, was mit ihr geschah. Und von der dunklen Vergangenheit ihres Vaters hatte sie erst recht keine Ahnung.

Er mochte sie. Einmal hatte sie ihm sogar zugelächelt. Außerdem war sie im Gegensatz zu anderen jungen Frauen leicht zu holen. Das heißt, sie wäre leicht zu holen, wenn nicht ausgerechnet jetzt dieser Junge bei ihr wäre. Noch hatten die beiden zumindest ihre Unterwäsche an, aber so wie es aussah, würde das nicht mehr lange so bleiben.

Er zog sich zurück und dachte für einen kurzen Augenblick daran, einfach wieder nach Hause zu gehen. Aber die Stille, die ihn dort erwartete, war unerträglich. Er brauchte einfach jemanden, der ihm das Gefühl geben konnte, als wäre Maria noch da.

Er warf einen weiteren Blick in das Zimmer und sah, dass inzwischen auch ihr BH neben dem Bett heruntergefallen war. Sein angespanntes Hirn suchte verzweifelt nach einer Lösung. Im Grunde wäre der Junge kein Hindernis, aber es widerstrebte ihm, das Problem auf die brutale Art zu lösen.

Nach einem Blick zum oberen Stockwerk des Hauses wusste er plötzlich, was zu tun war. Er zog sich in den Kirschlorbeer zurück, sammelte ein paar kleine Steine vom Boden und warf diese gekonnt gegen die obere Scheibe. Als das Licht anging, wechselte er zu einer abgelegenen Position in dem großen Garten, von der aus er alles gut im Blick hatte.

Es dauerte nur wenige Minuten, bis sich das untere Fenster öffnete. Er hörte panisches Geflüster, dann kletterte der Junge aus dem Zimmer, nahm seine Klamotten, die sie ihm einfach hinterherwarf, und verschwand in Richtung Straße. Er war noch nicht ganz aus dem Sichtfeld verschwunden, als der Kopf des Arztes an demselben Fenster erschien und sich nach allen Seiten umsah. Danach wurde das Fenster geschlossen und es kehrte wieder Stille ein.

»Versager«, murmelte er und wartete dann noch eine Weile.

Nachdem das Licht im oberen Schlafzimmer wieder erloschen war, schlich er selbst zu der Hauswand und klopfte leise gegen die Scheibe.

Die junge Frau öffnete das Fenster. »Michael, bist du das?«, fragte sie leise und erstarrte dann unwillkürlich beim Anblick des langen Jagdmessers. Sein Schlag mit dem Griff der Waffe erfolgte so unvermittelt und schnell, dass sie keinen Ton mehr von sich geben konnte. Er zog sie durch den Fensterrahmen, legte sie sich über die Schulter und war schon kurz darauf im tiefen Wald verschwunden.

13

Ruben war erst am Nachmittag nach Bamberg zurückgekehrt und beschloss, den restlichen Tag mit seiner Familie zu verbringen. Natürlich brannte ihm der Fall unter den Nägeln, aber am heutigen Sonntag würde sich weder sein Chef noch der zuständige Staatsanwalt mit seiner Beteiligung an dem Fall befassen. Und sollte einer der beiden dagegen sein, würde es für ihn keine Ermittlungen geben.

Ruben wollte unbedingt dabei sein und er wusste, dass es vermutlich keine gute Idee war, die beiden Herrschaften an ihrem heiligen Wochenende zu belästigen.

Außerdem brauchte die KTU mit Sicherheit einige Stunden, bis sie das Waldstück abgesucht und die Leiche der Frau geborgen hatte. Er würde folglich nichts verpassen und Elisa und Pia waren dankbar für jede Stunde, die er mit ihnen verbrachte.

»Wo wollt ihr denn hin?« Rubens Schlüssel steckte noch im Schloss, als die Wohnungstür von innen aufgezogen wurde. Pia und Elisa waren offenbar gerade dabei zu gehen.

Seine Frau sah ihn verärgert an. »Wir haben beschlossen, den einzig wirklich freien Tag der Woche auch ohne dich zu genießen.« Sie machte einen Schritt auf ihn zu und fragte:

»Hast du dein Handy vergessen? Wenn Elisa dir heute Nacht nicht zufällig begegnet wäre, hätte ich dich als vermisst melden müssen.«

Ruben holte tief Luft, fand aber auf die Schnelle keine Ausrede. Stattdessen murmelte er: »Oh, stimmt. Ich wollte dir eigentlich eine Nachricht schreiben.«

Pia verdrehte die Augen. »Ist es die Sache in Thüringen?«

»Du weißt davon?«

Sie setzte ein überlegenes Grinsen auf. »So gut wie alle Medien berichten davon. Aber du wirst schon wissen, warum du nur Klassiksender im Radio hörst.«

»Können wir jetzt? Der Film wartet nicht auf uns«, mischte sich Elisa ungeduldig ein.

»Was für ein Film?« Ruben verwirrte der abrupte Themenwechsel.

»Frag nicht«, winkte Pia ab und grinste. »Aber gut, dass du da bist, dann muss ich mir das nicht alleine antun. Uns steht ein actionreicher Nachmittag im Kino bevor.«

Am nächsten Morgen betrat Ruben wie gewohnt um sieben Uhr dreißig sein Büro. Der Actionfilm hatte keine bleibenden Schäden hinterlassen, allerdings hatten sie danach beschlossen, in Zukunft stärker auf die Altersempfehlung zu achten. Elisa war natürlich begeistert gewesen, dass sie allerdings gut geschlafen hatte, bezweifelte er.

Während sein Tee exakt drei Minuten und zwanzig Sekunden zog, startete er seinen Computer und warf einen Blick in das Nachbarbüro. Doch anstelle seines Kollegen, des Internetforensikers Habermann, entdeckte er nur einen Zettel im Chaos seines Schreibtischs. In ungelenker Handschrift stand darauf:

Bin heute den ganzen Tag bei den Kollegen der Zentralstelle Cybercrime. Sie können mich auf dem Handy erreichen. Und Finger weg von meinen Keksen :-)

Ruben warf einen angeekelten Blick auf die achtlos aufgerissene Packung, die mehr Brösel als Kekse enthielt, und verließ das Büro wieder.

Ihm blieben zwanzig Minuten, um sich vor dem Treffen mit seinem Chef auf den neuesten Stand zu bringen. Er holte das Tee-Ei aus der Tasse und öffnete eine elektronische Akte, doch nur um festzustellen, dass die Thüringer Kollegen einen Zugangsschutz eingerichtet hatten. Offenbar hatte man sich dazu entschlossen, dass nur ein enger Kreis Eingeweihter die genauen Details zu dem Fall lesen durfte. Ein durchaus nicht ungewöhnliches Vorgehen, denn viele Reporter pflegten auch engere Bekanntschaften zu Polizisten.

Da auf diese Weise erst einmal nichts herauszufinden war, griff er zum Telefonhörer, drückte die Kurzwahltaste für die interne Vermittlungsstelle und bat: »Bitte verbinden Sie mich mit Kriminalhauptkommissarin Verona Goldbach im LKA Thüringen.«

Nach nur zwei Freitönen hob die Kollegin ab. »Herr Hattinger, ich habe Ihren Anruf fast schon heute Nacht erwartet. Was ist los, haben Sie Ihr erstes Interesse an dem Fall Rennsteig verloren?«

Ruben ging nicht darauf ein. »Ermittlungsgruppe Rennsteig. Ein wirklich gut gewählter Name. Gefällt mir! Und nein, ich habe nichts verloren, komme allerdings auch nicht weiter, da die Akte gesperrt ist.«

»Muss ich Ihnen als gestandenem Sonderermittler jetzt erklären, warum wir uns dazu entschlossen haben?«

Er mochte es nicht, wenn zu viel drum herumgeredet wurde, und stellte nur knapp fest: »Müssen Sie nicht. Viel wichtiger ist mir, ob es bereits neue Erkenntnisse gibt.«

Er hörte die Kommissarin kurz durchatmen. »Sie haben recht und ich sollte es nicht an Ihnen auslassen. Mir sitzen hier ein Haufen Leute im Nacken, die alle Fragen haben, auf die ich noch keine Antworten weiß. Lassen Sie uns doch einfach noch mal mit einem ›Guten Morgen‹ beginnen.«

Ruben gefiel es, wenn Klartext gesprochen wurde. Er wünschte ihr ebenfalls einen guten Morgen und schwieg dann erwartungsvoll.

»Gut«, murmelte Verona Goldbach und schien ihre Gedanken zu ordnen. »Also, wir haben inzwischen natürlich eine Menge neuer Erkenntnisse durch die Auswertung der Spuren. Allerdings konnten bis jetzt weder die beiden Wanderer noch das Kind befragt werden. Und auch von einem konkreten Hinweis auf den Täter fehlt noch jede Spur.« Und nach einer kurzen Pause fragte sie beinahe widerwillig: »Wäre es vielleicht möglich, dass Sie zu uns nach Suhl kommen und sich alles ansehen? Hier brennt die Luft und wir haben einen ziemlichen Personalmangel.«

»Das entscheidet sich in ein paar Minuten. Da es sich aber um einen Altfall handelt, an dem ich bereits gearbeitet habe, dürften die Chancen ganz gut stehen, dass mein Chef unterschreibt.« Er versprach ihr, sich in Kürze zu melden, und legte auf. Eine Minute vor acht sperrte er seinen Rechner, stand auf und folgte den Fluren bis zu dem Büro seines Chefs.

Völlig in Gedanken an den Fall versunken, nahm er die Polizistin erst wahr, als sich diese vom Kaffeeautomaten abwandte. Er lief noch zwei Schritte weiter, blieb stehen und drehte sich langsam um. Dann neigte er verblüfft den Kopf zur Seite. »Eva?!«

Diese strahlte zwar von einem Ohr zum anderen, doch es lag auch noch irgendetwas anderes in ihrem Blick. War es Furcht?

Bevor er danach fragen konnte, hatte sie den Plastikbecher auch schon abgestellt, war vor ihn getreten und nahm ihn ungefragt in den Arm. Ruben, der außer bei seiner Familie Körperkontakt hasste, ließ es ihr durchgehen.

Sie trat einen Schritt zurück. »Hallo, Ruben, wie geht es dir?«

Er ignorierte die Frage, sah ihr in die Augen und fragte misstrauisch: »Was machst du hier?«

Sie verlagerte ihr Gewicht unruhig von einem Bein auf das andere, nickte zu der Tür mit der Aufschrift »Kriminalrat Winkler« und stellte leise fest: »Er hat es dir also noch nicht gesagt.«

Ruben zählte eins und eins zusammen. »Du willst zum BKA wechseln und hier bei uns anfangen?«

»Ja«, erwiderte Eva eigenartig gedehnt. Dann brachte sie Haltung in ihren Körper, räusperte sich und sagte schnell: »Genauer gesagt will ich bei dir anfangen.«

»Bei mir? Als Partnerin?« Ruben kam der Gedanke geradezu lächerlich vor und er fügte belustigt hinzu: »Da würde ja dann nur noch Schober fehlen.«

Eva stieß ein leises Glucksen aus. Sie nickte erneut zur Tür. »Der ist gerade da drin.«

Ruben fehlten die Worte. Er drehte sich unentschlossen zwischen der Tür und Eva hin und her und wusste nicht, was er sagen sollte. Natürlich konnte er in einem Team arbeiten. Aber nur, wenn diese Zusammenarbeit auch wieder endete! Der Kriminalrat wusste dies spätestens seit dem Versuch vor fünf Jahren. Der junge Kollege, der mit ihm zusammen ermitteln sollte, war nach einem Monat freiwillig gegangen. Und mit Habermann funktionierte es nur, weil sie in völlig verschiedenen

Welten unterwegs waren und sich die Zusammenarbeit auf Faktensuche beschränkte.

Die Tür öffnete sich und Eva schien erleichtert, dass sie damit aus der Schusslinie war. Schober wirkte ebenso ertappt wie Winkler, der dem Kriminaltechniker gerade die Hand zum Abschied gab.

Nach einigen Augenblicken des Schweigens besann sich Winkler offenbar auf seine Position. Er setzte sein Presselächeln auf und sagte an Ruben gewandt: »Sie kommen wie gerufen.« Mit einer einladenden Geste wies er in sein Büro.

Ruben folgte seinem Chef und setzte sich auf einen der beiden Stühle. Als er feststellte, dass dieser Schobers Körperwärme gespeichert hatte, wechselte er auf den anderen. Danach nickte er zu der Tür und erklärte ungefragt: »Ich mag die beiden, aber ich arbeite alleine am besten.«

Winkler machte eine abwägende Kopfbewegung und faltete die Hände. Er schien nach den richtigen Worten zu suchen. »Herr Hattinger, ich weiß Ihre Erfolge wirklich zu schätzen. Trotzdem leben und arbeiten wir hier nicht abgekoppelt vom Rest der Welt. Wir sind Teil eines Ganzen und …«

Ruben verdrehte die Augen. »Können wir das hier vielleicht ein bisschen abkürzen? Ich war gestern in Thüringen und Ihnen dürfte nicht entgangen sein, dass dort einer meiner Altfälle eine neue Wendung bekommen hat.«

Winkler kannte seinen Hauptkommissar gut genug, um ihm die Unterbrechung nicht übel zu nehmen. »Na gut, dann will ich es auf den Punkt bringen, Sie mögen es ja gerne direkt. Also, unser nicht mehr ganz neuer Bundesinnenminister möchte die Bundespolizei stärken, um die Landespolizei flexibler unterstützen zu können. Daher haben wir hier in Bamberg die Aufgabe, neue Strukturen zu schaffen. Im Moment haben Polizisten in ganz Deutschland die Möglichkeit, sich für diese neu zu schaffenden Teams zu bewerben.« Ruben wollte schon wieder dazwischenreden, doch sein Chef hob gleichzeitig die Hand und die Stimme. »Und da mir klar ist, dass sie in kein großes Team passen würden, kommt mir die Bewerbung der Kollegen Eva Lange und Gerhard Schober ganz recht. Sie drei haben bereits erfolgreich zusammengearbeitet, und dass sich die beiden explizit für Sie ausgesprochen haben, grenzt an sich schon an ein Wunder. Lange Rede, kurzer Sinn: Ihr bisheriger Kollege Habermann bleibt, und entweder Sie arrangieren sich in diesem Viererteam, oder es könnte passieren, dass Sie sich in einer noch größeren Gruppe wiederfinden.«

14

Ruben mochte die Einsamkeit seines Büros. Er mochte es, auf niemanden Rücksicht nehmen zu müssen. Er brauchte keine Diskussionen darüber, ob man linksherum oder rechtsherum ermitteln sollte. Er war gut in dem, was er tat und wie er es tat!

Es war kein persönliches Problem. Er mochte Eva und er mochte Schober, aber die Aussicht, vielleicht auf Jahre aneinandergebunden zu sein, mochte er nicht.

Bevor er jedoch all das Kriminalrat Winkler sagen konnte, klingelte dessen Telefon. Nach dem kurzen Gespräch erklärte er: »Das war Staatsanwalt Tauber aus Erfurt. Eine Kriminalhauptkommissarin Goldbach vom LKA Thüringen möchte Sie offenbar gerne als Unterstützung anfordern.«

Ruben vergaß für einen Augenblick, um was es eigentlich gerade ging, und erklärte: »Ich sagte doch, dass ich nicht viel Zeit habe. Während wir hier über irgendwelche komischen Personalien diskutieren, läuft hundert Kilometer weiter ein Mörder und Entführer frei herum. Also können wir diese Angelegenheit vielleicht ein anderes Mal diskutieren?«

»Nein«, beschloss Winkler ungewohnt scharf. »Wir haben alle unsere Anweisungen zu befolgen, und meine lautet, die hiesigen Strukturen umzubauen. Also, dieser Staatsanwalt wartet auf meinen Rückruf. Möchten Sie mit den Kommissaren Lange und Schober zusammenarbeiten oder haben Sie leider gerade keine Zeit für diesen Fall?«

Ruben dachte einen Moment über diese Erpressung nach und fragte schließlich: »Ab wann wäre das?«

Sein Chef deutete ein Grinsen an. »Das müssen Sie die Kollegen selbst fragen. So konkret sind wir noch nicht geworden.«

»Wo finde ich die beiden? Sind sie noch hier?«

»Ja. Oben in Raum 17 B findet gerade eine Infoveranstaltung für Bewerber statt.«

Ruben erhob sich unaufgefordert, ging zur Tür und drehte sich dort noch einmal um. »Sagen Sie diesem Staatsanwalt, dass ich in etwa zwei Stunden in Suhl sein werde. Die zuständige Kommissarin hat dort ihr Büro.«

»Ist gut, Herr Kommissar.« Winkler und er kannten sich schon lange genug, um sich gegenseitig nicht mehr ganz so ernst zu nehmen. Trotzdem fügte sein Chef noch hinzu: »Ach, und Herr Hattinger: Das Rausekeln der Kollegen wird dieses Mal nicht klappen.«

Der Konferenzraum war gut gefüllt. Ruben ignorierte die Dozentin, suchte mit den Augen Eva und Schober und sagte laut: »Wir haben etwas zu besprechen.«

»Aber Sie können doch nicht einfach …«, protestierte die junge Frau mit dem Mikrofon, als sich seine zukünftigen Kollegen erhoben.

Ruben drehte sich zu ihr um und fragte ruhig: »Was, denken Sie, ist wichtiger, ein aktueller Mordfall oder diese Werbeveranstaltung?« Danach verließ er mit Eva und Schober im Schlepptau den Saal.

Da keiner von den beiden wusste, was er sagen sollte, sahen sie Ruben einfach nur an.

»Ist das euer Ernst?«, fragte er sie streng.

Als erst Eva, dann Schober ein zögerliches »Ja« von sich gegeben hatten, nickte er. »Prima! Wann könnt ihr anfangen?« Erst jetzt schenkte er ihnen ein Lächeln und streckte ihnen, entgegen seinen Gewohnheiten, die Hand entgegen. »Willkommen im Team. Ich weiß zwar noch nicht, ob ich euch dauerhaft ertrage, aber wir haben einen Fall zu lösen.«

»Dito«, erwiderte Eva frech.

Beiden war die Erleichterung anzusehen, trotzdem musste Schober gestehen: »Ich kann leider noch nicht.«

Ruben sah ihn an. »Warum nicht?«

»Weil mein Chef der Bewerbung beim BKA nur unter der Bedingung zugestimmt hat, dass ich im Falle eines Wechsels für eine ordentliche Übergabe meines Labors in Regensburg sorge. Mein bisheriger Stellvertreter kennt sich zwar schon ganz gut aus, aber es sind noch einige bürokratische Dinge zu regeln. Außerdem sind wir davon ausgegangen, dass ein möglicher Stellenwechsel frühestens zum Quartalsende stattfinden würde.«

Ruben zuckte mit den Schultern. »Passt doch. In zwei Tagen ist der erste Oktober, das Quartal ist so gut wie zu Ende.«

Schober verdrehte die Augen. »In diesem Fall dachten wir eher an das Ende des vierten Quartals.«

Ruben nahm es zur Kenntnis und drehte sich zu Eva. »Und wie sieht es bei dir aus?«

»Ähnlich. Allerdings ist mein Parsberger Präsidium gut besetzt und mein Stellvertreter hat alles im Griff. Ich denke, wenn mich dein Chef offiziell anfordert, sollte es keine Probleme geben. Wir können es ja als eine Art Probearbeit beim BKA deklarieren.«

»Klingt gut«, bestätigte Ruben und zwinkerte ihr zu. »Vielleicht gehst du danach freiwillig zurück in die Oberpfalz. Du brauchst dir hier im Moment übrigens auch keine Unterkunft suchen, wir werden vermutlich eine Weile in der Nähe von Suhl ermitteln. Und da ich gerne am Ort des Geschehens bleibe, suchen wir uns dort ein Hotel.«

»Okay«, bestätigte Eva, wunderte sich dann aber doch. »Das sind doch nur … wie viel? Vielleicht hundert Kilometer? Und da genehmigt dein Chef die Spesen?«

»Ich habe gewisse Freiheiten«, erklärte Ruben.

Sein Handy klingelte. Nach dem kurzen Gespräch mit Kommissarin Goldbach beschloss er: »Wir müssen los. In Frauenwald ist eine wichtige Zeugin verschwunden. Schober, Sie klären mit Ihrem Vorgesetzten, wann Sie hier anfangen können. Eva und ich gehen kurz zum Kriminalrat, um das mit der Probearbeit zu klären. Dann muss ich noch kurz nach Hause, um ein paar Sachen einzupacken. Anschließend fahren wir.«

Wie schon bei ihrer Zusammenarbeit in Velburg, als Ruben Eva dabei geholfen hatte, einen Serienmörder dingfest zu machen, überließ er ihr auch heute das Steuer. Autofahren hatte er schon immer als Zeitverschwendung empfunden und außerdem wollte er sich die alte Akte von Herbert Lauenstein ansehen, die er auf seinen Laptop geladen hatte. Obwohl er das meiste davon noch im Kopf hatte, begann er, sie ein weiteres Mal zu studieren, wobei er seine besondere Aufmerksamkeit auf die geschilderte Auffindesituation legte.

Der Professor war damals wenige Tage nach dem Verschwinden von Maria Schmucke und Paul Lauenstein nicht mehr zu seinen Vorlesungen erschienen. Der Verdacht fiel auf ihn, da er einige Male in Frauenwald gesehen worden war, ohne dass man einen persönlichen Bezug zu dem Ort feststellen konnte. Eine Woche später wurde sein Auto auf einem kleinen Waldweg gefunden, abseits der Straße. Im Kofferraum schlugen die Spürhunde an und führten die Kollegen tief in den Wald. Der eigentliche Zugriff war kein Problem gewesen, da der Mann völlig verstört vor einem brennenden Feuer stand und dabei zusah, wie die zerstückelten Überreste seines Sohnes langsam verbrannten.

Professor Lauenstein reagierte auf seine Festnahme wirr und verstört und genauso gab er sich auch in den späteren Befragungen. Jedes Mal, wenn man ihn auf die nach wie vor vermisste Maria Schmucke ansprach, war seine einzige Reaktion, wie der damalige Ermittler schrieb, ein bizarres Lächeln. Er gab keinen einzigen Hinweis auf ihren Verbleib oder darauf, was mit ihr geschehen war.

Ruben war derart in die Akte vertieft, dass ihn Evas Worte zunächst nicht erreichten. Erst als sie ihn leicht in die Seite pufftte, schreckte er hoch und sah aus dem Fenster. »Was ist? Wo sind wir?«

»Wie gewünscht … Landespolizeidirektion Suhl. Wir sind da!«, erwiderte Eva mit einem Lächeln.

»Schon? Wie die Zeit vergeht«, bemerkte Ruben, klappte den Laptop zu, löste den Gurt und stieg aus.

Noch während er seinen Rücken durchstreckte, öffnete sich die Tür zu dem Präsidium und Kommissarin Goldbach kam in Begleitung eines jungen Mannes herausgeeilt. Sie sah Ruben, winkte ihn zu sich und kam ihm gleichzeitig entgegen.

»Heute mit Verstärkung?«, fragte sie und nickte zu Eva.

»Sie auch?«, konterte Ruben.

Der junge Beamte ignorierte Ruben und seine eigene Chefin, gab Eva die Hand und stellte sich vor: »Kriminalkommissar Florian Hübner.« Eva erwiderte den Händedruck mit einem Lächeln.

Als sich alle gegenseitig vorgestellt hatten, beschloss Verona Goldbach: »Genug geplaudert, wir müssen los. Ich würde vorschlagen, Sie beide fahren bei uns mit, dann kann ich Sie gleich auf den neuesten Stand bringen.«

»Also, was ist los?«, begann Ruben vom Rücksitz des BMW. »Sie sagten am Telefon etwas von einer verschwundenen Zeugin.«

»Genau. Sofi Reich ist einer der Teenager, die uns in der vorletzten Nacht alarmiert haben. Ihr Vater ist drüben in Frauenwald Arzt und hat heute Morgen das Verschwinden seiner Tochter gemeldet.«

»Wie alt ist das Mädchen?«

»Junge Frau trifft es wohl besser. Sie wird in zwei Tagen achtzehn.«

»Hm«, brummte Ruben. »Und wo fahren wir jetzt so eilig hin?«

»Zum Haus des Arztes. Wir haben eine Hundestaffel aus Erfurt angefordert, die in etwa zehn Minuten dort sein wird.«

»Okay«, bestätigte Ruben. »Ich verstehe Ihre Panik, aber in dem Alter ist es nicht unbedingt unüblich, dass sich junge Menschen auf kleine Ausflüge begeben.«

Goldbach ignorierte die unterschwellige Kritik. »Im Grunde gebe ich Ihnen recht, aber wir haben die Hunde natürlich nicht ohne Grund angefordert. Der Freund von Sofi Reich war gestern Abend heimlich bei ihr. Ihr Vater hat ausgesagt, dass es einen komischen Vorfall gab. Irgendwer hat mitten in der Nacht kleine Steine gegen sein Fenster geworfen, woraufhin er runter zu seiner Tochter ist. Der Junge, übrigens auch einer der Zeugen, ist abgehauen und schwört glaubhaft, dass er nicht mehr zurückgekommen und Sofi auch nicht zu ihm gekommen sei. Außerdem stand ihr Fenster heute früh offen und die Spurensicherung hat winzige Blutspritzer und Stofffasern am Rahmen gefunden.«

»Gibt es Fußspuren?«, hakte Ruben nach.

»Nein, aber seltsam verwaschene Hufspuren.«

15

Sofi konnte nichts anderes tun, als nachzudenken. Zwar lag sie halbwegs bequem, doch um sie herum war es stockdunkel. Die Luft roch nach … ja, was eigentlich? Es war eine eigenartige Mischung aus frisch geduschtem Menschen, muffigem Keller und Leder. Die ersten beiden Gerüche hingen in der Luft, der nach Leder kam von der weichen Unterlage, auf der sie lag. Oder vielleicht auch von den Riemen, die sie auf dieses Bett fesselten.

Sie wusste weder, wo sie war, noch, wer sie hierhingebracht hatte. In ihrem Kopf tauchten immer wieder Bruchstücke ihrer Entführung auf, aber keines davon blieb lange genug, dass sie es greifen konnte. Was sie sich vor allem nicht erklären konnte, war die Erinnerung an einen Rehkopf.

Sofi wollte diese Erinnerungen nicht. Sie öffnete die Augen, aber dieser Keller, jedenfalls nahm sie an, dass sie sich in einem Keller befand, erdrückte ihr die Sinne. Es gab einfach nichts, an dem man sich orientieren konnte. Die völlige Abwesenheit von Licht und Geräuschen zwang ihr Gehirn, sich mit sich selbst zu beschäftigen.

Im Unterschied zu den normalen Kopfschmerzen, die sie ab und zu während ihrer Periode oder morgens nach dem

Aufwachen quälten, ging das pochend stechende Gefühl jetzt von ihrer Schläfe aus.

Als sie das Fenster geöffnet hatte, in der Erwartung, dass Michael noch einmal zurückgekommen war, war irgendetwas aufgeblitzt. Danach füllte nur noch Dunkelheit die Stunden bis zu dem Zeitpunkt, als sie hier erwacht war. Seitdem war nichts geschehen.

Natürlich hatte sie versucht, sich zu befreien, doch die Riemen zeigten sich unnachgiebig. Was ihr aber besonders zu schaffen machte, war, dass sie das Fell, auf dem sie lag, direkt auf der Haut spürte. Die Luft war warm genug, um sie nicht frieren zu lassen. Doch der Gedanke, von diesem Monster entkleidet worden zu sein, sorgte für eine Panik, die sie nur mit größter Mühe zurückdrängen konnte. Was hatte er von ihr gesehen, was in ihrer Ohnmacht mit ihr gemacht?

Sie war noch Jungfrau. Michael hatte das respektiert und war nur so weit gegangen, wie sie es ihm gestattete. Aber dieser Mann …?

Die Tränen kamen so unvermittelt wie die Erkenntnis, dass dies gerade einmal der Anfang war. Der Anfang von etwas, das sich ihrer Vorstellungskraft entzog.

Sie kannte die Filme, in denen es um Lösegelderpressung ging. Darin brachte man die Opfer in kleine, karge Räume, wo sie darauf warten mussten, wieder freigelassen oder gefunden zu werden. Das hier war anders, ganz anders. Er hatte ihre Kopfwunde versorgt, ihr den Schlafanzug und die Unterwäsche ausgezogen und sie auf ein weiches Lager gebettet. Und je länger sie darüber nachdachte, umso lieber wäre sie in einem kargen, kalten Raum.

Das Licht flammte unvermittelt auf. Sofi musste die Augen zusammenkneifen, um sich an die Umstellung zu gewöhnen.

War er hier? Sah er sie an? Zum Glück hatten ihre Beinfesseln genügend Spiel und sie konnte die Schenkel zusammendrücken.

Nach einigen Sekunden versuchte sie es erst mit kurzem Blinzeln. Obwohl ihr das Licht in den Augen stach, glaubte sie, etwas zu erkennen. Nach und nach ging es besser, doch ihn zu sehen war mehr Fluch als Segen. Das Gewölbe war durch ein massives Gitter in zwei Hälften geteilt. Er, oder was auch immer, stand auf der anderen Seite und schien sie anzustarren. Die Hand, mit der er zusätzlich eine kleine Taschenlampe auf sie gerichtet hielt, zitterte ein wenig.

Im ersten Augenblick glaubte sie sich einem Monster gegenüber. Erst als der dünne, starke Lichtstrahl für einen kurzen Augenblick von ihrem Gesicht wich, erkannte sie die stechend blauen Augen hinter der Rehmaske. Dieser Irre war von Kopf bis Fuß in Felle gekleidet. Sie hob den Kopf, soweit es ihre nach außen gespreizten Arme zuließen, nahm ihren Mut zusammen und fragte mit kläglicher Stimme: »Was … was wollen Sie von mir? Ich habe Ihnen nichts getan und mein Vater hat auch kein Geld.«

Der Mann hob den Kopf ein kleines Stückchen höher, was den Rehkopf auf seiner Stirn so aussehen ließ, als würde das Tier gleich einen Schrei ausstoßen. Dann sagte er die ersten Worte und nichts mehr ergab einen Sinn. »Dein Vater ist nicht der, der er vorgibt zu sein, also ist es besser, du vergisst ihn so schnell wie möglich.«

»Aber …« Sie suchte nach der richtigen Antwort.

»Kein Aber!«, donnerte er durch das Gewölbe. »Ab heute bist du in Sicherheit. Ich bin dein Beschützer, dein Vertrauter, dein Freund und …« Es folgte ein Augenblick der Stille, bis er leiser hinzufügte: »… vielleicht auch ein bisschen mehr.«

Sofi zählte eins und eins zusammen, erinnerte sich plötzlich an Felix' Erzählung am Lagerfeuer und fragte leise: »Sind Sie dieser Professor, der damals die Frau entführt und …«

»… den Jungen getötet hat«, vervollständigte er den Satz, als sie ins Stocken geriet.

Wieder lastete sein Blick auf ihrem nackten Körper. Er löste seine freie Hand von dem Gitter, öffnete ein großes Vorhängeschloss und zog eine Tür im Gitter nach außen auf, die ihr bisher noch nicht aufgefallen war.

Sofi wollte sich schützend zur Seite drehen, doch ihre Fesseln verhinderten es. Er setzte sich neben sie auf das Bett, zog den Fellhandschuh herunter und legte seine warme Hand auf ihren nackten Bauch. Sie schrie auf, woraufhin er den Zeigefinger der anderen Hand auf Höhe seines Mundes vor die Maske legte und leise »Pssst« machte. Danach neigte er den Kopf zur Seite, musterte ihren Körper von unten nach oben. Als sich ihre Blicke trafen, hielt er inne und sagte beinahe einfühlsam: »Ich weiß, es ist am Anfang schwer, sich so zu offenbaren. Aber glaube mir, bald wirst du erleben, wie einfach das Leben sein kann, wenn man es auf das Nötigste reduziert.«

»Geh weg«, schluchzte sie. »Bitte, bitte, geh weg …«

Er nahm seine Hand von ihrem Bauch, strich ihr sanft über die Wange und erklärte: »Ich werde jetzt deine Fesseln lösen. Sei also ein braves Mädchen und versuche nichts, was dir schaden könnte.«

Sofi wagte es nicht, sich zu bewegen. Er nahm ihr Kinn in seine große Hand und fragte eindringlich: »Hast du das verstanden? Es ist wirklich wichtig, dass du immer genau weißt, was ich von dir erwarte. Nur so kann ich für deine Sicherheit garantieren. Verstehst du das?«

Nach einer weiteren Sekunde der Bewegungsunfähigkeit deutete sie ein Nicken an und sagte leise: »Ja. Ich habe es verstanden.«

Als er den letzten Riemen gelöst hatte, konnte sie nicht mehr anders. Sie zog die Beine an den Körper, rutschte rückwärts an die Wand am Kopfende des Bettes und schlang die Arme schützend um ihren Körper.

Er sah ihr dabei zu und stieß ein lautes Lachen aus. »Das wird schon noch«, sagte er und erhob sich. Er trat durch das Gitter und verschloss die Tür. Es folgten schwere Schritte, die irgendwelche Holzbretter zum Ächzen brachten, und das Licht erlosch.

16

Ruben und Eva hatten sich den Beginn der Ermittlungen etwas ruhiger vorgestellt. Stattdessen stolperten sie nun mit einigen Kollegen durch den Wald. Die angeforderten Hunde brauchten nicht lange, um eine Fährte aufzunehmen. Vor dem Haus des Arztes entschieden sich alle drei Spürhunde für die gleiche Richtung. Sie zogen ihre Führer durch eine schmale Gasse, an zwei neueren Häusern vorbei bis zu einem schmalen Wiesenstreifen, der direkt an den hohen Tannen des nahen Waldes endete. Dort brauchten sie einen Moment, bevor es mitten durch das Unterholz weiterging.

Die Hundeführer hatten alle Mühe, ihre Tiere zurückzuhalten, doch Ruben bestand darauf, keine Hetzjagd daraus zu machen. Er wollte den Weg des möglichen Täters verstehen und keine Spuren übersehen.

»Hier!« Es war Verona Goldbachs jüngerer Kollege, der zuerst auf etwas stieß. Kommissar Hübner war vor einer mit Moos bewachsenen Fläche stehen geblieben und deutete auf einen tiefen Abdruck darin.

Ruben ging daneben auf die Knie, besah die Stelle von allen Seiten und fragte sich dann laut: »Was soll das sein?«

»Sieht wie der Abdruck eines Hufes aus«, schlug Eva vor.

»Und das hier?« Ruben nahm einen kleinen Stock und zeichnete einen kaum zu erkennenden Umriss nach.

Goldbach kniete nun ebenfalls. »Ein Schuh mit einem Huf unten dran?«, schlug sie vor und fügte hinzu: »Wer auch immer mit so etwas herumläuft, hat ein ernstes Problem.«

»Oder ist genial«, erwiderte Ruben ruhig. Er stand auf, sah zu den aufgeregten Hunden und sagte: »Wir haben nämlich keine Ahnung, was die drei gerade verfolgen. Im besten Fall den Entführer, im schlechtesten einfach ein wildes Reh. Es muss hier von Wildspuren wimmeln.«

Einer der Hundeführer schüttelte den Kopf. »Einspruch. Wir haben die Tiere an der Kleidung der Vermissten riechen lassen und die Hunde sind nicht blöd. Die Spur gehört zu Sofi Reich, da bin ich mir sicher!«

»Wollen wir es hoffen«, murmelte Ruben und wandte sich dann an Florian Hübner. »Bitte markieren Sie die Stelle. Der Fußabdruck könnte noch wichtig werden.« Und an Verona Goldbach gewandt bat er: »Dieser Förster, der uns durch den Wald geführt hat. Können Sie ihn ebenfalls bitten, sich den Abdruck anzusehen? Der Mann schien mir Ahnung zu haben.«

»Alles klar«, bestätigte die Kommissarin und nickte den Hundeführern zu weiterzumachen.

Nachdem sich die ganze Gruppe einen Hang hinaufgequält hatte, bogen die Hunde auf einen Wanderpfad nach links und folgten diesem eine gefühlte Ewigkeit. Der weitere Weg führte sie anschließend wieder durch das dunkle Unterholz, bis zu einer Lichtung, in deren Mitte ein kleiner Bach floss.

Im Gegensatz zu den Beamten, die verschwitzt und von Spinnweben überzogen stehen blieben, änderte sich hier das Verhalten der Tiere. Während einer von ihnen laut bellend nach rechts zog, wollten die anderen beiden dem Bach unbedingt entgegen seiner Fließrichtung folgen.

»Und jetzt?«, fragte Eva und zupfte sich dabei einige Tannennadeln aus ihren langen Haaren.

Ruben wischte sich mit einem Stofftaschentuch den Schweiß von der Stirn und schlug an Verona Goldbach gewandt vor: »Ich würde unsere jungen Kollegen mit dem einzelnen Hund schicken und wir folgen den beiden anderen. Sollten Eva und Herr Hübner nichts finden, dürften sie uns schneller einholen als wir sie.«

»Ist gut«, bestätigte die Kommissarin und gab den Kollegen der Hundestaffel Bescheid. Danach trennten sich ihre Wege.

»Florian«, sagte Kommissar Hübner, während sie dem Bachlauf folgten.

»Was?«, fragte Eva irritiert, übersah dabei eine weiche Stelle im Gras und sank mit dem Schuh bis zum Knöchel ein. Ihre Hand ging instinktiv zu dem Kollegen, der sie gerade noch rechtzeitig stützte. Sie stieß einen Fluch aus und schmierte den Matsch an einigen Grasbüscheln ab. Danach mussten sie kurz rennen, um den Hundeführer nicht zu verlieren. Erst als sie wieder aufgeschlossen hatten, fragte sie erneut: »Was haben Sie vorhin gesagt?«

Hübner sah sie im Laufen von der Seite an, streckte ihr die Hand entgegen und wiederholte: »Florian. Ich meine … also, wenn Sie möchten, könnten wir uns doch duzen. Oder?«

Eva blieb kurz stehen und erwiderte den Händedruck. »Eva. Ich bin zwar mit dem Du sonst nicht so schnell, aber wenn wir uns hier schon zusammen durch den Wald schlagen müssen …«

»Sehe ich auch so«, freute er sich und half ihr kurz darauf über einen umgefallenen Baumstamm, über den der Hund mit Leichtigkeit gesprungen war.

Etwa einen Kilometer weiter blieb das Tier plötzlich stehen und stieß ein jammerndes Geräusch aus, das absolut nicht zu seiner stattlichen Größe passen wollte. Sein Führer blieb ebenfalls stehen, gab ihm mehr Leine und befahl: »Such, Bruno, such.«

Nun begann der Hund, die Stelle in immer größer werdenden Kreisen abzulaufen. Die Nase dicht über dem Boden, ging es im Zickzack über das vom Regen durchweichte Gras, bis er zu einem Bereich mit aufgewühlter Erde kam, die ihn besonders zu interessieren schien. Nach einem dicken Lob und einer Belohnung führte ihn der Hundeführer ein Stück weg und befahl ihm, Platz zu machen. Danach zog er einen kleinen Klappspaten aus einer Gürteltasche und drückte diesen Florian in die Hand.

»Was?«, fragte er.

»Ich bin für den Hund verantwortlich, Sie für das, was er findet.«

Eva konnte sich das Grinsen nicht verkneifen, wurde aber gleich wieder ernst und sah sich die Stelle genauer an. Im ersten Moment erinnerte die aufgebrochene Grasnarbe sie an Wälder, in denen Wildschweine nach Nahrung suchten. Allerdings taten sie dies in aller Regel großflächiger.

Ihr neuer Kollege trat neben sie und fragte: »Was denkst du?«

Sie zuckte mit den Schultern und antwortete: »Dass das hier nicht natürlich entstanden ist.« Und da Florian keine Anstalten machte anzufangen, nahm sie die Schaufel und begann damit, vorsichtig die lockere Erde beiseitezuschieben.

Der Gestank schlug ihr ohne Vorwarnung entgegen, sie drehte sich kurz weg, hielt die Luft an und entfernte noch etwas mehr Erde.

Da Florian einen Meter neben ihr stand, erreichten ihn die Gase etwas später. »Was zur Hölle«, fluchte er und sah dabei zu, wie sie einen Haufen blutiger Innereien freilegte.

Inzwischen war auch der Hundeführer näher gekommen und fragte mit belegter Stimme: »Sind die von einem Menschen?«

Eva musste den Brechreiz unterdrücken, doch auf die Spurensicherung wollte sie auch nicht warten. Sie zog ein Paar Gummihandschuhe aus der Jackentasche, streifte sie über und griff angeekelt nach dem Ende von etwas, das sie für einen Darm hielt.

Nachdem sie einige Organe nebeneinander auf das Gras gelegt hatte, zog sie ihr Handy aus der Tasche und wählte die Nummer eines Gerichtsmediziners, den sie kannte. Sie erklärte ihm die Situation, machte einige Fotos und schickte ihm diese. Anschließend telefonierten sie noch einmal, wobei ihr Gesprächspartner erklärte: »Nein, das war eindeutig kein Mensch. Von welchem Tier das stammt, kann ich aufgrund der Fotos nicht bestimmen, aber es war definitiv kein Mensch.«

Eva bedankte sich, wies den Hundeführer an, die Spurensicherung zu rufen und auf die Kollegen zu warten. Danach versuchte sie, Ruben zu informieren, bekam aber nur eine Ansage zu hören, dass er im Moment nicht erreichbar sei. Eva legte auf und erklärte an Florian gewandt: »Die haben anscheinend keinen Handyempfang mehr. Hast du ein Funkgerät dabei?«

Er schüttelte den Kopf und auch der Hundeführer machte eine abwehrende Geste. Florian dachte kurz nach und schlug dann vor: »Wir sollten hierbleiben und uns ein wenig umsehen.«

Eva stimmte mit einem Nicken zu. »Du drüben am Waldrand, ich übernehme die Wiese neben dem Bach.«

Obwohl die Sonne hoch am Himmel stand, sorgten der dichte Wald und die schweren Regenwolken dafür, dass zwischen den Bäumen Dunkelheit herrschte. Florian war höchstens zehn Meter tief in den Wald eingedrungen, als ihn ein unheimliches Gefühl beschlich. Er drehte sich um und sah, wie sich seine vorübergehende Kollegin in die andere Richtung wandte und langsam über die Wiese ging, wobei sie sich immer wieder einmal bückte, um etwas am Boden Liegendes genauer zu betrachten.

Vor ihm erstreckte sich der Wald einen Hang hinauf und die vereinzelten Felsbrocken zwischen den Bäumen wirkten, als hätte sie ein Riese achtlos weggeworfen. Florian drehte sich einmal im Kreis.

Unschlüssig, nach was er überhaupt suchen sollte, stieg er langsam den Hang hinauf.

Schon nach wenigen Metern verfluchte er seine mangelnde Form und blieb stehen. Er holte tief Luft und erstarrte. Den Geruch kannte er schon, aber so weit weg von diesem Loch in der Wiese?

Er hob ein paar braune Tannennadeln vom Boden auf, wartete auf die nächste Böe und ließ sie fallen. Alles, was leicht genug war, wurde in Richtung Bach getragen, also kam der Wind, und damit auch der Gestank, von weiter oben.

Er wusste, dass es albern war, aber als ein Kauz seinen Schrei durch die Baumkronen schickte, zog er seine Waffe.

An einer kleinen Felswand angekommen hielt er sich auf dem weiteren Weg nach oben dicht am Felsen. Bald wurde der Aufstieg so steil, dass er die Waffe wieder wegstecken musste. Mit der einen Hand auf dem Boden und der anderen an vereinzelten Steinkanten gewann er langsam an Höhe.

Kurz darauf hatte er es fast geschafft. Die große Felsformation bildete an ihrer Oberseite eine Art Plattform. Er suchte eine Ritze für seinen Fuß, griff nach oben und zog sich über die letzte Kante.

Der Schrei kam, ohne dass er es beeinflussen konnte, und fast wäre er wieder zurück über die Kante gerutscht. Das ausgewachsene Reh starrte ihn aus seinen toten Augen an, die Zunge hing schlaff aus dem offen stehenden Maul … und trotzdem bewegte sich der Körper des Tieres.

17

»Ist das normal?«, fragte Ruben gegen den Wind. Der Hundeführer hatte alle Mühe, sein Tier zu halten. »Was?«

»Dass die Hunde eine so eindeutige Spur zu haben scheinen.«

Der Mann zuckte mit den Schultern. »Kommt schon vor. Wenn sie ein Fahrzeug verfolgen sollen, wird es schwierig. Aber bei einem Menschen, der zu Fuß unterwegs war, ist es in der Regel kein Problem.«

Nun führten die beiden Hunde sie eine kurze Böschung hinunter auf einen breiten Schotterweg. Dort wandten sie sich nach links, wo kurz darauf ein paar alte Ferienhütten aus Zeiten der DDR auftauchten.

Vor zweien der sechs Hütten war der Rasen gemäht, die anderen vier wirkten gänzlich verlassen.

»Halt«, befahl Ruben und fragte seine Kollegin: »Kann man in den Dingern noch wohnen? Die sehen aus, als würde einem jeden Moment das Dach auf den Kopf fallen.«

Die Kommissarin sah ihn einen Augenblick zu lange an. »Beste DDR-Qualität«, erwiderte sie. »Diese Häuschen gibt es hier überall. Da man früher kaum Urlaub machen konnte, waren sie sehr beliebt.«

»Okay«, erwiderte Ruben. »Die Zeiten haben sich ein klein wenig geändert, aber da der Rasen vor Nummer drei und sechs gemäht ist, scheint sie immer noch jemand zu nutzen.«

Bis jetzt hatten die Hunde nur leise gejault, doch nun stieß einer der beiden ein ungeduldiges Bellen aus. Ruben fackelte nicht lange. »Alle rein in den Wald … los, schnell.«

Während die beiden Männer neben ihren Tieren knieten und diese beruhigten, fragte Verona Goldbach, die neben Ruben hinter einem Busch kauerte: »Was soll das?«

Ruben hielt den Blick starr auf die Hütten gerichtet. »Sie sehen nicht aus, als wären sie gerade erst Ermittlerin geworden. Was, glauben Sie, passiert, wenn dort drüben jemand die junge Frau festhält und uns kommen sieht?«

Verona gefiel der Ton nicht, trotzdem musste sie zugeben: »Sie haben recht, wir sollten vorsichtiger vorgehen. Also, wie machen wir es?«

Er dachte kurz darüber nach und fragte den älteren der beiden Hundeführer: »Können Sie Ihr Tier ruhig halten?« Als dieser nickte, erklärte Ruben der Kommissarin: »Sie gehen mit ihm bis an den Rand des Waldes. So haben Sie die Vorderseite im Blick. Ich umrunde die Hütten mit dem jungen Kollegen.« Nun deutete er nach vorne. »Sehen Sie den Hang hinter den Hütten? Wenn Sie uns dort oben sehen, lassen Sie den Hund frei.«

»Und dann?«, fragte die Kommissarin, doch Ruben hatte sich wieder dem Hundeführer zugewandt.

»Kann der Hund auch noch etwas anderes außer gut riechen? Ich meine, kann er einen Angreifer abwehren?«

Der Hundeführer klopfte dem Bloodhound auf die Flanke und sagte: »Carlos kann beides. Wir haben erst nach seiner Schutzhundeausbildung gemerkt, wie gut er im Fährtenlesen ist.«

»Prima, den brauchen wir«, stellte Ruben zufrieden fest, hatte bei einem Blick auf das faltige Gesicht des Hundes aber trotzdem seine Zweifel.

»Und weiter?«, drängte Verona Goldbach.

»Wenn da jemand in der Hütte ist, wirkt ein einzelner Hund erst einmal weniger verdächtig. Und was danach passiert, werden wir sehen.«

»Sollten wir nicht Verstärkung rufen?«

»Nö«, erwiderte Ruben lapidar. »Wir wissen doch im Grunde nichts. Noch nicht einmal, ob die Spur dort drüben endet oder vielleicht noch fünf Kilometer durch den Wald führt. Lassen wir den Hund seine Arbeit machen und dann sehen wir weiter. Solange wir nicht entdeckt werden, dürfte einem möglichen Entführungsopfer keine Gefahr drohen.«

Fünf Minuten später zeigte sich Ruben der Kommissarin kurz oben auf der Böschung hinter den Häusern. Er gab ihr einen Wink, woraufhin der Hund freigelassen wurde und ohne Umwege auf das Häuschen Nummer drei zurannte. Gleichzeitig mit dem lauten Gebell erkannte Ruben einen Schatten hinter dem Fenster. Er gab seinem Begleiter den Auftrag, weiterhin die Rückseite zu sichern, und rannte hinunter.

Verona Goldbach und der Hundeführer trafen zeitgleich mit ihm an der Eingangstür ein.

Während der Hund weggeführt wurde, zogen beide ihre Waffen. Verona schien sich an Rubens Handicap zu erinnern, deutete erst auf sich, dann auf die Klinke. Ruben nickte, ließ ihr den Vortritt und stellte sich neben sie.

Nach einem tiefen Atemzug hob sie die Waffe auf Brusthöhe, drückte die Klinke herunter und zog die Tür nach außen auf. Sie blickte um die Ecke, brüllte: »Hände nach oben, wo ich sie sehen kann«, und trat gleichzeitig in den Türrahmen.

»Sicher?«, fragte Ruben nach einem kurzen Augenblick.

»Ja«, bestätigte seine Kollegin.

Er trat neben sie und benötigte einen Augenblick, um den Anblick einordnen zu können. Inmitten der Unordnung, die in der kleinen Hütte herrschte, stand ein dicker älterer Mann in der Mitte des Raumes. Dass er nur mit einer Unterhose bekleidet war, passte zu den pornografischen Bildern, die an allen verfügbaren Wänden hingen.

»Treten Sie zurück bis zur Wand und lassen Sie die Hände oben. Dies ist ein Polizeieinsatz«, forderte die Kommissarin.

Der Mann folgte der Anweisung, stammelte aber: »Was? Warum? Ich habe nichts getan.«

Verona Goldbach ignorierte ihn und prüfte einen kleinen Nebenraum, der aber nur eine schmutzige Toilette beinhaltete. Danach sagte sie zu Ruben: »Sie ist nicht hier«, und winkte dem Mann, mit vor die Tür zu kommen.

Ruben sah dabei zu, wie der Mann die Hütte verließ, und ließ den Raum kurz auf sich wirken. Anschließend rief er den Hundeführer zu sich, der unter dem Vordach einer anderen Hütte Schutz vor dem inzwischen einsetzenden Regen gesucht hatte.

Kurz vor dem Häuschen begann der Hund erneut, unruhig zu werden. Ruben nickte zur Tür. »Dann wollen wir mal sehen, was Carlos hier so interessant findet. Sie können ihn jetzt ableinen.«

Der Hund zögerte keinen Augenblick. Er stürmte in die Hütte, stoppte unter dem kleinen Tisch und begann, bellend auf dem Boden zu scharren. Sein Herrchen ging hinterher, lobte ihn überschwänglich und gab ihm seine Belohnung.

Ruben zog sich die dünnen Handschuhe über, wartete, bis die beiden den kleinen Raum verlassen hatten, und schob den Tisch zur Seite. Verona Goldbach, die den Mann inzwischen draußen mit Handschellen an ein Geländer gefesselt hatte, bückte sich zu der kleinen Luke, hob mit ihrem Taschenmesser den eingelassenen Ring aus dem Boden und zog daran.

»Moment«, murmelte Ruben, holte seine kleine Taschenlampe heraus und leuchtete in den entstandenen Spalt.

Die kurze Holztreppe führte nur wenige Stufen hinunter in ein lehmiges Loch. Sie klappten das Brett zusammen nach hinten weg. Dann leuchtete Ruben den Boden ab, bis er an einer Stelle verharrte. »Da ist etwas.«

Verona kniete sich neben ihn, folgte dem Lichtstrahl und sagte: »Verdammt, das könnte der Schlafanzug von Sofi Reich sein.«

Ruben stemmte sich in die Höhe und beschloss: »Den Rest überlassen wir der Spurensicherung.« Danach stellte er sich noch einmal in die Mitte der Hütte und nahm alle Details in sich auf.

Zehn Minuten später ging er zu dem Verdächtigen, den man in den inzwischen herbeigerufenen VW-Bus der Verstärkung verfrachtet hatte, und setzte sich ihm gegenüber.

Dieser sah ihn feindselig an. »Bekomme ich jetzt endlich eine Decke? Es ist verdammt kalt hier.«

Ruben ignorierte die Frage, betrachtete ihn eine Weile und versuchte dabei, sich vorzustellen, wie er eine Achtzehnjährige entführte. In einem Auto, sicher, aber die Spur durch den Wald ließ nicht auf ein Fahrzeug schließen. Andererseits sollte man auch schwergewichtige Menschen nicht unterschätzen. Vor allem nicht, wenn Triebe im Spiel waren.

»Eine Decke«, wiederholte der Mann. »Ich möchte eine Decke und einen Anwalt.«

Ruben ignorierte ihn und sah stattdessen auf den Haufen Klamotten, der neben ihm lag. Er nahm die Hose des Mannes, tastete die Taschen ab und zog schließlich seine Geldbörse heraus. Sein Ausweis steckte ganz oben im Kartenfach. Ruben nahm ihn in die Hand, sah ihn an und las laut: »Egon Schulze. Zweiundsechzig.« Anschließend sah er ihm in die Augen und fragte: »Wo ist die Frau?«

Der Mann schien verwirrt, legte die Hände auf seine nackten Oberschenkel und keifte: »Meine Frau? Die ist zu Hause und hat schon genug Korn im Kopf, um nicht einmal zu merken, dass ich weg bin.«

»Die andere.«

»Was für eine andere?«

Ruben atmete tief durch. »Die, deren Schlafanzug in dem Vorratskeller Ihrer Hütte liegt.«

Egon Schulze schüttelte den Kopf. »Was für ein Schlafanzug soll das sein? Meine Frau war Jahre nicht mehr hier und ich war schon ewig nicht mehr in diesem Kellerloch da unten.«

»Wo waren Sie in der letzten Nacht? Wie lange sind Sie schon hier?«, fragte Ruben, ohne auf das Gehörte einzugehen.

»Zu Hause. Wo sonst? Ich bin erst vor zwei Stunden hierher geflüchtet.« Der Mann hielt kurz inne, gab dann aber zu: »Meine Frau wird zunehmend aggressiv, wenn sie etwas getrunken hat. Hier habe ich meine Ruhe und die Damen an den Wänden halten wenigstens die Klappe.«

Rubens Handy meldete sich in der Innentasche seiner Jacke. Er zog es heraus, sah gerade noch Evas Nummer, bevor es wieder verstummte, und verließ den Wagen. Draußen bedeutete er einem der Streifenbeamten, auf Herrn Schulze aufzupassen.

Zehn Meter hinter der Hütte, auf halber Höhe der Böschung, zeigte das Gerät endlich wieder Empfang an. Er wählte Evas Nummer, hörte kurz zu und sagte schließlich: »Wir kommen sofort. Lasst alles so, wie es ist.« Und auf Evas Nachfrage fügte er noch hinzu: »Nein, das Reh nicht. Seht nach, was in ihm schreit.«

18

»Was siehst du?« Vanessa lag dicht neben Torsten und schnalzte eine Ameise von ihrem Arm. »Gottverdammt, jetzt sag schon.«

Ihr Freund und Kollege gab ihr die Kamera mit dem langen Objektiv, wobei er leise feststellte: »Gut, dass das Frühstück schon eine Weile her ist.«

Sie nahm das Gerät, richtete es auf die Stelle zwischen den Bäumen, wo gerade zwei Männer in weißen Schutzanzügen dabei waren, ein totes Reh aufzuschneiden. Einige Meter weiter standen die beiden jungen Kommissare und sahen mit einer Mischung aus Faszination und Ekel dabei zu.

»Vergiss nicht, auf den Auslöser zu drücken«, mahnte Torsten sie. Vanessa tat es, doch als in dem Leib des geöffneten Rehs weitere dünne Beine erschienen, wurde es ihr zu viel. Sie gab die Kamera zurück an den Profi, schluckte die Galle herunter und flüsterte: »Ich habe zwar Fotos davon gesehen, es aber direkt vor mir zu haben ist wirklich heftig. Was für ein krankes Hirn tut so etwas?« Und was sie nicht aussprach, ihr aber immer wieder durch den Kopf ging, war die Frage, ob ihr Vater tatsächlich etwas damit zu tun haben könnte. In seinem Tagebuch stand kein Wort darüber, dass er früher zur Jagd gegangen war. Andererseits hatte diese perverse, grauenhafte Inszenierung auch nichts mit einer gewöhnlichen Jagd zu tun.

Sie hörte Torsten neben sich durchatmen und fragte: »Was passiert da drüben?«

Er stieß die Luft aus und erklärte mit belegter Stimme: »In das große Reh war ein kleines Kitz eingenäht. Es scheint noch zu leben. Gott, wie krank ist das?« Dann schoss er noch einige Fotos und beschloss: »Wir haben genug. Lass uns abhauen, bevor die uns noch erwischen und die Bilder beschlagnahmen.«

Die beiden schoben sich ein Stück von der höchsten Stelle des Hügels zurück, bis sie außer Sichtweite waren. Dort standen sie auf und folgten der Navigations-App zurück zu ihrem Wagen.

Auf dem Weg zum Hotel kamen sie an einem Abzweig vorbei, aus dem gerade zwei graue VW-Busse auf die Landstraße abbogen. Torsten steuerte den Wagen auf eine Nothaltebucht und wartete, bis die Busse außer Sichtweite waren. »Sah nach Spurensicherung aus, oder?«

»Ja, könnte sein«, bestätigte Vanessa. »Und die Nummernschilder waren auch nicht aus der Gegend.«

»Was machen die hier? Wir sind inzwischen locker fünf Kilometer von der Stelle mit dem Reh entfernt und laut Navi führt kein anderer Weg dorthin.« Er deutete auf den Monitor und folgte dem eingezeichneten Weg mit dem Finger. »Da, wo die herkommen, ist nur eine Sackgasse.«

»Noch mehr Rehe?«, schlug Vanessa vor.

Torsten wendete den Wagen und sagte: »Lass es uns herausfinden.«

Sie folgten dem Schotterweg ein Stück in den Wald hinein, bis sie an ein Absperrband der Polizei kamen. Torsten ließ den Wagen ausrollen, stoppte neben einem Streifenbeamten und ließ die Scheibe herunter. Der Fehler war, das kleine Presseschild vorne an der Windschutzscheibe zu lassen. Der Polizist scannte mit seinen Augen erst das Schild, dann das Innere des Wagens, bevor er freundlich, aber bestimmt sagte: »Das ist polizeiliches Sperrgebiet. Bitte fahren Sie zurück.«

Vanessa hielt dem Blick vom Beifahrersitz aus stand, schenkte dem Mann ein Lächeln und sagte unschuldig: »Nur eine kleine Information und Sie verhindern damit eine Eskalation meines Chefs. Bitte, es geht hier wirklich um meinen Job.«

Der Beamte schien zwar einen Moment darüber nachzudenken, vielleicht auch, weil Vanessa sich darauf verstand, ihn zweideutig anzusehen. Trotzdem schüttelte er den Kopf. »Tut mir leid. Bitte wenden Sie sich an unsere Pressestelle.«

Sie wusste, dass Torsten es hasste, trotzdem zwinkerte sie dem älteren Polizisten zu und sagte: »Schade. Wir werden eine ganze Weile in der Gegend sein, wer weiß, wie oft man sich noch über den Weg läuft.«

Der Mann musterte sie ein wenig zu lange, sah dann aber zu Torsten und schüttelte den Kopf. »Sie fahren jetzt besser.«

Zurück in der Nothaltebucht sah ihr Freund sie böse an. »Wer weiß, wie oft man sich noch über den Weg läuft«, äffte er sie nach. Vanessa ließ sich nicht provozieren, beugte sich zu ihm rüber und gab ihm einen Kuss auf den Mund. Er erwiderte den Kuss, zog sich danach aber zurück und fragte: »Noch einmal durch den Wald oder erst einmal zurück zum Hotel?«

Sie winkte ab. »Wenn die Spurensicherung schon wieder weg ist, wird es nicht mehr viel zu sehen geben. Und wir sollten die hiesige Polizei nicht provozieren, wer weiß, wie oft wir noch mit ihnen zu tun haben.« Sie hob die Brauen und fügte hinzu: »Außerdem fand ich deine Eifersucht gerade sehr … Na, lass uns ins Hotel fahren, dann zeige ich dir, wie ich es fand.«

Nach dem Ausflug durch das Unterholz waren beide dankbar für eine gemeinsame Dusche. Danach setzte sich Vanessa in einen Bademantel gehüllt an den Tisch und schloss Torstens

Kamera an ihren Laptop an. Während er zwei Flaschen Wasser aus der Tasche mit der mitgebrachten Verpflegung holte, zog sie die Fotos auf ihre Festplatte. Danach öffnete sie das Bildbearbeitungsprogramm und schob ihm den Rechner hin.

Er strich ihr noch einmal über ihre nassen Haare, setzte sich auf den zweiten Stuhl und fragte: »Hast du schon einen Text?«

Sie lächelte ihn an. »Nein, ich kam unter der Dusche nicht zum Nachdenken.« Dann legte sie ihre Hand auf seinen Oberschenkel und ließ sie ein Stück unter den Bademantel wandern.

Torsten war offenbar entspannter als sie. Er nahm ihre Hand, legte sie zurück auf ihren eigenen Oberschenkel. »So geht das nicht. Ab aufs Bett mit dir.«

»Oh ja, gerne doch«, kicherte sie, woraufhin er gespielt böse sagte: »Aber nur zum Denken, nicht zum …«

Vanessa stieß ein Schnaufen aus, schnappte sich ihren kleinen Notizblock, brummte: »Spielverderber«, und warf sich mit dem Bauch zuerst auf die große Matratze.

Nach wenigen Mausklicks war Torsten auch das letzte bisschen Lust vergangen. Auf den ersten Fotos waren nur die ermittelnden Beamten vor dem Haus des Arztes zu sehen. Sie hatten die Polizisten vom Präsidium bis dorthin verfolgt. Als dann auch noch die Hunde ankamen, war klar, dass etwas passiert sein musste.

Der weitere Weg zu Fuß durch den Wald war beschwerlich gewesen und er hatte sich mehr als einmal gefragt, wie die beiden älteren Kommissare das so einfach wegsteckten. Dann trennte sich die Gruppe, und Vanessa und er hatten beschlossen, den jüngeren Beamten zu folgen. Vielleicht ein Fehler, wie der abgesperrte Schotterweg gezeigt hatte. Allerdings waren die Bilder von dem aufgeschnittenen Reh auch nicht ohne. Ob man so etwas veröffentlichen konnte, war eine andere Frage.

Eine halbe Stunde später hatte er seine Auswahl getroffen und die entsprechenden Bilder nachbearbeitet. Er drehte sich zu Vanessa, die offenbar völlig in ihren Artikel vertieft war, und sah sie eine Weile an. Es waren diese Momente, in denen er besonders dankbar war. Auch wenn sie eine ziemlich offene Beziehung führten, wusste er, dass sie keine anderen Männer datete. Ja, sie wurde oft angemacht, was kein Wunder war. Schließlich war sie eine junge und attraktive Frau. Aber auch wenn sie sich nach außen gerne offen gab, zeigte sie ihm oft genug, dass er sich keine Sorgen zu machen brauchte.

Er stand auf, trat auf die Seite des Bettes, wo sie ihn nicht sehen konnte. Dort streifte er seinen Bademantel ab, legte sich hinter sie und flüsterte ihr leise ins Ohr: »Hast du vielleicht doch ein bisschen Zeit für Entspannung?«

19

Blut hatte seine ganz eigene Faszination. Farbe, Konsistenz, Geschmack und Geruch waren einzigartig. Blut gab ihm Stärke, es machte ihn zu einem besseren Jäger.

Er saß auf dem einfachen Holzschemel, das Gesicht ganz nah an seinem Opfer. Der erste Strom war ungehindert in die Schale gelaufen. Jetzt folgten noch die letzten Tropfen. Sie traten aus der Schlagader, lösten sich vom Fleisch und fielen herab in den dunklen See. Dort schlugen sie träge Wellen und wurden eins mit dem Saft des Lebens.

Hinter der dünnen Holzwand tobte der gleiche Sturm wie in seinem Inneren. Er vermisste die beiden. Ihren traurigen Blick und das Unbekümmerte seines Sohnes.

Dass er sich diese junge Frau geholt hatte, war seinem Bedürfnis nach menschlicher Nähe entsprungen. Er kannte sie alle im Dorf und bei ihr hatte er stets das Gefühl, dass sie ihn vielleicht verstehen konnte. Dass sie ihm eines Tages dankbar wäre. Spätestens dann, wenn sie von den Abgründen ihres Vaters wusste. Er kannte dessen dunkle Geschichte und hätte ihm schon viel früher Einhalt gebieten müssen.

Der letzte Tropfen fiel und vielleicht lag im Blut die Wahrheit. Er nahm die Schale zwischen seine Hände, setzte sie an den Mund und nahm es Schluck für Schluck in sich auf. Für einen kurzen Moment schien es seine Wirkung zu entfalten, dann erlosch das Licht wieder und es folgte eine Erkenntnis, die er im Grunde schon eine ganze Weile in sich herumtrug. Es gab nur einen Weg, nur einen einzigen echten Weg, um sich von seinem Schöpfer zu befreien. Es musste Stück für Stück geschehen und niemand Unschuldiges durfte dabei zu Schaden kommen.

Er erhob sich, holte das Jagdmesser und ließ es einige Male über den feinen Stein gleiten. Anschließend trat er an den Quell des Lebens, setzte die Klinge an und machte den perfekten Schnitt. Danach griff er die Haut mit beiden Händen und zog dem Fuchs mit einer gleichmäßigen Bewegung die schützende Hülle vom Körper.

Der Keller roch inzwischen anders. Marias Duft war schon beinahe nicht mehr wahrnehmbar und der seines Sohnes gänzlich verflogen. Stattdessen roch er die Angst dieser jungen Frau, die ihm nichts geben konnte. Auch wenn sie seinen Schutz nötig hatte, er hätte es nicht tun dürfen. Es war dumm und unnütz gewesen, sie hierherzuholen. Er hätte für sie nach einem anderen Weg suchen sollen. Doch stattdessen hatte er sich der Illusion hingegeben, dass sie einfach an Marias Stelle treten konnte.

Dieses verfluchte Tagebuch hatte ihn verändert, und das schon, bevor Maria geflüchtet war. Im Grunde war es sogar schuld daran. Genauso wie derjenige, der es geschrieben hatte.

Er las es und las es und las es und wurde ob der Dimension des Inhalts unvorsichtig. Er bemerkte seinen Fehler erst, als er in Erfurt in das große Fenster eines Restaurants sah und sein Blick auf das Besteck fiel. *Drei Teile, es müssen immer drei Teile sein. Messer, Gabel und Löffel.* In diesem Moment erinnerte er sich an das letzte gemeinsame Essen mit Maria und dem Kleinen. Die Situation tauchte so real in seinem Kopf auf, dass er glaubte, einen Film zu sehen. Als er ihr von seinem bevorstehenden

Ausflug erzählt hatte, hatte sie scheinheilig gefragt, ob sie noch etwas Salz haben dürfe. Als er es von oben geholt hatte, lag der Kleine bereits auf dem Bett. Sie hatte das Geschirr inzwischen zusammengestellt und durch das Gitter geschoben. Er selbst war in Gedanken viel zu sehr bei seiner bevorstehenden Mission gewesen. Irgendetwas hatte ihn zwar irritiert, doch was das war, erkannte er erst in diesem Augenblick in Erfurt. Es war der Löffel, der fehlte. In diesem Moment war alles aus den Fugen geraten. Er hatte, anders als geplant, das Tagebuch einfach in Vanessas Briefkasten geworfen, war zurück hierher gerast und seine schlimmsten Befürchtungen waren in Erfüllung gegangen.

Maria hatte den Griff des Löffels an der Wand spitz geschliffen und damit ein Scharnier der Tür aus der Wand gekratzt.

Und was hatte es ihr gebracht, seinen Schutz zu verlassen? Sie lag jetzt tot in einem Kühlschrank, während sein Sohn in dieser anonymen Welt herumgereicht wurde.

Er knipste die Taschenlampe an und aus. Maria wurde Sofi. Sie lag zusammengerollt auf einem Bett aus Fellen, die er nie für sie gefertigt hatte. Sie war schön, ja, das war sie. Jung, schön und schutzlos wie ein junges Reh. Ihr Anblick erregte etwas in ihm. Das nackte Bein, das nicht unter dem Fell lag, wirkte wie eine Einladung. Das Blut des Fuchses brachte seine Instinkte in Wallung. Zerrbilder entstanden im dünnen Schein der Lampe, deren Stärke er auf das Notwendigste heruntergeregelt hatte.

Er öffnete die Zelle, trat geräuschlos neben das Bett und blickte auf das hübsche Gesicht. Eine der langen Haarsträhnen bewegte sich im Takt ihrer Atmung. Ihre Lippen schienen in seiner Vorstellung röter und röter zu werden. Sie flüsterten seinen Namen. Hauchten: »Komm zu mir.« Dann schlug sie die Augen auf und er schlug zu.

Sie durfte das nicht … Was fiel der Kleinen ein, sich als Maria auszugeben? Wie konnte sie ihre Lippen so verstellen, wieso so flüstern wie seine geliebte Maria? Wut durchströmte seine Adern. Er riss ihr das Fell vom Körper, ohne ein weiteres Mal auf ihre Schönheit hereinzufallen. Sein Schlag ließ ihr Gesicht neben der Schläfe anschwellen und verzerrte damit abermals sein Bild von dieser jungen Frau.

Danach wich alle Wut von ihm. Nein, sie konnte nichts dafür. Sie war unschuldig. Niemals würde sie Maria ersetzen können, aber das hier hatte sie auch nicht verdient. Seine Entscheidung war gefallen.

Ihr Gewicht bereitete ihm keine Mühe. Er hob sie aus dem Bett, wobei ihre Körperwärme ihn für einen kurzen Moment irritierte. Doch dieses Mal ließ er sich nicht beeindrucken. Auf dem Weg nach oben stieß er sie ein, zwei Mal gegen eine Wand, doch solche Makel auf ihrer Haut scherten ihn nicht mehr.

Der gehäutete Fuchs schien ihn fragend anzustarren, als er sie in die Scheune brachte. Dort legte er sie auf die große Plastikplane und begann mit dem Ritual, das er sonst nur bei Tieren durchführte.

Nichts durfte ausgelassen werden. Kein Fingernagel, nicht der Raum zwischen ihren kleinen Zehen und auch nicht der Vaginalbereich. Danach folgten die Haare. Er entfernte sie sorgsam und legte sie in eine kleine Blechdose. Am Ende vollzog er den letzten Schritt, der ihre Haut erkalten ließ.

20

Ruben stieg aus dem Wagen, drehte sich einmal im Kreis und atmete tief durch. Eva stieg ebenfalls aus und trat neben ihn. »Welch ein Idyll.«

»Ja«, bestätigte er freudig. »Unser Täter hat sich wirklich ein schönes Stückchen Erde für seine Passion ausgesucht.«

Ruben hätte den Anblick der hohen Tannen gerne noch ein wenig länger genossen, doch die feinen Regentropfen, die ihm der Wind ins Gesicht schleuderte, trieben ihn zur Eile. Er holte die beiden kleinen Reisetaschen aus dem Kofferraum und folgte Eva zu der Rezeption des Waldhotels Rennsteighöhe.

Am Tresen saß eine freundlich dreinblickende junge Frau, die das ungleiche Paar interessiert musterte. Da Ruben keine Anstalten machte, etwas zu sagen, fragte sie: »Was kann ich für Sie tun?«

Er neigte den Kopf etwas zur Seite und erwiderte freundlich: »Sie müssen nichts für uns tun, wir benötigen nur zwei Einzelzimmer.«

Sie hielt ihr Lächeln aufrecht, schüttelte aber den Kopf. »Tut mir leid, aber unsere Zimmer sind alle belegt.«

Ruben runzelte die Stirn, sah sich in dem leeren Empfangsbereich und dem angeschlossenen Restaurant um und fragte: »Von wem?«

Sie warf erst einen Blick auf die Wanduhr, dann aus dem Fenster. »Von denen.«

Ruben folgte ihrem Blick und geriet bei dem Anblick beinahe etwas in Panik. Der gerade angekommene Reisebus öffnete seine Türen und entließ kurz darauf eine unübersichtliche Menge asiatisch aussehender Menschen.

»Okay«, sagte er gedehnt. »Können Sie uns sagen, wohin wir vor den Touristen flüchten können?«

Das Lächeln der jungen Frau wurde breiter. »Ja. Wie wäre es mit einem unserer Apartments? Die Hütten draußen haben Sie doch sicher schon bemerkt.«

Ruben dachte erst an die Spesenabrechnung, dann an die Verabredung mit Kommissarin Goldbach. Viel Zeit blieb ihnen nicht und er hatte auch keine Lust, noch weitere Unterkünfte anzufahren. Er drehte sich zu Eva und fragte: »Wäre ein Apartment für dich in Ordnung?«

Sie grinste ihn an und sagte gespielt tadelnd: »Also Herr Hattinger!« Dann erkundigte sie sich bei der Rezeptionistin: »Wie viele Schlafzimmer hat denn so eine Hütte?«

Die Angestellte tippte etwas auf ihrer Taststatur herum. »Wir haben noch eine mit einem Schlafzimmer und die große mit drei Zimmern ist auch frei.«

»Also dann die große«, erwiderte Ruben und legte seinen Ausweis auf den Tresen.

»Dienstlich oder privat?«

Er legte eine weitere Plastikkarte daneben. »Dienstlich. Wir ermitteln wegen der Vorfälle in der Nacht zum Sonntag.«

Der Gesichtsausdruck der jungen Frau zeigte Betroffenheit, doch die Diskretion ihres Jobs schien ihr zu verbieten nachzufragen. Sie deutete ein Nicken an. »Schön, die Polizei im Haus zu wissen. Es kann hier nachts ganz schön unheimlich werden. Vor allem wenn man weiß, dass da draußen ein Psychopath herumläuft.«

Ruben lächelte milde über diese unqualifizierte und voreilige Einordnung des Täters, nahm die Schlüssel entgegen und drehte sich zur Tür. Dort strömte ihm bereits eine Flut aufgeregter Asiaten entgegen. Er hörte gerade noch, wie die Rezeptionistin »Es ist das zweite Haus auf der linken Seite und Frühstück gibt es ab sieben Uhr dreißig« rief, dann drückte er sich durch die menschliche Flut und flüchtete draußen zur Seite weg.

Eva brauchte das Navi, um das LKA in Suhl wiederzufinden. Es war inzwischen siebzehn Uhr und durch die dicke Wolkendecke war es beinahe dunkel.

Ruben und Eva folgten der Beschreibung des Kollegen, der sie zum Haupteingang hineingelassen hatte. Während viele der Büros schon nicht mehr besetzt waren, war Frau Goldbachs Reich nicht zu verfehlen. Der kleine Besprechungsraum war gut gefüllt und man hatte offenbar noch nicht damit begonnen, die anwesenden Beamten einzuweisen.

Die erneute Menschenansammlung machte Ruben nervös, doch er riss sich zusammen, trat ein und spürte sofort, wie er von vielen Augen gemustert wurde. Die Kriminalhauptkommissarin ging ihm entgegen und bedachte Eva mit einem freundlichen Nicken. »Wir haben noch auf Sie gewartet. Mein Chef hat eine Soko ins Leben gerufen und das sind die Kollegen, die uns helfen werden.«

Ruben warf einen Blick in die Runde. Es waren etwa fünfzehn in Zivil gekleidete Männer und Frauen. »Wenn es sein muss«, brummte er. »Das wird uns ziemlich viel Koordinierungsarbeit kosten, aber es sind ja Ihre Leute.«

»Ist das nicht üblich bei der Polizeiarbeit?«, fragte Frau Goldbach erstaunt. »Ich kenne zumindest kaum einen Entführungsfall, bei dem keine Sonderkommission zum Einsatz gekommen wäre. Und hier geht es auch noch um den Tod einer Frau und ein offensichtlich verwaistes Kind.«

Ruben reagierte nicht darauf, setzte sich auf einen Stuhl in der ersten Reihe und deutete auf ein Rednerpult, das neben einer großen Monitorwand stand.

Während sich Frau Goldbachs Partner, Kriminalkommissar Florian Hübner, neben seiner Chefin an ein Fensterbrett lehnte, drückte sie einige Tasten auf ihrem Laptop und die Wand erwachte zum Leben. Nach einer kurzen Begrüßung begann sie zunächst mit dem Fall der toten Maria Schmucke.

Sie öffnete ein Bild von dem provisorischen Grab im Wald, in dem sie die Leiche der jungen Frau gefunden hatten. »Nach jetzigem Stand der Gerichtsmedizin wurde Frau Schmucke nur indirekt das Opfer einer Gewalttat. Ihr Tod dürfte ursächlich durch eine schwere Verletzung des Schädelknochens knapp über dem Jochbein eingetreten sein. Und soweit die Spurensicherung es nachvollziehen konnte, rührte diese Verletzung von einem Sturz gegen eine spitze Felskante her. Was wir allerdings noch nicht wissen, ist, ob ein Kampf stattgefunden hat.« Sie wechselte zu einem Bild des nackten Fußes der Frau. »Für die Theorie eines Sturzes spricht allerdings diese Schürfwunde auf der Oberseite des Fußes. Unweit des Felsbrockens gibt es einige oberflächliche Wurzeln, und einer von ihnen hafteten Hautpartikel des Opfers an.«

Für Ruben war diese Information ebenso neu wie für die meisten Anwesenden, trotzdem hob er die Hand und sagte laut: »Schwerpunktarbeit.«

Die Kommissarin ließ sich nicht aus dem Konzept bringen, deutete auf ihn und stellte ihn vor: »Das, liebe Kollegen, ist Kriminalhauptkommissar Hattinger. Herr Hattinger ist Sonderermittler beim BKA und wird uns auf meinen Wunsch hin unterstützen.« Danach ließ sie eine kurze Pause folgen. »Herr Hattinger, Sie haben eine Frage?«

Ruben nahm sich Zeit, seine Gedanken zu sortieren, was im Raum für angespannte Ruhe sorgte, bis er das Wort »Schwerpunktarbeit« wiederholte.

»Ja, was ist damit?«, reagierte Frau Goldbach, die langsam ungeduldig zu werden schien.

Ruben schluckte den Kloß im Hals herunter, den die vielen Anwesenden bei ihm erzeugten, und erklärte: »Ihre Ausführungen sind gut und wichtig, aber das hier dauert mir im Moment zu lange. Ich beginne selbst gerne am Anfang, aber das geht nur, wenn alle Beteiligten bereits tot sind und wir folglich genügend Zeit haben.«

Ein leises Raunen ging durch den Raum und Eva, die Rubens Art bereits kannte, konnte sich das Schmunzeln nicht verkneifen.

Er schaffte es, seiner Stimme noch etwas mehr Kraft zu geben. »Im Augenblick sollten wir alles daransetzen, die vermisste Sofi Reich zu finden. Es wurde schon früher sehr viel Energie in den Fall Maria Schmucke gesteckt. Und auch wenn es jetzt neue Indizien gibt, glaube ich nicht, dass wir damit sehr schnell vorankommen. Sollte es sich bei beiden Frauen um den gleichen Täter handeln, und davon gehe ich aufgrund der gefundenen Spuren aus, sollten wir vorerst die klassischen Mittel der Polizeiarbeit anwenden.«

»Aber wir haben bereits jemanden festgenommen. Herr Schulze steht im Moment unter Tatverdacht«, entgegnete die Kommissarin.

Ruben schüttelte den Kopf. »Dieser Mann ist mit ziemlicher Sicherheit nicht der, den wir suchen.«

»Und wie kommen Sie zu der Erkenntnis?«, fragte die Kommissarin dazwischen. »Sie haben ihn ja noch nicht einmal verhört.«

Ruben zuckte mit den Schultern. »Abgesehen von seiner körperlichen Verfassung passt er nicht ins Bild. Außerdem hat er ein Alibi, von dem ich mir sicher bin, dass seine Frau es bald bestätigen wird.«

Sie nickte nachdenklich. »Und was schlagen Sie vor?«

»Ausschwärmen. Menschen befragen und möglichst viele frei stehende Häuser überprüfen. Ich weiß noch nicht viel über den Täter, aber das, was er mit Tieren und vielleicht auch mit Menschen treibt, kann man kaum vor der Nachbarschaft verstecken.«

Verona Goldbach schwieg einen Moment, warf einen Blick in die Runde und auf ihre Unterlagen, bevor sie schließlich sagte: »Okay, dann machen wir das so. Trotzdem möchte ich noch auf eine Sache hinweisen. Maria Schmucke wurde vielleicht nicht aktiv getötet, doch ihr Körper wies eine Vielzahl von alten Verletzungen auf. Sie hat zu Lebzeiten zahlreiche Knochenbrüche erlitten und an einigen Körperstellen eine Hornhaut gebildet, was laut der Gerichtsmedizin auf eine lang anhaltende Fesselung hindeutet.« Nun wurde ihr Tonfall eindringlicher. »Mir ist klar, dass uns das erst einmal nicht weiterhilft. Ich möchte aber, dass ihr alle hier wisst, wie es um Sofi Reich bestellt ist. Teilt euch selbst in Gruppen ein, nehmt die Kollegen vom Streifendienst mit ins Boot und findet dieses Mädchen.« Verona Goldbach schloss ihren Laptop, fügte aber noch hinzu: »Ach ja, und gebt so wenig Informationen wie möglich nach draußen. Entführungsfälle wie der von Maria Schmucke wirken auf die Presse wie ein Kuhfladen auf Fliegen. Und wir brauchen weder schlechte Presse noch einen vorgewarnten Täter. Danke!«

21

Ruben und Eva warteten, bis sich der Besprechungsraum geleert hatte. Danach trat er zu Verona Goldbach und erklärte: »Es wird Zeit, sich endlich einen Überblick zu verschaffen. Ich brauche einen Raum und alle bisherigen Erkenntnisse und Berichte zu dem Fall. Außerdem will ich mit diesem Egon Schulze sprechen, auch wenn ich nach wie vor der Meinung bin, dass er uns kaum weiterhelfen wird.«

Die Kommissarin fuhr sich erschöpft durch ihr kurzes Haar, in dem sogar noch eine Tannennadel von dem Einsatz am Vormittag hing. Dann sah sie Ruben in die Augen und erwiderte: »Und ich brauche einen Kaffee und irgendetwas zu essen. Wir können uns gerne unterhalten, aber ich möchte dabei etwas kauen.«

»Keine schlechte Idee«, stimmte Eva zu, deren einzige Mahlzeit ein Brötchen zum Frühstück gewesen war.

Ruben zügelte seine Ungeduld. »Na gut, wenn sich alle einig sind, sollten wir das vielleicht tun. Gibt es hier eine Kantine?«

Verona Goldbach schenkte ihm ein müdes Lächeln. »Das möchten Sie nicht. Aber etwa fünfhundert Meter von hier ist ein ganz brauchbarer Dönerladen.«

»Ein Döner ohne Fleisch. Ernsthaft?«

Eva sah dabei zu, wie Ruben in das gut gefüllte Fladenbrot biss und sich danach etwas Soße vom Mundwinkel wischte. Danach nickte er zu dem riesigen Fleischspieß und erklärte: »Ich weiß einfach, was die Spieße im Einkauf kosten. Und da das weniger ist als die Kosten für das Futter, das ein gesundes Tier im Leben verbraucht, mache ich mir so meine Gedanken. Aber lasst es euch schmecken.«

Verona Goldbach, Florian Hübner und Eva ließen sich den Appetit nicht nehmen. Nachdem alle aufgegessen hatten, holte Eva noch vier Becher Ayran. Ruben nahm den Plastikbecher in die Hand, drehte ihn einmal und fragte schließlich: »Und was ist das jetzt Schönes?«

Sie grinste ihn an. »Nichts, an dem man herumnörgeln müsste.« Sie riss den Aludeckel ab, setzte an und leerte das buttermilchähnliche Getränk in einem Zug.

Ruben probierte zunächst vorsichtig, zog dann die Augenbrauen nach oben und stellte fest: »Das ist allerdings überraschend gut und erfrischend. Salzige Milch kannte ich noch nicht.« Anschließend kontrollierte er, ob Zivilisten in Hörweite waren, und fragte an Verona Goldbach gewandt: »Also gut, zurück zum Grund unseres kulinarischen Ausflugs. Wie geht es den beiden Wanderern und dem kleinen Jungen?«

Nach dem Ayran wirkte auch die Kommissarin wieder frischer. Sie wischte sich den Mund mit der billigen Papierserviette ab, warf noch einen schnellen Blick auf ihr Handy und erklärte: »Die Wanderer aus Frankfurt mussten in ein künstliches Koma versetzt werden. Eine Befragung wird so schnell nicht möglich sein. Bezüglich des Jungen habe ich vorhin noch einmal mit der zuständigen Kinderpsychologin gesprochen. Er ist zwar körperlich gesund, hat aber eine extreme Scheu vor Menschen. Die Frau meinte wörtlich, es sei, als hätte man ein verschrecktes Tier vor sich. Außerdem ist der Kleine äußerst versiert, was seine Verteidigung angeht. Sie dachten, es wäre eine gute Idee, den Jungen etwas malen zu lassen. Es endete damit, dass der Notarzt einem Pfleger den Bleistift aus der Hand entfernen musste. Der Pfleger sagt, dass ihn der Sechsjährige ohne Vorwarnung und ohne jedes Zögern angegriffen hat.«

Ruben nahm noch einen Schluck von dem Ayran. »Vielleicht hat ihn sein Entführer mit zur Jagd genommen. Sein Leben scheint sich ja ziemlich viel um das Töten von Tieren zu drehen.«

»Du meinst, er hat Maria Schmucke und den Jungen ab und zu rausgelassen?«, fragte Eva dazwischen.

Ruben nickte. »Mit ziemlicher Sicherheit. Immerhin reden wir von einigen Jahren. Und gerade bei einem kleinen Jungen, der nichts anderes kennt als den Ort, an dem er lebt, besteht kaum Fluchtgefahr. Immerhin kam er erst nach der Entführung seiner Mutter, also im Beisein des Täters, zur Welt.«

»Schwerpunktarbeit«, warf nun Florian Hübner ein.

Ruben sah ihn an und verzog den Mund zu einem Lächeln. »Sie haben recht. Auch wenn dieser Fall eine gewisse Faszination ausübt, sollte ich mich auf das aktuelle Entführungsopfer konzentrieren. Herzlichen Dank für die Ermahnung.« Ruben legte seine Hände aufeinander und verschränkte die Finger. »Also, was können wir tun?«

Zurück im Präsidium stand Ruben vor einer Landkarte der Gegend, die im Flur zwischen den Büros hing, und begann, mit einem dicken Filzstift darauf herumzumalen. Er blendete die Stimme der telefonierenden Kommissarin aus, machte einen Kringel um das Haus des Arztes und zog eine Linie bis zu der Stelle im Wald, an der sie sich getrennt hatten. Danach folgte eine weitere bis zu den alten DDR-Hütten und eine zweite den Bach entlang bis zu der Stelle, wo Eva und Hübner die

Eingeweide im Boden gefunden hatten. Anschließend trat er ein Stück zurück und betrachtete sein Werk. Er fragte sich, wie es der Täter geschafft hatte, derart große Distanzen zurückzulegen. Und die Sache mit dem getöteten Reh, dem ein junges Kitz in den Bauchraum eingenäht wurde, hatte mit Sicherheit ziemlich viel Zeit in Anspruch genommen. Hinzu kam, dass der Mann – jedenfalls ging er im Moment davon aus, dass es sich um einen Mann handelte – Sofi Reich dabeigehabt haben musste.

Ruben schüttelte den Kopf, trat erneut an die Landkarte und wischte mit seinem Taschentuch alles wieder von der Scheibe, die das Papier schützte. Dann malte er Fragezeichen ein Stück oberhalb der einzelnen Schauplätze. Von dort aus zog er die erste Linie zu dem Platz mit dem Reh weiter bis zu dem Haus des Arztes. Es folgte die Route, die die Spürhunde genommen hatten, dieses Mal ohne Umwege bis direkt zu den Hütten.

Verona Goldbach beendete ihr Telefonat, trat aus ihrem Büro und blieb stehen. Nachdem sie Ruben einen Augenblick lang dabei beobachtet hatte, wie dieser weitere Markierungen auf die Karte malte, fragte sie: »Gibt es in Bamberg kein Google Earth?«

Ruben hob die Hand, zeichnete noch einige Linien hinter den Hütten ein und drehte sich dann zu ihr. »Erst das Reh, dann Sofi Reich.«

»Was?«, fragte sie irritiert.

»Der Täter … er kam von irgendwo aus diesem Bereich.« Ruben umriss mit dem Stift ein großes Waldgebiet und ließ diesen dann bis zu der Stelle gleiten, an der das Reh gefunden wurde. »Dort hat er die, ja, wie soll ich sagen? Die Zeremonie mit dem Tier durchgeführt. Danach ist er weiter nach Frauenwald und hat sich Sofi Reich geholt. Anschließend ist er zurück in den Wald und zu den Hütten gegangen, wo er ihre Kleidung ablegte. Vielleicht, um keine Spur zu hinterlassen oder um uns diesen Egon Schulze als Verdächtigen zu präsentieren.«

»Okay, und wie kommen Sie zu dieser Erkenntnis?«

Ruben drehte sich zu der Kommissarin. »Können Sie mir einen plausibleren Ablauf schildern? Ich wüsste sonst nicht, wie er mit seinem Entführungsopfer einem Reh auflauern und es derart zurichten konnte. Außerdem hätte er eine viel zu lange Strecke zurücklegen müssen.«

Verona Goldbach wechselte ihre Position, um die Karte besser sehen zu können. »Sie glauben also nicht, dass das Reh und die Innereien die Hunde ablenken sollten?«

Ruben schüttelte den Kopf. »Nein, das ergibt keinen Sinn, da er mit ziemlicher Sicherheit wollte, dass wir diese Hütte finden. Warum sonst hätte er Sofi Reichs Kleidung dort deponieren sollen? Er hätte sie verbrennen oder vergraben können, aber sie lag ausgerechnet in dieser Hütte.«

Verona Goldbach dachte kurz darüber nach und deutete dann auf das Fragezeichen. »Und Sie meinen, dass er von dort kam?«

»Würde sich zumindest anbieten. Es kann aber natürlich auch sein, dass er dort nur sein Fahrzeug geparkt hat und von ganz woanders herkam. Oder er ist einen großen Bogen gelaufen, um uns in die Irre zu führen.«

»Alles möglich«, stimmte die Kommissarin zu. »Ich denke, er kommt aus der Gegend, vielleicht sogar aus Frauenwald selbst. Sofi Reich bot sich als Opfer geradezu an, allerdings nur, wenn man die Gegebenheiten kennt. Also wenn man weiß, dass sich ihr Zimmer im Erdgeschoss befindet und ihr Vater oben schläft. Wenn man weiß, dass der Garten nicht einsehbar ist und dass die junge Frau diese Umstände auch selbst für nächtliche Ausflüge nutzte.«

»Ach. Tat sie das?«, fragte Ruben überrascht.

»Ja. Ich habe mich mit Sofis Freund unterhalten. Es war zwar Zufall, dass er an diesem Abend bei ihr war, aber seinen Angaben nach hat sie sich schon häufiger aus dem Fenster geschlichen, um nachts mit ihren Freunden zu feiern. Aber wie gesagt, das alles muss der Täter gewusst haben, sonst wäre er nicht so gezielt vorgegangen.«

»Interessant«, murmelte Ruben. »Ich brauche dringend eine Zusammenfassung aller Erkenntnisse. Mir fehlt der Überblick.« Dann drehte er sich suchend um und fragte: »Wo sind eigentlich unsere Kollegen?«

Frau Goldbach schmunzelte. »Die haben sich zum Außendienst abgemeldet. Ich hoffe, sie sind nicht zu abgelenkt und suchen wirklich nach dem Mädchen. Nachts in dunklen Wäldern … Sie wissen schon.«

Ruben warf erneut einen Blick auf die Landkarte und bat: »Können Sie Ihre Leute anweisen, schwerpunktmäßig in dem Bereich mit dem Fragezeichen zu suchen?«

»Klar«, bestätigte die Kommissarin und fügte mit einem Blick auf ihr Handy hinzu: »Egon Schulze wird übrigens gerade zur Vernehmung gebracht.«

Eine halbe Stunde später beschloss Ruben, dass er mit Herrn Schulze seine Zeit verschwendete. Die Aussage seiner Frau war glaubhaft und sie konnte sogar noch eine weitere Zeugin benennen, die bestätigte, dass Schulze in der Tatnacht zu Hause gewesen war. Allerdings gab es da noch eine Sache, die Ruben nicht auf sich beruhen lassen wollte. Er sah dem Mann noch einmal lange in die Augen, schob dann einen durchsichtigen Beweismittelbeutel über den Tisch und fragte: »Kennen Sie dieses Höschen?«

Schulzes Augen zuckten kurz zu der Tüte. Er schüttelte den Kopf und antwortete: »Was soll das sein? War das bei diesem komischen Schlafanzug, den Sie gefunden haben?«

Ruben sog die Luft scharf ein. »Nein, diese Mädchenunterwäsche haben wir unter dem Bett in Ihrer Laube gefunden. Und ich hätte gerne eine Erklärung dafür.«

Egon Schulze schüttelte erneut den Kopf. »Kenne ich nicht.«

Ruben glaubte ihm nicht. »Sie haben diese komplette Hütte mit eindeutigen Bildern tapeziert. Darunter sind auch Fotos von ziemlich jungen Frauen und Mädchen. Sie werden verstehen, dass dieser Umstand, zusammen mit dieser Unterhose, einige Fragen aufwirft. Also, nehmen Sie auch manchmal junge Frauen mit in diese Laube?«

»Nein, natürlich nicht«, brummte Schulze verschlossen.

Ruben dachte kurz darüber nach. »Vor zweien der anderen Hütten war der Rasen ebenfalls gemäht. Können Sie mir die Namen der Besitzer geben? Ich könnte diese Zeugen natürlich auch ermitteln lassen, aber so ginge es deutlich schneller.«

Dieses Mal war es Schulze, der kurz nachdenken musste. Schließlich sagte er: »Achim Fitzthum gehört Hütte Nummer zwei und Petra Gallbaum die Nummer sechs.«

»Gut«, sagte Ruben, notierte sich die beiden Namen und schloss die noch dünne Akte des Mannes. »Alles klar. Wir sind hier fertig. Ein Kollege wird Sie zurück in die Zelle bringen. Alles Weitere muss der zuständige Richter entscheiden.« Danach schaltete er das Mikrofon aus, beugte sich zu Egon Schulze über den Tisch und flüsterte: »Ich hoffe sehr, dass diese Unterhose nichts zu bedeuten hat. Ansonsten werde ich dafür sorgen, dass Sie eine ganze Weile Zeit zum Nachdenken bekommen.«

22

Ihr Mund fühlte sich an, als hätte sie Sägespäne gegessen und der erste bewusste Atemzug schmerzte bis in die Lunge. Sofi leckte sich über die spröde Oberlippe, die an einer Stelle metallisch schmeckte. Es war kalt, dunkel und ihr Gesicht lag auf einem harten, stachligen Untergrund.

Sie versuchte, ihre Beine zu bewegen, was überraschenderweise gelang. Der Schrei einer Eule kam so unverhofft, dass sie zusammenzuckte. Sofi öffnete die Augen, begriff aber nicht, was sie sah. Im ersten Moment schien es, als hätte jemand … hätte er … ein feinmaschiges Netz über sie gelegt.

Die Erinnerung schlug über ihr zusammen wie eine Sturmwelle. Wo war er? Stand er neben ihr? War sie in Gefahr? Sofi wälzte sich herum, wobei irgendetwas über ihre Haut schrammte und ihr ein stechender Schmerz in ihren Kopf fuhr. Das vermeintliche Netz wandelte sich zu langen Zweigen, deren welkes Laub bei ihrer Bewegung laut raschelte. Das Geräusch erschreckte sie, ließ sie innehalten. Nun hörte sie ihren eigenen Atem und sah, wie Luft zwischen den feinen Ästen kondensierte. Angst, Kälte und das Gefühl absoluter Schutzlosigkeit durchfuhr sie. Und obwohl sie wusste, dass sie handeln musste, gelang ihr für lange Augenblicke keine Bewegung. »Ist jemand hier?«, flüsterte sie leise. Als sie keine Antwort bekam, löste sich ihre Schockstarre ein wenig.

Um sie herum war es dunkel und feiner Nieselregen drang durch das Gestrüpp, das sie bedeckte. Irgendwo raschelte es und wieder hallte der Schrei einer Eule durch die Nacht.

Sofi griff nach dem stärksten Ast und hob ihn vorsichtig zur Seite, was ihren Horizont etwas erweiterte. Über ihr konnte sie die Silhouetten hoher Baumwipfel erkennen. Sie schob weitere Äste von ihrem nackten Körper, setzte sich auf und blickte sich nach allen Seiten um. Sie war umgeben von den kalt und bedrohlich wirkenden Stämmen mächtiger Tannen.

Sofi schlang die Arme um ihren ungeschützten Körper, sah an sich selbst herunter und erkannte, dass der kleine Flaum zwischen ihren Beinen verschwunden war. Dann trug ein leichter Windstoß mehr Regen zu ihr herab und mit einem Mal wusste sie, was noch nicht stimmte. Eigentlich hätte ihre Hand auf dichtes volles Haar treffen müssen, doch da war nichts. Ihr Schädel war so glatt rasiert wie der Rest ihres Körpers. Außerdem verspürte sie ein leichtes Brennen an ihren Körperöffnungen.

Ihr Atem beschleunigte sich, während sie sich panisch aus dem Haufen Äste befreite. Sie ignorierte die Schmerzen, die der Waldboden an ihren Fußsohlen verursachte, und rannte zum nächsten Baum, als ob ihr dieser Schutz bieten könnte. Dort drückte sie den Rücken an die Rinde, drehte sich einmal um den Stamm, konnte aber nirgends etwas erkennen. Die Dunkelheit verschluckte den Wald schon nach wenigen Metern und selbst das leise Rascheln war inzwischen verstummt. Wohin sollte sie gehen?

Die Müdigkeit in ihren Gliedern verlockte sie, bergab zu laufen, trotzdem entschied sie sich für den leichten Anstieg. Mit etwas Glück konnte sie von oben vielleicht irgendwo Lichter sehen.

Sofi war es so kalt wie noch nie in ihrem Leben. Sie hatte Hunger und die dröhnenden Kopfschmerzen wollten einfach keine Ruhe geben. Hinzu kam die Angst, dass er immer noch in der Nähe sein könnte. Vielleicht hatte er sie überhaupt nicht freigelassen und dies alles gehörte nur zu einem weiteren kranken Spiel. Doch der Gedanke an diesen Kellerraum mit seinem starken Gitter gab ihr Kraft. Sie hob den nächsten dicken Ast vom Boden auf, versuchte, ihre Nacktheit zu ignorieren, und ging vorsichtig los.

Immer wenn sich ein kleiner Stein oder ein Ast schmerzhaft in ihre Fußsohle bohrte, hätte sie am liebsten aufgeschrien. Während sie den Ast fest in der linken Hand hielt, legte sie den rechten Arm um ihren Bauch. Sie folgte dem Anstieg von Baum zu Baum, blieb immer wieder stehen und lauschte in den Wald hinein. Bald wurden die leisen Naturgeräusche zur Normalität und sie hielt das Rufen der Eule für ein gutes Zeichen. Vögel waren scheu und würden wegfliegen, wenn sie sich durch die Anwesenheit eines Menschen bedroht fühlten.

Nach einigen Minuten spürte sie ihre Füße kaum noch und ihr rasierter Kopf fühlte sich ungewohnt kalt an. Doch wenigstens hatte der feine Regen inzwischen aufgehört und sie wurde nur noch hin und wieder von einem herabfallenden Tropfen getroffen. Die Äste kleiner Sträucher streiften ihre Haut, wobei sie jedes Mal zusammenzuckte.

Nach einigen Hundert Metern erreichte sie die höchste Stelle des Hügels und der Horizont öffnete sich ein wenig. Das schwache Mondlicht schaffte es kaum durch die Wolken, und das, was sie von der Landschaft erkennen konnte, sagte ihr nichts. Dann erschien es wie aus dem Nichts und gab ihr neue Hoffnung. Im ersten Moment glaubte sie, es sich nur einzubilden. Erst als auch der zweite leuchtende Punkt auftauchte, war sie sich sicher. Die Scheinwerfer des Autos zeichneten eine Linie durch den dichten Wald nach, und wenn sie den Atem anhielt, konnte sie sogar das ferne Motorengeräusch hören.

Sofi vergaß ihre Vorsicht und ging los. Auf dem Weg nach unten orientierte sie sich an einem anderen Hügel, der sich rechts von ihr erhob. Sie ging jetzt schneller, und ihr Körper wurde langsam etwas wärmer. Die letzte Hürde war ein schmaler Bach, den sie vorsichtig durchquerte, bevor sie ein ausgetretener Pfad bis direkt an die Straße brachte.

Sei dir nicht so sicher, mahnte sie sich selbst. Sie verharrte einige Augenblicke neben einem dicken Baum, drehte sich um und suchte mit allen Sinnen nach einem möglichen Verfolger. Erst dann trat sie auf den kalten Asphalt, entschied sich für eine Richtung und ging dicht am Fahrbahnrand los.

Sofi schätzte die Zeit auf die frühen Morgenstunden und hoffte, dass wenigstens irgendein Bäcker auf dem Weg zu Arbeit war. Ihre zerschundenen Füße brannten bei jedem Schritt und die Kälte in ihren Gliedmaßen nahm ohne die Anstrengung wieder zu. Dann endlich hörte sie ein Fahrzeug, bevor sie es sehen konnte. Die beiden Lichter kamen ihr entgegen. Sofi überwand ihre Scheu, trat etwas mehr in die Fahrbahnmitte und hob eine Hand, um auf sich aufmerksam zu machen, während sie den anderen Arm über ihre Brüste legte. Der Wagen war schnell unterwegs, bremste stark und kam etwa fünfzehn Meter vor ihr zum Stehen. Der Warnblinker wurde eingeschaltet und die Fahrertür öffnete sich.

Eigentlich hätte sie ihre zweite Hand gerne vor ihre Scham gehalten, doch das Licht der Scheinwerfer blendete sie so stark, dass sie diese vor ihre Augen halten musste. Sie schluckte ihre Angst herunter und rief: »Bitte. Ich brauch Hilfe. Können Sie bitte die Polizei anrufen?«

Der Mann kam nun einige Schritte näher, stellte sich zwischen sie und die Lichtquelle, wobei er eine beruhigende Geste machte und rief: »Ja, natürlich. Kein Problem. Was, um Gottes willen, machen Sie hier draußen?«

Sofi blieb argwöhnisch, ging einige Schritte rückwärts und antwortete: »Bitte. Rufen Sie einfach die Polizei.«

»Ist gut … ist gut«, erwiderte er, zog ein Handy aus der Tasche und tippte darauf herum. Schließlich stellte er mit Bedauern in der Stimme fest: »Tut mir leid, ich habe keinen Empfang.« Er steckte das Gerät wieder weg. »Kann ich Ihnen wenigstens eine Decke anbieten? Ich lege sie einfach hier hin und Sie können sie sich holen.«

»Nein«, sagte sie spontan, bis sie die nächste Windböe traf und sie ihre Aussage revidierte: »Ich meine, doch.« Der wieder einsetzende Regen kühlte sie bis auf die Knochen aus. Sie musterte den Mann, der einen ganz anständigen Eindruck machte und dessen Mercedes von Wohlstand zeugte. Schließlich überwand sie ihre Scheu, ging vorsichtig auf ihn zu und bat: »Können Sie bitte die Decke holen?«

Der etwa Vierzigjährige nickte mit einem freundlichen Lächeln: »Na klar. Kommen Sie doch mit zum Wagen, da ist es trockener.«

Sofi folgte ihm mit zwei Schritten Abstand. »Was ist Ihnen denn bloß passiert?«, fragte er über seine Schulter.

»Haben Sie nichts von mir gehört? Werde ich nicht gesucht?«, erwiderte sie mit brüchiger Stimme.

Am Wagen angekommen holte er eine Decke von der Rückbank und reichte sie ihr mit ausgestrecktem Arm. Sofi war dankbar, dass er eine gewisse Distanz wahrte. Sie nahm die Decke entgegen und wickelt sich schnell darin ein.

Er schien kurz nachdenken zu müssen, bevor er mit einer Gegenfrage antwortete: »Dann bist du die junge Frau, die seit gestern vermisst wird?« Seine Aussprache klang ein bisschen verwaschen und Sofi glaubte, Alkohol in seinem Atem riechen zu können. War der Mann betrunken? Es sollte ihr egal sein, solange er ihr nur half.

»Ja«, murmelte sie und spürte, wie sich ihre bisherige Anspannung langsam löste. Sie hielt die erste Träne noch für einen Regentropfen, doch schon eine Sekunde später brachen alle Dämme. Sofi konnte ihren überreizten Nerven nichts mehr entgegensetzen.

Einige Augenblicke lang war sie nur bei sich selbst, dann spürte sie seine Hand auf ihrer Schulter. »Ich helfe dir«, sagte er mit einem merkwürdigen Unterton in der Stimme. »Aber vielleicht kannst du ja vorher etwas für mich tun?« Sein Griff wurde fester und er trat einen Schritt an sie heran.

Etwas in ihr kippte. Ihr eigener Schrei hörte sich fremd an und die Bewegung, mit der sie seinen Arm wegschlug, kam wie von selbst. Durch den Schleier ihrer Tränen sah sie noch, wie er eine beschwichtigende Geste machte, doch sie glaubte ihm nicht. Sie war nackt und dieser Kerl hatte plötzlich etwas im Blick, das ihn wie ein Raubtier aussehen ließ. Wieder hob er die Hand und streifte dabei ihre nackte Brust. Die Panik schlug über ihr zusammen. Sie brüllte: »Gehen Sie weg«, drehte sich um und rannte zurück zum Waldrand.

Als der Asphalt endete, traf ihr nächster Schritt vom Regen aufgeweichten Lehmboden. Sofi spürte noch, wie sich die kalte Masse zwischen ihre Zehen drückte und zugleich keinerlei Halt mehr gab. Ihre Arme steckten noch immer unter der Decke, die ihr jede Möglichkeit raubte, den Sturz abzufangen. Den Fall nach hinten erlebte sie wie in Zeitlupe, bis ihr Hinterkopf hart auf die Fahrbahnkante schlug, was einen grellen Schmerz auslöste.

Ihre Sinne lösten sich noch einmal aus der Dunkelheit. Im ersten Augenblick glaubte sie, sich den Schatten, der an ihr vorbeihuschte, nur eingebildet zu haben. Sie hörte den Mann mit dem Auto schreien, dann winseln. *Gut*, dachte sie mit einer eigenartigen Befriedigung. Ihr letzter Sinneseindruck war der Geschmack von Blut, das sie sich von der Oberlippe leckte. Danach wurde alles dunkel und unheimlich still.

23

Am Tag, während der Arbeit, mochte es Ruben, in immer unterschiedlichen Gegenden zu sein. Jetzt in der Nacht vermisste er seine Familie. Er lag in seinem Bett und hörte dem Wind zu, der durch die hohen Tannen fuhr. Er dachte an seine Frau, wie sie zu Hause in dem großen Bett lag, und an Elisa, die sich im Moment nichts lieber wünschte als ein Haustier und sich nicht zwischen Katze und Hund entscheiden konnte. Und ein bisschen dachte er auch an seine neue Partnerin Eva, die nur zwei Türen weiter lag.

In den letzten beiden Tagen war so viel passiert, dass er beinahe dankbar darüber war, nicht schlafen zu können. Er brauchte einfach Ruhe, um über alles nachzudenken. Angefangen von dem Fall bis zu dem Umstand, dass er jetzt Eva und vermutlich auch Schober dauerhaft an seiner Seite haben würde.

Sein kleiner Reisewecker, der gleich neben dem Bild von Pia und seiner Tochter stand, zeigte 5:43 Uhr, als er aufstand und an das ebenerdige Fenster trat. Er zog den dünnen Vorhang zur Seite und spürte ein leichtes Frösteln, als ein Windhauch durch das gekippte Fenster drang. Um die hoteleigenen Hütten gab es nach allen Seiten eine etwa zwanzig Meter breite Rasenfläche, bevor der dichte, düstere Wald begann. Von seinem Zimmer aus konnte er das nächste Apartmenthäuschen sehen.

Rubens Gedanken gingen zu Maria Schmucke. Bis vor Kurzem war sie nur einer von vielen Altfällen, die sich auf seinem Schreibtisch türmten. Obwohl er Fotos von ihr gesehen hatte, war sie immer irgendwie gesichtslos geblieben. Und dann lag sie in dieser Mulde im Wald. Kalt und blass und für ihn trotzdem lebendiger als zu der Zeit, als er den Hinweisen auf ihr Verschwinden nachgegangen war. Man beschuldigte ihren Schwiegervater in spe, doch Ruben hatte schon immer an der Schuld von Professor Dr. Herbert Lauenstein gezweifelt.

Er erinnerte sich gut an seine beiden Besuche in der Psychiatrie, obwohl diese nun auch schon wieder drei Jahre zurücklagen. Der Mann wirkte zerstört und gefangen. Gefangen in Erinnerungen, die er kaum ertrug, und Ruben hatte bei jedem seiner Anfälle den Eindruck, dass eine schwere Last auf dem Professor lag. Aber irgendwie hatte er das Gefühl, das es nicht die Last seiner angeblichen Tat war, die den Mann zerstörte.

Man hatte den Professor an einem Feuer gefunden, in dem die Körperteile seines Sohnes brannten. Und der Professor hatte in wirren Aussagen gestanden, ihn getötet zu haben. Trotzdem blieb bei Ruben stets das Gefühl, dass etwas ganz anderes dahintersteckte, und die jüngsten Begebenheiten bestätigten dies.

Die neuesten Erkenntnisse machten es notwendig, die Dinge aus einer völlig anderen Perspektive zu betrachten. Lange Zeit dachte man, dass Maria Schmucke ebenfalls tot war. Ein fataler Irrtum, wie sich nun zeigte. Denn vielleicht hätte man sie bei einer noch intensiveren Suche doch noch gefunden und ihr und ihrem Kind viel erspart. Darüber hinaus musste auch die Rolle des Professors neu bewertet werden. Wurde er zufällig involviert oder bestand eine Verbindung zu dem tatsächlichen Täter?

Ruben öffnete das Fenster ganz, genoss die klare, kalte Luft und versuchte seinen Kopf mit ein paar tiefen Atemzügen zu befreien. Es gelang ihm nur so weit, als dass ihm seine Gedanken jetzt das Foto der aktuell Vermissten vor sein inneres Auge führten.

Sofi Reich war irgendwo dort draußen. Die riesigen Wälder hatten sie verschluckt und ihr Leben hing von jemanden ab, der ziemlich sicher an psychischen Problemen litt. Jedenfalls kannte Ruben keinen einzigen Fall aus seiner langjährigen Erfahrung, in dem ein Täter durch die Gegend zog und derart grausame Dinge mit Tieren machte. Natürlich begann es bei vielen Gewaltverbrechern mit dem Ertränken von Katzen oder damit, dass sie aus purer Lust auf Hunde schossen. Doch ein Wildtier zu fangen, ihm den Bauchraum aufzuschneiden und darin ein anderes Jungtier einzunähen … nein, davon hatte er noch in keinem Bericht etwas gelesen. Und Ruben kannte viele Berichte.

Mit einem weiteren tiefen Atemzug versuchte er, sich auch von diesen Erinnerungen zu befreien. Er hatte die Hand schon am Fenstergriff, um es wieder zu schließen, als im Nachbarhaus ein Licht aufflammte.

Die junge Frau, die hinter der Terrassentür auftauchte, hatte kaum ein nennenswertes Kleidungsstück am Körper und Ruben fühlte sich wie ein Spanner. Trotzdem sah er weiter dabei zu, wie sie ein Handy vom Ladekabel trennte und anschließend einen Anruf entgegennahm.

Ihr Gesichtsausdruck war auf diese Entfernung nicht zu erkennen, die Reize ihres sehr weiblichen Körpers dagegen schon. Ruben zwang sich, den Blick zu lösen, und zuckte fürchterlich zusammen, als nun auch sein Handy zum Leben erwachte. Und nicht nur das, auch aus dem Nebenzimmer hörte er den albernen Klingelton von Evas Handy.

Die Fahrt dauerte nur wenige Minuten. Eva lenkte den Wagen sicher durch das düstere Morgengrauen. Die Wälder, durch die sie fuhren, hüllten sich in trübes Grau, als wüssten sie bereits, was geschehen war. Schweigend folgten sie den Anweisungen des Navis bis zu einem Absperrband, zwei Warnleuchten und einem düster dreinblickenden Kollegen der hiesigen Verkehrspolizei.

Eva stoppte knapp neben ihm, ließ ihre Scheibe herunter und erklärte, wer sie und Ruben waren. Der Polizist deutete ein Nicken an. »Es ist gleich hinter der nächsten Kurve.« Dann hob er das Band an und ließ sie passieren.

Verona Goldbach erwartete sie bereits mit hochgeklapptem Kragen. Ihr moderner Mantel wollte nicht so recht zu den blauen Einweghandschuhen der Spurensicherung passen.

Ruben stieg aus und nickte zu dem Feldweg, wo einige KTU'ler gerade ihr Equipment aufbauten. »Dort hinten?«

Die Kommissarin versuchte, professionell aufzutreten, doch er spürte, wie schwer es ihr fiel. Als sie die Führung übernehmen wollte, hielt er sie zurück und sagte: »Wir finden es auch ohne Sie. Und so wie Sie aussehen, will ich nicht auch noch einen Krankenwagen rufen müssen.«

Dann blickte er zu Eva, die bisher nur in der Provinz tätig gewesen war und nicht gerade viel Erfahrung mit Schwerverbrechern hatte.

Sie wippte ein wenig unsicher von einem Bein auf das andere, erklärte aber: »Schlimmer als damals in Velburg kann es nicht werden.«

Als sie an den KTU'lern vorbeikamen, fragte einer von ihnen: »Können wir loslegen?«

Ruben blieb stehen und musterte den Mann. »Später, Kollege. Für gewöhnlich dauert es ein wenig, bis sich die Dinge in meinem Kopf sortiert haben. Vielleicht besorgen Sie erst einmal Kaffee oder Tee für Ihre Leute. Ich rufe Sie dann, wenn es so weit ist.«

Der Mann sah ihn ein wenig verwundert an. »Den Anblick hält keiner lange aus«, murmelte er dann.

Ruben und Eva folgten dem Forstweg um eine Biegung. An dem Heck des Mercedes war nichts Auffälliges zu erkennen, doch auf der Beifahrerseite standen beide Türen offen. Zehn

Meter vor dem Fahrzeug blieb Ruben stehen. Eva tat es ihm nach, fragte aber nicht.

Noch gab es kaum genügend Licht, um tiefer in den Wald blicken zu können, und ohne die Geräusche ihrer Schuhe auf dem Boden herrschte bedrückende Stille. Links des Weges floss ein kleiner Bach, den man in eine künstliche Mulde verbannt hatte. Rechts, neben den offenen Türen, erhob sich eine mit Blaubeersträuchern bewachsene Böschung zwei Meter in die Höhe.

Der Mann war auf den ersten Blick schwer zu erkennen. Er saß an einen Baum gelehnt und es sah so aus, als würde er genau auf die Rückbank des Wagens blicken. Seine Hände lagen auf den Beinen und waren wie zum Gebet gefaltet und erst bei genauerem Hinsehen fiel Ruben der schmale Lederriemen auf, der seinen Kopf am Baum fixierte. Weitere Details waren in der Dunkelheit nicht zu erkennen, dass es sich um einen Toten handelte, allerdings schon.

Ruben hörte Eva neben sich schlucken. »Gehen wir weiter?«, fragte sie leise. Er warf einen letzten Blick auf die Gesamtszenerie und übernahm die Führung.

Der Fuß schob sich bereits ins Bild, als er das Heck des Wagens erreichte. Die kleinen Zehen schienen wund, zerschunden und schmutzig. Ruben machte den letzten Schritt und blickte in das Innere des Wagens. »Scheiße«, sagte er.

Eva trat neben ihn und legte ihre Hand schockiert vor den Mund. »Sofi Reich, oder?«

Ruben rief sich das zu Lebzeiten entstandene Foto der Vermissten ins Gedächtnis. Dann zog er seine kleine Taschenlampe aus der Jackentasche und ließ den Strahl über die junge Frau gleiten. Man benötigte einige Vorstellungskraft, da sämtliche Körperbehaarung fehlte und sich zwischen Nase und Mund eine milchige Kruste angesammelt hatte. Schließlich nickte er. »Ja, sie ist es.«

24

Ruben löste seinen Blick von Sofi Reichs Leiche. In einem ersten Impuls hätte er über diesen nackten, bläulich verfärbten hilflos daliegenden Körper am liebsten eine Decke gelegt. Doch die würde der jungen Frau jetzt auch nichts mehr nutzen. Er wechselte zu der anderen Fahrzeugseite und betrachtete den Kopf des Opfers, bis ihn Verona Goldbach aus seinen Gedanken holte. Sie hatte ihren Widerwillen offenbar überwunden und war ihnen zur Tatstelle gefolgt. »Was denken Sie?«, fragte sie. Ruben drehte sich ohne zu antworten in die andere Richtung und sah hinauf zu dem Mann.

Die Schleifspuren zwischen den Blaubeerpflanzen zeigten eindeutig den Weg, den der Tote genommen hatte. Auf den ersten Blick dürfte er etwa neunzig Kilogramm wiegen, was eine enorme Kraftanstrengung voraussetzte. Die Böschung war an dieser Stelle wenigstens zwei Meter hoch und ziemlich steil.

Ruben ließ das Bild auf sich wirken, räusperte sich und sagte laut: »Das war mehr als Raserei.« Sein Blick fiel auf den Boden neben dem Wagen, der von einer rostbraunen Kruste überzogen war. »Ich glaube, dass der da oben Sofi Reich irgendwo begegnet ist. Was dann passiert ist, erschließt sich mir allerdings noch nicht. Wissen wir, wer der Mann ist?«

»Ja, wir haben seinen Geldbeutel gefunden«, erklärte Verona Goldbach. »Der Mann heißt Oliver Schwartz und scheint Tourist zu sein. Ich habe eine Gästekarte zu einem bekannten Wellnesshotel hier in der Gegend gefunden. Warum er so spät hier im Wald unterwegs war, müssen wir noch klären.«

Ruben nickte nachdenklich. »Ein zufälliges Zusammentreffen«, murmelte er und rieb sich die Stirn.

»Zufall? Wohl kaum«, schnaubte Eva. »Warum sollte man mitten in der Nacht auf einem so gottverlassenen Waldweg unterwegs sein?«

Ruben schüttelte den Kopf. »Ich denke nicht, dass er hier auf Sofi Reich getroffen ist. Siehst du die Reifenspuren? Vermutlich war er auf der Straße da unten unterwegs und hat angehalten, als ihm Sofi über den Weg lief.«

»Sie meinen, das da oben ist nicht der gleiche Täter wie bei Maria Schmucke?«, fragte nun Verona Goldbach, die näher gekommen war.

»Ziemlich sicher nicht«, bestätigte er. »Aber ich glaube, Sie stehen unter Schock.«

»Was?«, fragte die Kommissarin irritiert.

Ruben sah sie an und erklärte ohne jede Wertung in der Stimme: »Na, die Sache ist doch eindeutig und ich halte Sie für eine versierte Ermittlerin.«

Verona Goldbach zuckte ein wenig zusammen, musste aber zugeben: »Ja, natürlich. Der da oben kann nicht unser Mann sein.«

»Richtig«, bestätigte Ruben. »Er hat sich wohl kaum selbst die Kehle aufgeschnitten, dann nach dort oben geschleift und seinen Kopf an den Baum gebunden. Das muss ein anderer getan haben!«

Als die Wolkendecke das erste Mal seit zwei Tagen etwas aufbrach, trafen die ersten Sonnenstrahlen des Tages ausgerechnet auf den oberen Rand der Böschung. Ruben sah ein weiteres

Mal hinauf, wobei ihn das Gefühl überkam, ein christliches Gemälde zu betrachten. Der Mann saß wie ein Sünder über dem Schauplatz seines Verbrechens und war dazu verdammt, auf die Tote herabzublicken. Und jetzt im ersten Licht des Tages kam noch etwas anderes zum Vorschein. Ruben achtete sorgsam darauf, keine Spuren zu vernichten, und stieg langsam die Böschung hinauf. Oben kniete er sich neben den Toten, sah auf die wie zum Gebet gefalteten Hände und kniff die Lippen zusammen.

»Was?«, fragte Eva von unten.

Rubens Gesicht war ausdruckslos, als er auf die Hände deutete. »Das hat wehgetan.«

»Was? Wovon zum Teufel reden Sie?«

»Von seinem Penis … bei der Handhaltung geht es nicht ums Beten, er hält sein bestes Stück zwischen den Fingern.«

Eva wusste langsam nicht mehr, was schlimmer war: Sofi Reich im Auto oder der Anblick des Toten oben auf der Böschung. Sie drehte sich zu Verona Goldbach, die ebenso betreten dreinblickte. Erst als ihr Handy einen kurzen Ton von sich gab, löste sie sich aus der Starre und besann sich auf den Grund ihrer Anwesenheit. Sie las die kurze Nachricht und informierte Ruben darüber, dass die Spurensicherung langsam mit der Arbeit beginnen wollte.

»Noch nicht. Ich brauche noch eine Weile und die beiden hier haben es nicht mehr eilig«, erwiderte ihr Kollege geistesabwesend.

Nach einigen Minuten stieg er den kurzen Hang wieder hinunter und erklärte: »Bei Oliver Schwartz war es ein Schnitt durch die Kehle und das Abtrennen seines Gliedes, was ihn tötete. Ich kann allerdings nur erahnen, mit was der Täter begonnen hat.«

Verona Goldbach, die die Tote inzwischen von der Fahrerseite aus untersucht hatte, fügte hinzu: »Und bei ihr war es höchstwahrscheinlich ein Schädelbasisbruch. Außerdem hat sie einen Tannenzweig im Mund.«

»Der letzte Bissen für das erlegte Wild«, stellte Ruben fest. »Allerdings passt sonst nichts zusammen. Mit dem Schädelbasisbruch könnten Sie recht haben, jedenfalls deuten das Blut an den Ohren und die Flüssigkeit unter der Nase darauf hin. Aber warum dann die Entmannung?« Abwesend starrte er in den Wald hinein. »Es ergibt keinen Sinn … es sei denn …«

»Es sei denn, was?«, fragte Verona Goldbach.

»Nun, Kastration, Entmannung – diese Dinge sind in der Regel vor allem eines: eine Bestrafung.«

»Aber eine Bestrafung für was?«

»Ich denke, in diesem Fall können wir vom Naheliegenden ausgehen. Angenommen, Sofi Reich konnte fliehen und traf dabei auf Herrn Schwartz. Nackt, alleine, mitten im Wald, niemand weiß von ihrem Verbleib. Für einen bestimmten Typ Mann könnte die Versuchung da groß sein.«

»Sie meinen, er hat versucht, Sofi zu vergewaltigen? Und der Täter hat das beobachtet und ihn dafür bestraft?«

»Es deutet zumindest vieles darauf hin«, bestätigte Ruben.

Eva hatte sich inzwischen einige Meter entfernt und sah sich die umliegenden Wälder an. Dann drehte sie sich zu den beiden Kommissaren und fragte laut: »Wisst ihr, was ich absolut nicht verstehe?«

»Wird das eine Schätzfrage?«

Eva sah Ruben strafend an. »Nein. Ich verstehe nicht, warum der eigentliche Entführer so schnell zur Stelle war, als Sofi auf Oliver Schwartz traf. Wenn sie fliehen konnte, kann man ja zumindest von einem gewissen Vorsprung ausgehen. Ist es nicht unwahrscheinlich, dass der Metzger genau zu dem Zeitpunkt an genau dieser Stelle ist?«

»Der Metzger?«, fragte Verona Goldbach dazwischen.

»Ähm, na ja, den Namen haben Florian, ich meine, Kommissar Hübner und ich ihm gegeben«, erklärte Eva etwas unbeholfen. »Wegen der getöteten Tiere … Sie verstehen.«

»Nennt ihn, wie ihr wollt«, unterbrach Ruben sie. »Metzger ist zwar nicht besonders kreativ, aber es gibt dem Gesuchten etwas Greifbares. Und bezüglich deines Einwands stimme ich dir zu. Sollte es sich so abgespielt haben, wie ich mir es vorstelle, muss der Mann, also der Metzger, ganz in der Nähe gewesen sein und alles beobachtet haben. Was uns zu der Frage führt, warum.« Danach drehte er sich zum Wagen und sah lange hinein, bevor er sich auf einen nahen Felsbrocken setzte, die Augen schloss und nachdachte.

Verona Goldbach fragte Eva nach einigen Minuten, was Rubens Problem sei. Diese zog eine Zigarettenpackung heraus, bot der Kommissarin eine an und gab ihr anschließend Feuer. Nach einigen tiefen Zügen nickte sie zu ihrem Kollegen und erklärte: »Er hat so seine Eigenarten. Ich war Leiterin der Parsberger Dienststelle, als er mir bei einem wirklich üblen Fall zur Seite gestellt wurde. Am Anfang dachte ich noch, der Typ ist bekloppt. Bitte entschuldigen Sie den Ausdruck, aber seine Verhaltensweisen und seine direkte Art können einen schon irritieren.«

»Und dann?«, fragte Verona Goldbach interessiert.

Eva schaffte ein Lächeln. »Dann hat er sich nicht nur als brillanter Ermittler, sondern auch als sehr liebenswerter Mensch herausgestellt. Er sieht einfach Dinge, oder besser Zusammenhänge, die unsereins verschlossen bleiben.« Eva sah zu Ruben, der mit geschlossenen Augen dasaß und ein wenig vor und zurück wippte, und fügte hinzu: »Ich wette, dass er gleich mit einer ziemlich einleuchtenden Theorie zu uns kommt.«

Weitere fünf Minuten später kam Ruben auf seine Kolleginnen zu und erklärte: »Ich habe vielleicht eine Idee, aber es ist nicht mehr als eine Ahnung und wir werden sie vermutlich nie beweisen können.«

»Lass hören«, bat Eva.

»Er hat sie freigelassen.«

»Warum sollte er das tun?«

Ruben zuckte mit den Schultern. »Ich weiß es nicht, aber alles andere ergibt keinen Sinn.«

»Sie haben recht«, stimmte Verona Goldbach nach einigen Sekunden des Nachdenkens zu. »Maria Schmucke hat es erst nach Jahren geschafft zu entkommen. Dieser Fehler wird ihm wohl kaum kurz danach noch einmal passieren. Hinzu kommen die fehlenden Haare. Im ersten Moment dachte ich, es macht ihn irgendwie an oder dass es eine Art Trophäe für ihn ist. Aber es würde auch Sinn machen, wenn er schlicht keine Spuren an ihr hinterlassen wollte.«

»Und auch ihre Nacktheit spricht für eine Freilassung«, folgte Eva den Gedankengängen ihrer Kollegen. »Egal wie, ich würde mir bei diesen Temperaturen etwas zum Anziehen suchen. So schnell es bei einer Flucht auch gehen muss, ich würde mir irgendein Kleidungsstück greifen.«

Ruben nickte zufrieden. »Und nun zu deiner eigentlichen Frage, warum der Täter zur richtigen Zeit hier war. Ich denke, dass er Sofi auf ihrer Flucht beobachtet hat. Vielleicht sogar, um sicherzustellen, dass sie sich wirklich in Sicherheit bringen kann. Dadurch hat er den mutmaßlichen Übergriff beobachtet und Oliver Schwartz dafür bestraft. Vermutlich denkt er sogar, etwas Gutes getan zu haben. Immerhin hat er einen potenziellen Vergewaltiger bestraft.«

Eva deutete ein Nicken an. »Könnte Sinn ergeben. Aber warum musste Sofi sterben? Warum tötet er sie, wenn er sie zuvor doch freilassen wollte?«

»Vielleicht war es tatsächlich ein Unfall. Ihre Verletzung wäre auch durch einen Sturz zu erklären.«

»Das arme Mädchen«, seufzte Verona Goldbach. »Aber genug spekuliert. Die Spurensicherung sollte jetzt ihre Arbeit machen, dann werden wir sehen, ob sich Ihre Vermutungen bewahrheiten. Mit etwas Glück finden wir trotz der gründlichen Reinigung sogar noch Hinweise darauf, wo sie sich zuvor befand.«

25

»Darf ich Ihnen noch etwas bringen? Einen Kaffee vielleicht?«

Vanessa hatte gerade von ihrem Brötchen abgebissen, deutete nickend auf ihre Tasse und streckte den Daumen zur Bestätigung nach oben.

Der Kellner nickte. »Sehr gerne.« Dann wandte er sich an Torsten, der dankend ablehnte.

Als der Mann in Richtung Küche verschwunden war, murrte er: »Wir hätten sofort zu dem neuen Tatort fahren sollen. Ich weiß wirklich nicht, wie du hier in aller Seelenruhe frühstücken kannst.«

Sie schluckte den Bissen herunter und erklärte nun zum dritten Mal: »Mein Informant bei der Polizei war eindeutig. Auf normalem Weg wäre da kein Rankommen und durch den Wald würden wir nur einem Polizeihund vor die Nase laufen. Im Moment hilft nur Geduld. Außerdem habe ich vorhin von der Kleinen am Empfang erfahren, dass wir gleich neben den ermittelnden Kommissaren wohnen.«

Torsten runzelte die Stirn. »Dieser komische Kauz mit den seltsamen Klamotten und der hübschen jüngeren Frau?«

Vanessa zog die Augenbrauen nach oben. »Vorsicht!« Doch dann entspannte sie ihre Gesichtszüge und überlegte laut: »Obwohl. Vielleicht sollten wir dich auf diese HÜBSCHE

JÜNGERE FRAU ansetzen. Ich bin mir sicher, du könntest einiges aus ihr herausholen.«

Er setzte ein zweideutiges Grinsen auf und konterte: »Ja, ich bin gut darin, Frauen so einiges zu entlocken.«

Sie knüllte die Papierserviette zusammen, warf sie über den Tisch und zischte: »Untersteh dich.«

»Ihr Kaffee.«

»Danke.« Vanessa schob dem Kellner ihre Tasse hin und sah dabei zu, wie ihr dieser einschenkte. Kurz bevor die Tasse am Überlaufen war, sagte sie: »Stopp«, und bemerkte erst jetzt, dass der Mann offenbar vom Einblick in ihren Ausschnitt abgelenkt wurde. Mit einem kurzen Seitenblick zu Torsten schenkte sie dem Kellner ein süßes Lächeln und bedankte sich für den Kaffee.

»Sehr gerne«, erwiderte dieser offenbar ohne jedes schlechte Gewissen und begann damit, den Nachbartisch abzuräumen.

Nachdem er wieder außer Hörweite war, deutete Torsten eine leichte Verbeugung an. »Sehr gerne, die Dame, und ich würde herzlich gerne noch mehr von Ihrer Brust sehen!«

Vanessa lachte und nahm einen Schluck. Torsten wurde ernst und fragte: »Und was willst du jetzt machen? Auf eine nichtssagende Pressekonferenz der Polizei warten?«

Sie schüttelte den Kopf. »Nein, ich will einige Leute zu meinem Vater befragen. Er muss irgendeinen Bezug zu der Gegend hier gehabt haben und es muss noch ältere Einwohner geben, die ihn kannten.«

»Geht es wieder um dieses seltsame Tagebuch, das plötzlich in deinem Briefkasten lag?«

Sie sah ihm eine Weile in die Augen, war in Gedanken aber ganz woanders. Erst als er »Hallo?« sagte, schüttelte sie die Erinnerung an ihren Bruder ab. »Was? Ja. Nein«, erwiderte sie verwirrt.

»Ja was denn nun? Geht es um das Tagebuch oder nicht?«

Sie suchte nach den richtigen Worten. »Ja und nein. Im Grunde geht es um den Fall, in den mein gestörter Vater ja unbestritten verwickelt ist. Und ja, es geht auch um dieses Tagebuch. Die Inhalte lassen mir keine Ruhe mehr. Wie du weißt, hat sich meine Mutter relativ kurz nach dem Tod meines Bruders das Leben genommen, und ich will wissen, warum er sterben musste. Bis vor ein paar Tagen glaubte ich noch, dass mein Vater es war.«

»Und jetzt?«

Sie atmete durch. »Jetzt glaube ich nicht mehr an die frühere Version. Es muss zu DDR-Zeiten irgendetwas passiert sein, was zu alldem führte. Und mein Vater weiß es oder war sogar involviert.«

»Okay, und wo willst du mit der Spurensuche anfangen?«

»Im Rathaus von Frauenwald. Ich brauche nur noch eine plausible Geschichte, warum ich nach Unterlagen von ihm suche.«

Torsten dachte kurz darüber nach. »Wie wäre es mit einer Hochzeit? Du willst mich heiraten und dazu wollen wir die ganze Familie zusammenführen.«

»Das hättest du wohl gerne«, scherzte Vanessa. »Nein, es ist zu abgedroschen. Außerdem würden die vielleicht kontrollieren, ob wir ein Aufgebot bestellt haben.«

»Du meinst, ob wir die Eheschließung angemeldet haben. Die Sache mit dem Aufgebot ist schon lange keine Pflicht mehr«, belehrte Torsten sie. »Sag doch einfach, dass du Ahnenforschung betreiben willst. So kommst du vielleicht auch noch an viel weitläufigere Informationen über die familiären Zusammenhänge in diesem Kaff.« Trotzdem konnte er seine Bedenken nicht abstreifen. »Hast du eigentlich keine Angst? Ich meine, dieses Tagebuch ist sicher nicht zufällig bei dir gelandet.«

Sie sah ihm einen Moment lang in die Augen, dann zum Boden und gab schließlich zu: »Doch, habe ich. Sehr sogar.

Aber die Unsicherheit bezüglich meiner Familie würde mir keine Ruhe mehr lassen. Außerdem glaube ich nicht, dass ich in Gefahr bin. Wer auch immer dahintersteckt, er hatte bereits die Möglichkeit, mich oder auch dich zu töten. Doch anstatt es zu tun, gibt er mir Hilfestellungen, um mehr über die Vergangenheit zu erfahren. Ich weiß, es ist schwer zu verstehen, aber ich muss das jetzt durchziehen.«

Bei einem kurzen Gespräch mit einer jungen Verwaltungsangestellten im Frauenwalder Rathaus erfuhren sie, dass sämtliche Unterlagen inzwischen in Suhl aufbewahrt wurden.

Zurück im Wagen gab Torsten die Adresse des Stadtarchivs Suhl ein. Danach startete er den Motor und folgte der einzigen Hauptstraße des kleinen Ortes. Kurz vor dem Ortsausgangsschild kamen ihnen zwei dunkle Fahrzeuge entgegen. Die Insassen des ersten waren kaum zu erkennen. Erst als auch der BMW an ihnen vorbeigefahren war, trat er auf die Bremse, fuhr auf eine Bushaltestelle und wendete.

Vanessa löste den Blick von ihrem Smartphone und fragte: »Was ist jetzt?«

Er vollendete das Wendemanöver. »Erst die Arbeit und dann deine Recherche«, sagte er und trat aufs Gas. »Dieser Kommissar aus dem Hotel ist gerade an uns vorbeigefahren und ich will wissen, wo die hinwollen. Deine alten Dokumente können warten, unser Chefredakteur allerdings nicht. Und wir haben bis jetzt nicht eine einzige weiterführende Information darüber, wem oder was dieser Polizeieinsatz heute Morgen gegolten hat.«

Etwa in der Mitte des Dorfes bogen die beiden zivilen Polizeifahrzeuge ab, fuhren langsam durch das kleine Wohngebiet und stoppten vor dem renovierten Fachwerkhaus mit dem unpassend modernen Schild »Allgemeinmediziner«.

Torsten hielt in einiger Entfernung, aber mit Blickkontakt, und holte seine Kamera vom Rücksitz. Er legte das lange Objektiv auf dem Lenkrad ab, schaltete den Monitor der digitalen Spiegelreflexkamera ein und zoomte heran.

Vanessa beugte sich zu ihm, um ebenfalls etwas sehen zu können. Nachdem die beiden Frauen und dieser Kommissar ausgestiegen waren, stellte sie fest: »Die haben keine guten Nachrichten. Das ist doch das Haus, aus dem diese junge Frau verschwunden ist, oder?«

»Ja«, bestätigte Torsten und fügte unnötig leise hinzu: »Ich habe ein wenig recherchiert. Dr. Reich kam ursprünglich von hier, zog mit seiner Frau aber nach Berlin. Als sie bei einem Autounfall ums Leben kam, zog er vor ein paar Monaten mit seiner Tochter wieder hierher zurück.«

In dem Monitor der Kamera sahen sie nun, wie sich die Polizisten ihre Klamotten glatt strichen, was die lindgrüne Jacke dieses komischen Kommissars nicht schöner machte. Danach gingen sie gemeinsam zu der Tür, wo die ältere Frau auf den Klingelknopf drückte.

Als der Arzt im Türrahmen erschien, brauchte es offenbar kaum Worte, damit dieser begriff, was passiert war. Er schlug sich die Hand vor den Mund, nickte apathisch und ließ die drei eintreten.

Auch Vanessa musste einen Kloß im Hals herunterschlucken. »Ich glaube, man hat Sofi Reich gefunden.«

»Denke ich auch«, bestätigte Torsten mit belegter Stimme, wechselte dann aber zu einem professionelleren Tonfall. »Wir brauchen dringend mehr Informationen über diesen Polizeieinsatz.« Er zog sein eigenes Smartphone aus der Innentasche seiner Jacke, wischte ein wenig darauf herum und stellte zufrieden fest: »Bis jetzt scheint noch keine Agentur etwas darüber zu wissen. Wenn wir uns beeilen, könnte es eine exklusive Story werden.«

Auch Vanessa war lange genug im Geschäft, um zu wissen, dass zu viele Gefühle kontraproduktiv waren. Sie setzte sich wieder aufrecht hin und atmete tief durch. »Was schlägst du vor?«

Er öffnete das Handschuhfach, holte eine Minikamera heraus und nickte zu dem Haus. »Frontalangriff. Gehst du oder ich?«

»Da rein?«, fragte sie, als hätte er nicht alle Tassen im Schrank.

Er grinste frech. »Na klar. Immerhin ist das eine Arztpraxis, da kann man sich doch auch ohne Termin reinverirren.«

»Du machst dich strafbar«, entgegnete sie.

Er schüttelte abwehrend den Kopf und streckte ihr seinen Unterarm hin. »Komm, beiß zu. Stell dir vor, wir würden gerade ficken und du gerätst außer Kontrolle.«

»Spinnst du?«

Er sah sie mit leuchtenden Augen an und sagte provozierend: »Na los, du Luder, beiß mich. Ich brauche das.«

Sie deutete ein Kopfschütteln an, öffnete den Mund, schloss die Augen und zwickte ihn mit ihren Zähnen mehr, als sie ihn biss. »War das schon alles, du kleines Flittchen?«, fragte er aggressiv. Sie rammte ihm die Zähne in die Haut seines Unterarms.

Torsten gab ein kurzes Stöhnen von sich, forderte aber: »Weiter, bis du Blut schmeckst.«

Nachdem sie sich wieder von ihm gelöst hatte, sah er zufrieden auf den leicht blutenden Gebissabdruck und sagte mit einem Lächeln: »Du warst schon immer mein kleiner Vampir.« Dann öffnete er ohne weitere Erklärung die Tür, stieg aus und ging rüber zu der Arztpraxis.

Während sie warten musste, wählte Vanessa die Nummer des Archivs und erfuhr, dass sie die Einsicht in die alten Stasiakten erst beantragen musste.

26

Nachdem sie Dr. Reich die Nachricht vom Tod seiner Tochter überbracht hatten, lotste Verona Goldbach ihre beiden Kollegen zu einem Café in Suhl. Während sie auf das späte Frühstück warteten, erhielt Ruben einen Anruf aus Rosenheim. Er ging vor die Tür, unterhielt sich kurz mit dem Anrufer und verkündete, als er zurück am Tisch war: »Ich muss euch morgen leider alleine ermitteln lassen.«

»Was ist passiert?«, fragte Eva kauend.

Er drehte sich zu ihr. »Du erinnerst dich sicher an den Fall in Rosenheim im letzten Sommer?«

»Den mit diesem Immobilienmakler und dem Banker? Ja, sicher.«

»Die dortige Staatsanwaltschaft ist endlich so weit, die Sache vor Gericht aufzuarbeiten. Es geht um den Tathergang, den Verbleib der Tochter des Maklers und darum, was mit dem ergaunerten Vermögen der Beteiligten passieren soll.«

»Du musst dort aussagen«, resümierte Eva. »Brauchen die mich auch wegen meines Einsatzes auf dem Campingplatz?«

Ruben schüttelte den Kopf. »Wahrscheinlich nicht. Dein Bericht war ziemlich detailliert und außerdem war das sozusagen nur ein Nebenschauplatz.«

Verona Goldbach fragte nur: »Wann fahren Sie und wann kommen Sie wieder?«

»Weiß ich noch nicht, ich muss erst nach passenden Bahnverbindungen schauen. Ich werde auf der Rückfahrt einen Zwischenstopp in Bamberg bei meiner Familie einlegen, aber ich denke, dass ich morgen am späten Abend wieder hier sein kann.«

Nach dem Frühstück fuhren die drei das kurze Stück zum Präsidium, wo Goldbachs jüngerer Kollege bereits auf sie wartete. Während Eva ihn mit einem etwas zu offensichtlichen Lächeln begrüßte, sagte Ruben mit Blick auf die Akten: »Ich hoffe, Sie haben noch nichts sortiert.«

Florian Hübner verstand die Frage völlig falsch und wollte keinen Eindruck von Faulheit erwecken. »Doch, habe ich. Nach Opfer und Tatort.«

»Das war leider umsonst.« Ruben nahm die bereits ziemlich dicke Akte und fragte den jungen Kollegen: »Haben Sie alles ausgedruckt?« Als dieser nickte, bat er die Kommissarin: »Hätten Sie vielleicht einen Raum für mich? Am besten einen mit einer Wandtafel.«

Diese schüttelte den Kopf. »Ich verstehe, dass Sie die Dinge lieber analog bearbeiten, doch leider wurde unsere Dienststelle vor drei Jahren komplett digitalisiert. Sie werden in dem ganzen Haus keine einfache Tafel finden.«

»Aber Räume gibt es noch?«, hakte Ruben nach, der dem Trend, alles am Computer zu machen, nicht viel abgewinnen konnte.

»Im Keller«, mischte sich nun Florian Hübner ein.

»Kellerräume?« Ruben verstand nicht.

»Nein, ich meine, im Keller stehen noch alte Büromöbel, und ich glaube, eine Magnettafel ist auch dabei.«

»Was machst du denn im Keller?«, wunderte sich Verona Goldbach, doch als sie sah, dass sich die Wangen ihres Kollegen rötlich verfärbten, verzichtete sie darauf, das Thema zu vertiefen.

Ruben bekam von alldem nichts mit. »Können Sie mir zeigen, wo die Tafel steht? Und vielleicht bleibe ich gleich da unten. Ich habe es gerne etwas ruhiger.«

»Und ich?«, fragte Eva.

Ruben runzelte die Stirn. »Ach ja, stimmt. Die Sache mit der Teamarbeit.« Nach einem kurzen Augenblick schlug er vor: »Du kannst es dir aussuchen. Egal ob oben oder unten, du machst sicher einen guten Job.«

Florian Hübner wandte sich gerade zur Tür, als dort ein Mann auftauchte. Ruben hatte weder großen Respekt vor feinen Anzügen noch vor dem Befehlston, in dem der Besucher nun sagte: »Wie konnte das passieren? Dass der eine oder andere Streifenpolizist mal ein Wort zu viel sagt, ist kein Geheimnis, aber von Kriminalbeamten erwarte ich eindeutig mehr Diskretion.«

Ruben trat neben Florian Hübner und musterte den Mann von oben bis unten. »Und es wäre schön, wenn Sie Ihre Diskretion aufgeben und sich erst einmal vorstellen würden.«

Der Eindringling behielt seinen verärgerten Gesichtsausdruck bei. »Kriminalhauptkommissar Hattinger, nehme ich an. Ihr Vorgesetzter sagte mir bereits, dass Sie zu Scherzen neigen.«

Ruben zog eine leichte Grimasse. »Gut, wenn Sie wollen, dass wir uns gegenseitig erraten, tippe ich, dass Sie Herr Staatsanwalt Tauber sind.« Als sein Gegenüber nickte, fragte Ruben: »Was führt Sie den langen Weg von Erfurt hierher, das Sie uns nicht auch am Telefon hätten sagen können?«

»Nicht Ihre offenbar indiskrete Art zu ermitteln. Eigentlich wollte ich mir nur selbst ein Bild vom Ort des Geschehens machen.«

»Schön, Sie hier zu haben.« Verona Goldbach hasste es, wenn in den eigenen Reihen Unfrieden in der Luft lag. Daher ging sie auf den Mann zu, für den sie nicht zum ersten Mal ermittelte, und gab ihm die Hand. »Kaffee, schwarz wie immer?«

Der Staatsanwalt schien sich tatsächlich etwas zu entspannen. »Danke, Verona, der muss heute leider noch ein wenig warten. Zunächst sollten wir darüber reden, warum die Presse ohne meine Freigabe von Sofi Reichs Tod weiß.« Er sah erneut zu Ruben. »Ich dachte eigentlich, dass uns die Bundespolizei einen Profi schickt.«

»Und ich dachte eigentlich, dass gerade für die Staatsanwaltschaft jede Schuld erst einmal bewiesen werden muss.« So langsam ging Ruben der Mann auf die Nerven. Da aber auch er wusste, dass dieser letztlich am längeren Hebel saß, bat er versöhnlicher: »Warum setzen wir uns nicht einfach und Sie erzählen uns, was passiert ist?«

»Ich glaube, das ist nicht nötig«, mischte sich nun Eva ein und hob ihr Smartphone in die Höhe. »Die Erfurter Tageszeitung hat einen Artikel online gestellt, in dem viele der Informationen enthalten sind, die wir vorhin dem Arzt erzählt haben.«

»Seine Tochter stirbt auf diese Weise und der hat nichts Besseres zu tun, als zur Presse zu rennen?«, schimpfte Florian.

Ruben schüttelte den Kopf. »Kann ich mir nicht vorstellen. Zumal wir ihn ausdrücklich um Stillschweigen gebeten haben.«

»Moment«, fiel Verona Goldbach ein. »Als wir gegangen sind, war da doch dieser junge Mann, der vorgab, zum Arzt zu müssen. Er kam mir gleich irgendwie bekannt vor, aber ich habe ihn vorhin nicht richtig registriert. Ich glaube, er gehört zu einer Reporterin, die mich gestern bezüglich einer Stellungnahme zu dem Fall angesprochen hat. Der Mann war als Fotograf dabei und hat sich im Hintergrund gehalten.«

»Er hat euch belauscht?«, fragte Staatsanwalt Tauber wenig begeistert.

Verona machte eine hilflose Geste. »Spricht nicht für uns, aber ja, es sieht alles danach aus.«

Tauber schien kurz darüber nachzudenken, reagierte aber versöhnlich. »Stimmt, das spricht wirklich nicht für dieses Team, ist aber allemal besser, als wenn jemand die Informationen aktiv nach draußen gegeben hätte.« Er sah in die Runde und fragte schließlich an Ruben gewandt: »Und wie sieht es mit den Fakten aus? Was haben die bisherigen Ermittlungen ergeben?«

»Leider nichts als Vermutungen«, musste Ruben eingestehen. »Hier ist in den letzten drei Tagen so viel passiert, dass ich mir noch nicht einmal ein Gesamtbild der Ereignisse machen konnte. Ich müsste mit der Gerichtsmedizin sprechen, mir die Ergebnisse der KTU ansehen und mit Professor Dr. Herbert Lauenstein in Erfurt reden. Auch wenn er durch den späten Tod von Maria Schmucke etwas entlastet wurde, weiß er vielleicht, nach wem wir suchen müssen. Ich kann mir jedenfalls nicht vorstellen, dass er damals aus Versehen neben dem Feuer mit den brennenden Überresten seines Sohnes stand. Auch für diese psychischen Störungen muss es eine Erklärung geben. Und zu allem Überfluss muss ich morgen für ein paar Stunden nach Rosenheim, um als Zeuge in einem alten Fall auszusagen.«

»Wie schrecklich«, erwiderte der Staatsanwalt sarkastisch. »Ich sehe in diesem Raum nicht nur einen Kommissar, sondern gleich vier. Also würde ich vorschlagen, Sie trauen nicht nur sich selbst, sondern auch Ihren Kollegen etwas zu.« Nach dieser Ansage wollte der Staatsanwalt den Raum schon verlassen, blieb aber in der Tür stehen und drehte sich noch einmal um. Er fragte an Verona Goldbach gewandt: »Können Sie einschätzen, ob weitere Opfer zu erwarten sind? Nach dieser Pressemeldung werden wieder alle in den Krisenmodus verfallen und ich würde gerne wissen, ob er gerechtfertigt ist.«

Verona warf Ruben einen Hilfe suchenden Blick zu. Dieser nahm den Ball auf und erklärte an ihrer Stelle: »Das ist völlig unvorhersehbar. Einerseits scheint der Täter wählerisch zu sein, andererseits hat der Verlust von Maria Schmucke und dem Kind bei ihm sicherlich ein Loch hinterlassen. Jedenfalls wenn wir davon ausgehen, dass er mehr oder minder mit den beiden zusammenlebte.«

»Sie meinen, er könnte sich Ersatz suchen?«, schlussfolgerte Staatsanwalt Tauber.

Ruben zuckte die Achseln. »Ich persönlich würde es nicht ausschließen. Die größte Gefahr sehe ich für Frauen, die Maria Schmucke optisch ähnlich sind. Gerne auch mit einem kleinen Kind.«

Sollte sich der Staatsanwalt über Rubens Wortwahl ärgern, so zeigte er es nicht. Stattdessen deutete er ein Nicken an. »Alle neuen Erkenntnisse sofort zu mir«, sagte er nur und verschwand durch die Tür.

27

Ruben sah noch einen Augenblick auf den leeren Türrahmen und sagte: »Netter Kerl, dieser Staatsanwalt.« Dann drehte er sich zu Florian Hübner und bat: »Können Sie mir jetzt diesen Kellerraum zeigen? Ich habe langsam das Bedürfnis, ernsthaft zu arbeiten.«

»Was machen wir mit dieser Reporterin und ihrem schnüffelnden Fotografen?«, fragte Verona Goldbach dazwischen.

Ruben dachte kurz darüber nach. »Sagen Sie es mir. Soweit ich mich erinnern kann, hat Dr. Reich die Tür nicht verschlossen und es dürfte nicht als Einbruch gelten, eine offene Arztpraxis zu betreten. Aus meiner Sicht sind wir selbst schuld und sollten in Zukunft besser aufpassen. Außerdem ist das Kind jetzt schon in den Brunnen gefallen. Ich würde es dort einfach liegen lassen und darauf hoffen, dass es von alleine stiller wird.«

»Sind Sie immer so geschmacklos bei Ihren Metaphern?«

Ruben stutzte, warf einen fragenden Blick zu Eva, die ein Nicken andeutete, und erwiderte an Verona Goldbach gewandt: »Ja!« Anschließend nahm er den Stapel ausgedruckter Ermittlungsunterlagen und deutete Florian Hübner, dass er jetzt gehen wolle. Da Eva nicht wusste, was sie sonst machen sollte, folgte sie den beiden.

Die Aufzugtür öffnete sich zu einem langen Flur hin. Zusammen mit den in gleichmäßigen Abständen angebrachten Neonröhren und dem grauen Wandanstrich wirkte der Keller des Landeskriminalamts wie ein Bunker.

Kommissar Hübner ging zielsicher zu einer Tür, auf der »Dezernat 2.4«. stand. »Jede Abteilung hat nach der Renovierung ihren eigenen Kellerraum bekommen, da wir hier auch alte Fallakten aufbewahren.« Er schloss die Tür auf, schaltete das Licht an und trat ein.

Der Raum maß etwa zehn mal zehn Meter und war erstaunlich aufgeräumt. An der linken Wand waren einige Aktenschränke aufgereiht, gegenüber der Tür, unter einem schmalen, vergitterten Kellerfenster, standen zwei Schreibtische, die gut in ein DDR-Museum gepasst hätten. Rechts gab es noch zwei offene Kartons mit Bürokram darin sowie eine Campingliege.

Als Florian Hübner den fragenden Blick des Hauptkommissars bemerkte, nickte er zu der Liege. »Die wollte Frau Goldbach unbedingt aufheben. Sie hat in den ersten Jahren wohl öfter einmal im Büro übernachtet.«

»So wird man Kriminalhauptkommissar«, scherzte Ruben, trat an die Liege und hob die zerwühlte Decke an. Dann roch er kurz daran und stellte sachlich fest: »Die ist aber noch nicht lange hier. Benutzen Sie beide diesen Ort der Stille? Wenn mich nicht alles täuscht, dürfte es sich sowohl um Herren- als auch um Frauenparfüm handeln.«

Der junge Hauptkommissar warf einen kurzen Seitenblick zu Eva, überging die Aussage und deutete auf eine am Boden stehende Magnettafel. »Ist es das, was Sie brauchen? Können Sie damit etwas anfangen?«

Ruben mochte die Abwesenheit von Zierrat und auch die grauen Wände gefielen ihm gut. Außerdem war es hier unten herrlich ruhig. Er drehte sich einmal im Raum, sah eine

Steckdose und beschloss: »Fehlt nur noch ein Wasserkocher für meinen Tee.«

»Ich glaube, wir haben noch einen, oben in unserer Kaffeeküche. Brauchen Sie sonst noch etwas?«, fragte Florian Hübner und löste den Schlüssel von seinem Schlüsselbund, sichtbar froh, weiteren Fragen zu der Liege entkommen zu können.

Nachdem sich draußen die Fahrstuhltür geschlossen hatte, sagte Ruben beiläufig: »Netter junger Mann.«

Eva hatte genügend Erfahrung, um den Tonfall ihres Kollegen richtig einzuordnen. Und da sie Ruben sonst als sehr direkten Menschen kannte, erwiderte sie: »Danke für deine Sorge, aber ich bin alt genug und kenne den Unterschied zwischen Spaß und Ernst.«

»Aber ich will doch nur …«, begann Ruben.

Sie unterbrach ihn mit einer Handbewegung, atmete durch und erklärte ruhig: »Ich habe mich wegen dir und deiner fachlichen Kompetenz beim BKA beworben. Und ich weiß, dass man unter Kollegen gegenseitig auf sich aufpassen muss. Aber für jetzt und alle Zukunft: Ich werde dir nie ungefragt in private Dinge hineinreden und das Gleiche erwarte ich von dir.« Nun setzte sie doch noch ein Grinsen auf, bevor sie leiser und mit einem Augenzwinkern hinzufügte: »Aber um deine Neugier zu befriedigen: Außer dass Florian und ich uns duzen, ist nichts passiert. Noch nicht, jedenfalls.«

Ruben war selten etwas peinlich, doch dieser Moment war eine Ausnahme. Er öffnete den Mund, schloss ihn wieder und war froh, dass sich der Aufzug erneut mit einem kurzen Ton ankündigte.

Er wartete, bis Florian Hübner den Karton mit einem Wasserkocher, einer Tasse und zwei Flaschen Leitungswasser abgestellt hatte, und scherzte: »Ihr seid offenbar ganz froh, dass ihr mich nicht in eurem Büro habt.«

Dieser hob die Hände. »Nein, so ist das wirklich nicht. Ganz im Gegenteil, meine Chefin findet es unwürdig, Sie hier unten einzuquartieren.«

»Das war ja gar nicht sie«, sagte Ruben, der im Kopf schon woanders war. Er ging zu der großen auf dem Boden stehenden Magnettafel und bat an seine Kollegen gewandt: »Könnt ihr mit anfassen? Ich hätte die gerne dort hinten auf den Schreibtischen.«

Nachdem die Tafel einigermaßen sicher auf den alten Tischen an die Wand gelehnt stand, holte er ein Päckchen Kräutertee aus der Innentasche seines Mantels. Danach baute er den Kocher auf, erhitzte Wasser und sagte geistesabwesend: »Ihr könnt jetzt gehen. Ich möchte endlich etwas Ruhe, um nachdenken zu können.«

»Und was sollen wir machen?« Eva hatte eigentlich erwartet, einbezogen zu werden.

Ruben sah sie an, doch eigentlich mehr durch sie hindurch. »Keine Ahnung. Fragt die Hauptkommissarin. Sie hat bestimmt wichtige Aufgaben für euch.«

Die plötzliche Stille war für einen kurzen Augenblick unangenehm, doch bereits nach wenigen Sekunden genoss er sie. Er brühte seinen Tee fertig, zog einen uralten Bürostuhl unter einem Schreibtisch hervor und setzte sich in die Mitte des Raumes. Und während er immer wieder einen kleinen Schluck von dem leicht bitter schmeckenden Tee trank, kam er wieder einmal zu dem Schluss, dass den Menschen heutzutage Ruhe fehlte.

Hier gab es nichts, nur diese weiße Tafel, graue Wände und die entfernten Geräusche der Rohrleitungen.

Nach einer halben Stunde stellte er die leere Tasse auf den Tisch, nahm die Akten und begann, sie erst einmal durcheinanderzumischen. Der junge Kommissar hatte es mit Sicherheit gut gemeint, doch Ruben wollte sich nicht von dieser fremden Ordnung täuschen lassen. Es war deutlich leichter, selbst ein System zu entwickeln, als ein anderes aufzubrechen.

Als alles wild durcheinander auf dem Tisch lag, ging er zu dem Karton mit den alten Büroutensilien. Er legte eine Rolle Tesa, eine Schere und ein langes Lineal auf den Tisch, holte den Filzstift aus seiner Tasche und begann, indem er den Namen »Prof. Dr. Herbert Lauenstein« in die Mitte der Tafel schrieb. Darunter notierte er das Jahr 2014, die Stichworte »Feuer«, »Leiche«, »Wahnsinn« und »Vergangenheit« mit drei Fragezeichen dahinter.

In die linke obere Ecke der Tafel malte er ebenfalls ein großes Fragezeichen und schrieb ein Stück darunter: »Maria Schmucke/Kind«.

So machte er noch eine ganze Stunde weiter, wobei er irgendwann auf die umliegenden Wände ausweichen musste. Als alles hing, holte er die Decke von der Liege, öffnete eine Naht und trennte sie auf. Er wickelte den Wollfaden zu einer Kugel und begann, seine Notizen mit einzelnen Fäden zu verbinden. Im Anschluss brühte er sich eine weitere Tasse Tee und setzte sich wieder in die Mitte des Raumes.

Bald darauf war es vorbei mit dem Alleinsein. Kurz vor neunzehn Uhr näherte sich der Aufzug und spuckte den Rest des Teams aus.

Während sich die beiden jüngeren Kollegen im Hintergrund hielten, trat Verona Goldbach neben Ruben und warf einen langen Blick auf dessen Konstrukt. Schließlich fragte sie müde: »Neue Erkenntnisse?«

Ruben erhob sich, schüttelte den Kopf und erwiderte: »Nur noch mehr neue Fragen.« Er ging zur Tafel, deutete auf den Platzhalter für Professor Lauenstein und erklärte: »Ich glaube, wir müssen ganz von vorne anfangen. Der Mann scheint mir

Dreh- und Angelpunkt zu sein. Vielleicht lagen wir von Anfang an falsch und er ist tatsächlich nur ein Opfer.«

»Aber er stand damals neben den brennenden Überresten seines Sohnes und hat zugegeben, ihn umgebracht zu haben. Warum sollte er das erfinden?«, widersprach die Kommissarin.

»Eltern schützen ihre Kinder. Außerdem war er damals nach einhelliger Meinung aller Gutachter völlig unzurechnungsfähig.«

Nun trat auch Eva einen Schritt weiter in den Raum. »Was schlägst du vor?«

Ruben dachte kurz darüber nach. »Die Entführung der Arzttochter hat uns gezeigt, dass der Täter in keinem engen Kreis agiert. Oder gibt es Hinweise darauf, dass Lauenstein irgendetwas mit der Familie des Arztes zu tun hat?«

»Nicht dass wir wüssten«, bestätigte Verona Goldbach.

»Gut«, erwiderte Ruben. »Also müssen wir die Bevölkerung sensibilisieren, nach allen Seiten ermitteln und uns Lauensteins Umfeld und vor allem seine Vergangenheit genauer ansehen. Wer möchte was machen? Ich bin ja morgen in Rosenheim und falle daher kurz aus.«

28

»Auf uns. Und auf meine herausragende Recherche.« Torsten konnte sich das freche Grinsen nicht verkneifen.

Vanessa gönnte ihm den Erfolg seiner Abhöraktion in der Arztpraxis. Sie ließ ihr Glas klirrend gegen seines stoßen, deutete auf ihr Handy und ergänzte: »Und auf den Neid unserer Kollegen, die uns gerade scheinheilig gratuliert haben.«

Torsten leerte das Glas Sekt zufrieden mit einem Zug, sah dem heraneilenden Kellner entgegen und murmelte: »Der schon wieder.«

Der gut gebaute Mann blieb vor dem Tisch stehen, wandte sich Vanessa zu und fragte, wobei er ihren Begleiter völlig ignorierte: »Haben Sie schon gewählt? Den Rehbraten kann ich Ihnen heute besonders empfehlen.«

Vanessa schenkte Torsten einen gespielt hämischen Blick, schüttelte aber den Kopf. Der Braten konnte sie nicht verlocken, da er sie an das tote Reh erinnerte, das die Polizisten im Wald gefunden hatten. »Danke, aber mir ist heute nicht nach Fleisch. Ich nehme die Semmelklöße mit den Pfifferlingen.«

»Sehr gerne«, bestätigte der Kellner, wobei er sie einen Augenblick zu lange ansah. Anschließend wandte er sich an Torsten und fragte deutlich weniger freundlich: »Und für Sie?

Vielleicht das Thüringer Rostbrätel von unseren frei laufenden Schweinen?«

Während sich Vanessa das Grinsen nicht verkneifen konnte, erwiderte Torsten scharf: »Ich mag keine Schweine, auch keine menschlichen.«

Die Mimik des Kellners, der laut seines Namensschilds Johann Riese hieß, veränderte sich nur minimal. »Verstehe. Wie wäre es dann mit einem schönen Stück Fleisch vom Jungbullen?«

»Von mir aus«, stimmte Torsten mürrisch zu, da er dieses Gericht tatsächlich schon im Auge gehabt hatte.

Der Kellner notierte es kommentarlos und eilte davon.

»Was will dieser Typ? Wir sollten uns beschweren!«

Vanessa antwortete trocken: »Na, er will mich, du Dummerchen. Und seit wann bist du so dünnhäutig?«

Gegen zwanzig Uhr verließen sie die Gaststätte des Hotels und schlenderten langsam zu ihrem Ferienhaus.

»Gespenstisch, oder?«, stellte Vanessa leise fest. Ihr kondensierender Atem mischte sich mit dem dichten Nebel. Die gesamte Anlage befand sich mitten im Wald, den man jetzt in der nebligen Dunkelheit der Nacht nur noch erahnen konnte.

Obwohl sie nur das Haupthaus umrunden mussten, fühlte sich die feuchtkalte Luft schon nach wenigen Schritten an, als würde sie bis in die Knochen dringen. Torsten zog den Reißverschluss seiner Jacke das letzte Stück nach oben und erwiderte: »Allerdings. Und wenn ich es in der Arztpraxis richtig mitbekommen habe, ist diese junge Frau in der letzten Nacht nackt gewesen. Kannst du dir das vorstellen? Jetzt, alleine und nackt da draußen durch den Wald zu irren?«

Vanessa schüttelte den Kopf, spürte, wie sich ihr die feinen Härchen am Rücken aufstellten, und sah zu dem nahen Waldrand. Die wenigen erkennbaren Stämme standen dort wie dunkle, bedrohliche Säulen, die bereit waren, den Wald zu beschützen.

Der Gedanke, sich dort hineinzubegeben, jagte ihr einen weiteren Schauer über die Haut. Sie dachte an ihren Bruder, dessen Leiche man in genau so einer Nacht gefunden hatte. Und sie dachte an dessen angehende Ehefrau, die sie gut gekannt hatte. Maria durfte noch ein paar Jahre weiterleben, aber wie viele solcher Nächte hatte sie durchleben müssen? Die Bilder in Vanessas Kopf verselbstständigten sich. Im Geiste sah sie die arme Maria, wie sie mit ihrem kleinen Sohn im Nebel stand. Immer mit der Angst, dass … ja, wer eigentlich … ihr etwas antat.

»Was hast du?«

Als Torsten seinen Arm um sie legte, zuckte sie zusammen. Sie schüttelte die Bilder ab und erklärte: »Ich habe mich gerade gefragt, wer da draußen sein Unwesen treibt und ob ich meinem Vater all die Jahre unrecht getan habe.« Sie wischte sich eine Träne von der Wange und fügte mit erstickter Stimme hinzu: »Ich meine, was, wenn sich alle geirrt haben? Was, wenn sich meine Mutter erhängt hat, obwohl mein Vater unschuldig war?«

Obwohl es nur noch wenige Schritte bis zu dem kleinen Häuschen waren, blieb Torsten stehen, nahm sie in den Arm und fragte leise: »Möchtest du mir davon erzählen? Du hast es immer nur angedeutet.«

Sie löste sich von ihm. »Da gibt es nicht viel zu erzählen. Nachdem man meinen Bruder gefunden hatte und mein Vater in die Psychiatrie gekommen war, versuchte sie, mit der Tat meines Vaters und dem Verlust meines Bruders zu leben. Nach einigen Monaten erfolgloser Therapie stieg sie auf den Dachboden. Wie man später durch das Navi ihres Autos herausfand, fuhr sie zuerst zu der Stelle, an der man meinen Bruder verbrannt hatte. Danach kehrte sie nach Hause zurück und legte sich den Strick um den Hals.«

»Scheiße«, murmelte Torsten und zog Vanessa wieder an sich.

Nach einigen Sekunden löste sie sich erneut, zog die Nase hoch und erklärte: »Ist schon gut. Aus damaliger Sicht habe ich sie sogar verstanden, ich war ja selbst kurz davor. Es war uns beiden unbegreiflich, wie wir uns so in meinem Vater täuschen konnten. Und keiner von uns beiden konnte damit leben, dass wir nichts bemerkt hatten. Es gab zwar immer wieder Spannungen zwischen meinem Vater und meinem Bruder, aber Mord … nein, damit hätte niemand gerechnet.«

»Was waren das für Spannungen?«, fragte Torsten vorsichtig.

Vanessa dachte kurz darüber nach. »Na ja, der Klassiker, würde ich sagen. Mein Bruder konnte nichts richtig machen und selbst für seinen besten Freund Sebastian hatte mein Vater mehr lobende Worte übrig als für seinen eigenen Sohn.« Vanessa holte ein Taschentuch heraus und putzte sich die Nase. »Aber genug davon. Ich will einfach nur wissen, in welchem Zusammenhang mein Vater mit diesem Irren steht, denn irgendeinen Zusammenhang muss es ja geben. Und wenn er wirklich unschuldig ist, werde ich mich bei ihm entschuldigen. Egal, ob er das noch begreift oder nicht.«

Sie gingen die letzten Schritte zu dem Häuschen. »Ich will noch eine rauchen, kannst du mich einen Augenblick alleine lassen?«, bat sie.

»Sicher?«, fragte er, während er den Schlüssel ins Schloss steckte.

Vanessa deutete ein Nicken an. »Ja. Ich brauche einen Moment Ruhe. Aber wenn du magst, könntest du noch einen Wein aufmachen. Ich glaube, das haben meine Nerven heute verdient.«

Ein leichter Windstoß ließ den Nebel ein unheimliches Eigenleben entwickeln. Auf dem Gelände der Hotelanlage mit dem angeschlossenen Bunkermuseum standen die Bäume in größeren Abständen und dazwischen einige Laternen. Die ihr am nächsten stehende trat für einen kurzen Augenblick aus dem milchigen Dunst, wobei ihr gelblicher Lichtschein alles noch unwirklicher wirken ließ. Nur Sekunden später formierte sich der Nebel neu und schien nun von innen heraus zu leuchten.

Vanessa zog fröstelnd an ihrer Zigarette und nahm mit einem mulmigen Gefühl zur Kenntnis, dass die beiden Kommissare aus dem Nachbarhaus offenbar noch nicht da waren. Sie war im Grunde kein ängstlicher Mensch und lachte eher über Horrorfilme. Doch die Unterhaltung von eben und diese gruselige Szenerie hatten etwas furchtbar Bedrückendes.

Der dichte Wald begann nur wenige Meter neben ihrem Ferienhaus und selbst der Nebel schien ihn zu meiden. Nur die Windstöße vermochten ab und zu, ein paar Fetzen hineinzutragen. Mit dem letzten Zug an ihrer Zigarette hörte sie die nächste Windböe erst in den Wipfeln der Bäume, dann spürte sie den eisigen Luftzug und sah für einen kurzen Moment, wie die weiße Masse zwischen die Bäume gerückt wurde.

Es war die Faszination an der Natur, die sie noch einen Augenblick länger zusehen ließ. Erst als sie die leise Stimme hörte, rückte das Schauspiel in den Hintergrund. Vanessa fuhr herum. Die Tür zum Haus war geschlossen und von Torsten war weit und breit nichts zu sehen. Das Rauschen in den Bäumen verstummte und da war es wieder, dieser leise Ruf, ein gehauchtes Wort: »Komm.«

Vanessa drehte sich nach allen Seiten, aber ihre Sichtweite betrug keine zehn Meter. Immer darauf gefasst, dass jeden Moment jemand auftauchen und sie überwältigen könnte, ging sie rückwärts, einen Schritt nach dem anderen. Erst als der Absatz ihres Schuhs gegen den Beton der einzigen Stufe stieß, drehte sie sich um, griff nach der Türklinke und fiel mehr ins Haus, als dass sie es betrat. Sie knallte die Tür hinter sich ins Schloss, drehte den Schlüssel um und wischte sich eine Träne aus dem Augenwinkel.

»Bist du gestürzt? Ist alles okay bei dir?«, hörte sie Torsten aus dem angrenzenden Wohnraum fragen.

Unfähig zu antworten, benötigte sie erst einige Atemzüge, bevor sie sich zu der angelehnten Tür wandte, diese ein Stück nach innen drückte und mit belegter Stimme sagte: »Da draußen ist jemand.«

Ohne den Blick vom Monitor seines Laptops zu heben, fragte ihr Freund: »Sind die Nachbarn gekommen?«

»Torsten!« Sie rief seinen Namen scharf und mit überschnappender Stimme. »Ich sagte, da draußen ist jemand, irgendwo im Wald, und er hat mich zu sich gerufen.«

Nun hob er den Blick, sagte aber trotz ihres erschreckten Gesichtsausdrucks gelangweilt: »Bestimmt dieser bekloppte Kellner.«

Seine Reaktion machte sie wütend. Sie ging zu dem Tisch, klappte seinen Laptop zu und musste sich ziemlich zusammenreißen, um ihn nicht anzuschreien.

Er verstand, atmete durch, nahm sein Handy und schaltete die Taschenlampenfunktion ein. Dann stand er auf, nahm sie kurz in den Arm und beschloss: »Schon gut, ich werde nachsehen. Und wenn es dieser Typ aus dem Restaurant ist, bekommt er eine Denkhilfe.«

Nachdem er sich von ihr gelöst hatte, ging sie mit zur Tür und bat ihn, vorsichtig zu sein. Er ging die eine Stufe hinunter, deutete zum Waldrand und fragte: »Kam es von dort?«

»Ja, aber bleib bitte in Sichtweite.«

29

»Mein Beileid, Doktor.«

Bernhard Reich sah kurz auf, murmelte ein knappes »Danke«, nahm das Bierglas und trank den Rest in einem Zug leer.

Eigentlich war er kein Mensch, der sich abends in eine Kneipe verirrte. Nach dem Besuch der Beamten hatte er noch versucht, es eine Weile alleine zu Hause auszuhalten. Er ging durchs Haus, setzte sich mal hierhin, mal dahin. Stand zigmal vor Sofis Zimmertür, konnte diese aber nicht öffnen. Er dachte an seine an Krebs verstorbene Frau und auch daran, was danach gekommen war. Es war keine schlechte Zeit, alleine mit Sofi. Seine Tochter besaß ein fröhliches Gemüt und schenkte ihm Wärme.

Bernhard bedeutete der Kellnerin, dass er noch ein Bier und einen Schnaps haben wollte. Er saß in der hintersten Ecke der einzigen Dorfkneipe und die Menschen, meist Patienten von ihm, besaßen genügend Anstand, ihn in Ruhe zu lassen.

Die Nachricht vom Tod seiner Tochter hatte sich nach dem Artikel dieser skrupellosen Reporter natürlich wie ein Lauffeuer verbreitet. Wer es nicht aus dem Internet wusste, erfuhr es am Gartenzaun oder beim Ausführen des Hundes. In Berlin hätte es keine Sau gekümmert, hier entkam man dem Gerede der Leute nicht.

Nachdem auch das dritte Gläschen mit dem scharfen Schnaps geleert war, begannen seine Gedanken, etwas langsamer zu kreisen. Warum ausgerechnet seine Sofi?

Und bei allem, was man bisher nachvollziehen konnte, war er in gewisser Weise auch noch selbst schuld daran. Es war seiner verdammten Unbeherrschtheit geschuldet, dass er den Jungen aus ihrem Zimmer vertrieben hatte. Wäre dieser Michael noch eine Weile bei seiner Tochter geblieben und nicht aus dem Fenster geflohen, hätte es der Entführer nie geschafft, sie mitzunehmen.

Bernhard ging den Abend wieder und wieder durch, bis er sich dazu zwang aufzuhören und nach seinem Bierglas griff.

Er dachte an die Polizei und diese Gerichtsmediziner, die sich nun um den nackten Leichnam seiner Tochter kümmerten. Aber das dürfte eigentlich kein Problem werden, sagte er sich. Sicher würde man bei der Obduktion nichts finden, was auf ihn hinwies.

Die Kellnerin stellte den Schnaps auf den Tisch und riss ihn damit aus seinen Überlegungen. Er blickte auf und nahm zum ersten Mal wahr, dass sie nicht nur im selben Alter wie seine geliebte Sofi war, sondern auch, dass sie ebenfalls sehr traurig aussah.

Bernhard versuchte ein Lächeln. »Kanntest du sie?«, fragte er leicht lallend. Plötzlich erinnerte er sich, kein Wunder, dass sie ihm so bekannt vorkam. »Natürlich kanntest du sie. Du warst bei der Polizei, als Sofi wegen dieses Kindes und der Wanderer aussagen musste.«

Sie versuchte ebenfalls ein Lächeln und nickte schüchtern. »Ja, ich bin Isabell und bin … war … mit Sofi befreundet.« Ihre Augen füllten sich mit Tränen und sie musste schlucken. »Es tut mir so leid. War es … ich meine … wissen Sie, ob Sofi leiden musste?«

Bernhard überging die Frage, kippte den Schnaps hinunter und stellte müde fest: »Du solltest heute nicht arbeiten müssen.« Anschließend hob er das kleine Glas in die Höhe und fragte: »Möchtest du auch einen?«

Die Sechzehnjährige warf einen Blick über die Schulter. Ihr Vater stand hinter dem Tresen und füllte gerade einen Bierkrug. Dann sah sie wieder zu dem Arzt und antwortete: »Eigentlich ja, aber mein Vater …«

»Verstehe«, erwiderte Bernhard wissend. »Bringst du mir noch eine letzte Runde?«, fragte er und folgte ihr mit den Augen, wie sie zurück zum Tresen ging.

Als sie die Gläser auf den Tisch stellte, sah er sie ein wenig länger an und schlug vor: »Wenn du irgendetwas brauchst oder reden willst, kannst immer zu mir in die Praxis kommen. Ich meine, die Sache ist für uns alle sehr belastend und manchmal braucht man etwas, um besser schlafen zu können.« Sie bedankte sich schüchtern und er fügte hinzu: »Vielleicht möchtest du auch einige von Sofis Sachen? Ich muss sie natürlich erst durchsehen, aber das meiste werde ich wohl nicht behalten.«

Der Vorschlag löste bei ihr neue Tränen aus. Sie wischte diese mit dem Handrücken weg, schluckte noch einmal und erwiderte mit belegter Stimme: »Vielleicht, irgendwann. Es … Ich könnte das jetzt noch nicht.«

»Schon gut, schon gut«, sagte Bernhard sanft. »Natürlich ist es zu früh für solche Überlegungen. Ich sollte mit dem Trinken aufhören. Bringst du mir bitte die Rechnung?«

Sie nickte stumm und ging zum Tresen zurück. Kurz darauf brachte der Wirt den Kassenbon.

Bernhard war hier in der Gegend aufgewachsen und eigentlich mochte er den Herbst im Thüringer Wald. Die dunklen Wälder und der dichte Nebel, der oben auf den Hügeln an den Tannen festfror, das alles hatte seinen eigenen Reiz. Und als seine Frau, ein echter Stadtmensch, starb, mussten Sofi und er nicht lange darüber nachdenken, wieder hierherzuziehen. Sie liebten beide die Natur und der Ärztemangel auf dem Land hatte es ihm leicht gemacht, hier Fuß zu fassen. Er bekam dieses tolle Haus unverschämt günstig von der Gemeinde gestellt und Sofi war in der Schule gut genug, um auch mit einem anspruchsvolleren Lehrplan Schritt zu halten.

Doch nun, als er hinaus in die Nacht trat und die Kneipentür sich hinter ihm schloss, herrschte plötzlich eine Stille, die ihn zu erdrücken drohte.

Zehn Jahre lang hatte er es geschafft, der Versuchung zu widerstehen, jetzt zog er ohne darüber nachzudenken seine EC-Karte aus dem Geldbeutel und holte sich umständlich ein Päckchen Zigaretten aus dem Automaten.

Der erste Zug brannte schmerzhaft in den Lungen, dann war es wieder da, dieses alte Gefühl, und er zog beherzter. Das Nikotin traf auf den Alkohol, verstärkte den Rausch und für einen kurzen Augenblick tat ihm dieser Zustand verdammt gut.

Seine Beine fühlten sich schwer an und wollten ihm nicht so recht gehorchen. Frische kalte Luft, Tabakrauch und Alkohol vertrugen sich nicht. Die erste Laterne der Dorfstraße schälte sich langsam aus dem Nebel. Hinter ihm öffnete sich die Kneipentür erneut, doch Bernhard sah nur noch, dass der Mann in die andere Richtung davoneilte.

Nachdem er schwankend die ganze Breite des Gehsteigs ausgenutzt hatte, bog er ab und passierte unter Aufbietung seiner verbliebenen Konzentrationsfähigkeit zwei Grundstücke. Danach machte die schmale Straße einen Knick. Rechts von ihm standen weitere Häuser, links gab es einen Streifen Wiese, bevor der bewaldete Hang steil anstieg. Die Gemeinde hatte auch diesem Weg ein paar wenige Laternen gespendet, ohne deren Licht er jetzt echte Probleme hätte.

Nach weiteren hundert Metern machte die Straße einen weiteren Knick und führte wieder in die Siedlung hinein. Dort blieb er stehen und zündete sich eine weitere Zigarette an. Sein Haus war bereits zu erahnen und mit einem Mal wurde ihm bewusst, dass der Entführer seiner Tochter genau auf diesem Weg gekommen sein musste.

Die Träne hing noch an seinem Auge fest und im ersten Moment wirkte es wie eine optische Täuschung. Für einige Sekunden war es nur eine dunkle Silhouette im dichten Nebel, die ihm langsam entgegenkam. Bernhard hielt, ohne es zu merken, die Luft an, wobei sich die beiden Finger, welche die Zigarette hielten, versteiften. Er hörte harte Schuhsohlen auf Asphalt, dann erreichte der Schatten die letzte Laterne und er entspannte sich etwas.

Trotz des Alkohols erinnerte er sich an den Patienten. Der Mann hatte damals vorgegeben, eine schwere Grippe zu haben, und darauf bestanden, Antibiotika verschrieben zu bekommen. Bernhard erinnerte sich vermutlich wegen seiner damaligen Zweifel daran. Für ihn schien der Mann ziemlich gesund. Trotzdem hatte er dem Drängen nachgegeben und das Mittel verschrieben. Hier auf dem Land war es nicht selten, dass Menschen sich die Medikamente gar nicht für sich selbst verschreiben ließen. Manche, weil ihre private Versicherung mehr zuzahlte als die ihrer Verwandten, andere, weil sich ihre alten Eltern weigerten, zum Arzt zu gehen.

Inzwischen war der Mann näher gekommen, wurde langsam und grüßte freundlich. Bernhard selbst schaffte nur ein gelalltes »Guuudn Aabend«.

Der Mann blieb stehen. »Oje«, sagte er. »Ich begleite Sie wohl besser bis zu Ihrem Haus. Nicht dass Sie mir auf den letzten Metern noch falsch abbiegen.«

Bernhard wollte widersprechen, ließ aber zu, dass ihm der Mann die Hand auf den Rücken legte und ihm so ein wenig Führung gab.

Kurz vor der Haustür nahm er noch einen letzten Zug von seiner Zigarette, warf den Rest in einen Blumenkübel und suchte in der Jackentasche nach dem Schlüssel. Dann drehte er sich zu seinem Begleiter und verkündete nuschelnd: »Danke, der Rest geht schon.« Anschließend steckte er hoch konzentriert den Schlüssel ins Schloss und zog an der Türklinke.

»Sie müssen drücken«, korrigierte ihn der Mann.

Als der Mann seine Hand nun über seine legte, dauerte das Begreifen nur einen winzigen Augenblick. Es war der Handschuh, der Bernhard genau in diesem Moment die Augen öffnete. Denn der Handschuh des Mannes bestand an der Handinnenfläche aus weichem Leder, an der Außenseite aber aus langem Rehfell.

30

Es war bereits kurz vor Mitternacht, als Torsten den Finger in die kalte Luft hob und leise fragte: »War es das Geräusch, das dich vorhin so erschreckt hat?«

Vanessa hielt den Atem an. Ein weiterer Windhauch spielte mit dem Nebel, brach sich dann am Dach des kleinen Ferienhäuschens. Tatsächlich klang es mit viel Fantasie wie das leise und gedehnt gesprochene Wort »Kommmm.«

Innerlich über ihre Ängstlichkeit fluchend, versuchte sie, diese mit einem künstlichen Lachen herunterzuspielen. »Ich bin so ein Angsthase. Aber ich hätte schwören können, dass es aus dem Wald kam.«

Torsten drückte die Zigarette aus und warf noch einen kurzen Blick auf das Nachbarhaus, in dem noch immer kein Licht brannte. Danach drehte er sich lächelnd zu ihr. »Schon gut. In solchen Nächten kann einem die Fantasie schon mal einen Streich spielen.«

Vanessa drückte ihre Kippe ebenfalls in die umfunktionierte Kaffeetasse und nickte zu dem anderen Häuschen. »Ich bin trotzdem froh, dass die Bullen unsere Nachbarn sind. An diese Wälder muss man sich erst einmal gewöhnen.«

Torsten nahm sie in den Arm, küsste sie auf den Mund und sagte ihr dann ins Ohr: »Aber was sind schon ein alter Bulle und eine junge Polizistin gegen meine Superkräfte?«

Sein Atem an ihrem Hals verwandelte die ängstliche Anspannung in einen anderen Reiz. Sie presste ihren Körper an ihn, küsste ihn zurück und hauchte: »Was sind das denn für Superkräfte?«

Er nahm die Einladung an, drehte sie um und schob sie, dicht hinter ihr bleibend, zurück in das warme Haus. Drinnen gab er der Haustür einen Schubs mit dem Fuß und fuhr mit den Händen von hinten unter ihr Shirt. Er presste seine Hüfte gegen ihren Hintern und strich gleichzeitig sanft über die harten Brustwarzen. »Ich kann mit meinen Händen dafür sorgen, dass du alles um dich herum vergisst«, flüsterte er. Seine linke Hand wechselte unter das Gummiband ihrer bequemen Jogginghose, fand die richtige Stelle und entlockte ihr ein leises Stöhnen.

Sie ließ sein Spiel zu, löste sich dann von ihm und ging zu dem Esstisch des Apartments. Dort nahm sie die beiden Weingläser, streckte ihm eines davon entgegen und sagte: »Nicht so schnell, mein Lieber.« Als er nach seinem Glas greifen wollte, zog sie es zurück und forderte angetrunken: »Ich sagte doch, nicht so schnell. Zieh dich aus und leg dich auf das Sofa, dann bekommst du vielleicht einen Schluck.« Sie zog kichernd eine Augenbraue nach oben und fügte hinzu: »Allerdings nur, wenn du ein braver Junge bist und tust, was ich dir sage.«

Torsten zögerte einen Augenblick, ließ seinen Blick über ihren Körper gleiten und überwand sich schließlich dazu, die Kontrolle abzugeben. Auch an ihm ging die Wirkung des Alkohols nicht spurlos vorbei, was seine Lust nur noch steigerte. Das Shirt war schnell abgelegt, nur bei der Hose kam er kurz ins Wanken.

Als er sich danach auf das Sofa setzen wollte, sagte sie scharf: »Stopp«, deutete auf seine Körpermitte und forderte:

»Die Shorts auch, oder willst du keinen Wein mehr?« Vanessa sah zufrieden dabei zu, wie auch das letzte Kleidungsstück zu Boden fiel.

Nachdem er sich hingesetzt hatte, ging sie langsam auf ihn zu. Gerade noch außerhalb seiner Reichweite blieb sie stehen, reichte ihm das Glas und stieß mit ihm an. Sie leerte das Glas in einem Zug, stellte es weg und zog sich ebenfalls das Shirt über den Kopf.

Torsten fixierte ihre Brüste, doch als er sich ein Stück nach vorne beugen wollte, machte sie einen Schritt zurück und schüttelte den Kopf. »Nein, nein, nein, heute geht es nach meinen Regeln.«

»Und was sind deine Regeln?«

Sie lächelte, stieg aus ihrer Hose und strich sich mit dem Finger über das kurz rasierte Schamhaar. Dann sah sie dabei zu, wie sein bestes Stück größer wurde, und schob den Finger noch ein Stück tiefer. Ihr Blick wechselte kurz zu dem Fenster neben dem Sofa. Nüchtern hätte sie Angst gehabt, gesehen zu werden. In diesem Zustand reizte sie der Gedanke, dass sich dort ein Zuschauer befinden könnte, nur noch mehr.

»Komm her«, hörte sie Torstens fordernde Stimme.

Sie sah ihn an und fragte: »Warum? Stellst du dir etwa gerade vor, wie ich mich auf ihn setze?«

Seine Augen wanderten zu ihrer Hand, mit der sie sich immer heftiger verwöhnte, doch als er sich anschickte aufzustehen, hörte sie damit auf. Vanessa nahm ihr Glas und trank. Sie fühlte sich berauscht und hemmungslos. »Komm mit raus in den Nebel.«

Er runzelte die Stirn. »Bist du irre? Es sind höchstens fünf Grad.«

Sie zuckte mit den Schultern, sagte: »Dann eben nicht«, drehte sich um und verließ das Haus. Die Tür ließ sie offen stehen und wusste, als sie ihn leise fluchen hörte, dass er ihr nicht widerstehen konnte.

Als die kalte, feuchte Luft auf ihren Körper traf, konnte sie nicht anders, als ein paar Meter in den dicken dunklen Nebel hineinzulaufen. Dem ersten Frösteln folgte ein wahrer Rausch an Lebenslust. Es war der Reiz des Verbotenen, gepaart mit dem Empfinden der gnadenlosen Natur. Es war ein Gefühl, das man viel zu selten im Leben empfindet. Es war, wie wenn man als Teenager zum ersten Mal nackt in einen dunklen See springt. Es war aufregend, anregend und ging bis tief in ihre Seele.

Vanessa lief mit ausgebreiteten Armen bis zum Waldrand, drehte sich dabei einmal im Kreis und vergaß für einen dankbaren Augenblick die Welt um sich herum. Kurz vor den ersten Bäumen blieb sie stehen, drehte sich um und hörte Torsten leise nach ihr rufen. Sie flüsterte »Hier« in den Nebel und als er darin auftauchte, lehnte sie sich mit dem Rücken an die glatte Rinde einer Birke und forderte: »Und jetzt zeig mir deine Superkräfte.«

31

Eva hatte Florians Einladung zu einem gemeinsamen Abend abgelehnt und war stattdessen mit Ruben zurück in das Waldhotel gefahren. Dort diskutierten sie noch ein wenig über den Fall, tranken eine Flasche von seinem wirklich hervorragenden Wein und gingen anschließend jeder in sein Zimmer.

Eva war auf dem Land aufgewachsen. Nebel, dunkle Nächte und dichter Wald konnten ihr keine Angst machen. Trotzdem waren die Geräusche draußen vor dem kleinen Ferienhaus erst einmal ein wenig gruselig. Sie war gerade etwas eingeschlafen, als sie die Stimmen hörte. Allerdings so gedämpft, dass sie weder zuordnen konnte, woher diese kamen, noch wie viele Leute da draußen waren. Sie schälte sich noch einmal aus dem Bett, trat an das gekippte Fenster und versuchte, etwas zu erkennen. Erst als sich der Nebel für einen kurzen Augenblick durch eine leichte Windböe lichtete, sah sie an der Stelle, wo sich das Nachbarhaus befinden musste, eine Zigarette aufleuchten.

Nach dem Abhörzwischenfall bei dem Arzt hatte Kriminalhauptkommissarin Goldbach einige Informationen eingeholt. So wusste Eva nicht nur, dass die beiden jungen Nachbarn Mitarbeiter der Erfurter Tageszeitung waren, sondern auch, dass der Fotograf Torsten Bernau hieß. Richtig kurios wurde es allerdings bei der Reporterin selbst, denn sie war nichts weniger als die Tochter von Professor Lauenstein, der mit dem Fall im Zusammenhang stand.

Ruben hatte ihr den Auftrag gegeben, die beiden zur Rede stellen. Doch bei dem wenigen, was sie jetzt durch die Nacht hörte, dürfte das am nächsten Morgen ziemlich schwierig werden. Die klangen ziemlich angetrunken.

Eva warf einen letzten Blick hinaus, wobei ihr die kalte Luft ein Frösteln über den Rücken jagte. Dann ging sie zurück ins Bett und zog sich die Decke bis unter die Nase. Doch an Schlaf war nicht zu denken. Ihre Gedanken kreisten von Kommissar Florian Hübner bis zu der Frage, ob es tatsächlich richtig war, sich für den Job bei der Bundespolizei zu bewerben. Natürlich mochte sie Ruben und auch seine etwas spezielle Art, aber von nun an ständig an einem anderen Ort zu ermitteln, war doch sehr ungewohnt. Zu Hause in Parsberg kannte sie jeden Kollegen und hatte einen Freundeskreis. Hier war ihr alles fremd, auch wenn ihr der Fall bis jetzt kaum Zeit gelassen hatte, um darüber nachzudenken.

Kurz vor Mitternacht siegte die Müdigkeit, wenigstens so lange, bis ein unterdrückter Schrei sie wieder aus dem Schlaf riss. Ihre Sinne funktionierten schneller als der Verstand. Sie sprang aus dem Bett, griff sich die Waffe, die ganz oben auf ihrer Reisetasche lag, und ging zum Fenster.

»Warst du das?« Die Stimme war direkt hinter ihr. Eva hob noch in der Drehung die Waffe und legte den Finger an den Abzug. Ruben stand keine zwei Meter hinter ihr und sah im fahlen Schein des Radioweckers aus, als hätte er nie im Bett gelegen. Der offenbar gebügelte Pyjama war korrekt bis oben zugeknöpft und seine Füße steckten in einem Paar Lederhausschuhe.

Er neigte den Kopf etwas zur Seite, nickte zu der Waffe und erklärte sachlich: »Du musst mich nicht erschießen, mein Schlaf ist eigentlich ausgezeichnet. Außer natürlich, wenn um Mitternacht Schreie durch den Wald hallen.«

Eva atmete kurz durch, neigte den Lauf des Revolvers auf den Boden und fragte schließlich: »Du hast es auch gehört?« Er kam nicht dazu, ihr zu antworten. Leises Stöhnen, gefolgt von einem männlich klingenden Schrei, drang durch das gekippte Fenster.

Beide wandten sich gleichzeitig dem Fenster zu, doch der Nebel war zu dicht, um etwas erkennen zu können. Ruben öffnete es ganz, legte den Finger vor den Mund und lauschte. Nach einem Augenblick der Stille hörten sie erst Gekicher, dann, wie ein Mann flüsterte: »Du bist völlig verrückt. Weißt du das?«

Die Frau antwortete: »Eigentlich brauche ich nach dem Sex eine Zigarette, aber es ist wirklich verdammt kalt hier draußen.«

»Lass uns lieber heiß duschen«, erwiderte die männliche Stimme. Danach ging der gedämpfte Schein der Eingangslampe des Nachbarhauses für einen Augenblick an und kurz darauf wieder aus.

Eva drehte sich zu Ruben und fragte irritiert: »Die haben doch wohl nicht … in dieser Arschkälte … was soll das bringen?«

Ruben schloss das Fenster und zuckte mit den Schultern. »Jedem gefällt etwas anderes«, sagte er lapidar. »Außerdem weiß ich vom Eisbaden in Finnland, dass Kälte durchaus anregend wirken kann.«

Eva schüttelte den Kopf und warf einen sehnsüchtigen Blick auf ihr Bett. »Alles klar. Mehr will ich im Augenblick gar nicht wissen. Lass uns einfach nur schlafen und darauf hoffen, dass die beiden sich in ihrem Schlafzimmer und nicht vor unseren Fenstern weiter vergnügen.«

»Ist gut«, stimmte Ruben zu, blieb noch einmal im Türrahmen stehen, deutete auf die Waffe in ihrer Hand und sagte: »Danke übrigens, dass du mich nicht erschossen hast.«

Draußen fiel die Temperatur unter den Gefrierpunkt und das kleine Häuschen, das schon bessere Zeiten gesehen hatte, knackte und knarrte durch die Temperaturveränderung. Irgendwann schaffte es Eva, die Geräusche in ihre Träume zu integrieren und wenigstens in einen leichten Schlaf zu fallen.

Erst als draußen in einiger Entfernung ein Ast brach, schlug sie erneut die Augen auf. Der Wecker zeigte fünf Uhr morgens, was die Vorfreude auf den kommenden Arbeitstag nicht gerade steigerte. Sie hasste es, unausgeschlafen durch den Tag zu gehen, und drehte sich wütend auf sich selbst auf die andere Seite.

Ein weiterer Ast brach und das leise Rascheln klang, als würde jemand über gefrorenes Gras gehen. Evas Wut richtete sich nun auf diese beiden Zeitungsfuzzis, die offenbar noch immer draußen herumgeisterten.

Natürlich kannte sie selbst auch solche Nächte. Man redete, man trank, man hatte Sex und wurde einfach nicht müde. Irgendwann waren einem dann die Pflichten des nächsten Tages egal und die nächste Flasche wurde geöffnet. Aber in einer Herbstnacht draußen im Nebel Sex zu haben … Eva wälzte sich zurück auf den Rücken, schloss die Augen und versuchte, sich genau das vorzustellen.

In ihren Gedanken wählte sie Florian dafür aus. Es war ja nicht so, dass sie den Kollegen aus Suhl unattraktiv fand. Er entsprach durchaus ihren Vorstellungen von einem schönen Mann und Humor hatte er noch dazu. Allerdings war ihr auch ohne Rubens mahnende Worte aufgefallen, dass der junge Kollege ein ziemlich sprunghaftes Liebesleben zu führen schien. Einerseits war da diese Liege zusammen mit der Decke im Keller des Präsidiums, die ganz bestimmt nicht seiner Chefin gehörte. Andererseits versprühte er einen Charme, dem man zwar leicht zum Opfer fallen konnte, der aber auch irgendwie einstudiert wirkte.

Eva besann sich darauf, dass sie in ihren Gedanken machen konnte, was sie wollte. Denn dort gab es keine dunklen Löcher, in die man aus Enttäuschung fallen konnte. Dann erinnerte sie sich an die Worte einer guten Freundin, die ihr bei Schlaflosigkeit einmal geraten hatte, einfach an Sex zu denken.

Einige Minuten später verselbstständigte sich ihre Hand und im Geiste lag sie mit Florian in einem Feld, während die Sommersonne auf sie herunterschien. Am Ende dieses Spieles musste sie die Zähne aufeinanderpressen, um Ruben nicht ein weiteres Mal durch einen Schrei zu wecken. Danach gab sie sich ihrer Entspannung hin und schlief tatsächlich wieder ein.

Doch am Ende der Nacht war es wieder ein Schrei, der die beiden Kommissare im Morgengrauen weckte. Eva war als Erste in ihrer Jeans und draußen im Flur der Wohnung. Während sie ihre Schuhe anzog, kam auch Ruben aus seinem Schlafzimmer gestolpert. Aus den ersten beiden Schreien wurde konstant hohes Kreischen.

Eva verzichtete auf eine Jacke, riss die Haustür auf und warf einen vorsichtigen Blick nach draußen. Der Nebel hatte sich komplett verzogen, stattdessen strichen erste Sonnenstrahlen über die höchsten Baumkronen. Alles andere war von einer dicken Schicht Raureif überzogen, was dem Morgen seine ganz eigene Schönheit verlieh.

Eva trat hinaus und versuchte, die Richtung zu orten, aus der die Schreie kamen.

»Dort drüben«, bestimmte Ruben, der ihr gefolgt war, und deutete auf das Häuschen der Reporter, wo gerade die Tür aufgestoßen wurde.

Beide zogen ihre Waffen und richteten diese auf den Rücken des nackten Mannes, der herausgestolpert kam. Einen kurzen Augenblick später sahen sie, dass dieser nicht alleine war. Er hatte seine Arme um eine ebenfalls nackte Frau geschlungen und zog diese rückwärts aus dem Haus.

»Hände hoch und stehen bleiben. Lassen Sie die Frau los«, rief Ruben mit fester Stimme.

Während die Frau weiterschrie, ignorierte der Mann die Ansage und stolperte weiter rückwärts, wobei er die Frau mit sich zog.

»Stehen bleiben!«, forderte Ruben erneut und war kurz davor, in die Luft zu schießen.

Eva deutete die Situation als Erste richtig. »Nicht«, sagte sie zu ihrem Kollegen und rannte den beiden entgegen.

Als sich diese einige Meter vom Haus entfernt hatten, blieb der Mann stehen. Die Frau drehte sich, nun leiser jammernd, um und presste ihr Gesicht an seine Brust.

»Was ist da drinnen?«, fragte Eva etwas außer Atem. »Werden Sie bedroht?«

Der junge Mann schüttelte den Kopf, legte eine Hand schockiert vor den Mund und stammelte: »Aber … aber … ich hoffe, es ist nicht echt. Bitte … oh mein Gott.«

32

Die beiden Journalisten schienen derart schockiert, dass sie jede von Rubens Anweisungen ignorierten. Erst als Eva ihre Hand auf die nackte Schulter des Mannes legte, zuckte dieser zusammen. »Gehen Sie mit Ihrer Freundin rüber in unser Haus und wärmen Sie sich auf. Wir kümmern uns um alles andere.« Danach sah sie kurz dabei zu, wie er die Frau von ihnen wegführte, drehte sich zu Ruben und fragte: »Wer zuerst?«

Ruben kannte seinen Schwachpunkt. »Du. Ich habe doch ein kleines Problem mit Waffen«, erinnerte er sie.

Sie sah ihn verwundert an, bis es auch ihr wieder einfiel. »Ach ja. Shit«, murmelte sie, brachte die Waffe auf Brusthöhe und ging los. Neben der Eingangstür blieb sie stehen, wartete, bis Ruben auf der anderen Seite war, und warf einen schnellen Blick in den Eingangsbereich des Hauses.

Keine Bedrohung, hatte der Mann gesagt. Aber was zum Teufel konnte einen so erschrecken, wenn es keine Bedrohung gab? Sie blieb wachsam, drehte sich langsam um den Türstock und machte den ersten Schritt ins Innere.

Die Gerüche erzählten die Geschichte der letzten Nacht. Es roch nach Alkohol, Sex und Zigarettenrauch. Eva bewegte sich langsam durch den Windfang, bis zu der Tür, die in den eigentlichen Wohnraum führte. Ein schneller Blick hinein zeigte keine weitere Person. Und ein Kampf hatte, wenn man die herumliegenden Klamotten in Betracht zog, höchstens zwischen den beiden stattgefunden.

Eva drehte sich zu Ruben, nickte ihm zu und ging weiter. Blieben noch das Bad und das Schlafzimmer. Beide Türen standen offen und im Haus war es totenstill. Sie wählte für Ruben das kleinere Risiko und deutete ihm, das Bad zu sichern.

Die kalte Luft, die ihnen durch die offene Eingangstür nachströmte, brachte das Holz zum Knacken. Ruben zuckte zusammen. Eva dachte an seine Reaktion bei ihrem ersten gemeinsamen Fall in Velburg, als ihn ein platzender Luftballon in die Knie gezwungen hatte. Aber Ruben schien sich zusammenzureißen, tastete mit der Hand um die Ecke und knipste das Badezimmerlicht an. Danach sah er mit einer schnellen Bewegung hinein und formte mit seinen Lippen das Wort »Sicher«.

Blieb noch das Schlafzimmer, aus dem ihr der Duft einer Liebesnacht schon neben der Tür entgegenschlug. Durch die geöffnete Tür konnte Eva auch hier niemanden erkennen. Sie drückte die Tür mit dem Lauf ihrer Waffe bis ganz an die Wand, um sicher zu sein, dass auch dahinter niemand auf sie lauerte, und trat ein.

Es brauchte einen langen Augenblick, bis sie begriff, was der Auslöser für die Panik der beiden Reporter war. Auf den ersten Blick schien alles normal. Es gab den gleichen Kleiderschrank wie drüben im anderen Haus. Sogar die Teppiche und Wandbilder waren identisch. Was es bei ihr drüben allerdings nicht gab, war diese seltsame Maske, die über die Leselampe des rechten Bettes gestülpt war.

Eva sah weg und wieder hin, schluckte schwer und schlug sich dabei die Hand vor den Mund. »Gottverdammt«, murmelte sie.

Ruben, der hinter sie getreten war, stellte dagegen nur fest: »Das sieht nicht gut aus. Das ist doch dieser Arzt aus Frauenwald, oder?«

Eva erwiderte nichts, drehte sich um und rannte vor die Tür, wo sie die kalte Luft gierig einsog.

Rubens Hirn differenzierte zwischen Emotionen und Fakten. Noch während seine Augen den Wahnsinn aufnahmen, begann ein Teil von ihm bereits, nach dem Warum zu suchen.

Er ging vorsichtig um das Bett herum, beugte sich etwas herunter und überzeugte sich davon, dass dieses Grauen echt war. Doch schon alleine der metallisch süßlich schwere Geruch ließ keinen Zweifel. Die Gesichtshaut des Arztes war mit geübten Schnitten entfernt und über die Wandlampe gezogen worden. Und zwar so angebracht … ja, wie eigentlich? Sollte es eine Mahnung sein, den nackten Horror verbreiten oder steckte etwas ganz anderes hinter dieser Inszenierung?

Das Reporterpärchen konnte Ruben als Täter ausschließen. Irgendwann in der Nacht musste jemand gekommen sein, hatte es unbemerkt ins Haus geschafft und konnte das Gesicht des Arztes hier platzieren. Aber warum ging er dieses Risiko ein? Oder wusste er von der kleinen Privatparty, die die beiden in den Stunden davor zelebriert hatten, und ging davon aus, dass sie tief schlafen würden?

»Musst du unbedingt zu dieser Verhandlung nach Rosenheim?« Eva war inzwischen wieder zurückgekommen, vermied es aber, auf die blasse Gesichtshaut des Arztes zu blicken.

Es brauchte einen Moment, bevor Ruben sich von seinen Überlegungen lösen konnte. Er richtete sich auf, drehte sich zu Eva und antwortete ausweichend: »Man muss Prioritäten setzen und das hier ist wirklich bemerkenswert.«

Eva starrte ihm in die Augen. »Bemerkenswert?« Sie schluckte und sagte etwas schärfer: »Ruben, du stehst vor der entfernten Gesichtshaut eines Menschen, mit dem du gestern noch gesprochen hast. Das ist nicht bemerkenswert, das ist einfach nur schrecklich.«

Er versuchte, sich einsichtig zu geben, aber er hatte nun mal einen anderen Blick auf die Dinge. Trotzdem schaffte er es, ein wenig traurig zu klingen. »Ja, du hast recht. Wir sollten den Rest des Arztes suchen.«

Eva wischte sich eine Träne aus dem Augenwinkel, deutete ein Kopfschütteln an und bat resigniert: »Kannst du die Kollegen informieren? Ich gehe kurz zu den beiden rüber und hole dann das Auto.«

»Ist gut«, erwiderte Ruben, zog sein Handy heraus und wählte Verona Goldbachs Nummer. Er erklärte ihr die Situation, bestellte eine Streife und die Spurensicherung her und verabredete sich mit seiner Suhler Kollegin am Haus des Arztes.

Anschließend ging er noch einmal sehr langsam durch die Räume, um sich alles einzuprägen. Natürlich zweifelte er nicht an den Fähigkeiten der Spurensicherung, allerdings suchten die, wie der Name schon sagte, nach Spuren. Er arbeitete dagegen gerne mit einem Gesamtbild, das oft deutlich mehr Aussagekraft besaß.

»Können wir zurück in unser Haus?« Das junge Pärchen hatte sich inzwischen etwas beruhigt und stand nun in Decken gewickelt vor der Tür von Rubens und Evas Hütte.

Ruben blieb vor ihnen stehen und dachte kurz darüber nach. Dann beschloss er: »Wir warten noch, bis meine Kollegen hier sind. Mit denen können Sie in unserem Haus warten. Dort drüben darf im Moment nichts verändert werden. Haben Sie heute Nacht mitbekommen, dass jemand eingedrungen ist?«

Die junge Frau, von der Ruben bereits wusste, dass sie Vanessa Lauenstein hieß, wirkte trotz der glasigen Augen ziemlich nüchtern. »Nein, nichts. Ich bin vorhin aufgewacht, weil ich zur Toilette musste. Und als ich …« Sie stockte und musste schwer schlucken. »Als ich das Licht anmachen wollte …« Nun sah sie angewidert auf ihre linke Hand. »Als ich das Licht anmachen wollte, griff ich in diese … diese Haut.« Tränen liefen ihr über die Wangen.

Ihr Kollege und Freund zog sie an sich und fragte: »Können wir uns wenigstens ein paar Kleidungsstücke holen?«

Ruben stimmte zu, begleitete die beiden zu ihrem Ferienhaus, bestand aber darauf, dass sie nichts selbst anrührten. Während sie im Wohnzimmer warten mussten, holte er die geforderten Kleidungsstücke aus dem Schlafzimmerschrank.

Nachdem beide ihren kleinen Stapel in Händen hielten, geleitete er sie zurück zur Tür. Er wunderte sich, warum die Reporterin plötzlich so konzentriert wirkte und sich etwas steif bewegte. Aber angesichts dessen, dass sie nur eine Decke um den Leib hatte, war dies wohl auch verständlich.

Zurück in dem anderen Haus zogen sie sich im Badezimmer um. Danach führte Ruben sie in den Wohnbereich und forderte sie auf, auf dem Sofa Platz zu nehmen. Eigentlich wäre er gerne losgefahren, aber er konnte die zwei nicht alleine lassen. Nicht weil er sie für verdächtig hielt, sondern weil ihm die Abhöraktion dieses Fotografen im Haus des Arztes eine Warnung war. Hinzu kam, dass sich dieses Grauen ausgerechnet bei Reportern ereignet hatte. Und auch hier stellte sich wieder die Frage nach dem Zusammenhang. Warum bekam ausgerechnet die Tochter von Professor Lauenstein eine solche Botschaft? Denn genau das schien es Ruben zu sein: eine Botschaft. Auch wenn er den Inhalt noch nicht verstand.

Das Motorengeräusch kam langsam näher und verstummte ganz in der Nähe. Ruben ging zur Eingangstür und sah den Kollegen entgegen.

»Was ist los, was sollen wir hier?«

Ruben erkannte den jungen Beamten wieder, der aus dem gerade angekommenen Streifenwagen stieg. Es war derselbe Mann, der ihn am ersten Tatort nicht hatte durchlassen wollen. Damals wie heute sah der Kollege aus, als hätte er die Nacht durchgemacht. Ruben mochte Menschen, die für ihren Job brannten, der Typ sah allerdings aus, als wäre das Gegenteil der Fall. Daher nickte er nur zu dem Haus, in dem sich Dr. Reichs Gesichtshaut befand, und sagte: »Ihr Kollege soll aufpassen, dass sich niemand der Hütte nähert. Wenn die Spurensicherung eintrifft, möchte ich, dass die mich erst einmal anrufen, bevor sie anfangen.«

»Gut. Und ich?«

Ruben deutete auf das andere Haus. »Sie gehen in unser Ferienhaus dort drüben und passen auf das Paar auf, das sich dort befindet. Die beiden sind die Opfer und dürften in etwa den gleichen Kater und die gleiche Alkoholfahne wie Sie auch haben.«

Der junge Polizist zuckte unmerklich zusammen, kam aber nicht dazu, sich zu verteidigen. »Ich erzähle Ihnen jetzt keine Details von dem, was hier passiert ist. Die beiden sind Reporter und wissen, wie man einen instabilen Polizisten ausfragt.«

Das war eine verbale Ohrfeige zu viel. Der Mann machte sich größer, deutete auf Ruben und erwiderte aggressiv: »Wer glauben Sie, dass Sie sind, so mit mir reden zu können? Ich möchte Ihren Namen und die Nummer Ihrer Dienststelle!«

Ruben warf einen Blick auf das nicht bis oben zugeknöpfte Uniformhemd und erklärte sachlich: »Erstens entspricht Ihr Outfit nicht der Dienstvorschrift und zweitens habe ich mich bereits vor ein paar Tagen draußen im Wald ausgewiesen. Ein guter Polizist hätte sich das gemerkt. Und jetzt gehen Sie bitte zu den beiden Reportern. In dem Haus sind die Sachen von meiner Kollegin und mir, und ich möchte nicht, dass darin herumgeschnüffelt wird.« Ruben wartete keine Antwort ab, drehte sich um und ging zu dem dunklen BMW, in dem Eva auf ihn wartete.

33

»Probleme?«, fragte Eva, die das Gespräch zwischen Ruben und dem Streifenbeamten beobachtet hatte.

Ruben ließ sich auf den Beifahrersitz nieder, zog die Tür zu und winkte ab. »Ich bin dem Kollegen jetzt zum zweiten Mal begegnet. Beide Male hatte er frühmorgens eine Fahne und außerdem wirkt er, als wäre ihm alles völlig egal.«

Anstatt den Motor zu starten, sah Eva ihren Partner etwas zu lange an. »Und jetzt urteilst du, dass er ein unmotivierter und unprofessioneller Polizist ist.«

Ruben beobachtete, wie der junge Beamte in Begleitung der Reporterin aus dem Ferienhaus kam und ihr eine Zigarettenpackung hinhielt. »Für was hältst du ihn denn? Sieht der aus wie ein aufstrebender Kollege?«

Sie folgte seinem Blick. »Im Moment nicht. Aber ich habe ihn in der Raucherecke des Suhler Präsidiums kennengelernt. Er hat gerade seine Frau bei einem Verkehrsunfall verloren. Sie ist nur achtundzwanzig Jahre alt geworden und die beiden haben ihr erstes Kind erwartet.«

Während der kurzen Fahrt zu dem Haus des Arztes schwiegen sie. Eva stoppte den Wagen hinter dem von Hauptkommissarin Verona Goldbach, die mit ihrem Kollegen Florian Hübner gerade auf dem Weg zur Eingangstür der Arztpraxis war. Als die beiden den Motor hörten, blieben sie stehen und warteten auf Ruben und Eva.

»Was ist mit Ihrem Gerichtstermin? Sollten Sie nicht längst auf dem Weg nach Rosenheim sein?«, fragte Frau Goldbach, während sie die letzten Meter bis zum Haus überwanden.

Ruben erwiderte nur: »Das hier ist wichtiger«, zog sich Handschuhe über und drückte, obwohl er wusste, dass es sinnlos war, auf den Klingelknopf. Danach wartete er dann auch nur zwei, drei Sekunden, bevor er die Klinke nach unten drückte.

Die Tür öffnete sich, ohne Widerstand zu leisten. Er gab ihr einen kleinen Schubs nach innen, woraufhin aus dem Vorraum der Praxis ein erzürntes »He« zu hören war. Rubens Hand ging zwar zur Waffe, löste sich aber wieder, als er die alte, ziemlich gebeugt dastehende Frau erkannte. Sie drehte sich mühsam zu ihm um, sah ihn aus trüben Augen an und erklärte: »Der Doktor ist noch nicht da. Und Sie, junger Mann, sollten nicht so stürmisch sein.«

Ruben entschuldigte sich und bat die alte Frau höflich, den Vorraum der Praxis zu verlassen. Diese schüttelte den Kopf und erwiderte energisch: »Aber nein. Ich sollte extra so früh hier sein. Der Doktor muss doch Blut abnehmen.«

Ruben trat neben sie und machte eine Geste zur Tür. »Bitte, Sie müssen jetzt wirklich gehen. Der Doktor ist leider verhindert, ruft Sie aber sicher wegen eines neuen Termins an.«

Die Alte machte einen Schritt zur Tür, blieb stehen und fragte skeptisch: »Wer sind Sie eigentlich?«

Ruben zeigte ihr seine Dienstmarke, nickte hinaus und erklärte: »Und das sind meine Kollegen.«

Verona Goldbach lächelte die Frau an. »Bitte, Sie müssen jetzt wirklich gehen.« Sie trat ein und geleitete die Patientin hinaus.

Nachdem die Frau endlich gegangen war, deutete Ruben zu dem leeren Tresen. »Hat Dr. Reich kein weiteres Personal?«

Florian Hübner trat neben ihn und deutete auf ein ausgedrucktes Blatt, das seitlich an einer Pinnwand hing. Ruben folgte dem Fingerzeig und las laut: »Arzthelferin dringend gesucht. Bitte wenden Sie sich direkt an Herrn Dr. Reich.«

Hinter ihnen öffnete sich die Tür erneut und wieder trat eine Frau ein, die ihre besten Jahre lange hinter sich hatte. »Und Sie sind?«, fragte Ruben langsam etwas genervt durch den Raum.

Die Frau blickte von einem zum anderen, bis sie bei Ruben angekommen war, und sagte: »Gertrud Zobel, ich helfe hier ab und zu aus. Und wer sind Sie?«

Wieder war es Verona Goldbach, die der Frau erklärte, was vor sich ging, und sie hinausführte. Danach verriegelte sie die Tür von innen und beschloss: »Wir sollten uns aufteilen. Florian und ich nehmen die Praxisräume.«

Ruben nickte. »Alles klar. Eva, kommst du?«

Ruben ging durch dieselbe Tür, durch die er nach dem Verschwinden von Sofi Reich ihrem Vater in die Wohnräume gefolgt war. Damals wie heute war es ein eigenartiges Gefühl, so unvermittelt von der sterilen Praxis zu den urigen Privaträumen zu wechseln.

Der Wohnbereich war selbst in dem langen Flur völlig überheizt. Rechts führte eine alte Holztreppe nach oben, vor ihm befanden sich drei weitere Türen. Hinter der ersten, nur einem Meter vor ihm auf der linken Seite, befand sich das Zimmer der toten Sofi Reich. Weiter hinten rechts die Küche, und am Ende kam die kleine Wohnstube des alten Fachwerkhauses.

Ruben blieb stehen, atmete langsam bis tief in seine Lungen und ahnte nichts Gutes. Neben dem Geruch von Tod schien er die Angst regelrecht riechen zu können. Er war in seinem

Leben bereits an vielen Tatorten gewesen und kannte beinahe jede Nuance, die ein Gewaltverbrechen hinterließ.

»Siehst du etwas?«, fragte Eva hinter seinem Rücken, da er den Durchgang blockierte.

»Kannst du das riechen?«, fragte er zurück.

»Ja, schrecklich«, erwiderte Eva.

»Präge es dir ein und mach dich auf keinen schönen Anblick gefasst«, warnte Ruben. Dann ging er langsam in Richtung der Wohnstube, blieb aber an Sofis Tür stehen. Dort wartete er, bis Eva mit der Waffe auf Brusthöhe neben ihm war, und drückte die Klinke nach unten. Diese glitt erstaunlich leicht nach innen auf, was den Gestank schlagartig verstärkte. Er raunte: »Ich sehe nach«, und machte einen Schritt in das stockdunkle Zimmer. Seine Hand suchte und fand den Lichtschalter, lies die Lampe aber nur so lange an, bis er sich eine schnelle Übersicht verschafft hatte. Dann knipste er das Licht wieder aus und sagte, wenn auch mit veränderter Tonlage: »Sicher.«

»Ist das … Liegt er da drinnen?«, stammelte Eva, die nur einen kurzen, eingeschränkten Blick auf das Chaos werfen konnte.

»Ja, aber wir sichern erst den Rest des Hauses«, lautete Rubens lapidare Antwort.

Der Rundgang war schnell erledigt und förderte zumindest auf den ersten Blick nichts Auffälliges zutage. In der Wohnstube standen eine leere Flasche Wein sowie eine angebrochene Flasche Schnaps, was Ruben nicht verwunderte. Dr. Reich hatte sich von dem Verlust seiner Tochter zutiefst erschüttert gezeigt. Und auch wenn er am Vortag noch die Fassung gewahrt hatte, konnte Ruben sich seinen Schmerz gut vorstellen.

Im Obergeschoss zeigte sich das Chaos seiner Gefühlswelt in achtlos herumliegenden Kleidungsstücken und etwas

Erbrochenem auf dem Rand der Toilettenschüssel. Im ganzen Haus deutete allerdings nichts auf einen Kampf hin.

Ruben und Eva kamen gerade die Treppe herunter, als auch Verona Goldbach, gefolgt von ihrem jungen Partner, durch die Verbindungstür zwischen der Praxis und dem Wohnbereich kam.

»Fündig geworden?«, kam Ruben den fragenden Blicken seiner Kollegen zuvor.

»Nichts, was nicht in eine Arztpraxis gehören würde. Allerdings sieht das Behandlungszimmer aus, als wäre der Arzt bei einer Operation unterbrochen worden.«

Ruben nickte zu der Tür, an der in großen Lettern stand: »Vorsicht, bissiger Teenie«. Dann räusperte er sich und erklärte: »Ich glaube, dieses Mal war der Doktor der Patient.«

Die Kommissarin runzelte die Stirn. »Wie meinen Sie das? Wegen der Gesichtshaut?«

»Nicht nur das«, erwiderte Ruben, sah seine Kollegen der Reihe nach an und sagte schließlich: »Ich hoffe, keiner von euch hat heute schon gefrühstückt.« Danach drückte er die Klinke von Sofi Reichs Zimmertür herunter, stieß diese nach innen auf und drückte auf den Lichtschalter.

34

»Dein erster Eindruck?«, forderte Ruben von Eva. Und als sie nicht sofort antwortete, drängte er: »Los. Blende das Grauen aus. Was ist dein erster Eindruck?«

Seine Partnerin hatte offenbar große Mühe, den Anblick richtig zu erfassen. Er sah dabei zu, wie sie sekundenlang in Sofis Zimmer starrte. Dann ließ sie sich von Verona Goldbach sanft zur Seite schieben, die ebenfalls sehen wollte, um was es ging.

Ruben gab auch ihr etwas Zeit, bevor er auch sie fragte: »Was denken Sie? Was ist Ihr erster Eindruck?«

Im Gegensatz zu ihrer jüngeren Kollegin schaffte es die gestandene Kommissarin wenigstens, das Wort »Wahnsinn« auszusprechen.

Ruben atmete enttäuscht durch. »Ja, das stimmt. Aber das bringt uns nicht weiter. Wahnsinnig sind viele, aber dieser Wahnsinnige hat einen Grund!«

Verona Goldbach trat einen Schritt von dem Türrahmen zurück, sah Ruben an und brüllte: »Was erwarten Sie? Sollen wir das Menschliche ausblenden und sofort zu einer Fallanalyse übergehen? Der Mann da drinnen muss irrsinnig gelitten haben. Wir haben gestern erst mit ihm gesprochen. Sie saßen ihm gegenüber, haben seine Trauer über den Verlust seiner Tochter gesehen. Und jetzt ist er für Sie … ja, was eigentlich? Ein Detail, ein Beweismittel, ein … ach, was weiß ich.« Die Kommissarin wischte sich etwas Speichel aus dem Mundwinkel, schüttelte den Kopf und versuchte, ruhig zu atmen.

Zu Rubens Erstaunen ließ sich Florian Hübner nicht von der Reaktion der beiden Frauen abschrecken. Er stand nun ebenfalls in der Tür und blickte lange auf den Ort des Geschehens, bis er sich schließlich umdrehte und leise sagte: »Das war keine unkontrollierte Wut, das war eine geplante Bestrafung.«

Rubens Mimik hellte sich auf. »Sehr gut!« Dieses Mal zog er sich ein Paar der dünnen Füßlinge über die Schuhe und machte einen Schritt in das Zimmer, dessen heruntergelassenes Rollo kein natürliches Licht hereinließ.

Beim ersten Mal, vor wenigen Minuten, hatte er sich nur einen flüchtigen Überblick verschafft und den Tod des Opfers festgestellt. Jetzt ging er es deutlich langsamer an.

Der Arzt saß in einem gemütlich aussehenden Korbstuhl in der Mitte des Raumes. Ohne die Gesichtshaut wirkten seine Augen wie herausgetreten, wobei sie trüb und starr auf Sofis Bett zu starren schienen. Sein Mörder hatte ihn so mit Kissen fixiert, dass er trotz der fehlenden Körperspannung nicht wegkippen konnte. Sein rechter Arm hing über die Armlehne, darunter befand sich eine Blutpfütze. Der Grund dafür war offensichtlich, denn von dem Zeigefinger der rechten Hand fehlte das erste Glied.

Ruben schaute sich die Szene wie mit einer Kamera an, die langsam schwenkte und dabei Bild für Bild aufnahm. Auf den zwei Metern zwischen dem Arzt und dem Bett lag der Rest des Fingers. Das Bett selbst war ordentlich gemacht, zeigte aber einige eingedrückte Stellen. Interessant wurde es erst wieder bei der Wand hinter dem Bett. Neben einem Traumfänger aus geflochtener Weide stand in großen, krakeligen Buchstaben »TATORT« und darunter etwas kleiner »ICH GESTEHE«. An einigen der Buchstaben war das Blut, mit dem sie geschrieben wurden, heruntergelaufen, was Ruben an das Titelbild eines Horrorfilms erinnerte.

Sonst schien in dem Raum alles an seinem Platz zu sein, was den Gesamteindruck noch verstärkte. An vielen Tatorten ging das Grauen im Chaos unter, hier wirkte alles auf das zentrale Bild des Arztes und das Bett fokussiert.

»Sie wollten wissen, was ich denke.« Verona Goldbach war inzwischen ruhiger und stand im Türrahmen. »Ganz ehrlich. Ich kann mir keinen Reim darauf machen. Im Zuge von Sofi Reichs Verschwinden habe ich natürlich auch ihren Vater überprüft. Alles, was ich weiß, ist, dass er hier aufgewachsen ist und mit seiner Familie eine Weile in Berlin lebte. Als seine Frau verstarb, zog er mit seiner Tochter wieder hierher zurück. Außer drei Punkten in Flensburg liegt uns kein Eintrag über ihn vor. Und die Menschen, mit denen ich in den letzten Tagen gesprochen habe, schwärmten geradezu für ihn.«

Ruben drehte sich zu ihr, deutete ein Nicken an. »Danke«, sagte er. »Das wäre dann der Klassiker. Ein Mensch, von dem man es am wenigsten erwarten würde, hat ein dunkles Geheimnis.«

Die Kommissarin deutete zur Wand. »Sie meinen, es hat etwas mit seiner Tochter zu tun?«

Ruben hob beide Arme und machte eine abwehrende Geste. »Sagen wir einfach, wir sollten es nicht außer Acht lassen. Das an der Wand kann genauso gut eine falsche Fährte des Täters sein.«

»Und die Gesichtshaut im Apartment dieser Journalistin, die ausgerechnet auch noch die Tochter von Professor Dr. Herbert Lauenstein ist, mit dem dieser Fall im Grunde begann?«

»Ja, schon eigenartig«, bestätigte Ruben. »Und ich muss zugeben, dass dieser Fall nicht nur wegen der Art der Taten ungewöhnlich ist. Sonst hat man in der Regel zu wenige Beweise,

Spuren und Indizien. Hier ist es genau umgekehrt, was es aber auch nicht einfacher macht.«

Verona Goldbach dachte kurz darüber nach. »Was schlagen Sie vor, wie wollen wir weitermachen? Soll ich Verstärkung anfordern?«

Ruben strich sich über die Bartstoppeln. Normalerweise hätte er das Haus nie ohne ordentliche Rasur verlassen. Er presste kurz die Lippen zusammen und beschloss: »Verstärkung ergibt hier kaum Sinn. Dieser Fall wird in unseren Köpfen gelöst. Ich würde sogar behaupten, wir könnten den ganzen Thüringer Wald umgraben und würden den Täter nicht finden. Alles, was ich brauche, ist etwas Zeit und drei kluge Köpfe, die mit mir über dieses Puzzle nachdenken.« Nach einer kurzen Pause fügte er hinzu: »Ach ja, und eine motivierte Spurensicherung, die auch über den Tellerrand hinausblickt.«

»Wie meinen Sie das?«

Ruben zuckte mit den Schultern. »Das weiß ich selbst nicht so genau.«

Als ein sich wiederholendes Brummen einsetzte, sahen sich alle vier gegenseitig an. Nach dem dritten Mal sagte Ruben: »Ah«, griff in die Innentasche seiner Jacke und zog sein Handy heraus. Er entsperrte es mit seinem Fingerabdruck und erklärte mehr sich selbst: »Das wird wohl nichts mehr.«

»Dein Zug?«, fragte Eva, die immer noch im Flur stand.

Er nickte, hielt das Gerät in die Höhe und verkündete im Hinausgehen: »Ich muss das kurz abklären.«

Nachdem Ruben den Raum in Richtung der angeschlossenen Arztpraxis verlassen hatte, fragte Verona Goldbach an Eva gewandt: »Wie lange arbeiten Sie schon mit ihm? Ich würde diese abgeklärte Art auf Dauer nicht aushalten. Oder tut er nur so, als würde ihn so ein Anblick kaltlassen?«

Eva dachte etwas länger über die Antwort nach und gab schließlich zu: »Ich weiß es ehrlich gesagt nicht. Wenn man ihn mit seiner Familie erlebt, ist er ein komplett anderer Mensch. Und wenn man mit ihm nicht über die Arbeit spricht, ebenfalls. Aber während er im Dienst ist, schafft er es irgendwie, den emotionalen Teil abzuschalten. Er … wie soll ich sagen … er öffnet seinen Blick. Er scheint die Dinge irgendwie unverstellt zu erfassen.« Eva stockte, nickte in den Raum, der zu einem Tatort wurde, und erklärte: »Wo wir erst einmal nur das Grauen sehen, sieht er eine Geschichte, zu der dieses Grauen einfach nur dazugehört.«

Verona Goldbach hatte aufmerksam zugehört, dachte darüber nach und ließ es unkommentiert. Danach beschloss sie: »Gut. Lasst es uns versuchen. Zieht euch Füßlinge über und kommt mit rein.«

Kurz darauf standen alle drei nebeneinander hinter dem Arzt und ließen das Bild des Bettes mit der beschmierten Wand auf sich wirken.

»Der Täter zwingt mich, auf das Bett zu blicken«, begann Florian nach einigen Sekunden.

»Es ist das Bett meiner Tochter«, führte Eva fort.

»Er hat mir gerade gestanden, für ihren Tod verantwortlich zu sein«, versuchte wieder Florian, eine der möglichen Varianten durchzuspielen.

»Aber er sagt mir auch, dass er sie nicht ermordet hat«, fügte Verona Goldbach hinzu. »Er hat sie nur entführt und ihr sämtliche Haare entfernt.«

»Er wirkt wütend und zu allem entschlossen«, nahm Eva den Faden auf. Dann fiel ihr Blick auf die Worte »TATORT« und »ICH GESTEHE«. Sie räusperte sich und stellte sich die letzten Gedanken des Arztes vor. »Er will, dass ich büße, aber ich kann es doch nicht zugeben.«

»Ich schüttle den Kopf, aber er glaubt mir nicht. Er scheint sehr viel über mich zu wissen«, versuchte es Florian weiter.

»Ich sehe das Messer und verstehe, dass Leugnen sinnlos ist. Trotzdem versuche ich, meine Schuld herunterzuspielen. Dann sehe ich die Entschlossenheit in seinem Blick. Ich sehe, wie er meinen Finger packt. Er führt den Schnitt schnell und sauber aus. Unglaublich gelassen. In den ersten Sekunden schmerzt es noch nicht einmal. Doch dieser Anblick genügt … ich schreie …«

Eva ergänzte: »Jetzt zwingt er mich zur Wand. Ich muss es schreiben, und mit dem Schreiben kommt der Schmerz. Ich weigere mich, doch er ist zu stark. Als ich nicht weitermache, führt er meinen abgeschnittenen Finger über die raue Wand. Ich schreie und schreie und irgendwann schreie ich schließlich auch mein Geständnis heraus.«

Aus dem Flur erklang lautes Klatschen. Ruben erschien am Türrahmen und erklärte: »Das war ein wirklich guter Ansatz. Jetzt müssen wir nur noch herausfinden, welche Schuld Dr. Reich auf sich geladen hat.«

»Sie sehen es genauso?«, fragte Verona Goldbach.

Er nickte. »Ja, und auch wenn es noch keiner ausgesprochen hat, liegt eigentlich nur eine Vermutung nahe.«

»Sexueller Missbrauch?«, schlug Eva vor.

»Der Arzt?«, sagte Florian erstaunt. »Dafür gab es bei den zugegebenermaßen kurzen Ermittlungen nach dem Verschwinden von Sofi Reich keinen einzigen Hinweis.«

»Das hat nichts zu sagen. Diese Wörter stehen sicher nicht zufällig über dem Bett seiner Tochter«, entgegnete Ruben. »Bitte ermittelt in diese Richtung. Und behaltet dabei die Frage im Auge, wie der Täter davon gewusst haben könnte. Ich muss jetzt zu Staatsanwalt Tauber. Ich soll in seinem Beisein per Videokonferenz zu dem Prozess in Rosenheim zugeschaltet werden und so meine Aussage abgeben.«

35

Er war gescheitert, ein bisschen jedenfalls. Ob sie begreifen würde, was ihr das abgelöste Gesicht des Arztes sagen sollte? Er hoffte es inständig, denn sie sollte den wahren Kern des Ganzen erkennen. Sie sollte zurückkehren zu den Gesetzen der Natur, ihn verstehen lernen und ihre undurchtrennbare Verbindung akzeptieren. Sie und dieser Fotograf durften auf keinen Fall abreisen.

Seine bürgerliche Kleidung hing fein säuberlich in einer der wenigen trockenen Ecken des Hauses. Dieses Gebäude mochte alt und etwas verfallen sein, trotzdem war es sein Tempel. Hier hatte so vieles begonnen, hier hatte er mit Maria gelebt und seinen Jungen großgezogen … bis vor wenigen Tagen.

Er nahm Jeans, Pullover und Jacke vom Bügel. Das Wasser der Dusche blieb heute kalt, denn es vorher zu erwärmen war im Moment zu gefährlich. Die alte Ölheizung funktionierte schon lange nicht mehr und ein einziger feuchter Holzscheit könnte ihn durch seine Rauchfahne verraten.

Der wenige Schlaf tat ihm gut. Es war völlig egal, ob es um ein Tier oder einen Menschen ging – etwas zu töten kostete Energie. Nicht körperliche, aber mentale. Er geleitete die Auserwählten stets bis hinüber auf die andere Seite, und diesen

Weg ein Stück weit mitzugehen brachte seine Seele an ihre Grenzen.

Nach der Dusche gönnte er sich einige Streifen Dörrfleisch, zog sich die Klamotten über und ging noch einmal hinunter in den Keller. Dort öffnete er den Verschlag und nahm zwei Fotos heraus, von denen er wusste, dass sie selbst eine kaputte Psyche noch erschüttern konnten. Vor allem der gesichtslose Arzt dürfte bei dem Professor alte Wunden aufreißen.

Anschließend brachte er den eigentlichen Wohnbereich des Hauses wieder in den verwahrlosten Zustand, der unliebsame Besucher in die Irre führen sollte.

Der Weg durch den Wald hob seine Stimmung. Heute schien ein guter Tag zu sein, vielleicht auch, weil er seine kleine Welt wieder ein wenig mehr in Ordnung gebracht hatte. Maria hatte ihn immer davon abgehalten, das Richtige zu tun. Sie sagte stets, dass es zu gefährlich sei und ihn nichts anginge. Einmal hatte sie sogar gesagt: »Was soll ich denn ohne dich hier unten machen? Dein Junge und ich würden hinter dem Gitter verhungern, wenn man dich erwischt.«

Da hatte er ein Einsehen gehabt und beließ es dabei, all diese kranken Menschen zu beobachten. Maria war ein guter Mensch, aber letztlich doch nur um sich selbst und das Kind besorgt.

Ob es Marias Einfluss gewesen war, dass er Sofi Reich freigelassen hatte? Obwohl das Mädchen halb von Sinnen vor Angst gewesen war und sein Gesicht nie gesehen hatte, war es doch ein Risiko gewesen. Im Nachhinein dachte er, dass ihr Tod auf der Flucht wohl eine Fügung des Schicksals gewesen war. Und diesen skrupellosen Mann, in dessen Hände sie ihre Rettung hatte legen wollen, hatte er auch bestrafen können. Nie wieder würde er die Notlage einer wehrlosen Frau ausnutzen können.

Er folgte dem Pfad auf eine Kahlfläche, die dem letzten Wintersturm zum Opfer gefallen war, blieb stehen und ließ seinen Blick über das weite Land schweifen. Etwas unterhalb, dort wo der Wald den Winden standhielt, grasten zwei Rehe friedlich im Gras. Der Anblick entzückte ihn, denn natürlich kannte er die beiden. Es war eine Mutter mit ihrem Kitz und sie passte immer gut auf ihr Kleines auf.

Das alte Haus stand in einem der vielen Täler. Er mochte seine Bewohner nicht, achtete sie aber trotzdem. Eine kleine Rauchfahne über dem Kamin zeigte, dass der Alte bereits Feuer gemacht hatte.

Bevor er hineinging, holte er noch einen Korb voll Holz, das er vor zwei Jahren eingelagert hatte. Er trat ein, ohne anzuklopfen. Der Geruch hier drinnen weckte alte Erinnerungen, gute wie schlechte. Doch in letzter Zeit mischte sich auch Fäulnis darunter.

Während die Frau, die er Mutter nannte, in ihrem Schaukelstuhl eingeschlafen war, saß der einstmals große, stolze Mann am alten Esstisch und blätterte in der Zeitung von vorgestern. Als er eintrat, hob er kaum den Kopf und brummte: »Du bist spät. Ich musste das Feuer selbst anzünden.«

Er musste das Gefühl, ein Nichts zu sein, schon so lange ertragen und trotzdem schaffte er es nicht, sich davon abzugrenzen. Mit gesenktem Kopf murmelte er: »Tut mir leid, Vater«, stellte den Korb neben den großen, verrußten Kaminofen und legte noch zwei Holzscheite nach.

Anschließend ging er in die kleine Küche, wo noch immer ein Bild von ihm neben einem kleinen Spiegel hing. Sein Spiegelbild hatte nichts mehr mit dem jungen Mann gemein, der er einmal gewesen war. Der Vollbart, das längere Haar und die vom Wetter gegerbte Haut ließen ihn nicht mehr wie der frühere Sohn des Försters aussehen. Ein Umstand, der es ihm inzwischen erlaubte, sich unerkannt als der zugereiste Waldarbeiter auszugeben, dem er vor einer ganzen Weile die Geldbörse mit allen Papieren gestohlen hatte.

Er belegte vier Scheiben Brot. Zwei mit selbst hergestellter Marmelade und zwei mit Wildschweinsalami. Zu den Wurstbroten legte er noch je eine eingelegte Gurke. Bevor er das Brot für seine Mutter in mundgerechte Happen schnitt, hob er auf dem Teller für seinen Vater eine Salamischeibe an und ließ einen dicken Tropfen Spucke darunterlaufen.

»Bitte schön.« Die Wurst für den Vater, die Marmelade für die Mutter und das Gefühl leiser Rache für ihn selbst.

Während sein Vater das erste Stückchen in den Mund schob und wenig begeistert darauf herumkaute, fragte er: »Braucht ihr noch etwas? Ich muss etwas erledigen und brauche den Wagen.«

»Pass gut auf ihn auf, du weißt …«

»Ja, Vater. Ich weiß, wie lange du gespart hast und wie gut du ihn pflegst.«

»Du sollst mir nicht ins Wort fallen«, schimpfte dieser. »Und vergiss nicht, heute Abend muss deine Mutter gewaschen werden. Also komm nicht so spät.«

»Mein Junge!« Keiner von beiden hatte mitbekommen, dass Mutter inzwischen aufgewacht war. Nun griff auch sie zitternd zu dem Teller.

Wie immer, wenn sie »mein Junge« sagte, erwärmte es kurz Sebastians Herz. Doch nur bis er sich wieder bewusst wurde, dass sie das erst seit ihrer Demenz so sah. Früher war er nicht ihr Junge, sondern ihr Fußabtreter gewesen. Insofern war diese Krankheit vielleicht ein Segen.

Einen kurzen Augenblick lang überlegte er, seinen Vater zu fragen, ob er Professor Dr. Herbert Lauenstein einen schönen Gruß ausrichten solle. Einfach weil er wusste, dass dieser Stich tief sitzen würde. Aber er musste vernünftig bleiben … nur eine Weile noch … dann würden sie alle von alleine zerbrechen.

Der alte Wagen war weder gut gepflegt noch etwas wert. Aber er war robust und verrichtete seinen Dienst. Es gab sogar einen Kassettenrekorder, der die einzige Kassette abspielte, die er besaß. Frank Sinatra, etwas anderes hatte er nicht, und er konnte jeden seiner Texte mitsingen.

Die Stunde bis nach Erfurt verging wie im Flug. Er summte die Lieder mit, dachte daran, wie das spätere Zusammenleben mit ihr sein würde, und überlegte außerdem, ob er in der letzten Nacht Fehler gemacht hatte.

Der Besucherparkplatz war wie immer bis auf den letzten Platz belegt, doch das störte ihn nicht. Er fuhr direkt auf eine der für das Klinikpersonal reservierten Stellflächen, stellte den Wagen ab und legte die alte Parkkarte des Professors auf das Armaturenbrett. An der Karte hatte sich noch nie jemand gestört, vielleicht weil nur eine Nummer und nicht der Name eines vermeintlichen Mörders aufgedruckt war.

»Zu Rosi Schmids«, bat er am Empfang und legte seinen längst abgelaufenen Personalausweis auf den Tresen.

Die junge Mitarbeiterin klickte ein wenig auf ihrem Computer herum und sagte: »Sehr gerne. Da wird sich Frau Schmids aber freuen. Außer Ihnen war niemand mehr zu Besuch.«

Er schenkte der Schwester ein Lächeln, sagte: »Ich kenne den Weg«, und ging zum Treppenhaus. Fahrstühle waren ihm ebenso wenig geheuer wie Menschenansammlungen.

Als der Professor damals in die Psychiatrie überführt wurde, brauchte er einen Zugang zu ihm und fand ihn in der gutmütigen, aber stark verwirrten Frau Schmids. Er lernte sie damals kennen, als sie sich unerlaubt aus der Klinik entfernt hatte, und sie glaubte ihm sofort, dass er ihr Enkel war.

Seit dieser Zeit durfte er sie besuchen und niemand schöpfte Verdacht. Außer vielleicht dieser eine Pfleger. Aber der hatte ihm schon einmal durch die Blume zu verstehen gegeben, dass er bei einigen Patienten froh war, wenn sie überhaupt Besuch bekamen. Der Mann war überhaupt sehr offen und teilte augenscheinlich sein Interesse für den Professor. Als sie sich einmal in der Cafeteria trafen, kamen sie zufällig auf das Thema zu sprechen. Und während er selbst natürlich so tat, als kenne er den Professor nicht, redete dieser Pfleger von fast nichts anderem. Auch wenn der Mann den Professor immer nur umschrieb, war Sebastian damals sofort klar gewesen, von wem die Rede war.

Sebastian wollte Frau Schmids nicht ausnutzen, denn das verdiente sie nicht. Also klingelte er an der gut gesicherten Tür, ließ sich in ihr Zimmer bringen und holte zwei Tassen Kaffee. Ein paar wenige Tropfen Schlafmittel genügten, um die lockere Unterhaltung auf wenige Minuten zu begrenzen. Nachdem sich ihr Kopf friedlich zur Seite neigte, legte er eine Decke über die Frau und ging zur Zimmertür.

Innerhalb der gesicherten Abteilung der Klinik herrschte tagsüber ganz normaler Betrieb. Fast alle Patienten durften sich hier frei bewegen. Einige von ihnen liefen einfach in den Gängen auf und ab. Andere bevorzugten den Gemeinschaftsraum oder saßen in kleinen Therapiegruppen zusammen. Dazwischen gab es noch Leute, die ihren Angehörigen und Freunden einen Besuch abstatteten.

Er verließ Rosis Zimmer und tat, als wäre er einer von vielen. Das Zimmer des Professors befand sich einen Seitengang weiter, auf der rechten Seite. Die Hand schon an der Klinke hielt er kurz inne, da von innen leise Stimmen zu ihm drangen. Erst als er erkannte, dass es sich um ein Radio handelte, wartete er nicht länger und drang ohne anzuklopfen ein.

Der stark gealterte Mann begann umgehend, auf seinem Stuhl vor und zurück zu schaukeln.

Er schloss die Tür hinter sich, sah ihm einige Augenblicke lang dabei zu und befahl schließlich scharf: »Du kannst den Unsinn lassen, Herbert.«

Der Kopf des Professors zuckte herum, dann begann seine Hand, leicht zu zittern. Die schlaffen Mundwinkel verkrampften sich. »Sebastian«, sagte er leise.

36

Sebastian blieb bei der Tür stehen und sah genüsslich dabei zu, wie sich die Atmung des alten Mannes beschleunigte. Die Augen des Professors versuchten, ihn zu fixieren, doch es gelang ihm nicht, ihn länger als eine Sekunde anzusehen. Sein Mund öffnete sich, schloss sich wieder, öffnete sich, und endlich formten seine Lippen einige unzusammenhängende Worte.

Sebastian umrundete den Tisch, zog einen weiteren Stuhl vor den Professor und setzte sich ihm genau gegenüber. Die Hand des Mannes begann nun regelrecht, auf der Tischplatte zu tanzen, so stark zitterte er.

Sebastian legte seine darüber und drückte etwas zu, wobei er hämisch feststellte: »Du hast immer noch Angst, Herbert. Das ist gut.«

Der Professor wollte panisch zurückweichen, schaffte es aber nicht, sich zu bewegen. Von einer Sekunde auf die andere schien sein Hirn umzuschalten und er wurde plötzlich ruhig. Jetzt formten seine Lippen ein Lächeln und er sagte freudig: »Paul. Mein lieber Paul. Endlich besuchst du mich einmal. Wo ist denn deine Frau? Warum ist Maria nicht mitgekommen?«

Sebastian fackelte nicht lange, gab ihm eine schallende Ohrfeige und befahl: »Schick sie weg. Alle! Ich bin der Einzige, dem du folgen darfst.« Und als auch das nicht wirkte, sagte er langsam und eindringlich: »Erinnere dich an die Scheune. Erinnere dich an Paul. Erinnere dich an seinen letzten Schrei.« Er gab dem Professor ein paar Sekunden Zeit und ergänzte: »Und jetzt erinnere dich an das, was ich dir damals gesagt habe. Wenn ich bei dir bin, hat der Rest deines kranken Kopfes Pause. Wenn ich da bin, bist du nur bei mir.«

Herberts Blick wurde klar und panisch. Trotz des erneuten Zitteranfalls begann er, heftig zu nicken.

Sebastian sah zufrieden dabei zu. »Und jetzt sage meinen Namen und das, was ich dir aufgetragen habe.«

»Sebastian. Du bist Sebastian und ich werde dich nie verraten.«

»Sehr schön!«, erwiderte dieser. »Und was Paul und Maria angeht, sie sind beide tot. Selbst Maria war zum Schluss eine wirkliche Enttäuschung.«

Die Panik in Herberts Blick verstärkte sich, doch mehr als »Sie auch?« brachte sein Mund nicht hervor.

Die Luft strömte hörbar in Sebastians Nase. »Ja. Kein Wunder, dass sie sich damals deinen Sohn ausgesucht hat. Eigentlich dachte ich, sie würde meinen Schutz zu schätzen wissen. Und dass sie froh darüber wäre, dass ich ihrem Sohn so viel Geborgenheit biete. Aber nein, sie ist wie du und deine restliche Brut. Es ging ihr nur um sich selbst und nun ist auch sie tot. Und der Kleine muss erleben, wie krank die Welt da draußen ist.«

»Er ist weg? Mein Enkel ist weg?«, fragte der Professor ein wenig mutiger.

»Ja. Mit ihr abgehauen und von der Polizei weggebracht worden.« Sebastian spürte Galle aufsteigen. Seine Hand auf der des Professors verhinderte inzwischen dessen Zittern, wobei einzelne Finger zu knacken begannen.

Sebastian glaubte, ein wenig Erleichterung in dem Gesicht des Professors zu erkennen, drückte noch stärker zu und fragte gefährlich leise: »Freut dich das etwa? Freut es dich, dass dein Enkel nun alldem ausgeliefert ist, was du so lange gelebt hast?«

Herbert beeilte sich, mit dem Kopf zu schütteln, versuchte, seine Hand zurückzuziehen, und flehte schließlich: »Bitte …«

Sebastian ließ etwas lockerer. »Der letzte Name. Ich brauche den letzten Namen.«

Der alte Mann hob den Kopf und sah ihm entsetzt in die Augen. »Aber ich habe dir meine Helfer genannt.«

»Nein, nein, nein.« Sebastian schüttelte den Kopf. »Die beiden waren nur Mittelsmänner, die du durch deine Arbeit in der Hand hattest. Eine zentrale Figur fehlt noch. Deine Tagebucheinträge sind zwar nicht eindeutig, lassen aber keinen Zweifel daran.« Der Druck seiner Hand verstärkte sich wieder, was den Professor dazu zwang, sich krumm zu machen, um den Arm zu entlasten. »Also, wer hat es eingefädelt? Wer hat dir dabei geholfen, es offiziell zu machen?«

In Herberts Gesicht zeichnete sich sein innerer Kampf ab, doch irgendwann schüttelte er den Kopf und stöhnte unter Schmerzen: »Die beiden waren die Einzigen.«

Sebastian löste seinen Griff so unvermittelt, dass der Professor etwas auf seinem Stuhl taumelte. Er dagegen lehnte sich entspannt zurück, zog zwei Fotos aus der Innentasche und zeigte sie Herbert. Dann tippte er mit dem Finger auf das Bild von Egon Schulze. »Habe ich dich richtig verstanden, dass er damals nur Augen und Ohren verschlossen hielt?«

Herbert nickte.

»Gut. Man hat ihn vor ein paar Tagen zufällig mit einigen zweideutigen Beweismitteln in Verbindung gebracht. Wenn es gut läuft, wird er ein paar Jährchen im Gefängnis verbringen. Aber keine Sorge, ich werde ihm schon noch sagen, was der wahre Grund ist, warum er dort sitzt.«

Sebastian tippte auf das Bild des Arztes und fragte: »Und er war damals jung, aufstrebend und dazu bereit, falsche

Dokumente auszustellen? Abgesehen von seiner Neigung, Narkosemittel zu missbrauchen, meine ich.«

Herbert nickte erneut.

»Schön«, freute sich Sebastian. »Dann hab ich ja das Richtige getan. Der gute Dr. Reich hat in der letzten Nacht, wie soll ich sagen … sein Gesicht verloren. Wusstest du eigentlich, dass er nie mit seinen Sauereien aufgehört hat? Schrecklich, oder? Es muss dich doch kränken, wie wenig deine Arbeit damals bewirkt hat.«

In Herberts Augenwinkel bildete sich eine kleine Träne, als er fragte: »Das alles ist gut und richtig, aber warum Paul? Ihr beide wart Freunde. Warum hast du meinen Sohn so gequält, was hat er dir denn getan?«

Sebastian beugte sich ihm entgegen, doch Herbert konnte erneut nur bis zur Rückenlehne zurückweichen. Dann umgriff er sein Kinn, brachte den Mund neben das Ohr des Professors und flüsterte: »Hast du es noch immer nicht begriffen? Du sitzt schon so lange hier, hattest so viel Zeit zum Nachdenken und fragst mich jetzt, warum Paul?«

»Er hat dir nichts getan«, jammerte Herbert, dem nun immer mehr Tränen über die Wangen liefen.

»Er hat einen Sohn gezeugt«, flüsterte Sebastian. »Und niemand mit deinem Blut sollte je ein Kind bekommen. Dieses Privileg der Natur hast du verwirkt. Verstehst du das?«

Herbert schluckte schwer. »Aber … aber du hast ihm die Haut abgezogen. Gottverdammt, ich habe es gesehen, ich war dabei.« Rotz, Tränen und etwas Speichel fanden zusammen und tropften als langer Faden herunter.

Sebastian lehnte sich etwas zurück, sah ihm lange in die Augen und erklärte eindringlich: »Ich wollte, dass du das mit ansehen musstest, und das weißt du auch. Das war nicht seine, sondern deine Strafe. ER HAT FÜR DICH GELITTEN.« Danach löste er den Griff um das welke Kinn des alten Mannes und fragte sachlich: »Also, wer war die dritte Person? Wer hat das alles eingefädelt und wen fandest du so toll in dieser Zeit, dass du in dem Tagebuch immer wieder von deinem Engel schreibst?« Er ballte seine Hand zur Faust und ließ sie auf die des Professors fallen. »Wen?«

Er jaulte auf, schüttelte aber den Kopf und sagte beinahe heulend: »Ich kann nicht. Bitte.«

»Du hast noch ein Kind. Und wie es Vanessa ergehen wird, hängt nur von dir ab.«

Die Drohung hing lange in der Luft. Herberts Augen flackerten hin und her, und Sebastian genoss es, dass der Professor ihm jetzt nicht mehr in die Augen blicken konnte. Schließlich verharrte sein Blick auf einem Punkt an der Wand. »Nicht sie. Du hast es versprochen. Nicht Vanessa.«

Sebastian nickte. »Ja, habe ich. Aber ich glaube, sie wünscht es sich. Ich glaube, sie ist ihr Leben leid und möchte zurück in die Natur. Und ich glaube, sie spürt das Band, das uns verbindet.« Sebastians Tonlage fiel ins Träumerische. »Du hättest sie sehen sollen, als ich letzte Nacht an ihrem Bett stand und ihr mein Geschenk überbrachte. Ich habe nur meine Hand an ihre Wange gelegt und sie schmiegte sich daran. Ich strich über ihr wunderschönes Haar und sie verfiel in völlige Entspannung.«

Weitere Tränen flossen aus Herberts traurigen Augen, dann riss er sich zusammen, fixierte ihn mit seinem Blick und sagte fest: »Nicht sie, oder ich erzähle ihnen alles.«

Sebastian stieß ein leises Lachen aus. »Du glaubst wirklich, dass du das kannst.« Er hob seinen Finger an Herberts faltige Stirn, schüttelte langsam den Kopf und flüsterte: »Glaube mir, du kannst es nicht. Denn wenn ich dieses Zimmer wieder verlasse, wird deine kranke Seele alles daransetzen, diesen Besuch zu vergessen. Deine Fantasie wird den Anblick von Pauls gehäutetem Körper durch den deiner Tochter ersetzen, und dann, mein Lieber, spätestens dann wirst du wieder abschalten. Und jetzt nenne mir den letzten Namen, sonst liegen unter deinem Fenster keine Blätter, sondern kleine Fleischbrocken im Gras. Und ich glaube, du weißt, von wem sie stammen werden.«

Herberts Körper begann, in einen krampfenden Zustand überzugehen, und seine Augen begannen zu flackern. Sebastian forderte noch einmal: »Den Namen, Herbert. Sag mir diesen scheiß Namen und deine Tochter wird ein schönes Leben in Geborgenheit führen.«

Es folgte ein Hustenanfall, und als er endlich »Nastja Lasarew« ausstieß, flog etwas Speichel in Sebastians Gesicht.

37

»Du hast was?«, fragte Torsten entgeistert. Es war später Nachmittag, als sie das Präsidium der Zweigstelle des LKA Thüringen endlich verlassen durften. Nach dem Schrecken des Morgens war der Tag mit Vernehmungen und langen Wartezeiten vergangen. Offenbar brannte jeder dieser drei Möchtegernkommissare darauf, seine eigenen Fragen zur letzten Nacht zu stellen. Besonders diese junge Polizistin, die in dem Ferienhaus neben ihnen wohnte, wollte alles ganz genau wissen.

»Ich habe das Tagebuch meines Vaters im Haus der Bullen versteckt«, wiederholte Vanessa wie selbstverständlich.

»Aber warum?«

»Weil ich nicht wollte, dass sie es finden. Ich habe es heute Morgen heimlich mitgenommen, als dieser komische Kauz die Klamotten geholt hat.«

Torsten blieb kurz stehen. »Aber das ist Unterschlagung von Beweismitteln, das weißt du schon, oder?«

Vanessa sah ihn mit müden Augen an, war aber hellwach und motiviert. »Also erstens gehört das Buch mir und zweitens muss es einen Grund geben, warum dieser Irre dieses Gesicht … also die Haut … na du weißt schon, bei mir abgelegt hat.«

Torsten packte sie an den Schultern und schüttelte sie leicht. »Erde an Vanessa. Dieser Irre ist ein skrupelloser Mörder und er stand heute Nacht neben deinem Bett. Du solltest alles daransetzen, dass er gefasst wird, und ihm nicht auch noch helfen.«

»Er hat mir eine Botschaft hinterlassen.«

»Ja, das herausgeschnittene Gesicht eines unschuldigen Mannes«, erwiderte er wütend.

»Ja … nein, noch etwas anderes.«

Torsten ließ seine Hände sinken, warf einen kurzen Blick zurück zu dem Polizeigebäude und fragte in Ermangelung einer Idee einfach: »Was?«

Vanessa war sich der Tatsache bewusst, dass Torsten auf eine Abreise bestehen würde, wenn sie es ihm erzählte. »Ich sage es dir, aber wir bleiben hier und berichten weiter über den Fall.«

»Ganz sicher nicht! Ich habe weder Lust, neben deiner Leiche aufzuwachen, noch darauf, selbst so zu enden. Der Mann hat eine Frau und ihr Kind jahrelang gefangen gehalten. Er hat die Frau getötet, eine weitere entführt, laut unserem Informanten einem Mann die Eier abgeschnitten und jetzt auch noch einen Arzt ermordet. Wir reisen ab, und zwar noch heute Abend!«

Sie atmete einmal tief durch, sah ihm in die Augen und sagte leise und entschlossen: »Ich liebe dich, aber du kannst mich nicht zwingen. Ich verstehe, dass du Angst hast, die habe ich auch. Trotzdem muss ich wissen, was hinter alldem steckt. Auch wenn mein Vater in der Psychiatrie sitzt, muss dies alles etwas mit ihm zu tun haben. Ich habe nach der Sache mit meinem Bruder mit ihm gebrochen und könnte es mir nie verzeihen, wenn ich damit falschlag. Wenn er gar nicht der Täter, sondern vielleicht selbst nur Opfer war.«

»Dann lass die Polizei ihre Arbeit machen«, erwiderte Torsten schwach.

Dieses Mal war sie es, die ihre Hände auf seine Schultern legte. »Ich verstehe, dass du wegwillst, und bin dir auch nicht böse, wenn du gehst. Aber lege mir bitte keine Steine in den Weg. Der Täter kommuniziert mit mir und ich muss wissen, was dahintersteckt. Für mich, für meine Familie und ganz nebenbei auch noch für eine Wahnsinnsstory.«

»Was war es für eine Botschaft?«, fragte er ein wenig zugänglicher nach einem Moment der Stille.

Vanessa witterte ihre Chance. Einerseits verstand sie seine Angst, andererseits war er genauso heiß auf eine Story wie sie. »Ich konnte es mir noch nicht genauer ansehen, aber er hat das Tagebuch verändert. Es lag in der letzten Nacht auf dem Esstisch und er hat einige Wörter unterstrichen.«

Torsten atmete hörbar aus, wobei ihm sein innerer Kampf anzusehen war. Schließlich hob er den Blick. »Und du denkst, diese Wörter ergeben in der Summe einen Sinn?«

»Oder vielleicht sogar einen Hinweis auf ihn. Ja, ich bin mir sicher. Er geht das Risiko nicht ohne Grund ein.«

Er wischte sich verzweifelt mit der Hand über das Gesicht. »Dann müssen wir jetzt also nur noch in das Ferienhaus von zwei Bullen einbrechen und das Buch holen.«

Vanessa schaffte ein Grinsen. »Du bist doch sonst nicht so zimperlich. Bei dem Arzt hattest du kein Problem damit, dich einzuschleichen und die Kommissare zu belauschen.«

»Jaja«, winkte er ab. »Wo hast du es denn versteckt?«

»Im Badezimmer auf dem Spiegelschrank. Dieser Kommissar hat uns ja sonst nicht aus den Augen gelassen. Apropos, wo ist der eigentlich? Hast du ihn heute irgendwo gesehen? Ich dachte eigentlich, dass er so etwas wie der Oberhäuptling bei diesem Fall ist.«

»Nein, ich habe ihn auch nicht gesehen«, bestätigte Torsten abwesend. Im Kopf beschäftigte er sich bereits mit der Frage, wie sie in das Häuschen der beiden Polizisten kommen sollten.

Nach einem kleinen Imbiss fuhren sie zurück zu dem Waldhotel. Der erste Weg führte sie in das Haupthaus, wo sowohl das Restaurant als auch einige normale Hotelzimmer untergebracht waren. Torsten öffnete die Tür, stöhnte: »Nicht schon wieder«, und brachte etwas mehr Haltung in seinen Körper.

Vanessa folgte ihm gespannt bis zur Rezeption, wo sich der unverschämte Kellner vom Vorabend mit der jungen Rezeptionistin unterhielt. Als die beiden die Gäste sahen, verstummte ihr Gespräch und ihre Gesichter zeigten etwas zwischen Neugierde und Abfälligkeit.

Torsten trat möglichst selbstbewusst an den Tresen und fragte: »Die Polizei sagte uns, wir können den Schlüssel für unser Haus bei Ihnen abholen.« Er versuchte, so zu klingen, als wäre es das Normalste auf der Welt, dass man Besuch von der Spurensicherung bekommt.

Die Frau war wirklich professionell. Anstatt irgendeines Kommentars erklärte sie nur: »Der ist leider nicht hier. Aber man hat mir gesagt, dass ich Sie zu dem Nachbarhaus schicken soll. Dort werden Sie erwartet.«

»Okay«, antwortete Torsten.

Der aufdringliche Kellner fragte an Vanessa gewandt: »Ich hoffe, Sie werden gut beschützt, so ein Einbruch ist ja schließlich nicht ohne. Und wer weiß schon, was sich sonst noch so in den Wäldern herumtreibt.«

Torsten spürte, wie sich sein Puls beschleunigte. Er trat in das Sichtfeld zwischen dem Kellner und seiner Partnerin und sah ihn eindringlich an. »Da haben Sie recht, man muss schon sehr aufpassen.«

Der junge Typ lachte und ließ sich nicht aus der Ruhe bringen. Er machte einen Schritt zur Seite, um Vanessa wieder im Blick zu haben, und erklärte ihr: »Keine Sorge. Die Polizei weiß, wo ich in der letzten Nacht war.« Danach lächelte er seiner Kollegin zu und erklärte arrogant: »Nadja hat bestätigt, dass ich sie nach Hause begleitet habe und wir danach noch lange … na ja, sagen wir mal … geredet haben. Von mir geht also keinerlei Gefahr aus.« Sein Blick wechselte zu Torsten. »Jedenfalls nicht die Art von Gefahr.«

»Was hat dieser Arsch für ein Problem?«

Vanessa wartete, bis sie endgültig außer Hörweite waren, bevor sie antwortete: »Also wenn du mich fragst, kann er dich erstens nicht leiden und will zweitens unbedingt mit mir ins Bett.«

»Das ist ein Hotel und kein Swingerklub«, schimpfte Torsten noch lauter als zuvor. »Vielleicht sollte ich mal ein paar Wörtchen mit dem Chef des Hauses sprechen.«

Sie puffte ihn in die Seite. »Ach, komm schon. Sei nicht so spießig. Du weißt doch, dass ich nicht auf solche Skilehrertypen stehe, und außerdem bleiben wir eh nicht hier.«

»Das nächste Mal gehe ich mit dem in eine dunkle Ecke«, brummelte Torsten weiter, während sie auf die Hütte der Polizisten zugingen.

Dort hob er die Faust, um anzuklopfen, doch schon sein erster Schlag ging ins Leere. Die Tür öffnete sich genau in dem Augenblick, als seine Hand das Holz berühren sollte.

Der eigenartige Kommissar musterte sie von oben bis unten. »Ich habe schon überlegt, Ihre Sachen für Sie zu packen, aber das erschien mir dann doch etwas unpassend.« Er streckte Vanessa den Schlüssel entgegen und fragte: »Kommen Sie da drüben alleine klar, oder soll ich mitgehen?«

Sie ergriff ihn irritiert, warf einen kurzen Seitenblick zu Torsten und antworte: »Ich … Wir kommen klar. Danke.«

Der Kommissar lächelte. »Sehr schön. Wenn Sie fertig gepackt haben, bräuchte ich noch eine Telefonnummer, unter der ich Sie erreichen kann. Es werden vermutlich noch weitere Fragen auftauchen.« Er wollte sich schon abwenden, drehte sich dann aber noch einmal zu ihnen um. »Ach so, fast vergessen. Fahren Sie zurück nach Erfurt oder bleiben Sie in der Gegend? Die Sache heute Morgen dürfte ja ein ordentlicher Schock gewesen sein und Sie sollten das trotz Ihres Berufes nicht auf die leichte Schulter nehmen.«

Vanessa fühlte sich zum zweiten Mal überrumpelt. »Ich, äh, wir wissen es noch nicht.«

»Alles klar«, erwiderte der Mann gut gelaunt. »Dann bis dann.« Er schloss die Tür.

38

»Was war das denn jetzt?«, fragte Torsten verwirrt und fügte noch hinzu: »Hatte dieser Kommissar gerade Lederpantoffeln mit ›Papa ist der Beste‹ darauf an?«

Vanessa warf einen Blick auf den Schlüssel in ihrer Hand, zuckte schließlich mit den Schultern und erwiderte: »Ich habe keine Ahnung. Ich habe ja schon über einige Kriminalfälle berichtet, aber das … ist alles etwas seltsam.« Danach wandte sie sich zur Nachbarhütte. Kurz blickte sie zu dem dunklen Waldrand. Eine Gänsehaut lief ihr über den Rücken. Sie verdrängte den Gedanken an das Geschehene und sagte mit fester Stimme: »Komm, lass uns unsere Sachen holen und dann verschwinden.«

Kurz vor der Tür blieb Torsten stehen. Vanessa tat es ihm gleich und sagte: »Komisches Gefühl, oder?«

»Meinst du, er kommt wieder?«, fragte er.

Sie warf einen Blick zu dem Streifenwagen, der am Ende der Sackgasse stand. »Nein, kann ich mir nicht vorstellen. Das wäre ein viel zu großes Risiko. Und wie ich schon sagte: Hätte er es wirklich auf uns abgesehen, wäre es ihm in der letzten Nacht ein Leichtes gewesen. Außerdem würden uns die Bullen nie hierher zurücklassen, wenn es gefährlich wäre.«

»Dein Wort in Gottes Ohr«, seufzte Torsten, steckte den Schlüssel ins Schloss und sperrte auf. Trotz seiner inneren Unsicherheit versuchte er, sich normal und unerschrocken zu geben. Er trat ein, sah sich um und erklärte nach einem kleinen Rundgang: »Das ist ja gar nicht wie im Fernsehen. Eigentlich habe ich das totale Chaos erwartet, aber die scheinen hier eine sehr ordnungsliebende Spurensicherung zu haben.« Er begann, seine technische Ausrüstung zu kontrollieren, der ein handgeschriebener Zettel beilag: »Wir haben sämtliche Speichermedien zur Auswertung mitgenommen. Bitte wenden Sie sich an …« Es folgten eine Adresse und eine Unterschrift.

Vanessa blickte an ihm vorbei auf den Zettel. »Ist das ein Problem?«

Er grinste sie von der Seite an. »Nicht wirklich. Kein Mensch speichert heute seine Daten auf Karten und Sticks. Ich mache das nur im Einsatz und schiebe dann alles in die Cloud. Eigentlich dürften sie nichts von meiner kleinen Abhöraktion in der Arztpraxis finden. Wenn doch, habe ich vermutlich ein Verfahren am Hals.«

»Wird schon gut gehen. Lass uns erst einmal packen.« Sie hielt inne, murmelte einen Fluch und stellte lauter fest: »Wir haben ein Problem.«

»Was meinst du?«

»Na ja, es ist schon ziemlich spät und wir haben völlig vergessen, uns nach einer anderen Unterkunft umzusehen.«

Er winkte ab. »Sollte nicht so schwer sein. Ich habe in den Orten haufenweise Schilder für Fremdenzimmer und Wohnungen gesehen.« Er klappte seinen Laptop auf. »Wenn du meine Sachen mit einpackst, organisiere ich uns eine Bleibe.«

Sie schenkte ihm ein Lächeln. »Danke, dass du bleibst«, sagte sie und gab ihm einen Kuss auf den Mund.

Im Schlafzimmer hielt sie kurz inne und erinnerte sich mit einem Schaudern an den heutigen Morgen. Sie war aufgewacht, weil sich ihre Blase meldete. Doch obwohl sie der latente Kopfschmerz und eine leichte Übelkeit gequält hatten, hatte sie sich sofort an die intimen Momente mit Torsten erinnert. Sie hatte sich ihm so nahe wie sonst selten gefühlt. Dann hatte sie nach der Leselampe gegriffen und im ersten Moment geglaubt, ein Kleidungsstück zu fühlen. Sie hatte das Licht angeknipst, sich zur Seite gedreht und auf etwas geblickt, das es nicht geben durfte.

Den ganzen Tag über hatte sie es irgendwie geschafft, das Bild auszublenden, doch jetzt und hier war es sofort wieder präsent. Dort, wo jetzt nur noch die weißen Pulverreste der Spurensicherung zu sehen waren, hatte diese Maske aus Menschenhaut gehangen. Aus ihren Augen leuchtete der Schein der Lampe, und als sie Sekunden später heiß wurde, verbreitete sie den widerlich süßen Geruch von verbranntem Fleisch.

In einem Anfall von Übelkeit schüttelte Vanessa den Kopf, um die Gedanken loszuwerden, doch es gelang ihr nicht. Sie drehte sich um, rannte zum Badezimmer und übergab sich lautstark in die Toilette. Kurz darauf spürte sie eine Hand auf ihrem Rücken, stieß einen Schrei aus und riss den Kopf herum.

Torsten stand hinter ihr, machte einen Schritt zurück und eine beruhigende Geste. »Hey, hey, es ist alles gut.«

»Scheiße, Mann«, fluchte sie. »Du kannst mich doch nicht so erschrecken.« Wieder würgte sie, bevor sich ihr Magen langsam beruhigte.

Er wartete ab, bis sie sich ihr Gesicht abgewaschen hatte, nahm sie anschließend in den Arm und fragte: »Geht es wieder?«

Vanessa drückte sich noch ein bisschen fester an ihn und nickte an seine Schulter gepresst. »Ja. War wohl doch ein bisschen viel. Ich hätte diese blöde Lampe nicht so lange anstarren dürfen.«

»Soll ich packen?«

Sie löste sich ein wenig. »Nein, alles gut. Ich glaube, es geht schon wieder. Ich mach das schnell und dann lass uns von hier verschwinden.«

Eine Viertelstunde später stellte Torsten die drei Taschen auf den Weg vor dem Haus und zog die Tür hinter sich zu. Sein Blick ging zur Nachbarhütte. »Hast du eine Idee?«

Anstatt ihm zu antworten, bat sie: »Gib mir mal den Schlüssel.« Sie nahm ihn entgegen, ging damit zu der Hütte der Kommissare und klopfte an.

Dieses Mal öffnete die jüngere Frau. Vanessa sagte: »Hallo, Frau Lange, ich wusste nicht, ob wir den Schlüssel hier oder oben an der Rezeption abgeben sollen?«

Die Kommissarin musterte erst sie, anschließend Torsten, der sich im Hintergrund hielt, und rief schließlich ins Innere des Hauses: »Ruben, kommst du bitte?«

Kurz darauf erschien der Kommissar. In der Hand hielt er etwas, das nach Ermittlungsakten aussah. »Ah, Frau Lauenstein. Na, das ging ja schnell.«

Vanessa deutete ein bewusst gezwungenes Lächeln an. »Ja, ich habe es da drüben kaum ausgehalten. Bei Ihnen im Präsidium dachte ich noch, es geht.«

Anstelle des Kommissars antwortete seine Kollegin unerwartet verständnisvoll: »Ja, das kennen wir. Mit etwas Abstand erscheinen die Dinge nicht so schrecklich. Aber wenn man sich an die Orte des Verbrechens zurückbegibt, hat man alles wieder vor Augen.«

Vanessa sah sie dankbar an und sagte dann ein wenig schüchtern: »Ja, so ist es mir – uns – wohl auch ergangen. Sagen Sie, könnte ich bei Ihnen vielleicht kurz auf die Toilette gehen? Es … es ging da drüben einfach nicht. Ich weiß, es ist Unsinn, aber ich fühlte mich irgendwie beobachtet.«

Die Kommissarin zuckte mit den Schultern. »Natürlich, kein Problem.«

»Vielen Dank!« Vanessa folgte der einladenden Geste, ging in das Badezimmer und schloss ab. Dort ließ sie den Deckel mit Absicht etwas lauter gegen die Wand stoßen, tastete über die Oberseite des Spiegelschranks und nahm das kleine Büchlein herunter. Danach schüttete sie noch etwas Wasser aus einem der Zahnputzbecher gut hörbar in die Schüssel und spülte. Nachdem sie den Wasserhahn aufgedreht hatte, verstaute sie das Tagebuch hinten unter ihrem Hosenbund und zog ihren Pullover darüber. Sie drehte das Wasser wieder ab, ging hinaus, wo sie der Kommissar bereits erwartete. »Bleiben Sie in der Gegend?«, wollte er wissen.

»Moment«, bat Vanessa, ging zur Haustür und rief Torsten zu sich. »Wie heißt der Ort, in dem wir das Zimmer haben?«

Dieser zog sein Handy heraus und las seine eigene Notiz laut vor. »Das ist in Altenfeld, im Gasthaus zum tiefen Bach.«

Der Kommissar nickte, erwiderte aber: »Ich muss Ihnen nicht sagen, dass wir das nicht gut finden. Oder?«

Sie schüttelte den Kopf. »Können wir uns denken, aber wie Sie auch haben wir einen Job zu erledigen.«

»Den ich Ihnen nicht verbieten kann«, bestätigte der Kommissar. »Trotzdem halte ich Sie für einigermaßen intelligent. Sie sind die Tochter des Mannes, mit dem hier vor ein paar Jahren alles begann, bekommen mitten in der Nacht eine Botschaft der besonderen Art und wollen trotzdem bleiben.«

Nun wandte sich dieser Kommissar Hattinger an Torsten, der immer noch draußen im Dunkeln in dem bereits wieder aufziehenden Nebel stand. »Ich würde Ihnen dringend raten, sich von einem anderen Reporterteam Ihrer Zeitung ablösen zu lassen. Neugierde ist gut, ich mag Neugierde, aber wenn sie zum Tod führt, können Sie nichts mehr daraus lernen.« Der Mann machte noch einen Schritt auf Torsten zu. »Und wenn ich dahinterkomme, dass Sie eigene Ermittlungen anstellen, werde ich mich mit dem Staatsanwalt darüber unterhalten.«

Torsten sah dem Mann in die Augen und gab sich versöhnlich. »Hab ich verstanden. Aber das haben wir nicht vor. Wir wollen einfach nur über das berichten, was hier bereits passiert ist und vielleicht noch passieren wird.«

»Nun gut«, erwiderte der Kommissar nun wieder völlig neutral. »Ich gehe davon aus, dass meine Kollegen Sie darüber aufgeklärt haben, über was Sie schreiben dürfen und über was nicht?«

Wieder nickte Torsten. »Ja, die Belehrung haben wir unterschrieben.«

»Hast du es?«

Vanessa griff hinter sich, zog das kleine Buch aus dem Hosenbund und legte es in die Ablage des Wagens. Danach zog sie den Sicherheitsgurt über sich, nickte zu der Ausfahrt der Hotelanlage und sagte: »Nichts wie weg hier.«

Torsten startete den Motor und fuhr langsam über den finsteren Weg, der schließlich an einer Landstraße mündete. Dort folgte er den Anweisungen des Navis, das ihn erst nach links und an der nächsten Abzweigung nach rechts in Richtung Frauenwald lotste. Dass ein alter rostiger Wagen, der in einem der vielen Waldwege stand, erst losfuhr, als sie an ihm vorbei waren, bekam er allerdings nicht mit.

39

»Was hast du?«

Ruben nahm die Frage zwar wahr, reagierte aber nicht. Stattdessen ging er ein weiteres Mal in dem kurzen Flur des Ferienhauses auf und ab.

»Was ist?«, versuchte Eva ein weiteres Mal, zu ihm durchzudringen.

Er blieb stehen, drehte sich zur Haustür und öffnete sie. Von dem Wagen der Reporter war nicht mehr zu sehen als dessen Scheinwerferlicht, das sich durch den Wald bewegte. Ruben nahm einen tiefen Atemzug der klaren kalten Nachtluft, schloss die Tür und brummte ein leises: »Hm.«

»Soll ich raten?«, schlug Eva vor, doch er machte eine Geste, um sie zum Schweigen zu bringen. Sein nächster Weg führte ihn zu der Badezimmertür, die er mit einem leichten Druck gegen das Holz öffnete. Anstatt das Licht einzuschalten, machte er einen Schritt nach innen, schloss die Augen und atmete langsam ein. Nichts.

Er knipste das Licht an, scannte das Innere des Bades Stück für Stück und fand zwei Fehler. Erst danach drehte er sich zu seiner Partnerin und erklärte sachlich: »Frau Lauenstein war nicht auf der Toilette, sie wollte aus einem anderen Grund in unser Bad.«

»Was?«, fragte Eva verwirrt.

»Sie hat das Klo nicht benutzt«, sagte Ruben laut und dann leiser zu sich selbst: »Mir kam ihre Bitte gleich seltsam vor.«

»Hä, warum? Und woher willst du das wissen?«

»Komm her und schau dich um. Was fällt dir auf?«

Sie trat neben ihn und warf einen flüchtigen Blick in das kleine Zimmer. »Ja und?«, fragte sie. »Ich sehe nichts.« Dann stockte sie und nickte zum Waschbecken. »Der Zahnputzbecher ist nass.«

»Genau«, bestätigte er. »Das ist ein Indiz, und das zweite kannst du nicht erkennen. Ich weiß nicht, ob es dir schon aufgefallen ist, aber ich habe die Angewohnheit, die Toilettenrolle wieder so weit zurückzudrehen, dass deren Ende ziemlich genau drei Fingerbreit heraushängt.«

Evas Blick ging zur Toilette. »Ja und, das tut es doch.«

»Eben«, stimmte er zu. »Und wie viele Frauen kennst du, die nach einem kleinen Geschäft kein Papier benutzen?«

Nun sah sie ihn von der Seite an und sagte scherzhaft: »Na, du bist mir ja einer. Beobachtest du etwa Frauen beim Pinkeln?«

»Bleib ernst«, forderte er. »Ich hatte auch ein Leben vor Pia und ihr Frauen habt ja kein Problem damit, in unserem Beisein aufs Klo zu gehen. Aber zurück zur Sache: Ich glaube, die Dame wollte aus einem anderen Grund hier rein. Sie hat mit dem Zahnputzbecher Wasser ins Klo geschüttet, damit es so klingt … na ja, wie es bei Frauen eben klingt … und dann gespült.«

»Aber warum?«, fragte Eva dazwischen.

»Das ist die Frage. Warte mal kurz …« Ruben schloss die Augen und resümierte dann laut: »Die beiden wollten heute Morgen noch einmal zurück ins Haus, um sich wenigstens Kleidung zu holen. Ich habe dem zugestimmt, bin mit ihnen rüber, verlangte aber, dass sie im Wohnzimmer warten. Dort habe ich sie alleine gelassen, bin ins Schlafzimmer und habe mir zurufen lassen, was ich aus dem Schrank holen soll. Danach sind wir zurück in dieses Haus, wo sie sich nacheinander im Badezimmer umgezogen haben.« Ruben öffnete die Augen und sah sich erneut um. »Er oder sie muss heute früh etwas von drüben mitgenommen haben. Und da sie nicht wussten, wie sie es verbergen sollten, haben sie es hier versteckt.«

»Wäre möglich«, stimmte Eva zu. »Aber was ist so groß, dass man es nicht einfach einstecken kann, und so klein, dass du es unter ihren Decken nicht bemerkt hast?«

»Vieles«, sagte Ruben. »Fakt ist aber, dass sie uns offenbar etwas Entscheidendes verschweigen. Diese Vanessa Lauenstein kommt mir ziemlich abgebrüht vor. Würde mich nicht wundern, wenn sie für eine gute Story einen Alleingang startet. Und vielleicht, aber das ist reine Spekulation, hat ihr der Täter mehr als nur einen Hinweis hinterlassen.«

Dieses Mal war es Eva, die schweigend nachdachte. Schließlich schüttelte sie den Kopf und gab zu: »Ich bekomme das Ganze irgendwie nicht zusammen. Wir haben diesen ominösen Professor Lauenstein, der bezüglich der Entführung von Maria Schmucke plötzlich entlastet wird. Dann haben wir seine Tochter, die ausgerechnet die Berichterstattung über den Fall übernimmt und jetzt auch noch eine Botschaft des mutmaßlichen Täters bekommt. Dazu kommt eine falsche Spur, die direkt zu diesem Herrn Schulze führt, der zwar zweifelhafte Bilder in seiner Hütte aufhängt, aber erst einmal nichts mit dem Fall zu tun hat.«

Als Eva stockte, fügte Ruben hinzu: »Außerdem haben wir einen alleinerziehenden Arzt, der für irgendetwas bestraft wird. Wir finden ihn ausgerechnet im Kinderzimmer seiner Tochter, die entführt wurde, aber nach jetzigem Stand durch einen Sturz auf den Hinterkopf zu Tode kam.« Ruben rieb sich die Stirn. »Und wir wissen nach wie vor nicht, ob der Professor damals seinen Sohn umgebracht hat oder ob es der Entführer von

Maria Schmucke war.« Ruben schwieg einen Moment, bevor er mit kaum verhohlener Begeisterung sagte: »Wenn das mal kein Rätsel ist.«

»Leider ein ziemlich tödliches«, fügte Eva weniger euphorisch hinzu.

»Gut, dann machen wir jetzt Folgendes«, überlegte Ruben laut. »Ich rufe Kommissarin Goldbach an. Die sollen jemanden abstellen, der die beiden Reporter rund um die Uhr bewacht. Und du nimmst dir bitte dieses Zimmer vor. Vielleicht findet sich doch noch ein Hinweis darauf, was sie hier aufbewahrt haben.« Mit diesen Worten verließ er das Badezimmer, ging ins Wohnzimmer und zog das Ladekabel aus seinem Handy.

Nach dem Gespräch mit der wenig begeisterten Suhler Kommissarin trat Ruben an die Badezimmertür und fragte: »Und, fündig geworden?«

Eva stieg von dem Stuhl, den sie sich aus der Essecke geholt hatte, wischte sich eine Spinnwebe aus dem Gesicht und erklärte: »Ein Hoch auf schlechtes Personal!«

»Was meinst du?«

Sie deutete zu dem Spiegelschrank. »Da oben hat schon ewig keiner mehr geputzt, was zwar echt eklig ist, aber deine Theorie beweisen könnte.« Sie trat zurück. »Aber mach dir selbst ein Bild.«

Ruben entledigte sich seiner Lederpantoffeln, die ihm seine Tochter letztes Jahr zu Weihnachten geschenkt hatte, und stieg auf den Stuhl. Da zwischen dem Kosmetikschrank und der Zimmerdecke nur wenige Zentimeter Platz waren, benötigte er eine Lichtquelle. Daher drehte er den Deckenstrahler in die entsprechende Richtung, wechselte mit dem Kopf immer wieder die Position und bestätigte: »Ja, du hast recht. Die staubfreie Stelle sieht aus, als hätte dort ein Kästchen oder vielleicht auch ein kleines Buch gelegen. Und wenn ich mir die Staubränder hier ansehe, wurde es von jemandem hinaufgeschoben und wieder heruntergezogen.«

»Sehe ich auch so. Ich hatte heute bei der Vernehmung von dieser Vanessa Lauenstein schon ab und zu das Gefühl, dass sie eine gute Schauspielerin ist. Trotzdem wäre mir vorhin nie in den Sinn gekommen, dass dieses ›Ich habe Angst in der Hütte und ich fühle mich beobachtet‹-Ding nur ein Vorwand war, um hier reinzukommen.« Eva hielt kurz inne, neigte den Kopf etwas zur Seite und fragte schließlich: »Wie bist du eigentlich darauf gekommen, dass sie gar nicht auf dem Klo war?«

Ruben deutete auf seinen Ehering. »Sie hatte erstens Seifenreste an einem ihrer Ringe und zweitens eine nasse Haarsträhne. Folglich war sie da drüben durchaus im Badezimmer. Ich habe das aber leider nur so nebenbei bemerkt und mir zunächst nichts dabei gedacht. Erst als sie zu unserer Tür hinaus war und ich hörte, wie sich der Spülkasten wieder füllte, kam mir der Gedanke, dass etwas nicht stimmen könnte.«

»Okay. Und wie geht es jetzt weiter? Willst du die beiden zur Rede zu stellen oder einen Durchsuchungsbeschluss beantragen?«

»Ersteres hätte vermutlich keinen Sinn. Sie hat so viel investiert, um dieses Was-auch-immer vor uns zu verheimlichen, da wird sie uns kaum die Wahrheit sagen. Und für einen Beschluss reicht das hier nicht, das unterschreibt kein Richter. Noch dazu, wenn es sich um Reporter handelt. Die kommen gleich nach Heiligen und Mafiabossen, alle drei sind eine ziemlich geschützte Spezies.«

Eva wirkte unzufrieden. »Also lassen wir sie einfach damit durchkommen?«

»Nein. Dein geschätzter Kollege Kommissar Hübner hat von seiner Chefin gerade eine Nachtschicht verordnet bekommen. Er darf die Nacht im Auto vor der Pension in Altenfeld verbringen.« Ruben konnte es nicht lassen, ein wenig zu sticheln, und fügte hinzu: »Wenn du magst, kannst du ihm gerne Gesellschaft leisten.«

Sie ließ sich nicht provozieren, öffnete ungefragt eine Flasche von Rubens Biowein und stellte beiläufig fest: »Nein, nein, das schafft Florian ganz alleine.« Danach nahm sie zwei Gläser aus dem Küchenschrank, setzte sich in einen der beiden Sessel und deutete auf den anderen. »Ich mache mir lieber einen gemütlichen Abend mit meinem Chef, der mir nur allzu gerne ein wenig mehr von sich erzählen möchte.«

Ruben ging zum Tisch, schenkte sich einen kleinen Schluck ein, schwenkte ihn im Glas und nippte anschließend daran. Es folgte eine Geruchsprobe, bevor er trocken feststellte: »Der Wein ist gut, aber das Glas schmeckt nach Spülmittel.«

40

Der von Rubens bevorzugtem Weinhändler angepriesene Biowein mochte vielleicht gut für die Umwelt sein, seinem Kopf schmeichelte er nicht.

Eva sah so aus, wie er sich fühlte. Sie kam, wie besprochen, um sechs Uhr dreißig mit ungewohnt zerwühlten Haaren in die Wohnküche der Hütte, deutete auf die beiden leeren Flaschen und sagte mit rauer Stimme: »Eine hätte gereicht.«

Sie lehnte sich an die Arbeitsplatte, fuhr sich mit beiden Händen über das Gesicht und fragte: »Du hast nicht zufällig Kaffee gemacht?«

Ruben sah sie bedauernd an, schüttelte den Kopf und schob ihr eine Tasse Tee mit dem Hinweis hin: »Der ist besser und dein Magen wird es dir danken.«

Sie rümpfte die Nase, nahm die Tasse aber entgegen und roch daran. Dann pustete sie den Dampf weg und fragte dabei: »Wo zur Hölle hast du den Wein her? Eine Flasche bringt mich sonst nicht um, aber dieses Zeug … ich darf gar nicht daran denken.«

Er winkte ab. »Ich weiß, ich weiß. Salvatore wird etwas zu hören bekommen. Aber gut, dass wir beide Flaschen getrunken haben, so ist er wenigstens weg. Außerdem fand ich unsere Unterhaltung wirklich substanziell.«

Eva verschluckte sich an dem ersten Schluck Tee, hustete ausgiebig und fragte schließlich: »Du fandest sie was?«

»Substanziell.«

Sie beließ es dabei und versuchte bei dem nächsten Schluck, sich nicht wieder zu verschlucken. Dabei sah sie zu, wie Ruben auf seinem Handy herumtippte.

Als er damit fertig war, hob er den Kopf und informierte sie über die anstehenden Termine in Erfurt und Jena.

»Gerichtsmedizin«, wiederholte sie kaum hörbar. »Genau das, was ich heute brauche.« Sie leerte die Tasse. »Ich geh noch schnell duschen«, beschloss sie und verließ den Raum.

Ruben führte in der Zwischenzeit ein kurzes Gespräch mit der Kommissarin in Suhl, das wenig Neues brachte.

Die beiden Reporter hatten in der neuen Pension eingecheckt und das Haus seitdem nicht mehr verlassen. Von dem Arzt wusste man inzwischen, dass er in den Stunden vor seinem Tod in einer Gaststätte in Frauenwald seinen Kummer ertränkt hatte. Und dass er die dortige Bedienung, eine Schulfreundin seiner Tochter, zu sich nach Hause eingeladen hatte, um die Sachen seiner Tochter durchzusehen. Über seinen Heimweg gab es allerdings keine Erkenntnisse. Keiner der befragten Nachbarn hatte etwas gesehen oder gehört.

Bis Eva wieder aus dem Badezimmer kam, machte Ruben sich Notizen in dem kleinen Heftchen, das er für jeden neuen Fall anlegte und anschließend archivierte. Dass es für diese Angelegenheit gleich zwei Heftchen gab, ergab sich aus dem langen Zeitraum zwischen Maria Schmuckes Verschwinden, dem Mord an Professor Lauensteins Sohn und dem Wiederauftauchen der vermissten Maria vor ein paar Tagen.

Bisher hatte er es vermieden, seine alten Notizen hinzuzuziehen. Ruben wollte einen neuen, unverstellten Blick auf die Dinge. Doch heute würden seine alten Aufzeichnungen ihm vielleicht dabei helfen, einen Zugang zu dem Professor zu finden. Denn der alte Mann war der zweite Termin, der heute noch anstand.

»Wie lief es eigentlich mit deiner Zeugenaussage zu dem Fall in Rosenheim?«, erkundigte sich Eva, während sie den Wagen über die engen Landstraßen steuerte.

»Was?«, fragte Ruben, der wie so oft in seinen Gedanken versunken war, sammelte sich dann aber. »Kann ich noch nicht sagen. Es sieht jedoch ganz danach aus, dass die kleine Tochter der Angeklagten zu ihren Großeltern ziehen kann. Außerdem gibt es Überlegungen, ob man das ergaunerte Geld einem Hilfsfonds für misshandelte Frauen zukommen lässt. Das ist allerdings juristisch schwer umzusetzen. Wenn der Anwalt sich durchsetzt, kann es sogar passieren, dass die Täterin nach ihrer Haftentlassung ausgesorgt hat.«

»Unglaublich. Manchmal fällt es schwer, diese Welt zu verstehen«, sagte Eva mit einem Kopfschütteln, setzte den Blinker und fuhr auf die Autobahn, wo sie deutlich schneller vorankamen.

Etwa zwanzig Minuten später parkte sie den Wagen auf dem Parkplatz der Gerichtsmedizin in Jena. Sie stiegen aus, gingen über den Parkplatz und wollten gerade die Glastür öffnen, als ihnen eine junge Frau die Tür fast aus der Hand riss. Ruben sagte noch: »Immer langsam«, da beugte sich die Frau auch schon über einen Blumenkübel und entleerte lautstark ihren Magen.

Eva ging zu ihr, legte ihr eine Hand auf den Rücken und hielt ihr gleichzeitig ein Taschentuch hin. Es folgte ein weiterer Schwall, dann richtete sich die Frau auf, wischte sich das Gesicht ab und murmelte: »Danke.« Nach einem lautstarken Schnäuzen nickte sie zu dem Gebäude und erklärte: »Leichenschau mit Frau Dr. Lasarew. Man hatte mich davor gewarnt, vorher zu frühstücken.«

»Welches Körperteil?«, fragte Ruben ehrlich interessiert.

Die Studentin sah ihn mit einer Mischung aus Ekel und Fassungslosigkeit an. »Hirn«, stammelte sie und begann erneut zu würgen.

Nachdem der Anfall vorüber war, fragte Eva mit mehr Einfühlungsvermögen: »Können Sie uns sagen, wo wir den Leiter der Gerichtsmedizin finden? Wir sind von der Polizei, aber nicht von hier.«

Die Frau nahm das nächste Taschentuch entgegen. »Kleinen Augenblick«, bat sie und wischte sich erneut das Gesicht ab. Anschließend brachte sie mehr Haltung in ihren Körper. »Es hilft ja nichts. Ich muss da jetzt durch. Kommen Sie, ich bring Sie zu der Doktorin.«

Die Studentin stoppte an der Tür zum Sektionssaal. »Sie müssen hier warten, da darf nicht jeder rein.«

Ruben befolgte zwar die Anweisung, hielt die schwere Metalltür aber geöffnet und nahm einen tiefen Atemzug. »Ah, ich liebe den Geruch von Wissenschaft.«

»Da kann ich deine Begeisterung leider nicht teilen«, erklärte Eva und sah dabei zu, wie die junge Frau mit einer anderen, deutlich älteren redete, wobei sie zu ihnen rüberzeigte. Die ältere nickte, gab einem ihrer Studenten ihr Klemmbrett und kam herüber.

Ruben begrüßte sie mit einem Lächeln, aber ohne ihr die Hand anzubieten. Die streng dreinsehende Frau blieb mit etwas Abstand stehen. »Wie kann ich Ihnen helfen?«, fragte sie herrisch.

Ruben deutete erst auf Eva. »Das ist Oberkommissarin Lange und ich bin Kriminalhauptkommissar Hattinger. Wir sind vom BKA und unterstützen die Kollegen in Suhl bei der Aufklärung der Morde im dortigen Landkreis. Kriminalhauptkommissarin Goldbach sollte uns eigentlich angekündigt haben.«

Die Doktorin sah ihn prüfend an. »Hat sie.« Nach einer kurzen Pause fügte sie hinzu: »Aber ich hätte nicht erwartet, dass Sie pünktlich sind. Normalerweise kommt Polizisten immer irgendetwas dazwischen.«

»Eigenorganisation ist nicht gottgegeben«, erwiderte Ruben genauso trocken. Danach nickte er zu den Studenten. »Können Sie die alleine lassen oder sollen wir erst einen anderen Termin wahrnehmen?«

Sie folgte seinem Blick, schien kurz darüber nachzudenken und rief schließlich: »Herr Miesbach, Sie übernehmen die Gruppe. Der Tumor muss sich irgendwo in der Nähe des Truncus cerebri befinden. Sie müssen also ab dem Diencephalon vorsichtig vorgehen. Ich möchte das Geschwür später unverletzt in einer Schale liegen haben. Und bitte verschonen Sie das Gesicht des Mannes, so gut es geht.«

Der Angesprochene, eindeutig der Streber der Gruppe, nickte, wandte sich seinen Kommilitonen zu und begann auch gleich, Anweisungen zu geben.

Die Doktorin schüttelte unwillig den Kopf. »Ich mag ihn nicht«, brummte sie, drehte sich dann zu Ruben und erklärte ein wenig zugänglicher: »So, und jetzt zu uns. Ich bin Dr. Lasarew und die Leiterin der Gerichtsmedizin. Wir haben für den Fall drüben in Suhl eigens einen kleinen Saal reserviert, da die, sagen wir einfach, Fundstücke nicht weniger werden. Wenn Sie mir bitte folgen wollen.« Mit diesen Worten zog sich die Frau, die Ruben auf etwa sechzig schätzte, die dünnen Handschuhe herunter, warf diese in einen der vielen Mülleimer und ging schwungvoll hinaus.

»Sie unterrichten als Leiterin dieser Institution noch selbst?«, fragte Ruben auf dem Weg durch das Gebäude.

Frau Lasarew warf einen Blick über die Schulter und antwortete kühl: »Von wem sollen sie es denn lernen, wenn nicht von mir? Nur gute Lehrer bringen gute Schüler hervor.«

»Das nenne ich mal Selbstvertrauen«, flüsterte Eva mit hochgezogenen Augenbrauen.

Ruben sah sie im Laufen an und erwiderte mit einem verschmitzten Grinsen: »Aber wo sie recht hat, hat sie recht.«

»Da wären wir.« Die Doktorin war vor einer weiteren Stahltür stehen geblieben, gab Zahlen in ein elektronisches Schloss ein und drückte die Tür nach innen auf. Zahlreiche Neonröhren flammten automatisch auf, und als Ruben eintrat, fühlte er sich ein wenig an sich selbst erinnert. Es kam selten vor, doch diese Frau schien genau zu wissen, was er benötigte.

Lasarew gab ihm etwas Zeit, das, was er sah, auch wirklich zu erfassen, und erklärte schließlich: »Ich weiß, es ist etwas unkonventionell, aber ich habe die Erfahrung gemacht, dass man die Kriminaltechnik und die Gerichtsmedizin nicht trennen sollte. Also habe ich bei meiner Amtsübernahme einen Raum für genau solche Fälle einrichten lassen. Hier kommt zusammen, was zusammengehört.«

Lasarew schloss die Tür hinter ihnen, deutete zur linken Seite und informierte die beiden nicht ohne Stolz in der Stimme: »Dort drüben haben wir alles, was wir zur Leichenschau benötigen. Und in der Wand mit den Schubladen natürlich auch gleich die Opfer, beziehungsweise Teile von ihnen.« Danach wandte sie sich nach rechts. »Und dort drüben hat die Kriminaltechnik ihre Gerätschaften und Platz für Asservate aller Art.«

Ruben jubilierte innerlich bei dem Anblick dieses Konzepts. Seine Hochstimmung war ihm jedoch nicht anzumerken, als er sich zu Dr. Lasarew wandte und fragte: »Und warum arbeitet hier niemand?«

41

Ruben tat es in der Seele weh, einen solchen Tempel moderner Ermittlungsarbeit brachliegen zu sehen. Ungeduldig drehte er sich zu der Doktorin und wiederholte seine Frage. Diese ließ sich nicht aus der Ruhe bringen. »Sagen Sie es mir, Herr Kriminalhauptkommissar. Wenn Sie so gut sind, wie man munkelt, dürften Sie es schnell herausfinden. Und als kleiner Tipp: Unterbesetzung, Krankheit oder Urlaub sind es nicht.«

Ruben war es nicht gewohnt, dass jemand so reagierte wie er selbst zuweilen. Trotzdem wollte er die Herausforderung annehmen und sah sich um. Der zweigeteilte Saal sah nicht aus, als würde er gar nicht genutzt. An der Garderobe neben der Tür hingen einige Kittel und in dem Bereich der Spurensicherung entdeckte er zwei Kaffeetassen.

In Ermangelung einer Erkenntnis schlug er schließlich vor: »Betriebsversammlung?«

Eva, die neben ihm stand, wechselte einen kurzen Blick mit der Leiterin des Instituts und konnte sich ein leises Kichern nicht verkneifen. Als sie Rubens verzweifelten Gesichtsausdruck sah, sagte sie: »Noch ein Tipp: Es passt nicht in dein Weltbild.«

»Okay«, gab er gedehnt von sich, musterte erneut seine Umgebung, musste aber schließlich zugeben: »Ich habe leider tatsächlich keine Ahnung.«

Eva deutete mit einer vermeintlich heimlichen Geste zu der großen Wanduhr, die ihnen gegenüber an der gefliesten Wand hing und 9:12 Uhr anzeigte.

Sein Blick folgte dem Fingerzeig, er las die Uhrzeit laut vor und zuckte schließlich mit den Schultern. Erst als ihn ein aufgeklappter Laptop an seinen Kollegen, den Internetforensiker Thomas Habermann, und dessen Arbeitsgewohnheiten erinnerte, sagte er: »Ah, die sind alle in der Frühstückspause.«

»Richtig«, bestätigte die Doktorin amüsiert, fügte aber in ihrer kühlen Art hinzu: »Aber in genau drei Minuten sollte Ihnen das Team zur Verfügung stehen.«

Wie zur Bestätigung erklangen von der anderen Seite der Tür leise Pieptöne, das Schloss entriegelte sich und es traten weitere vier Personen in den Raum. Die Anwesenheit von Frau Lasarew genügte, um die kleine Gruppe augenblicklich zum Schweigen zu bringen. Der Jüngste von ihnen, ein aufgeweckt wirkender Mann von etwa Mitte zwanzig, warf einen schnellen Blick zur Uhr, wobei sich sein Gesichtsausdruck etwas entspannte.

Dr. Lasarew wartete auch gar nicht erst darauf, angesprochen zu werden. Sie deutete auf Ruben und Eva und sagte laut: »Die beiden Herrschaften sind leitende Ermittler in dem Fall Unhold. Kommissarin Lange und Kriminalhauptkommissar Hattinger möchten gerne, dass Sie Ihre Erkenntnisse mit ihnen teilen.« Sie deutete auf die kleine Gruppe und erklärte kurz: »Herr Kleinsorgen, Herr Zorn und Frau Giesner sind von der Kriminaltechnik.« Dann deutete sie zum Letzten in der Reihe, einem älteren Herrn mit Lachfalten um die Augen. »Und das ist mein geschätzter Kollege Herr Dr. Leitner, der sich um die Überreste der Opfer kümmert.« Alle vier deuteten ein Nicken an. »Gut, dann überlasse ich Ihnen jetzt die Fachgespräche und gehe wieder rüber zu meinen Studenten. Unser armes Studienobjekt ist zwar bereits tot, aber ich sollte ihn trotzdem nicht zu lange mit diesen vielen unerfahrenen Händen alleine lassen.« Mit diesen Worten wandte sie sich zur Tür und war auch schon verschwunden.

»Schön, schön«, übernahm Ruben die Führung. »Wer möchte uns zuerst über seinen Erkenntnisstand informieren?« Und nachdem keiner der vier Anstalten machte, fügte er hinzu: »Was mich aus wissenschaftlicher Neugierde am meisten interessieren würde, ist ehrlich gesagt die Jacke, die der kleine Junge anhatte.«

Der ältere Herr, den Frau Lasarew als Dr. Leitner vorgestellt hatte, nickte. Er holte sich seinen Arztkittel von der kleinen Garderobe neben der Tür und erklärte: »Dann sind Sie bei mir richtig.«

Während die anderen drei zu ihrer Seite des großen Raumes gingen, führte der Doktor Ruben und Eva zu einer der kleineren, in die Wand eingelassenen Schubladen. Er zog sie heraus und erklärte: »Eigentlich hätte das gute Stück keine Kühlung nötig. Die Jacke ist zwar aus Menschenhaut gefertigt, aber derart gut aufbereitet, dass sie wie jede andere Lederjacke auch den Umwelteinflüssen standhält.«

Dann nahm der Doktor die Jacke ohne Schutzhandschuhe heraus und hielt sie Ruben hin. Eva konnte ihren Ekel kaum unterdrücken, er jedoch nahm das makabre Kleidungsstück entgegen und musterte es interessiert. Nach einer Weile fragte er: »Wissen Sie, wie es gegerbt wurde?«

»Ja«, erwiderte der Arzt stolz. »Es hat mich einige Recherchearbeit gekostet, aber ich bin mir sicher, dass es sich um die sogenannte Fett- oder auch Hirngerbung handelt.«

»Was zur Hölle?«, murmelte Eva.

Ruben deutete auf ein Stück der weichen Haut und erklärte fachkundig: »Vereinfacht gesagt wird die Haut von allen Rückständen befreit und anschließend weich gekochtes Hirn eingearbeitet. Anschließend räuchert man die Haut und fertig ist ein ziemlich haltbares Kleidungsstück. Vor allem Indianer griffen gerne auf dieses alte Verfahren zurück.«

Ruben ignorierte Evas angewiderten Gesichtsausdruck und drehte sich wieder dem Arzt zu. »Konnten Sie auch noch feststellen, ob menschliches oder tierisches Hirn verwendet wurde?«

»Leider nicht hundertprozentig, dazu ist die Gerbung schon zu lange her. Aber die chemische Untersuchung deutet eher auf menschliches als auf tierisches Material hin.«

Ruben nahm das Gehörte zur Kenntnis, schloss kurz die Augen und fragte schließlich: »Wie weit sind Sie mit den genetischen Untersuchungen?«

»Der Gentest des Jungen hat eine Übereinstimmung mit Professor Lauenstein ergeben. Und was diese Haut angeht … nun ja … das ist schon harter Tobak.«

»Was meinen Sie?« Ruben war ganz bei der Sache.

»Die ist ebenfalls auf die gleiche familiäre Linie zurückzuführen.«

»Also ist der Junge der Sohn des Sohnes von Professor Lauenstein?«

Der Arzt nickte. »So sieht es aus.«

»Folglich hat der Junge die Haut seines Vaters als Jacke getragen.«

»Ja«, bestätigte der Arzt, wirkte angesichts der Dimension dieser Aussage aber nicht mehr ganz so abgeklärt.

»Das ist krank«, äußerte sich nun auch Eva, besann sich aber auf ihren Beruf und dachte laut: »Also, wenn wir aufgrund von Maria Schmuckes Auftauchen davon ausgehen, dass der Professor auch nur ein Opfer war, stellt sich die Frage, wer diese Familie so sehr hasst.« Sie drehte sich zu Ruben. »Oder siehst du etwas anderes als Hass?«

Er dachte kurz darüber nach und wippte mit dem Kopf einige Male hin und her. »Hass spielt sicher auch eine Rolle, aber da muss noch mehr sein. Erstens betreibt der Täter einen Wahnsinnsaufwand und zweitens sind inzwischen auch Menschen gestorben, die zumindest nicht offensichtlich etwas mit den Lauensteins zu tun haben. Ich bleibe dabei, was ich im Präsidium gesagt habe. Die Lösung des Falles liegt in der Vergangenheit!« Ruben sah auf die Uhr. »Und deshalb müssen wir leider den Rest im Schnelldurchgang machen. Die Klinik in Erfurt hat mir nur ein kleines Zeitfenster für Lauensteins Befragung eingeräumt und das beginnt in eineinhalb Stunden. Danach hat der Professor Therapiesitzungen und muss sich anschließend ausruhen.«

»Kaffee?«, fragte der Arzt trotzdem. Eva nahm dankend an, Ruben ließ sich nur eine kleine Flasche Wasser geben. Zehn Minuten später standen sie vor Sofi Reichs Leiche.

Ruben sah Eva an, wie schwer es für sie war, und auch, dass sie sich bemühte, es auszuhalten. Er nahm sie kurz zur Seite und bat: »Kannst du schon mit den KTU'lern beginnen? Ich brauche vor allem Informationen über diese Tierkadaver und Haare, die immer wieder auftauchten. Also wo welche Spuren davon gefunden wurden und von welchen Tieren sie stammen.«

»Klar, mach ich«, bestätigte Eva, ohne sich ihre Erleichterung anmerken zu lassen.

Ruben sah ihr noch kurz hinterher, wandte sich wieder der Leiche von Sofi Reich zu und fragte den Gerichtsmediziner: »Konnten Sie inzwischen brauchbares Fremdmaterial finden?«

»Ja. Aber ob es brauchbar ist, kann ich nicht sagen. Die junge Frau hatte kleine Ablagerungen von Asbest in der Lunge. Außerdem habe ich ein winziges Tierhaar unter einem Fingernagel gefunden.«

»Reh?«, vermutete Ruben, und als der Arzt dies bestätigte, trug er es in sein Notizheft ein.

»Missbrauch?«

»Ob es Missbrauch war, weiß ich nicht. Aber sie hatte eindeutig schon mehrfach Geschlechtsverkehr. Es gibt auch kleine Vernarbungen, was bei jungen Frauen aber nichts heißen muss. Was ich allerdings ausschließen kann, ist, dass sie in den Stunden vor ihrem Tod Verkehr hatte. Ich konnte auch keinerlei DNA von dem zweiten Toten, diesem Oliver Schwartz, auf ihr finden. Und was ihre Todesursache angeht, hat sich meine erste Vermutung bestätigt. Sie starb durch einen Sturz auf den Hinterkopf, der einen Schädelbasisbruch nach sich zog. Fremdeinwirkung kann ich nicht erkennen, da wir Spuren von Asphalt an der Wunde fanden.«

»Okay«, erwiderte Ruben, als hätte er nichts anderes erwartet. »Sonst noch etwas?«

»Zwei Dinge. Zum einen wurde sie eindeutig nicht mit einer Rasierklinge, sondern vermutlich mit einem sehr scharfen Messer enthaart. Und zweitens zeigt ihr Blutbild kleine Anomalien, die auf Drogenmissbrauch hindeuten könnten.«

Ruben sah in das blasse Gesicht, verdrängte den Gedanken an seine eigene Tochter und fragte: »Kämen auch Beruhigungs- oder Betäubungsmittel infrage?«

»Ja sicher. Ich kann gerne noch gezielt in diese Richtung untersuchen«, erwiderte der Arzt und notierte sich das seinerseits auf einem Tablet.

»Gut.« Ruben wusste, dass ihm die Zeit davonlief. »Können wir noch kurz den Tod von Dr. Reich durchgehen?«

Eine weitere Schublade wurde herausgezogen, doch bevor der Arzt das Tuch zurückschlug, fragte er: »Wollen Sie das wirklich sehen?«

»Kein Problem«, erklärte Ruben, zuckte dann aber doch innerlich zusammen, als er die gesichtslose Leiche sah. Er schluckte den Kloß im Hals herunter, betrachtete das rohe Fleisch und die fast freiliegenden Augäpfel und fragte knapp: »Wie?«

Auch die Stimme des Arztes war nun etwas gedämpfter. »Geübt, aber nicht gekonnt.« Er räusperte sich und fügte hinzu:

»Was ich damit sagen will, ist, dass diese Hautablösung kein Arzt gemacht hat, aber durchaus jemand, der sich darauf versteht, so etwas zu tun.«

»Dachte ich mir. Passt ja auch zu den Tieren, die gefunden wurden«, warf Ruben ein. »Sonst etwas?«

»Nein. Keine weiteren Beweismittel. Und in seinem Blut gab es keine Hinweise auf Substanzen, die ihm diese Operation erleichtert hätten.«

»Keine schöne Art, sein Gesicht zu verlieren«, brummte Ruben, dann blieb ihm keine Zeit mehr, da der Termin in der Klinik näher rückte. Er holte Eva aus dem Bereich der Kriminaltechniker, bedankte sich bei dem kleinen Team und sie verließen den Raum. Auf dem Weg zum Auto redete keiner ein Wort. Eva war mit den schrecklichen Eindrücken und Ruben mit vielen neuen Puzzleteilen in seinem Kopf beschäftigt.

42

Die neue Ferienwohnung wirkte zwar mit ihrer alten DDR-Einrichtung wie aus der Zeit gefallen, war aber dennoch ganz okay. Was Vanessa viel mehr Sorgen bereitete, war ihr Freund. Torstens Erkältung hatte sich bereits beim Abendessen angedeutet, war aber über Nacht noch schlimmer geworden.

Im Gegensatz zu ihr war er gestern Abend sofort eingeschlafen. Sie dagegen hatte erst stundenlang wach gelegen, hatte dann Albträume von dieser Gesichtshaut bekommen und war schließlich um halb fünf aufgestanden. Bei einem letzten Blick auf das verschwitzte Gesicht ihres Freundes machte sich zusätzlich ein schlechtes Gewissen breit. Natürlich war sie betrunken gewesen, aber hatte der Sex bei Nacht und Nebel im Freien wirklich sein müssen?

Um acht Uhr dreißig setzte sich die Dämmerung langsam gegen die Nacht durch. Vanessa war nach zwei Kaffee inzwischen auf Tee umgestiegen, der sie tatsächlich ein wenig wärmte. Der zweite Durchgang des Tagebuchs hatte ein weiteres mit feinem Bleistift unterstrichenes Wort zutage gefördert, das jetzt ebenfalls auf ihrem Zettel stand. Nun ergab sich zwar eine Botschaft, doch den Inhalt konnte sie noch nicht wirklich erfassen. Aber vielleicht fehlte ihr einfach der innere Abstand.

Sie stand auf, zog sich ihre dicke Jacke über und trat auf den kleinen, nicht sehr vertrauenerweckenden Balkon. Das Auto des jungen Kommissars war inzwischen verschwunden, dafür stand jetzt ein anderes in der Einfahrt zu dem benachbarten Grundstück.

Dass dieser Kommissar Hattinger sie überwachen ließ, wunderte sie nicht besonders. Trotzdem fragte sie sich, ob er gemerkt hatte, dass sie etwas verheimlichte. Immerhin gehörten sie zur Presse und ihm musste klar sein, dass diese Überwachungsaktion für ihn heikel werden könnte. Andererseits könnte er jederzeit behaupten, dass er sich nur Sorgen um ihre Sicherheit machte. Wie auch immer. Sie war schon lange genug Reporterin, um zu wissen, dass er bei keinem Richter dieses Landes einen Durchsuchungsbeschluss bekommen würde. Von daher waren die beiden Beamten dort unten eher beruhigend als eine Bedrohung.

Ein paar Minuten später drückte sie die Kippe aus, ging in Gedanken versunken wieder hinein und erschrak fürchterlich.

Torsten stand mitten in dem dunklen Raum und wirkte mit der Decke um seinen Körper wie jemand, der dick gekleidet von draußen kam. Sie stieß einen Fluch aus, fing sich jedoch schnell wieder und fragte: »Wie geht es dir, Schatz?« Prüfend legte sie ihre kalte Hand auf seine Stirn.

»Beschissen«, erwiderte er und bestätigte damit, was sie fühlte.

Er sah sie aus glasigen Augen an. »Was willst du heute machen?« Sein Blick fiel auf das Tagebuch in ihrer Hand. »Konntest du einen Hinweis darin entdecken?«

Vanessa überlegte einen Augenblick, beschloss dann aber mit fester Stimme: »Du machst heute gar nichts, außer das Bett hüten. Geh rüber ins Schlafzimmer. Ich mache dir einen Tee, und wenn der fertig ist, können wir reden.«

Er machte zunächst Anstalten, sich dagegen zu wehren, doch ein Zitteranfall brachte ihn zur Vernunft. Sie sah ihm an, wie viel Überwindung es ihn kostete, die Decke abzulegen und auf die Toilette zu gehen. Danach verschwand er wieder in dem Nachbarzimmer und sie schaltete den Wasserkocher an. Während das Teewasser geräuschvoll erhitzt wurde, trat sie zu dem Blatt Papier und las erneut die Worte, die sie sich herausgeschrieben hatte:

> Wir sind seine Sünden und der Tod liegt in der Vergangenheit. Die Schande hat viele Gesichter und dein Begreifen ist mir wichtig. Suche in seinem Leben und du wirst verstehen.

Und viele Seiten weiter hinten im Tagebuch ergab sich aus den unterstrichenen Wörtern noch ein Satz, der ihr einen Schauer über den Rücken jagte. Nicht, weil er besonders gruselig, war, sondern weil er ihre Ahnung bestätigte, dass ihre Mutter sich nicht nur wegen ihrer Depressionen umgebracht hatte. Die Zeile lautete:

> Der Schmerz der Mütter ist unaussprechlich.

Vanessa schloss die Augen und flüsterte: »Was hast du getan, Vater … was hast du nur getan.« In Gedanken versuchte sie, eine Verbindung zwischen diesem Irren und sich selbst herzustellen. Was wusste er und woher? Und warum wollte er unbedingt, dass sie es begriff? War er auf der Suche nach Öffentlichkeit, die sie ihm durch ihre Arbeit geben konnte, oder war es einfach, weil sie die Tochter des Mannes war, der offenbar Schuld auf seine Schultern geladen hat? Betraf es sein Privatleben oder lag diese vermeintliche Schuld in seiner Arbeit als Psychiater?

»Vanessa? Schatz?«, riss Torsten sie aus ihren Gedanken.

»Komme«, rief sie zurück, schüttete Wasser über den Teebeutel und ging zu ihm hinüber.

Mit der Decke bis zur Nase sah er aus wie ein kleines Kind. »Männergrippe?«, fragte sie mit liebevollem Spott.

»Du und deine speziellen Vorlieben sind schuld«, gab er zurück. »Können wir solche Aktionen in Zukunft auf den Sommer verlegen?«

»Bei dreißig Grad kann es doch jeder«, sagte sie, stellte die Tasse ab und ging noch einmal zurück, um ihren Zettel zu holen.

Er setzte sich mühevoll auf, nickte zu dem Papier und fragte: »Ist das der Hinweis von diesem Psycho? Und woher weißt du überhaupt, dass er von ihm ist?«

»Er kann nur von ihm sein«, murmelte sie. »Schau, diese Worte waren in dem Tagebuch unterstrichen. In der richtigen Reihenfolge.« Sie gab ihm das Papier.

Er las es zweimal durch, und als er keine Anstalten machte, etwas dazu zu sagen, fragte Vanessa: »Was denkst du?«

Torsten hob den Zettel noch einmal hoch. »Irgendwie klingt es, als wäre es von deinem toten Bruder. Als würde er dir nach seinem Tod einen Hinweis auf deinen Vater geben.«

»Und der letzte Satz?« Vanessa war der Gedanke auch schon gekommen. Doch Paul war eindeutig tot.

Torsten putzte sich die Nase. »Keine Ahnung. Du hast mir erzählt, dass sich deine Mutter umgebracht hat.«

»Ja, sie litt an starken Depressionen«, bestätigte Vanessa.

»Und sonst war da nichts? Außer dem Mord an deinem Bruder, meine ich?«

»Ich weiß es nicht. Sie hat nie über ihre Gefühle geredet, wirkte aber schon verändert. Und wenn ich Vater früher darauf ansprach, stieß ich nur auf Mauern.«

»Okay. Und was willst du jetzt tun?«, fragte er.

Vanessa nahm ihm den Zettel aus der Hand und deutete auf den dritten Satz. »›Suche in seinem Leben und du wirst verstehen‹«, zitierte sie und beschloss: »Genau das werde ich jetzt tun.«

Torsten nickte. »Alles klar. Ich ziehe mich nur schnell um«, sagte er.

Er machte Anstalten aufzustehen, doch sie unterband es energisch. »Du gehst heute nirgendwohin. Ich habe schon recherchiert. In Suhl gibt es ein Archiv, in dem die Akten der Staatssicherheit und der früheren Kreisdienststellen archiviert worden sind. Ich habe bereits vor ein paar Tagen Antrag auf Akteneinsicht gestellt. Da werde ich jetzt hinfahren und ein wenig stöbern.«

»Du willst so weit in die Vergangenheit zurück?«

»Ja«, bestätigte sie. »Ich glaube, das ist nötig. Die Zeit meiner Kindheit kenne ich. Aber mein Vater hatte ja auch ein Leben davor, und wenn die Wörter Psychiater und Stasi in einem Satz fallen, bekomme ich immer etwas Gänsehaut.«

»Du meinst, dieser Irre da draußen könnte ein früherer Patient deines Vaters sein?«

»Warum nicht? Ich habe mich während meines Studiums mit der deutschen Geschichte befasst. Und ich glaube, wir wissen beide, zu was Regimes fähig sind. Da war das Wegsperren von Menschen mit den falschen Gedanken noch die harmlose Form der Bestrafung. Und mein Vater hat es schon vor seiner Psychose vermieden, über die Zeit vor dem Mauerfall zu sprechen. Außerdem ist da diese Passage in dem Tagebuch, in der er von seiner Schwester erzählt. Es klingt wie … ich weiß auch nicht … als hätte er sie für irgendetwas ans Messer geliefert. Vielleicht sollte ich auch nach ihr suchen.«

»Aber warum gibst du diese Informationen nicht einfach an die Polizei weiter? Ich meine, wozu sich in Gefahr begeben? Und die haben auch ganz andere Möglichkeiten, seine Vergangenheit zu durchleuchten.«

»Die haben ihn doch schon nach dem vermeintlichen Mord an meinem Bruder überprüft. Warum sollten sie heute etwas finden, was sie schon damals nicht bemerkt haben? Vielleicht gibt es ja Dinge, die nur mir auffallen. Einfach weil ich seine Tochter bin und ihn besser als irgendein Polizist kenne.«

»Klingt einleuchtend«, gab er zu und versuchte erneut, sich aus dem Bett zu stemmen.

Sie drückte ihn zurück und sagte entschlossen: »Nein. Lass mich das alleine machen und morgen geht es dir sicher wieder besser. Ich bringe dir nachher etwas aus der Apotheke mit und melde mich regelmäßig bei dir.«

Ein neuerlicher Schweißausbruch brachte ihn zur Vernunft. »Also gut. Aber wenn dir irgendetwas komisch vorkommt, rufst du mich sofort an!«

Vanessa schenkte ihm ein Lächeln. »Ist gut, mein großer Krieger.« Ernster fügte sie hinzu: »Und du passt bitte auch auf dich auf. Ich schätze, die Aufpasser draußen auf dem Nachbargrundstück werden mir folgen. Lass die Tür verschlossen und geh nicht raus. Wer weiß, wo sich dieser Psycho rumtreibt.«

»Ich werde ihn vernichten«, scherzte Torsten im Stile eines Actionfilms, dann sank er zurück auf das Kopfkissen, sah sie an und murmelte müde: »Ich liebe dich.«

43

Vanessa stellte den Wagen auf einem der Besucherparkplätze ab, stieg aus und betrachtete das schmucklose Gebäude. Die Außenstelle des Archivs für Stasiakten aus der Region war in einem trostlosen Bau untergebracht, der an ein Wohnhaus aus den Siebzigerjahren erinnerte. Das zunächst freundliche Wetter wurde dem Herbst inzwischen wieder gerecht und einzelne Böen wirbelten das herumliegende Laub durcheinander.

Sie zog den Reißverschluss ihrer Jacke bis ganz nach oben, ignorierte den grauen Wagen mit den beiden Beamten, die ein Stück weiter parkten, und ging zum Eingang.

Im Inneren empfing sie der typische Charme einer Behörde. Sterile, aber unerwartet moderne kleine Wegweiser zeigten, wo es zu den unterschiedlichen Bereichen ging. Vanessa folgte dem langen Flur bis zu einem Informationsschalter, wartete, bis sich der junge Mann von seinem Handydisplay löste, und sagte: »Guten Morgen. Ich würde gerne alte Unterlagen zu meiner Familie einsehen. An wen muss ich mich wenden?«

Der Mann musterte sie einen Augenblick zu lange, setzte ein Lächeln auf und erklärte: »Zunächst einmal an mich. Haben Sie die Akteneinsicht bereits beantragt?«

»Ja, vor ein paar Tagen«, erwiderte Vanessa. »Was brauchen Sie?«

»Den Personalausweis und eine eventuelle Vollmacht, wenn es nicht um Sie persönlich geht.«

Sie öffnete ihre Tasche und zog das Portemonnaie mit dem Ausweis heraus. Danach holte sie noch eine alte Vollmacht heraus, die es ihr nach der Festnahme ihres Vaters ermöglicht hatte, einige Dinge für ihn zu regeln, und hoffte, dass diese genügen würde.

Als Reporterin wusste sie, dass man mit Selbstverständlichkeit oft am weitesten kam, also erklärte sie beiläufig, aber mit fester Stimme: »Es geht um mich und um meinen Vater, der leider nicht mehr persönlich erscheinen kann. Ein Richter hat mich zu seinem Vormund erklärt. Hier ist der entsprechende Bescheid.«

»Hm«, brummte der junge Mann zweifelnd, überflog das Dokument und presste die Lippen aufeinander. »Das ist nicht unbedingt das, was ich brauche. Sie müssten sich schon eine ausdrücklich für die Akteneinsicht ausgestellte Verfügung besorgen. Außerdem hab ich keinen Antrag für seine Daten im System. Sind Sie sicher, dass Sie das richtige Formblatt verwendet haben?«

Vanessa öffnete ihre Jacke, um ihn abzulenken, und dachte an etwas Tieftrauriges. Danach rieb sie sich mit dem Handrücken theatralisch über die Augen und schüttelte den Kopf. »Das darf doch nicht wahr sein«, sagte sie leise. Und nachdem sie sich lautstark die Nase geputzt hatte, fügte sie noch leiser hinzu: »Natürlich bin ich mir sicher. Ich habe ja auch eine Bestätigung bekommen, dass die Akten in elektronischer Form vorliegen.«

Er sah zu ihr hoch und sagte ein wenig einfühlsamer: »Das ist doch kein Problem, Sie sind doch schon sein Vormund. Gehen Sie einfach zum zuständigen Amtsgericht und beantragen Sie das entsprechende Dokument. Und wenn Sie den Antrag auf Akteneinsicht jetzt und hier gleich noch einmal stellen, haben Sie in Kürze alles zusammen, was nötig ist.«

»Das ist nicht das Problem«, sagte sie mit belegter Stimme. »Es ist nur … er hat nicht mehr lange und möchte nicht mit der Unsicherheit sterben, dass man sich später schlechte Dinge von ihm erzählt.« Vanessa schniefte und legte noch eine Schippe drauf. Sie griff nach ihrem Ausweis und sagte dabei scheinbar verständnisvoll: »Aber ich verstehe schon. Sie haben Ihre Vorschriften und ich war so naiv zu glauben, dass diese Vollmacht hier genügen würde.« Sie wischte sich mit der Hand über die Augen und erklärte dabei traurig: »Er wird es schon schaffen. Ich hoffe, der Richter kann die Sache schnell bearbeiten.« Danach nahm sie das alte Dokument und wandte sich ab.

»Warten Sie!«

Vanessa hörte die Meinungsänderung bereits in seiner Stimme und triumphierte innerlich. Trotzdem behielt sie ihren traurigen Gesichtsausdruck bei, drehte sich zurück und fragte: »Ja?«

Er winkte sie wieder an den Tresen. »Zeigen Sie mir die Vollmacht noch einmal.«

Sie gab ihm das Schriftstück. Er nahm es entgegen, las es noch einmal durch und sagte mehr zu sich selbst: »Eigentlich schließt es ja nichts aus, also auch keine Akteneinsicht.« Danach tippte er etwas auf seinem Computer herum, bis er schließlich feststellte: »Folgen Sie dem Flur bis ans Ende. Dort befinden sich einige Tische. Ich habe die entsprechenden Dateien auf Platz zwölf für Sie freigeschaltet. Eigene elektronische Geräte dürfen nicht verwendet werden. Fotos und Tonaufnahmen sind verboten.«

Vanessa zwang sich zu einem vorsichtigen Lächeln. »Danke schön. Wirklich. Es bedeutet meinem Vater viel.«

Vor Platz zwölf blieb Vanessa stehen und sah sich um. In dem großen, stillen Raum waren nur noch zwei andere Plätze belegt. In einer Ecke saß eine alte Frau, die sich offenbar nicht so recht mit neumodischen Geräten wie Tastatur und Maus anfreunden konnte und immer wieder leise vor sich hin schimpfte.

An dem Tisch mit der Nummer neun saß ein Mann, den sie auf Mitte dreißig schätzte. Während sie ihre dicke Jacke ablegte, hob er den Kopf und sah sie ein wenig zu lange an. Vanessa war es gewohnt und verzichtete auf ein Lächeln, nickte aber zum Gruß. Danach stellte sie ihre Handtasche auf den Boden und nahm Platz.

Der Monitor reagierte erst, als sie die Maus bewegte. Das Logo der Behörde verschwand und es erschien ein Ordner, der mit ihrem Namen betitelt war. Nach einem Doppelklick auf das Ordnersymbol bekam sie einige Dokumente angezeigt, die allesamt mit P. D. H. Lauenstein begannen und eine fortlaufende Nummer hatten.

Der Umfang erschreckte Vanessa und sie war sich mit einem Mal nicht mehr sicher, ob sie die Geheimnisse ihres Vaters wirklich wissen wollte.

Sie öffnete das erste Dokument. Es erschien ein eingescanntes Dokument, das zu ihrer Enttäuschung ziemlich viele geschwärzte Stellen aufwies.

Das verwaschene Datum zeigte, dass es um eine Zeit ging, als ihr Vater gerade studiert haben dürfte. Sie notierte die Jahreszahl auf einem kleinen Zettel, um es später überprüfen zu können.

Beim Überfliegen des Textes erfuhr sie, dass jemand, dessen Namen geschwärzt wurde, die Empfehlung ausgesprochen hatte, ihren Vater für die Staatssicherheit anzuwerben. Es fielen Begriffe wie intelligent, wenig moralische Hürden, Systemtreue und noch einige andere, die Vanessa nur schlecht mit ihm in Verbindung bringen konnte.

Auch die nächsten vier Dateien drehten sich um das Anwerben ihres Vaters und der hatte sich offenbar nicht abgeneigt gezeigt. In Dokument sechs war dann die Rede davon, dass er irgendetwas unterschrieben hatte, was einen der damaligen Stasioffiziere sehr erfreute.

In den protokollierten Jahren danach war man höchst zufrieden mit seiner Arbeit, bemängelte aber zwischen den Zeilen, dass er sein Privatleben nicht standesgemäß gestaltete. Trotzdem empfahl der leitende Offizier, ihn auch weiterhin im Jugendwerkhof als Therapeut einzusetzen.

An einem Abschnitt blieb Vanessa besonders hängen:

> Seine Erfolge in der Erkennung von systemkritischem Gedankengut sind außerordentlich. Des Weiteren ist festzustellen, dass die Methodik des Herrn Professors Lauenstein für ein echtes Umdenken bei den jungen Mitbürgern sorgt.

Und fünf Zeilen später:

> Dass sich nicht jeder der Probanden adäquat entwickelt und einem anderen Vollzug zugeführt werden muss, nimmt der Professor mit dem nötigen Abstand hin. Die Bindung zu seinen Patienten blieb jederzeit wissenschaftlich distanziert.

Vanessa brauchte eine kurze Pause. Sie stand auf, ging zu dem Kaffeeautomaten am Eingang zu dem Raum und warf eine Münze ein. Danach nahm sie das Getränk heraus und stellte sich an einen der zwei Bistrotische.

Bisher konnte sie nichts Eindeutiges in den Dokumenten finden. Dennoch zeigten sich mehr Flecken auf seiner weißen Weste, als sie je vermutet hätte. All seine leeren Worte, die sie damals als Kind nicht verstanden hatte.

Wann auch immer das Thema auf die DDR kam, hatte er alles und jeden verteufelt. Doch das, was sie gerade gelesen hatte, sah nach einer ganz anderen Vergangenheit aus. Es klang nach einem Mann, der das System nicht nur toleriert hatte, sondern mit für seine Funktionalität verantwortlich war. Es schien, als habe er Menschen im Sinne des Staates gefügig gemacht und dabei auch Kollateralschäden in Kauf genommen.

Hinter ihr füllte der große Kaffeeautomat erneut eine Tasse und riss Vanessa damit aus ihren Gedanken. Der junge Mann von Platz neun lächelte sie an, nahm die Tasse heraus und stellte neutral fest: »Ist nicht immer einfach, das hier zu begreifen.«

Vanessa fiel erst jetzt auf, wie angespannt sie gerade war. Sie atmete einmal durch, trank einen Schluck von dem lauwarmen Kaffee und erwiderte: »Da haben Sie recht. Ich möchte gar nicht wissen, was alles in den hier gelagerten Akten lauert.«

Der Mann fragte: »Darf ich?«, und stellte seine Tasse mit auf den Stehtisch. Vanessa sah ihm kurz in die Augen und spürte dabei etwas, was nicht da sein durfte. Mühsam riss sie sich zusammen. Seine Augen waren einfach nur so blau, es war das tiefste Blau, das sie je gesehen hatte. Danach vermied sie den Augenkontakt und fragte: »Haben Sie gefunden, was Sie suchten?«

Er lächelte erneut, antwortete aber ausweichend: »Ich war heute Morgen der Erste hier und was ich inzwischen gefunden habe, würde ich nie suchen.« Er ließ eine Pause folgen, trank seine Tasse in einem Zug leer und sagte: »Ich hoffe, Sie können mit Ihrer Wahrheit besser umgehen, als es mir möglich ist.« Danach stellte er die Tasse zurück in einen der Körbe, nickte ihr zum Abschied zu und verließ den Raum in Richtung Ausgang.

44

»Siehst du den roten Faden?«

Seit sie von dem gerichtsmedizinischen Institut losgefahren waren, wirkte Eva in sich gekehrt. »Was?«, fragte sie abwesend und starrte dabei weiter geradeaus.

Bei Ruben kam ihre Stimmung nicht an. »Ich fragte, ob du den roten Faden siehst.«

Aus Evas Gesicht wich die letzte Farbe, sie steuerte den Wagen auf eine Parkbucht und stieg aus.

Ruben blieb sitzen, sah interessiert dabei zu, wie sich seine Kollegin in den Straßengraben übergab, und überlegte dabei, was sie heute zu sich genommen hatte. Gerade als er zu dem Schluss kam, dass es immer noch an dem Wein vom Vorabend liegen musste, zündete sich Eva draußen eine Zigarette an. Trotz seiner fehlenden Erfahrung sagte ihm sein Menschenverstand, dass Übelkeit und Rauchen nicht gut zusammenpassten.

Sein erster Impuls war, auszusteigen und ihr das mitzuteilen. Dann erinnerte er sich an ihre Standpauke bezüglich des jungen Kommissars Hübner und ließ es bleiben. Normalerweise fiel es ihm nicht schwer, sich nicht in die Angelegenheiten anderer einzumischen, doch bei Eva war es anders. Ruben wusste nicht, ob es daran lag, weil sie nun seine Partnerin war, oder ob sie bei ihm tatsächlich freundschaftliche Gefühle auslöste. Er lehnte sich mit dem guten Gefühl, sie in Ruhe gelassen zu haben, zurück und widmete sich stattdessen seinem Notizblock.

Zwei Minuten später öffnete sich die Fahrertür. Eva stieg ein, sah ihn wütend an und fauchte: »Dir ist wohl alles scheißegal. Ich kotze mir dort draußen den Kummer aus dem Leib und du sitzt hier und tust so, als wäre alles gut. Ich habe wirklich keine Ahnung, wie es deine Familie mit dir aushält.«

Ruben wusste nicht, wie ihm geschah, und noch weniger, was er jetzt wieder falsch gemacht haben sollte. Er hob den Blick und fragte vorsichtig: »Ist alles gut bei dir? Es tut mir wirklich leid, dass dieser Biowein so schlecht verträglich ist.«

Sie atmete hörbar aus, deutete ein Kopfschütteln an und brach plötzlich in Tränen aus.

»Du hast deine Tage«, schlug er vor.

»Ruben, echt jetzt!«, schrie sie halb empört, halb verzweifelt.

Ruben musste einsehen, dass er mit seiner sonst so systematischen Vorgehensweise nicht weiterkam, und hielt einfach den Mund.

Einige Augenblicke und zwei Taschentücher später hörte er Eva schlucken. Etwas friedlicher sagte sie: »Es tut mir leid. Und ja, auch wenn es dich nichts angeht, ich habe meine Tage, aber das ist es nicht.« Nervös strich sie sich durch die Haare. »Es ist … Mir geht das Ganze hier ganz schön an die Nieren. Und wenn ich mir vorstelle, dass es bei deinen Fällen vielleicht immer so ist, weiß ich nicht, ob ich das kann.«

»Die Jacke war der Auslöser«, vermutete er vorsichtig.

»Ja. Wir standen in den letzten Tagen permanent unter Strom und heute ist der erste Tag, an dem ich ein wenig zum Nachdenken komme. Diese Jacke … und dass du dieses Stück Menschenhaut einfach wie jede andere Sache behandelt hast … das war zu viel. Verstehst du?«

Ruben suchte nach einer passenden Antwort, fand aber keine. Daher bot er ihr einfach an: »Soll ich dich später zu einem Bahnhof fahren und wir beenden unsere Zusammenarbeit? Dieser Fall war doch eh als eine Art Probearbeiten gedacht und niemand wird es dir übel nehmen, wenn du wieder zurück in die Oberpfalz willst. Wir sagen einfach, dass unsere Zusammenarbeit nicht funktioniert, dann kann es dir auch fachlich keiner anlasten.«

Statt darauf einzugehen, fragte sie: »Bist du wirklich so oder ist das nur eine Fassade? Kannst du all das Leid einfach so ausblenden?«

»Was soll ich denn sonst damit machen? Ich finde es natürlich nicht schön, aber der Mensch gehört zur Natur und die Natur macht Regeln, die noch über der sogenannten menschlichen Moral stehen.«

»Du siehst das Verhalten dieses Mörders als natürlichen Vorgang?«

»Was ist es sonst?« Ruben wollte Eva nicht provozieren und ergänzte: »Dass er mordet, ist allerdings keine natürliche Notwendigkeit, und genau da kommen wir ins Spiel. Wir sind der Leitwolf, der aufpasst, dass niemand aus dem Rudel seine eigenen Regeln macht.«

»Hm«, brummte Eva nachdenklich. »Das erklärt aber immer noch nicht, warum dich all dieses Grauen so kaltlässt.«

»Tut es gar nicht«, erwiderte er und suchte verzweifelt nach einer weiteren Erklärung. Schließlich zuckte er mit den Schultern. »Ich weiß allerdings auch nicht, warum mir das nicht so nahegeht wie den meisten anderen. Aber im Grunde könntest du das auch den Gerichtsmediziner fragen, mit dem wir uns vorhin unterhalten haben. Wenn der bei jeder Obduktion ein Problem mit seinen Gefühlen hätte, würde er sich irgendwann selbst die Adern aufschneiden.«

»Also bin ich zu weich?«, stellte Eva durchaus ernst und selbstkritisch fest.

Ruben war sparsam mit dem Körperkontakt zu anderen Menschen. Trotzdem legte er nun eine Hand auf ihren Arm. »Das bist du sicher nicht. Jeder hat seine eigenen inneren Grenzen und du darfst deine nicht mit meinen vergleichen.« Er holte etwas tiefer Luft. »Ich erwarte nicht von dir, dass dich das alles kaltlässt. Du bist eine gute Polizistin, und wenn du mit mir nicht kannst, verstehe ich das.«

Ihr Blick war zweifelnd. »Soll ich gehen?«, fragte sie ohne Zorn.

Ruben schaffte ein Lächeln. »Wegen mir nicht. Ich würde mich freuen, wenn wir in Zukunft weiter zusammen ermitteln.« Er ließ ein kurzes Lachen folgen und fragte sich selbst: »Oh mein Gott. Habe ich das gerade wirklich gesagt? Ich wollte doch nie jemanden, nach dem ich mich richten muss.«

Eva folgte dem Impuls, ihn vom Fahrersitz aus zu umarmen, ließ ihn aber sofort wieder los und erklärte verschämt: »Tut mir leid.« Und als er entspannt reagierte, versuchte sie, die Situation mit den Worten »Was sagt eigentlich deine Frau dazu, dass du jetzt eine so hübsche Partnerin hast?« aufzulockern.

Ruben ordnete seine Haare und erwiderte: »Sie weiß, dass ich weiß, was ich an ihr und unserer Tochter habe.« Gespielt böse fügte er hinzu: »Von solchen Umarmungen hält sie aber überhaupt nichts.«

Eva wischte sich die letzte Träne aus dem Augenwinkel. Danach setzte sie sich gerade hin, startete den Motor und beschloss: »Auf in die Psychiatrie.«

»Sie haben noch eine halbe Stunde, bis ich den Patienten abhole und zu seiner Therapiesitzung bringe«, informierte sie eine bereits ergraute, streng wirkende Krankenschwester, deren Namensschild sie als Olga auswies.

Ruben konnte es sich nicht verkneifen, übertrieben höflich »Herzlichen Dank, Olga« zu sagen, was sie mit einem düsteren Blick bedachte.

»Puh, das war gewagt«, erklärte ein junger Pfleger, der gerade den Krankenhausflur entlangkam und auf die davoneilende Kollegin deutete. Er zog eine grimmige Grimasse, die Eva zum Lachen brachte. Dann nickte er zu der Tür und fragte: »Sie wollen zum Professor?«

Ruben musterte ihn einen Augenblick. »Klingt vertraut. Kennen Sie ihn näher?«

Der junge Mann blieb stehen, dachte kurz darüber nach und sagte: »Ich weiß nicht, ob man ihn jetzt überhaupt noch kennenlernen kann. Dazu ist er vielleicht ein bisschen zu … weggetreten, wenn Sie wissen, was ich meine. Aber zumindest ist er mein Lieblingspatient und ich kann sein Verhalten Tag für Tag besser lesen und einschätzen.«

»Das ist gut«, freute sich Ruben. »Es könnte sein, dass ich auf Sie zurückkomme.« Er hielt dem verdutzten Pfleger seinen Dienstausweis entgegen und bat: »Darum brauche ich jetzt nur noch Ihren Namen. Oder soll ich das nächste Mal einfach nach dem lustigen Pfleger aus der geschlossenen Abteilung fragen?«

»Äh, nein.« Der Mann wirkte überrumpelt. »Ich heiße Klaus Stolz, darf Ihnen aber sowieso keine Informationen über unsere Patienten geben.«

Ruben verzichtete vorerst darauf, ihm etwas von richterlichen Beschlüssen zu erklären, sagte freundlich: »Danke, Herr Stolz«, und öffnete die Tür zu dem Patientenzimmer.

Ruben erkannte den Mann sofort wieder, sah aber auch, wie zerbrechlich dieser inzwischen geworden war. Professor

Dr. Herbert Lauenstein saß auf einem Stuhl und blickte regungslos auf den Baum hinter seinem vergitterten Fenster. Nachdem auch Eva eingetreten war, schloss sie die Tür hinter sich und Ruben begann: »Guten Tag, Herr Professor. Können Sie sich noch an mich erinnern?«

Der Mann drehte den Kopf so langsam, als würde ihn irgendetwas daran hindern wollen. Während er Ruben völlig auszublenden schien, sah er Eva eine gefühlte Ewigkeit an und sagte schließlich mit sanfter Stimme: »Vanessa, mein Engel, schön, dich lebend wiederzusehen.« Sein Blick wechselte nun doch zu Ruben, doch anstatt etwas zu sagen, stand er auf, trat an die Scheibe und presste seine Stirn dagegen.

Eva warf Ruben einen fragenden Blick zu und deutete zuerst auf sich, dann auf den Professor. Ruben ermutigte sie durch ein angedeutetes Nicken, die Regie zu übernehmen. Zum ersten Mal fiel ihm auf, dass sich Eva und diese Reporterin tatsächlich ein wenig ähnlich sahen.

Eva machte einen Schritt nach vorne und fragte einfühlsam: »Wie meinst du das, Vater? Hattest du Angst, dass ich sterben könnte?«

Was nun geschah, erschreckte Eva zu Tode. Erst schien es, als würde ein Stromschlag durch den Körper des alten Mannes gehen, dann riss er den Kopf zu ihr herum und fauchte mit völlig anderer Stimme: »Vater? Du sagst Vater zu mir? Niemand sagt mehr Vater zu mir!«

Ein heftiges Zittern schüttelte ihn. Eva löste sich aus ihrer Schockstarre. »Wir müssen Hilfe holen. Auf was wartest du?«

»Alles gut«, erwiderte Ruben. Er kannte den Mann und seine Eigenheiten von früheren Vernehmungen. Und wie zur Bestätigung endete der Anfall so abrupt, wie er begonnen hatte.

Der Professor drehte sich wieder der Scheibe zu und fragte mit Verzweiflung in der Stimme: »Sind sie auch tot? Sind beide Engel tot?«

»Meinen Sie Vanessa und Maria?«, hakte Ruben nach.

»Nein«, hauchte der Professor. »Die gute Maria hat er sich ja schon geholt.« Er stieß ein Seufzen aus. »Meine anderen beiden Engel.«

45

Ihnen lief die Zeit davon und Ruben wusste, dass sich die Ärzte hier wenig kompromissbereit zeigten. Allerdings kam man bei dem Professor, wenn überhaupt, nur mit viel Geduld weiter. Für seine misshandelte Psyche galten einfach andere Regeln.

Dissoziative Identitätsstörung nannte es die Medizin, Ruben nannte solche Menschen »die Vielgesichtigen«. Der Wechsel zwischen den einzelnen Persönlichkeiten ließ sich nur steuern, wenn man die richtigen Reize setzte, und niemand wusste, welche das waren.

Seine Armbanduhr zeigte Ruben, dass ihnen gerade einmal noch zehn Minuten blieben, und Professor Lauenstein ignorierte sie nun vollends. Eva fragte leise, ob sie es noch mal versuchen sollte, doch Ruben schüttelte den Kopf. Stattdessen ging er ebenfalls zum Fenster, stellte sich neben den alten Mann und folgte seinem Blick hinaus auf den großen, fast kahlen Baum. Als sich dort ein weiteres Blatt löste und langsam zu Boden fiel, zeigte der Professor eine winzige Regung. Sein Kopf folgte dem Blatt.

»Sind nicht mehr viele übrig«, stellte Ruben mit ruhigem Tonfall fest und erstaunlicherweise schien der Professor zu wissen, was er damit meinte. Sein Mund formte ein bitteres Lächeln.

»Aber sie werden wiederkommen. Der Wind nimmt sie mit, und ein paar Monate später sind sie wieder da.«

Ruben glaubte, verstanden zu haben. »Ja, unsere Erinnerungen verschwinden nicht so einfach wie ein Blatt im Wind.«

Lauenstein drehte sich zu ihm, sah Ruben in die Augen und sagte fest: »Auch darum hasse ich Bäume. Holz hat meinen Sohn verschwinden lassen und Blätter sind trügerisch.«

Noch drei Minuten bis zum Ende der Besuchszeit. Ruben ließ sich nicht hetzen, dachte sorgfältig nach und setzte alles auf eine Karte, als er fragte: »Glauben Sie, dass dieses böse Holz noch mehr Menschen verschwinden lässt?«

Es war nur eine einzige Träne und doch sprach sie Bände. In diesem Moment öffnete sich die Tür und Olga verkündete unnachgiebig: »Es ist Zeit. Der Patient hat jetzt seine Therapiesitzung!«

Ruben machte erst einmal keine Anstalten, der Pflegerin Aufmerksamkeit zu schenken. Erst als sie ihre Ansage wiederholte, musterte er den Professor von oben bis unten. Danach sagte er: »Machen Sie sich keine Sorgen. Wir werden das Holz daran hindern, noch mehr Menschen wehzutun.«

Der alte Mann öffnete den Mund, als ob er etwas sagen wollte, schloss ihn aber wieder und folgte der Krankenschwester mit gesenktem Blick.

Die beiden Kommissare blickten der kleinen Prozession schweigend hinterher. Erst als die Schwester und Lauenstein in einen anderen Krankenhausflur abbogen, setzte Eva dazu an, etwas zu sagen. Ruben brachte sie mit erhobenem Zeigefinger zum Schweigen und schloss die Augen. »Klaus Stolz. Ich muss mit Klaus Stolz sprechen.«

Eva fragte nicht weiter nach und ging zu dem Schwesternzimmer am Eingang der geschlossenen Abteilung. Nach einigen Augenblicken erschien sie wieder, wobei ihr der

Pfleger mit einer Kaffeetasse in der Hand folgte. Ruben bat ihn in das Zimmer des Professors und schloss die Tür. »Bitte nehmen Sie Platz«, sagte er freundlich.

Der Mann setzte zu einem Protest an, überlegte es sich aber anders und nahm auf einem der beiden Stühle Platz. Ruben holte den zweiten vom Fenster, setzte sich ihm gegenüber und erklärte: »Mir ist klar, dass Sie keine persönlichen Auskünfte über Ihren Patienten geben dürfen. Trotzdem habe ich ein paar Fragen, die wohl nicht unter die Schweigepflicht fallen.«

Dass Klaus Stolz sich zurücklehnte und die Arme vor dem Bauch verschränkte, war kein gutes Zeichen. Doch Ruben war es gewohnt, dass die Menschen ihm gegenüber erst einmal dichtmachten. Aus Erfahrung wusste er, dass ein Konfrontationskurs nicht angebracht war, Lob dagegen funktionierte fast immer als Türöffner. »Ich weiß zwar nicht, ob es ein Therapeut gutheißen würde, dass Sie einen Lieblingspatienten haben, aber ich persönlich finde es schön. Es ist nicht selbstverständlich, dass jemand einem Menschen in Herrn Lauensteins Zustand positiv gegenübertritt.«

Die Strategie funktionierte. Klaus Stolz entspannte sich merklich, antwortete aber immer noch distanziert: »Ich bin Pfleger. Wenn ich nicht auf solche Patienten eingehen könnte, hätte ich den falschen Beruf ergriffen.«

»Schon richtig«, bestätigte Ruben. »Aber so wie Sie von dem Professor reden, scheinen Sie ihm gegenüber Sympathien zu hegen. Und da ich mir vorstellen kann, dass Herr Lauenstein ein ziemlich einsamer Mensch ist, tut ihm das sicher gut.«

»Viel Besuch bekommt er tatsächlich nicht«, erwiderte der Pfleger, ohne lange nachzudenken.

Ruben blieb bei der vorsichtigen Taktik und fragte daher erst einmal in eine andere Richtung: »Und wie sieht es mit den anderen Patienten aus? Hat er da Anschluss?«

»Nein, nicht wirklich. Ich glaube, die anderen Patienten können seine Sprunghaftigkeit nicht nachvollziehen oder haben sogar Angst davor.«

»Kann man ihnen nicht übel nehmen«, warf Ruben ein. »Diese Wechsel sind schon ein wenig gewöhnungsbedürftig.« Er neigte den Kopf ein wenig zur Seite und fragte vorsichtig und ohne jeden Argwohn in der Stimme: »Warum stört Sie das nicht?«

»Oh, am Anfang hat es das schon.«

Ruben bemerkte innerlich triumphierend, wie sein Gegenüber in die Fachlichkeit des Gesprächs eintauchte und dabei seine Vorsicht vergaß. »Am Anfang war es schlimm. Ich dachte bei jedem Persönlichkeitswechsel, dass er mir gleich an die Gurgel geht. Doch nach und nach erkannte ich, dass es nur verschiedene Facetten ein und derselben Angst und Verzweiflung sind, die sich auf verschiedene Art und Weise Ausdruck verschafften.«

Ruben nickte anerkennend. »Wow. Sie haben einen guten Blick für diese Leiden.«

»Danke.« Der Pfleger lächelte.

Ruben deutete auf seine eigene Hand und fragte weiter: »Müssen Sie bei Herrn Lauenstein manchmal Gewalt anwenden?«

Klaus Stolz wirkte ehrlich verwirrt. »Nein, warum? Das heißt, am Anfang habe ich schon versucht, seine Anfälle dadurch zu unterbinden, dass ich ihn fixierte. Aber das hat alles nur noch schlimmer gemacht und ist letztlich auch nicht nötig. Der Professor entlädt seine inneren Spannungen nie durch Gewalt gegen sein Umfeld. Seine Bewältigungsstrategien sind eher Krämpfe oder auch einmal ein lauter Schrei.«

»Gut«, erwiderte Ruben gedehnt. »Haben Sie dann vielleicht eine Erklärung dafür, warum seine linke Hand blaue

Flecken aufweist? Kann es vielleicht sein, dass ihn ein anderer aus dem Personal doch manchmal etwas härter anfasst?«

Der Befragte schien tatsächlich darüber nachzudenken, schüttelte aber letztendlich den Kopf. »Nein, eigentlich nicht. Und selbst wenn wir bei Patienten körperliche Gewalt anwenden müssen, benutzen wir ein, zwei Griffe, bei denen wir die Arme fixieren. Sie an der Hand zu packen birgt eine viel zu große Verletzungsgefahr. Man könnte ihnen dabei einen Finger brechen.« Dann warf er einen Blick auf seine Armbanduhr. »Meine Runde beginnt gleich. Kann ich sonst noch etwas für Sie tun?«

»Nein«, erwiderte Ruben, stand auf, drehte sich aber doch noch einmal um. »Das heißt … bekommt Herr Lauenstein eigentlich Besuch?«

Der Pfleger zuckte mit den Schultern. »Nur den, der in den Protokollen steht, und seine Tochter ist sowieso die Einzige mit Besuchsrecht.«

»War sie oft hier?«

»Soweit ich es mitbekommen habe, war sie jahrelang nicht hier, tauchte aber vor ein paar Tagen auf. Ich hatte letzten Sonntag zufällig Dienst unten am Empfang.«

»Ist Ihnen irgendetwas Ungewöhnliches aufgefallen?«

»Nicht wirklich. Sie war unhöflich und wirkte ziemlich gereizt. Aber das haben wir hier oft. Viele der Angehörigen können oder wollen mit den Kranken nicht wirklich etwas zu tun haben. Sie sind mehr aus Höflichkeit hier und bekämpfen ihre eigene Unfähigkeit in der Situation durch pampiges Auftreten.«

»Interessante Einschätzung«, bemerkte Ruben, dachte kurz nach und bat abschließend: »Kann ich Ihnen noch eine letzte Frage stellen?«

»Wenn es schnell geht. Olga zerreißt mich in der Luft, wenn ich die Patienten nicht rechtzeitig beim Mittagessen betreue.«

»Kein Problem«, bestätigte Ruben und fragte, wobei er vor allem auf die Mimik des Mannes achtete: »Kennen Sie Lauensteins Vergangenheit? Wissen Sie, was kurz vor seiner Einweisung passiert ist?«

Die Hand von Klaus Stolz ging zu seinem Ohr, bevor er ausweichend antwortete: »Er soll seinen Sohn ermordet haben, aber mehr weiß ich eigentlich nicht darüber.«

Ruben lächelte. »Gut. Danke, Herr Stolz, Sie haben uns sehr geholfen. Sagen Sie dem Professor einen schönen Gruß von mir.«

»Das mache ich«, erklärte der Pfleger, nahm seine Tasse und verließ das Zimmer.

»Und was sagt uns das jetzt?«, fragte Eva, als er außer Sichtweite war.

»So einiges«, erwiderte Ruben, beließ es bei dieser Aussage und verließ das Zimmer in Richtung Ausgang.

46

Auf der Fahrt zurück zum Präsidium versank Ruben zunächst in Schweigen und machte sich Notizen. Schließlich fragte Eva ungeduldig: »Also, was denkst du über das Verhalten des Professors und warum bist du mit diesem Pfleger so komisch umgegangen?«

Ruben blickte nur geradeaus.

»Und?«, fragte sie erneut.

»Und was?«, reagierte er immer noch völlig abwesend.

»Erde an Ruben«, versuchte Eva es scherzhaft. »Der Professor? Der Pfleger? Was hat das jetzt gebracht?«

»Später«, lautete seine knappe Antwort. »Lass uns das bitte zusammen mit Frau Goldbach und Herrn Hübner besprechen.« Er schwieg einen Moment. »Aber bis dahin können wir unser Gespräch über deine Zweifel an unserer Zusammenarbeit wieder aufnehmen. Hast du dich schon entschieden, wie es weitergehen soll? Du bist vorhin ohne weitere Erklärung zu der Klinik gefahren.«

»So schnell geht das nicht«, erklärte Eva und konzentrierte sich weiter auf die Straße. »Kannst du mir Zeit bis morgen geben? Ich will das hier schon irgendwie und kann es mir auch in Zukunft vorstellen. Es liegt nicht an dir, sondern an der Härte dieser Fälle.«

»Okay«, erwiderte Ruben knapp, warf noch einen Blick in sein Notizbuch und war direkt wieder bei dem Fall. »Also? Wie siehst du die Sache mit dem Arzt und seiner Tochter? Was hat die Spurensicherung herausgefunden?«

Eva brauchte einen Augenblick, um ihre Gedanken zu sortieren, bog auf eine andere Landstraße ab und erklärte schließlich ausweichend: »Ich habe die gleiche Ahnung wie du.«

»Ahnungen reichen nicht. Warum sprichst du es nicht einfach aus?«

Sie löste den Blick kurz von der Straße, um ihn anzusehen, und atmete einmal tief durch. »Vielleicht, weil ich mir nicht vorstellen möchte, dass dieser Dr. Reich seine Tochter missbraucht hat.«

»Sehe ich genauso«, stellte Ruben emotionslos fest. »Und was haben dir die Kollegen von der Spurensicherung nun erzählt, als ich mir mit dem Arzt die Leichen angesehen habe?«

Eva versuchte, ihre Gefühle abzuschütteln, und verfluchte sich selbst dafür, dass sie heute so empfindlich war. Sie räusperte sich und erklärte mit nun deutlich mehr Professionalität in der Stimme: »Drei Indizien, die auf einen Missbrauch hinweisen könnten. Erstens fand man in dem Schlafzimmer von Dr. Reich eine Flasche mit K.-o.-Tropfen. Außerdem befand sich in dem Papierkorb in Sofi Reichs Zimmer ein Taschentuch mit Spermaspuren ihres Vaters.«

»Okay, und drittens?«, forderte Ruben, als Eva nicht gleich weitersprach.

»Drittens hat Sofi Reich ein Tagebuch geführt, in dem sie mehrfach darüber klagt, dass sie oft unausgeschlafen sei und vor allem morgens unter heftigen Kopfschmerzen leide.«

»Das passt«, stellte Ruben fest. »Der Gerichtsmediziner konnte bei ihr eine leichte Vernarbung im Genitalbereich feststellen. Es handelt sich dabei um ältere Wunden und sie wurden ihr nicht bei der Flucht durch den Wald zugefügt. Oliver Schwartz, den wir kastriert neben seinem Wagen gefunden haben, wurde bereits am Anfang der mutmaßlichen Vergewaltigung gestört und kam gar nicht bis … na, du weißt schon.«

Evas Hände verkrampften sich um das Lenkrad. Sie schüttelte den Kopf und fragte mehr sich selbst: »Was sind das für Arschlöcher?«

»Noch ist nichts bewiesen«, wandte Ruben ein, fügte aber gleich darauf hinzu: »Allerdings sieht alles danach aus, als hätte dieser Dr. Reich seine Tochter mit den Tropfen betäubt und sich dann an ihr vergangen. Was uns auch zu der Frage führt, ob sein Mörder davon wusste. Und wenn ja, wodurch?«

Eva dachte kurz darüber nach. »Also wenn ich an die Auffindesituation des Arztes denke, bleiben eigentlich wenig Zweifel. Der Täter hatte offenbar alle Zeit der Welt. Warum sollte er dem Arzt also ausgerechnet vor dem Bett seiner Tochter das … das …«

»… Gesicht entfernen«, ergänzte Ruben. »Ja, sehe ich auch so. Trotzdem bleibt die Frage, warum der Arzt überhaupt sein Opfer wurde. Ich glaube dabei nicht an einen Zufall. Ich glaube vielmehr, dass sein Mörder es schon vorher auf Dr. Reich abgesehen hatte und dabei auf den Missbrauch stieß. Und wenn wir unseren Blick etwas öffnen, kommt noch ein Aspekt ins Spiel.«

Eva bog auf den Parkplatz des Präsidiums, stellte den Wagen ab und schloss kurz die Augen. Nach einigen Sekunden öffnete sie diese wieder und schlug vor: »Auch wenn das nicht zu der Entführung von Maria Schmucke und ihrem Sohn passt … hasst unser Psychopath die Misshandlung von Kindern?«

»Ja«, bestätigte Ruben. »Ich gehe sogar noch weiter und denke, er will sie beschützen. Er hat Sofi Reich nicht aus Eigennutz entführt, zumindest nicht nur. Er wollte sie von ihrem Vater wegholen. Vielleicht auch, damit sie den Mord an ihm nicht miterleben muss.«

»Und warum hat er sie dann komplett rasiert und wieder freigelassen? Oder gehst du davon aus, dass sie flüchten konnte?«

Ruben wiegte den Kopf einige Male hin und her. »Ich kann nur spekulieren. Möglicherweise war es eine Kurzschlusshandlung, nachdem ihm Maria Schmucke und das Kind abhandengekommen waren. Die beiden waren immerhin über fünf Jahre bei ihm und vermutlich so etwas wie seine Familie. Ich denke, der Arzt stand sowieso auf seiner Liste und er redete sich ein, dass die Tochter ein Ersatz für Maria sein könnte. Und die Rasur … vielleicht, um Spuren zu verwischen? Vielleicht ein Trieb? Ich weiß es nicht.« Ruben stoppte die Ausführung, öffnete die Beifahrertür und beschloss: »Aber wie gesagt, das ist alles Spekulation. Lass uns lieber zu den Kollegen gehen und die Fakten zusammenfassen.«

»Also, was gibt es Neues?«, begann Staatsanwalt Tauber eine halbe Stunde später.

Die kleine Runde bestand aus Ruben, Eva, Kommissar Florian Hübner und seiner Chefin Verona Goldbach. Diese ergriff auch als Erste das Wort, öffnete etwas auf ihrem Tabletcomputer und erklärte: »Die Überwachung der beiden Reporter wird weiterhin fortgeführt. Die einzige Aktivität war bisher, dass Vanessa Lauenstein zu dem Archiv der Außenstelle Suhl fuhr. Dort werden alte Akten der DDR-Staatssicherheit und der Kreisdienststellen verwahrt. Sie hielt sich dort etwa eineinhalb Stunden lang auf, fuhr danach zu einer Apotheke und anschließend in die neue Unterkunft.«

»Kann man dort einfach so reinspazieren und alte Akten einsehen?«, fragte Ruben dazwischen.

»Nein«, antwortete Verona Goldbach. »Aber wir haben das natürlich überprüft. Vanessa Lauenstein hat den Antrag einen Tag nach dem Überfall auf die Wanderer und dem Auftauchen von Maria Schmucke und ihrem Sohn gestellt. Außerdem hat sie eine alte Vollmacht benutzt, um auch die Akten ihres Vaters, also Professor Lauensteins, einsehen zu können.«

»Die kenne ich«, überlegte Ruben laut. »Ich habe sie damals nach dem Verschwinden von Maria Schmucke und dem Tod von Lauensteins Sohn eingesehen. Der Professor wurde nach oder während seines Studiums von der Staatssicherheit angeworben und arbeitete in ihren Diensten. Da wir damals allerdings von einer Tat im Familienumkreis ausgegangen sind, könnte es durchaus sein, dass ich etwas übersehen habe. Vielleicht sollten wir den Kreis etwas weiter ziehen und seinem damaligen Umfeld mehr Aufmerksamkeit schenken.« Rubens Blick wechselte zum Staatsanwalt, als er fragte: »Können Sie die Akten von Herbert Lauenstein und von allen darin erwähnten internen Mitarbeitern anfordern?«

Staatsanwalt Tauber presste die Lippen aufeinander. »Haben wir genügend Verdachtsmomente für so einen Eingriff in die Privatsphäre von vielleicht unbeteiligten Personen?«

»Haben wir«, bestätigte nun Florian Hübner. Der junge Kommissar wischte über sein Tablet und erklärte: »Egon Schulze, in dessen Datsche … Entschuldigung, in dessen Ferienhaus wir die Beweismittel gefunden haben, war ebenfalls für die Stasi tätig. Und da wir uns sicher einig sind, dass die Kleidung von Sofi Reich dort nicht zufällig im Keller lag, rechtfertigt dies meines Erachtens schon diese Akteneinsicht.«

Der Staatsanwalt nickte und machte sich einige Notizen. »Ja, das genügt mir für den Richter.«

»In was für einer Funktion war der Mann?«, hakte Ruben nach.

Hübner zog den Finger langsam über den Monitor seines Tablets. »Anscheinend nichts Besonderes. Hier steht nur, dass er ein IMK war. Also Inoffizieller Mitarbeiter zur Sicherung der Konspiration und des Verbindungswesens.«

»Und was hat so ein IMK gemacht? Für was war er zuständig?«, fragte Eva.

Verona Goldbach öffnete eine Internetseite, gab IMK und Stasi ein, überflog den Text und fasste zusammen: »Ein IMK genoss das Vertrauen der Führung, war aber eher für Aufgaben zuständig, die nicht unbedingt etwas mit der Überwachung von Mitbürgern zu tun hatten. Es kann das Bereitstellen einer Wohnung sein oder andere passive Hilfsleistungen betreffen.«

»Das würde erklären, warum der Mann nicht tot ist, sondern im Gefängnis sitzt.«

»Wie meinen Sie das?«, fragte Staatsanwalt Tauber.

Ruben nahm einen Schluck Tee und antworte salopp: »Ich glaube inzwischen, dass der Täter eine Abstufung vornimmt. Kurz gesagt, je schlimmer die Schuld seines Opfers ist, umso schlimmer fällt die Bestrafung aus.«

»Das würde zu Egon Schulze passen«, warf Goldbach ein.

»Stimmt«, bestätigte Ruben. »Ich bin mir ziemlich sicher, dass der eigentliche Grund weit in der Vergangenheit liegt.« Ruben atmete durch. Er wusste, dass das, was er als Nächstes sagen wollte, durchaus kontrovers war. »Ich denke, dass wir es uns nicht so einfach machen dürfen, den Täter nur als Monster zu sehen.«

»Ach nein?«, protestierte Florian Hübner sofort. »Er hat diesem Arzt das Gesicht abgezogen. Was unterscheidet den Täter also von einem Monster?«

Ruben sah den jungen Kommissar an und erklärte völlig ruhig: »Genau diese Sichtweise schadet jeder guten Ermittlungsarbeit. Wir werden den Täter nur dann finden, wenn wir alle seine Facetten im Auge behalten. Oder ist Ihnen auf der Straße schon einmal ein Monster begegnet? Da draußen sind viele nette Menschen mit ziemlich düsteren Gedanken im Kopf. Und um den zu finden, der diese düsteren Gedanken auslebt, müssen wir mehr tun, als nur sein Äußeres zu betrachten.«

»Okay«, mischte sich nun Verona Goldbach ein. »Was ist dann Ihrer Ansicht nach Gutes an ihm?«

»Dass er im Grunde erst drei Morde begangen hat«, erklärte Ruben ungerührt.

»Fünf«, widersprach nun Staatsanwalt Tauber. »Die beiden Wanderer sind inzwischen an ihren Verletzungen gestorben.«

»Nicht schön, aber die gehören nicht dazu«, stellte Ruben fest, kam der allgemeinen Empörung aber zuvor, als er schnell hinzufügte: »Entschuldigt, die beiden tun mir natürlich leid, doch im Krieg würde man sagen, das sind Kollateralschäden. Ich muss sie erst einmal ausblenden, da sie nicht wirklich zu dem Fall gehören.«

Er nahm noch einen Schluck von seinem grünen Tee und zählte auf: »Maria Schmucke wurde entführt, starb aber eindeutig nicht durch direkte Gewalteinwirkung, sondern durch den Sturz gegen eine Felskante. Ihr Sohn, ich habe heute Morgen noch kurz mit dem Jugendamt gesprochen, zeigt keine Anzeichen von häuslicher Gewalt. Sofi Reich wurde von unserem Täter nicht missbraucht und auch nicht von ihm getötet. Im Gegenteil, so wie es sich darstellt, wollte er sie vor Oliver Schwartz schützen. Und auch dieser Egon Schulze, der, wenn wir die Bilder in seiner Hütte betrachten, zumindest ein fragwürdiges Verhältnis zu Frauen hat, wurde nicht getötet, sondern vorerst aus dem Verkehr gezogen.«

Der Staatsanwalt atmete hörbar aus, bevor er vorschlug: »Wenn ich Sie richtig verstehe, glauben Sie, dass der Mann ein Herz für Kinder und Frauen hat, auch wenn er das auf eine Weise auslebt, die für uns normale Menschen unverständlich ist.«

»Ja, so kann man es sagen«, bestätigte Ruben.

Tauber schüttelte den Kopf. »Aber ohne die Entführung wäre die Tochter des Arztes nie in diese Situation gekommen.«

Ruben raufte sich die Haare. »Ach herrje, ich habe tatsächlich vergessen, Ihnen den neuesten Stand mitzuteilen. Also: Sofi Reich weist eindeutige Missbrauchsspuren auf. Nicht von der Nacht, in der sie ermordet wurde, sondern ältere. Außerdem wurde im Schlafzimmer von Dr. Reich eine Flasche mit K.-o.-Tropfen gefunden. Und in dem Papierkorb seiner Tochter befand sich ein Taschentuch mit Spuren von seinem Sperma.«

Als Ruben stockte, fügte Eva hinzu: »Und man fand Tagebucheinträge seiner Tochter, dass sie sich häufig morgens nicht gut fühlte. Das könnte eine Folge der Betäubung gewesen sein.«

»Sie meinen ... Oh Gott ...« Verona Goldbach hielt sich die Hand vor den Mund und Ruben nickte.

»Ja. Es deutet vieles darauf hin, dass sie von ihrem Vater über einen längeren Zeitraum missbraucht wurde.«

Staatsanwalt Tauber machte sich weitere Notizen und sah dann auf seine Uhr. »Gute Arbeit bis hierher. Eine Frage noch: Haben Sie schon weitere Informationen über das Opfer Oliver Schwartz? Was hat er mit der ganzen Sache zu tun, außer dass er Sofi Reichs Notlage ausnutzen wollte?«

Florian Hübner hob die Hand. »Darum habe ich mich gekümmert. Er ist ein alleinstehender Geschäftsmann aus Bonn, der zu einem Wellnessurlaub im Hotel Adler war. Ich habe mit dem Rezeptionisten dort gesprochen. Herr Schwartz hat sich bei ihm nach Events in der Gegend erkundigt, woraufhin ihm der Hotelmitarbeiter das Konzert einer alten Ostband ans Herz legte. Die abgerissene Eintrittskarte dazu haben wir in seinem Geldbeutel gefunden. Der Weg durch den Wald ist zwar nicht die geschickteste Strecke zurück in sein Hotel, aber die kürzeste. Scheinbar hat er sich von seinem Navi leiten lassen.« Florian Hübner blätterte in seinen Notizen. »Laut Gerichtsmedizin hatte er ganz ordentlich Alkohol im Blut. Ein Wunder, dass er überhaupt fahren konnte.«

Staatsanwalt Tauber nickte und erwiderte an Ruben gewandt: »Das bestätigt Ihre Theorie von einem zufälligen Zusammentreffen mit Sofi Reich. Gut, wir müssen natürlich mögliche Angehörige ausfindig machen, aber delegieren Sie das bitte an einen Kollegen. Sie haben nun wahrlich Wichtigeres zu tun.« Er sah auf die Uhr. »Ich muss Sie jetzt leider alleine lassen, da in einer halben Stunde ein Pressetermin auf mich wartet. Bitte schreiben Sie mir eine Nachricht, wenn sich noch etwas Gravierendes ergibt.« Damit stand er auf und verließ den Raum.

47

»Waren Sie nach der Gerichtsmedizin auch bei Professor Lauenstein?«, erkundigte sich Verona Goldbach, nachdem der Staatsanwalt gegangen war.

»Ja«, bestätigte Eva und wandte sich an Ruben. »Mir hast du auch noch nicht erzählt, welche Erkenntnisse du aus dem eigenartigen Gespräch mit ihm gewonnen hast.«

Ruben war inzwischen völlig in sich gekehrt und nahm seine Kollegen nur noch am Rande wahr. Als auch noch Florian Hübner fragte, was in der Klinik passiert war, tauchte Ruben aus seiner Versunkenheit auf und erklärte knapp: »Jemand ist in Gefahr, ich muss nachdenken und ihr seid zu laut. Kommt in einer Stunde runter in den Keller.« Mit diesen Worten erhob er sich und verließ ebenfalls den Raum.

Florian Hübner deutete ihm hinterher und fragte an Eva gewandt: »Was ist das für ein Vogel? Was bildet der sich ein, uns hier einfach so sitzen zu lassen?«

Allen Problemen, die sie selbst manchmal mit Ruben hatte, zum Trotz fühlte sich Eva verantwortlich für ihren Partner. »Dieser Vogel ist vielleicht einer der besten Ermittler in diesem Land. Und wenn er seine Ruhe braucht, hat das mit Sicherheit einen Grund. Rede noch einmal so von ihm und wir sind wieder per Sie!«

»Hey, hey«, mischte sich nun Verona Goldbach ein. »Was haltet ihr davon, wenn jetzt jeder ein wenig runterkommt und wir zusammen eine Kleinigkeit essen gehen?«

»Danke, aber nein«, sagte Eva bestimmt. »Ich brauche ein wenig frische Luft und gehe eine Runde spazieren.«

»Was hat er damit gemeint, dass jemand in Gefahr ist?«, fragte Florian eine Dreiviertelstunde später vorsichtig.

Eva hängte ihre Jacke an die Garderobe des Büros, drehte sich zu ihm und hätte fast schon wieder bissig reagiert. Doch sie besann sich, und der Umstand, dass die Kommissarin nicht hier war, machte es ihr leichter zu sagen: »Tut mir leid. Ich wollte vorhin nicht so überreagieren. Ich bin heute ein wenig neben der Spur.«

Florian schenkte ihr ein Lächeln und erwiderte vorsichtig: »Alles gut.«

Verona Goldbach war von beiden unbemerkt an der Tür erschienen und deutete auf die große Wanduhr. »Ich glaube, Kommissar Hattinger hatte nun genügend Zeit zum Nachdenken. Kommt ihr?«

Der Kellerraum verursachte bei Eva ein leichtes Frösteln und sie fragte sich einmal mehr, warum Ruben es in Kauf nahm, so abgeschottet zu arbeiten. Entgegen ihren Erwartungen saß Ruben aber nicht irgendwo herum und starrte vor sich hin. Ganz im Gegenteil. Sein Gesichtsausdruck wirkte offen und fröhlich, als die drei eintraten.

Auch Verona Goldbach wirkte etwas irritiert. »Haben Sie den Fall gelöst oder einfach nur gute Laune?«, fragte sie.

Ruben lächelte sie an. »Ganz so schnell geht es auch nicht, aber ich bin vielleicht ein Stück weitergekommen.«

»Gut, dann lassen Sie uns bitte teilhaben.«

Ruben ging an seine improvisierte Pinnwand, deutete in die Mitte und erklärte: »Ich bin mir ziemlich sicher, dass Professor Lauenstein der Dreh- und Angelpunkt ist.« Sein Finger wanderte zu den Kästchen, die er kreisförmig drum herum gemalt hatte. »Und das hier sind die beteiligten oder auch betroffenen Personen. Wie ich vorhin schon sagte, können wir den kleinen Jungen und Sofi Reich eigentlich ausblenden, da sie nicht die eigentliche Motivation des Täters darstellen. Und Oliver Schwartz sowie die beiden Wanderer scheinen einfach nur zur falschen Zeit am falschen Ort gewesen zu sein. Bleiben: Lauensteins toter Sohn, Dr. Reich, Egon Schulze und zwei noch unbekannte Personen.«

»Warum nicht Maria Schmucke? Und woher wissen Sie, dass noch zwei fehlen?«, fragte Verona Goldbach dazwischen.

»Weil ich glaube, dass Maria kein Opfer im Sinne der Morde war. Klingt vielleicht absurd, aber ich bin überzeugt, dass er sie und ihren Sohn beschützen wollte. Unser Täter hatte es nicht auf sie abgesehen, er wollte sie nicht bestrafen.«

»Und warum noch zwei weitere?«, fragte Florian Hübner.

»Als ich vorhin mit Eva bei dem Professor war, fragte er, ob seine beiden Engel tot sind. Ich denke, der Täter hat irgendwie mit ihm kommuniziert und ihm gedroht.«

Dieses Mal war es Eva, die ihn unterbrach. »Ach, darum wolltest du so dringend mit diesem Pfleger sprechen. Er war oder ist für dich ein Verdächtigter.«

»Richtig«, bestätigte Ruben. »Da der Professor offenbar Informationen bekommen hat, ihn aber außer seiner Tochter niemand besuchte, muss es jemand anderen geben. Und der Verdacht liegt nahe, dass dieser Jemand vom Klinikpersonal ist.«

»Und seine Tochter, diese Reporterin, schließen Sie als Täterin aus?«

Ruben sah die Kommissarin an. »Sie etwa nicht? Ganz abgesehen davon, dass ich ihr das nicht zutraue, hat sie durch ihren Freund ein Alibi. Ganz im Gegenteil. Ich glaube, dass sich unser Täter noch nicht ganz sicher ist, was Vanessa Lauenstein angeht. Es könnte gut sein, dass sie eine der beiden Engel ist, von denen der Professor sprach.«

Verona Goldbach nickte. »Gut, dann müssen wir sie auch gegen ihren Willen besser beschützen. Ich habe zwar kaum Personal, werde aber noch zwei Beamte abstellen.«

»Tun Sie das«, erwiderte Ruben wenig interessiert. »Aber zurück zu dem Pfleger, diesem Klaus Stolz. Ich habe meinen Kollegen in Bamberg darauf angesetzt und der ist sehr schnell fündig geworden. Herr Stolz scheint ein ziemliches Interesse an Professor Lauenstein, dem Entführungsfall von Maria Schmucke und den toten Tieren in den Jahren danach zu haben. Der Mann postet auf Instagram immer wieder zweideutige Bilder aus der Klinik. Für Außenseiter ist das nicht zu erkennen, aber wenn jemand weiß, um was es geht, bekommt man so Informationen über den Professor. Vielleicht ist er nicht der eigentliche Täter, aber ich könnte mir vorstellen, dass er sich nur zu gerne zu einem Informationsaustausch zwischen der geschlossenen Abteilung und der Außenwelt anbietet.«

»Nehmen wir ihn fest«, schlug Florian Hübner vor.

»Nein, keine gute Idee«, widersprach Ruben. »Sie kennen den Professor nicht. Einerseits scheint der Mann eine konkrete Angst um diese besagten zwei Engel zu haben. Andererseits können wir uns nicht darauf verlassen, dass uns eine seiner abgespalteten Persönlichkeiten einen Namen verrät. Dieser Pfleger ist deutlich näher an ihm dran. Es wäre also gut, wenn wir wüssten, was er weiß.«

»Und warum vernehmen wir ihn nicht einfach?«, unterbrach Florian Hübner ihn erneut.

Ruben sah ihn an und bat: »Sie sollten sich angewöhnen, Ihren Gedanken nicht in dem Augenblick freien Lauf zu lassen, in dem sie entstehen. In Ruhe nachdenken hilft enorm bei der Wahrheitsfindung.«

Der junge Kommissar öffnete den Mund, schloss ihn aber auch gleich wieder. Und Ruben tat ihm den Gefallen, seinen Denkfehler aufzuzeigen. »Erstens wird Herr Stolz nichts preisgeben, da er damit zugeben müsste, gegen seine Schweigepflicht verstoßen zu haben. Und zweitens wissen wir nicht, ob, und wenn ja, wann er eine Information vom Professor bekommen hat. Wenn wir ihn heute vernehmen und Professor Lauenstein erst morgen einen klaren Moment hat, haben wir nichts gewonnen.«

»Was schlagen Sie vor?«, fragte Verona Goldbach.

»Überwachung. Wir brauchen eine vollständige Überwachung. Sowohl von seinen Online- und Telefonaktivitäten als auch von ihm selbst. Also wann er wo hingeht und so weiter.«

»Dazu brauchen wir noch mehr Personal«, stöhnte die Kommissarin.

»Stimmt, aber das können die Kollegen aus Erfurt übernehmen. Außerdem muss es erst ein Richter genehmigen.«

Nachdem das geklärt war, ging Ruben erneut zu der Wand, dachte kurz nach und sagte: »Gut. Bleibt also die Frage nach der Vergangenheit von Professor Lauenstein. Und da sich die Hinweise verdichten, dass die ganze Sache etwas mit seiner Zeit bei der Stasi zu tun haben könnte, bin ich einen Schritt weiter gegangen. Der zuständige Richter wollte zwar zunächst mehr Zeit, ich konnte ihn aber davon überzeugen, dass wir sofortige Akteneinsicht benötigen. Mein Kollege und Internetforensiker in Bamberg ist gerade dabei, uns die Sache etwas einfacher zu machen.«

»Ruben«, mischte sich Eva ein.

»Ja?«

»Du sprichst in Rätseln!«

»Okay«, brummte dieser, schloss kurz die Augen und begann von vorne. »Es gibt zahlreiche Stasiakten über Professor Lauenstein, und wie ihr alle wisst, kommen in solchen Akten immer wieder Querverweise zu anderen Personen vor. Da diese Personen aber nie mit Klarnamen, sondern meist als IM XY geführt werden, ist es eine Mammutaufgabe, alles richtig zuzuordnen. Thomas Habermann, der besagte Kollege, ist ziemlich gut darin, solche Arbeiten einen Computer erledigen zu lassen. Er hat sich Zugriff auf das Archiv geben lassen, die entsprechenden Dateien heruntergeladen und wird einen kleinen Algorithmus programmieren, der alles miteinander abgleicht.« Ruben sah in die Runde und fragte: »War das jetzt verständlicher?«

Eva nickte. »War es. Und wie lange wird das dauern, beziehungsweise was machen wir in der Zwischenzeit?«

Rubens Blick ging kurz zur Uhr. »Habermann hat mir die Auswertung bis etwa siebzehn Uhr versprochen und jetzt ist es gleich drei. Ich würde vorschlagen, wir organisieren uns und machen danach eine Pause. Selbst wenn wir eine Vorauswertung der Akten bekommen, dürfte es noch genug nachzuarbeiten geben. Und sollten sich daraus konkrete Hinweise auf den Täter oder diesen zweiten Engel, von dem der Professor sprach, ergeben, könnte es eine lange Nacht werden.«

Er wandte sich an Verona Goldbach und bat: »Können Sie die verstärkte Überwachung der beiden Reporter und die des Pflegers organisieren? Sie kennen sich hier besser aus und wissen, wen Sie ansprechen müssen.«

»Mache ich«, versprach die Kommissarin.

Danach drehte er sich zu den beiden jüngeren Kommissaren. »Und wir drei gehen noch einmal die Erkenntnisse der Spurensicherung und der Gerichtsmedizin durch. Vielleicht ergeben sich daraus neue Spuren.« Ruben stockte und fragte erneut an Verona Goldbach gewandt: »Was ist eigentlich mit dem Sohn von Maria Schmucke? Kann man inzwischen mit ihm reden?«

Diese schüttelte den Kopf. »Keine Chance. Die Psychologin meint, das Kind erinnert sie an Tarzan. Sie glaubt zwar, dass der Kleine durchaus eine gewisse Bildung hat, aber er ist von der neuen Situation völlig überfordert und reagiert auf so ziemlich alles mit Aggression. Schnelle Informationen brauchen wir uns von dieser Seite nicht erhoffen.«

»Alles klar«, erwiderte Ruben. »Also gut, dann wollen wir mal.«

48

»Dieser Arsch«, wiederholte Vanessa zum dritten Mal, machte sich weitere Notizen und klickte zum nächsten Foto. Sie las die abfotografierten Stasiakten ihres Vaters nun schon zum zweiten Mal. Die Abgründe seiner Vergangenheit waren erschütternd, doch all das führte sie nicht zu der eigentlichen Frage, wie alles zusammenhing. Warum ihr Bruder zum Opfer wurde und seine damalige Freundin Maria verschwand.

Hinzu kamen vage Hinweise zu ihrer Tante, die aber keinen Sinn ergaben. Alles, was in den Akten stand, war, dass die Schwester ihres Vaters plötzlich in das Fadenkreuz der Staatssicherheit geriet und kurzzeitig inhaftiert wurde. Wer der Hinweisgeber war, wurde von der Behörde geschwärzt. Was sie allerdings irritierte, war, dass ihr Vater offenbar keinerlei Anstalten gemacht hatte, seiner Schwester zu helfen. Ganz im Gegenteil, in einer Akte stand sogar, dass er sich diesbezüglich einsichtig zeigte.

Für Vanessa passte das alles absolut nicht zusammen. Sie kannte die alten Familienfotos und auf denen hatte zwischen ihn und seine Schwester kein Blatt Papier gepasst.

Torstens lautes Niesen riss sie aus ihren Gedanken und ließ sie zusammenschrecken. Ihr Freund stand im Türrahmen, schnäuzte sich lautstark die Nase und fragte dann: »Schon fündig geworden?«

»Nicht wirklich«, erwiderte sie. »Wie geht es dir?«

»Schon besser. Das Zeug wirkt wirklich gut. Ich denke, morgen geht es wieder.« Dann hielt er sein Handy in die Höhe und erklärte: »Und das sollte es auch. Unser Chef will endlich wieder einen Bericht über die Lage hier. Offenbar sind inzwischen einige Reporter in der Gegend und manche haben sogar richtig gute Informationen.«

Er ging zu der kleinen offenen Küchenzeile, die man notdürftig in die Ferienwohnung gebastelt hatte, und schenkte sich eine Tasse Kaffee ein. Nach dem ersten Schluck verzog er das Gesicht, schüttete den Rest in die Spüle und fragte: »Wie kannst du das Zeug nur trinken? Diese alten Kaffeemaschinen machen wirklich furchtbare Plörre.« Stattdessen holte er sich ein Glas Wasser und setzte sich an den Esstisch, auf dem zahlreiche Notizzettel um den Laptop verteilt herumlagen. »Also? Schon fündig geworden? Hast du etwas, aus dem wir einen Artikel basteln können oder das dich persönlich weiterbringt?«

Vanessa atmete durch, ließ ihren Blick über das Chaos auf dem Tisch wandern und gab schließlich zu: »Nicht wirklich. Außer dass mein Vater ein scheiß Stasimitarbeiter war und seine eigene Schwester verleugnet hat. Es gibt nicht einen Anhaltspunkt, warum mein Bruder so bestialisch getötet wurde. Und wenn es eine Racheaktion aus der DDR-Zeit war, verstehe ich nicht, was mein Bruder damit zu tun haben könnte. Ich meine, mein Vater war ja offenbar dabei, als es passiert ist. Und dass er und Maria es überlebt haben, ergibt keinen Sinn.«

»Vielleicht wollte der Täter deinen Vater ja mit dem Mord an seinem Sohn brechen«, schlug Torsten vor.

»Und warum entführt er danach Maria und hält sie jahrelang gefangen?«, entgegnete Vanessa.

»Was ist eigentlich mit ihr?«, warf Torsten ein.

»Wie meinst du das? Was soll mit ihr sein? Sie ist tot!«

»Ja, schon klar. Aber hat sich schon einmal jemand mit ihrer Biografie befasst? Ich kenne dich ja schon eine Weile, und du weißt doch ganz gut Bescheid über die damaligen Ermittlungen rund um den Tod deines Bruders. Aber soweit ich mich erinnern kann, ging es dabei in der Hauptsache immer nur um deinen Vater und um deinen Bruder. Aber vielleicht ist ja Maria der Schlüssel zu allem. Kennst du zum Beispiel ihre Vergangenheit oder ihre Eltern und Verwandten?«

Vanessa hörte auf, mit dem Stift in ihrer Hand zu spielen, sah ihn an und sagte schließlich ein wenig scherzhaft: »Ich mag dein Fieber, das fördert ja ganz neue Gedankengänge zutage. Und ja, natürlich kenne ich die Leute. Mein Bruder war schließlich lange mit Maria zusammen und die beiden wollten sogar heiraten. Allerdings haben sie, nachdem mein Vater als mutmaßlicher Mörder festgenommen wurde, jeden Kontakt abgebrochen.«

Sie zog den Laptop zu sich heran und tippte Maria Schmucke und Frauenwald in das Suchfenster. Sie scrollte durch die Einträge und klickte schließlich auf eine alte Pressenachricht, in der Marias Eltern die Bevölkerung um Mithilfe bei der Suche nach ihr baten.

Sie zoomte das fünf Jahre alte Foto etwas heran, brummte: »Was soll's, mehr als Nein sagen können sie ja nicht«, und öffnete ein Onlinetelefonbuch. Zwei Minuten später griff sie zum Handy und tippte die Nummer ab.

Als die Stimme von Marias Mutter erklang, fühlte sich Vanessa kurz in die alte unbeschwerte Zeit zurückgeworfen. Sie räusperte sich, sagte ihren Namen und war froh, dass nicht sofort aufgelegt wurde.

Das Gespräch dauerte unerwartet lange. Der Umstand, dass der Professor zumindest teilweise entlastet worden war, schaffte eine neue Ebene. Einige Minuten später legte Vanessa auf und wandte sich an Torsten. »Die arme Frau ist zwar völlig fertig, aber auch erleichtert, dass die Unsicherheit über den Verbleib ihrer Tochter ein Ende hat. Die Gerichtsmedizin hat Marias Leichnam freigegeben und ihre Mutter hat mich zu der morgigen Beisetzung eingeladen. Aber es kommt noch besser: Sie hat mich auch gebeten, ihr bei der Rede für die Trauerfeier zu helfen. Jetzt, da sie glaubt, dass unsere beiden Familien Opfer geworden sind, möchte sie auch ein paar Worte über meinen Bruder verlieren.«

Torsten wischte sich etwas Schweiß von seiner fiebrigen Stirn und beschloss: »Und ich werde jeden Einzelnen der Anwesenden fotografieren. Nach allem, was wir wissen, war Maria fünf Jahre lang bei ihrem Entführer. Könnte gut sein, dass auch er sich verabschieden will.«

»Klingt nach einem Plan«, freute sich Vanessa, tippte ihrem Freund auf die Brust und befahl: »Aber jetzt ab ins Bett mit dir. Ich brauch dich morgen in besserer Verfassung.«

»Und was machst du?«, fragte er, während er sich mühevoll erhob.

Sie setzte ein wissendes Lächeln auf. »Ich fahre jetzt rüber nach Frauenwald, zu Marias Familie. Vielleicht bekomme ich dort einen Hinweis darauf, wie alles zusammenhängt. Irgendeinen Bezug zu unserer Familie muss der Täter ja haben, also muss ihn auch irgendwer kennen.«

Vanessa nahm Torsten in den Arm und küsste ihn zum Abschied auf die Wange. »Und keine Angst, die Bullen haben inzwischen schon zwei Autos da unten stehen. Ich bin also in bester Begleitung.«

»Das ist gut«, erwiderte er schwach und ließ sich widerstandslos von ihr ins Schlafzimmer ziehen und zudecken.

Der ganz in Schwarz gekleideten Frau war ihr Kummer anzusehen. Trotzdem schenkte sie Vanessa ein warmes Lächeln und nahm sie sogar kurz in den Arm.

Während Vanessa an dem bereits gedeckten Esstisch Platz nahm, ging Frau Schmucke in die Küche und kam kurz darauf mit einer Schale voll Kekse und einer Kaffeekanne zurück. Vanessa fühlte sich in der Zeit zurückversetzt. Sie und ihr Bruder hatten sich damals nicht mehr sehr oft gesehen, aber trotzdem war sie zu zwei Anlässen bei dieser Familie zu Gast gewesen. Einmal, als ihr Bruder und Maria offiziell verkündeten, heiraten zu wollen. Und dann noch einmal, als Herr Schmucke einen runden Geburtstag feierte.

Vanessa sah sich um und es schien, als hätte die Zeit seit der Entführung stillgestanden. Außer dass der Käfig mit den beiden nervigen Wellensittichen fehlte, sah alles aus wie früher.

Frau Schmucke schenkte ein, lehnte sich zurück und faltete die Hände auf dem Schoß ineinander. Ein paar Sekunden herrschte unangenehme Stille. Schließlich fragte sie: »Wie geht es Ihrem Vater?« Und bevor Vanessa antworten konnte, fügte die Frau mit erstickter Stimme hinzu: »Es tut mir so furchtbar leid, dass wir dachten, er hätte Maria etwas angetan. Im Grunde hat es nie einen Sinn ergeben, dass er seinen Sohn getötet und Maria verschleppt haben soll. Aber was hätten wir anderes denken können, als man ihn neben dem Feuer aufgegriffen hat?«

Vanessa legte ihre Hand auf den Unterarm der Frau und erwiderte verständnisvoll: »Ich weiß. Und Sie müssen sich deswegen nicht schuldig fühlen. Schließlich ging sogar die Polizei davon aus, dass er diese schrecklichen Dinge im Wahn getan haben soll. Und ich auch.«

Frau Schmucke sah sie an. »Hat er sich je dazu geäußert, was dort draußen im Wald passiert ist?«

»Nein, nie. Er ist bis heute nicht bei Sinnen«, erklärte Vanessa knapp, wobei sie selbst wahrnahm, wie hart ihr Tonfall wurde. Ihre neuen Erkenntnisse trugen nicht gerade dazu bei, dass sie sich ihm näher fühlte.

Sie trank einen Schluck Kaffee, der in etwa genauso übel schmeckte wie der in der Ferienwohnung. Währenddessen suchte sie eine Überleitung zu dem, was sie wirklich interessierte. Als sie sich im Raum umschaute, fiel ihr ein Bilderrahmen mit vielen alten Fotos auf. Sie stand auf, deutete darauf und fragte: »Darf ich?«

Das Bild mit ihrem Bruder darauf verursachte einen Stich im Herzen, auch weil er auf vier der sieben Fotos abgebildet war. Es gab Bilder von Maria, von Maria mit ihm zusammen im Garten dieses Hauses und von der Verlobungsfeier, allerdings kein Bild, auf dem sie selbst oder ihr Vater zu sehen war. Und dann gab es noch ein älteres Foto, auf dem Maria, ihr Bruder und sein früherer Freund und Bundeswehrkamerad zu sehen waren.

Vanessa drehte den Kopf zu Frau Schmucke, deutete auf das Bild und fragte: »Den hab ich ganz vergessen. Wie hieß er noch mal?«

Frau Schmucke stand auf, schob ihre Lesebrille auf die Nase und sagte: »Sebastian. Ein netter Junge. Er war ab und zu mit den beiden hier.«

»Was ist aus ihm geworden?«

Sie atmete hörbar aus. »Das war eine schlimme Sache damals. Es muss ungefähr ein halbes Jahr vor der anderen Tragödie gewesen sein. Kennen Sie die Straße, die rauf zur Talsperre führt?«

Vanessa nickte. »Ja klar.«

»Er ist dort von der Fahrbahn abgekommen. Sein Wagen ist einen Abhang hinuntergerollt und völlig ausgebrannt. Für ihn und seine Beifahrerin kam jede Hilfe zu spät. Man konnte nur noch ihre Überreste bergen.«

»Ach ja«, erinnerte sich Vanessa. »Jetzt, wo Sie es sagen. Ich hatte in der Zeit nur telefonischen Kontakt zu meinem Bruder und einmal war er richtig fertig. Ich kannte seinen Freund nicht wirklich, daher ist mir sein Tod nicht so nahegegangen. Aber das war bestimmt Sebastian.«

Frau Schmucke ging zurück zum Esstisch und ließ sich schwerfällig nieder. »Damals dachte ich noch, was seine armen Eltern wohl durchmachen müssen. Und ein paar Monate später hat es uns dann selbst getroffen.«

»Wer sind seine Eltern?«, erkundigte sich Vanessa, schon aus beruflicher Routine.

»Herr und Frau Dittrich. Er ist der zuständige Förster in der Gegend.«

Das weitere Gespräch handelte von der bevorstehenden Beerdigung. Vanessa brachte es mit Anstand hinter sich und verließ das Haus erst, als die Sonne bereits untergegangen war. Auf der Heimfahrt war sie dann tatsächlich froh über den Wagen mit den zivil gekleideten Polizisten, der dicht hinter ihr blieb. Um diese Jahreszeit zeigte der Thüringer Wald ein Gesicht, bei dem man sich gut vorstellen konnte, wie all die Märchen und Mythen über den Rennsteig entstanden waren. An den Bäumen setzte sich der erste Frost fest und auf den freien Flächen zogen sich immer dickere Nebelwolken zu einer undurchsichtigen Masse zusammen.

Zurück in der Gaststätte, über der die Ferienwohnung untergebracht war, ließ sie sich vom Wirt eine Brotzeit zum Mitnehmen geben und ging damit hinauf. Bevor sie sich um das Essen kümmerte, schrieb sie noch einige Notizen auf einen Zettel und beschloss dann, dass es für heute genug war.

49

Ruben mochte es, wenn Menschen konzentriert bei der Sache waren. Und so erfüllte ihn der Anblick seiner drei Kollegen mit Zufriedenheit. Natürlich hatte es Gemurre darüber gegeben, dass er die Auswertung der Akten hier unten in seinem Kellerraum machen wollte. Aber nun schien sogar dieser junge Kommissar dic Ruhe und das Fehlen jeglicher Ablenkung zu schätzen.

Jeder von ihnen saß an einem Laptop und sichtete die von Habermann vorsortierten Akten. Staatsanwalt Tauber hatte inzwischen dafür gesorgt, dass sie uneingeschränkten Zugriff auf das Archiv hatten, was Habermann davor bewahrte, irgendwelche halblegalen Dinge zu tun. Trotz der späten Stunde saß auch er in Bamberg in seinem Büro und arbeitete jede ihrer Anfragen ab.

Und es waren mehr, als sie noch am Anfang vermutet hätten. In fast jedem der alten Berichte kamen mehrere Decknamen von früheren Stasimitarbeitern vor und jeder davon musste erst ermittelt und dann gegengeprüft werden. Immer wenn sich ein konkreter Bezug zwischen Professor Lauenstein und einem anderen Stasigehilfen ergab, vermerkten sie das an dem großen Whiteboard.

Gegen einundzwanzig Uhr zeigte sich langsam ein zusammenhängendes Bild.

Egon Schulze hatte damals seine Wohnung zur Verfügung gestellt, um ein Treffen zwischen dem Professor und einem gewissen IM Waldbauer zu ermöglichen. Wer dieser IM Waldbauer war, versuchte Habermann, aus den elektronischen Akten herauszufiltern.

»Treffer«, verkündete Eva, stand auf und ging zur Tafel. Dort schrieb sie »Dr. Bernhard Reich« und in Klammern »IM Martin« neben den mittig notierten Namen des Professors. Danach verband sie die beiden Namen mit einem Strich und schrieb darüber »Vertuschung eines Selbstmords«.

»Erkläre uns das«, bat Ruben.

Eva tippte auf den Namen von Dr. Reich. »Ich habe gerade einen Bericht über ihn gefunden, den eine ranghohe Offizierin mit der Bezeichnung IM Natascha über ihn verfasst hat. Sie schreibt …« Eva ging zu ihrem Laptop, räusperte sich und las: »IM Martin hat unser Vertrauen, ihn Arzt werden zu lassen, bestätigt. Wie schon bei dem Säugling lassen sein Untersuchungsbericht sowie der Totenschein keinen Zweifel daran, dass sich Adele Lauenstein selbst das Leben genommen hat. Alle weiteren offiziellen Untersuchungen können damit eingestellt werden und Professor Lauenstein gilt als entlastet.«

»Die haben einen Mord vertuscht?«, kombinierte Florian Hübner. »Und wer war diese Adele Lauenstein überhaupt?«

»Die Schwester des Professors«, erklärte Ruben, der bis gerade eben geglaubt hatte, die Biografie des Professors gut zu kennen. Er ging kurz in sich, bevor er laut nachdachte: »Also könnte unser Täter einen Bezug zu der Schwester des Professors gehabt haben. Rache ist ja ein ziemlich beliebtes Motiv. Und wenn dieser Jemand gewusst hat, dass Lauenstein seine Schwester getötet hat, läge das durchaus im Bereich des Möglichen.«

»Eine Sache passt nicht«, warf Verona Goldbach ein, ging nun ihrerseits zu dem Whiteboard und zeichnete eine Linie, die sie mit Jahreszahlen versah. Dann erklärte sie: »All diese Begebenheiten ereigneten sich in den letzten drei Jahren vor dem Mauerfall. Also in etwa hier …« Sie machte einen senkrechten Strich bei dem Jahr 1987. »Das heißt, wenn wir davon ausgehen, dass es sich vielleicht um einen damaligen Freund oder Geliebten von Adele Lauenstein handelt, wäre er etwa wie alt gewesen?«

Eva verstand, klickte sich durch einige Akten und erklärte: »Adele Lauenstein verstarb mit Mitte zwanzig und der Professor war damals Anfang dreißig.«

»Gut«, bestätigte die ältere Kommissarin. »Wie gesagt, wenn wir davon ausgehen, dass es sich um einen Freund von ihr gehandelt hat, der im gleichen Alter war, würde das bedeuten, dass er heute Mitte fünfzig wäre. Und da stellt sich mir schon die Frage, ob das auf unseren Täter passt. Bei allem, was geschehen ist, habe ich eher einen deutlich jüngeren, ziemlich agilen Mann im mittleren Alter vor Augen.«

»Guter Einwand«, stellte Ruben fest, nahm hinter seinem Laptop Platz und rieb sich die Hände. »Also brauchen wir noch deutlich mehr Informationen.« Doch anstatt sich wieder den Akten zu widmen, hob er noch einmal den Kopf und sagte an Eva gewandt: »Setz bitte mal Habermann auf diese IM Natascha an. Er soll alles andere zurückstellen. Uns fehlt immer noch ein Hinweis, wer diese Engel sein könnten, von denen der Professor heute Mittag sprach. Und offenbar schuldet er dieser Natascha einiges, wenn sie sogar einen Mord für ihn vertuscht hat.«

»Boah, diese scheiß Decknamen«, fluchte Florian Hübner eine halbe Stunde später. Er wischte sich über seine müden Augen und fragte in die Runde: »Hat einer von euch inzwischen mehr über diesen IM Waldbauer herausgefunden? Ich habe hier einen Bericht über ihn, der besagt, dass es noch weitere Treffen zwischen Professor Lauenstein und dem Mann gegeben hat. Allerdings scheinen diese Treffen wenig harmonisch abgelaufen zu sein und endeten damit, dass dem Professor ein Kontaktverbot zu dem IM auferlegt wurde.«

Genau im selben Augenblick gab der Laptop von Verona Goldbach einen kurzen Ton von sich. Sie öffnete die eingegangene Mail von Habermann, überflog die Zeilen und sagte ehrlich erstaunt: »Ach, da schau her, der also auch.« Sie besann sich auf ihre Kollegen und fügte hinzu: »Habermann hat gerade einen weiteren Decknamen geknackt und das erstaunt mich jetzt doch ein wenig.«

Auch Ruben hob den Kopf und sah die Kommissarin erwartungsvoll an. Sie stand auf, nahm den Stift und schrieb »IM Waldbauer = Hans Dittrich, der regionale Förster« an die Tafel.

»Der Mann, der uns in den Wald geführt hat?«, fragte Ruben.

»Genau der«, bestätigte sie und schüttelte den Kopf. »Hätte ich nie von ihm gedacht. Wir hatten durch die Sache mit den in den umliegenden Wäldern gefundenen Tierkadavern immer wieder einmal miteinander zu tun. Der Mann wirkte auf mich immer so naturverbunden und bodenständig. Ich hatte nie den Eindruck, dass er eine zweifelhafte Vergangenheit hat.«

»Die eigentlichen Abgründe spielen sich hinter der Fassade ab. Aber noch wissen wir ja nicht, ob er tatsächlich etwas angestellt hat.« Ruben stand ebenfalls auf. Nachdem er den Rücken hörbar durchgedrückt hatte, bat er: »Markieren Sie den Mann. Wir statten ihm morgen einen Besuch ab.«

Nach einundzwanzig Uhr ging nichts mehr voran. Habermann rief von Bamberg aus an und erklärte Ruben, dass sein Programm weiter automatisch nach IM Natascha suche, er aber Feierabend machen würde. Und auch den anderen drei Kollegen war anzusehen, dass sie für heute genug hatten.

Ruben machte mit seinem Handy ein paar Fotos von den Informationen am Whiteboard und fragte an Verona Goldbach gewandt: »Machen wir Feierabend und treffen uns morgen früh um acht wieder hier?«

»Ja, ist wohl besser«, bestätigte sie. »Ich sehe auch nicht, dass wir heute noch den großen Durchbruch schaffen. Die Reporter sind soweit sicher und wir haben keine Ahnung, wer diese Engel sind, von denen der Professor sprach. Wenn wirklich noch jemand in Gefahr schwebt, können wir nur hoffen, dass sich der Täter noch etwas Zeit lässt.«

»Sehe ich auch so.« Ruben klappte seinen Laptop zu, wartete, bis die anderen den Kellerraum verlassen hatten, löschte dann das Licht und schloss ab.

Draußen vor dem Präsidium empfing sie die Nacht mit empfindlich kalter und feuchter Luft. Ruben verabschiedete sich von der Kommissarin und wandte sich dann an Eva. »Komm, lass uns gehen.«

Eva sah unschlüssig auf den Asphalt herab, hob dann aber selbstsicher den Kopf und antwortete, während sie Ruben den Autoschlüssel reichte: »Frag einfach nicht. Und steck im Ferienhaus den Schlüssel bitte nicht von innen in das Schloss.« Dann drehte sie sich zu Florian Hübner und sagte: »Lass uns gehen.«

Verona Goldbach schenkte dem verdutzt dreinblickenden Ruben ein mitleidiges Lächeln, zuckte mit den Schultern und sagte lapidar: »Da steckste nicht drin. Ich hoffe, Ihr Abend wird nicht zu einsam.«

Ruben winkte ab. »Damit habe ich kein Problem, aber Eva hat gerade ihre …« Er stockte und räusperte sich. »Ach, egal. Wir sehen uns morgen früh.« Er ging zu seinem Dienstwagen und fuhr zurück in das Waldhotel.

50

Er spürte den Druck schon seit einigen Tagen und wusste, dass es an der Zeit war, die Sache abzuschließen. Irgendwann würden sie kommen. Sie würden es nicht verstehen, die Wahrheit vielleicht sogar unter den Tisch kehren. Die alten Seilschaften hielten zusammen und nicht jeder Richter von damals war ausgetauscht worden.

Sein eigener Unterschlupf war gut präpariert und der gepackte Rucksack lag schon lange im Wald vergraben. Wenn alles gut ging, stand ihm noch eine lange Zeit mit seiner neuen Familie bevor. Wenn nicht, würde er eine andere Bleibe finden. Der Osten war voll von Ruinen, die keiner mehr beachtete. Und nach ein, zwei Jahren in den tiefen Wäldern Skandinaviens würde er zurückkehren. Trotzdem musste er gerade jetzt vorsichtig sein. Die tiefe Narbe, die sich quer durch seine Seele zog, konnte nur heilen, wenn auch der letzte Name von seiner Liste gestrichen war.

Sebastian ließ seinen Fingernagel noch einmal über die Holzplatte kratzen, auf die er seine Aufzeichnungen genagelt hatte. Dann schloss er die Augen und fragte sich, ob wenigstens sie ihn verstehen würde. So nahe wie vorhin im Archiv war er ihr noch nie gekommen. Sie war schön, und wenn er den Glanz in ihren Augen richtig gedeutet hatte, spürte auch sie die tiefe Verbindung.

Er löste sich aus seiner Starre, ging hinüber in ihr neues Zuhause und setzte sich auf das Bett aus dicken Fellen. Dann ließ er seine Kleidung fallen, streckte sich nackt auf dem Bett aus und stellte sich vor, wie sie neben ihm lag. Er würde bald beide Engel seines Vaters hier haben. Mit dem einen eng vereint, während der andere nur einen Raum weiter seine Sünden herausschrie.

Eine halbe Stunde lag er einfach nur so da. Er verzichtete darauf, sich Erleichterung zu verschaffen, und hörte kurz davor auf, sich zu reiben. Entspannung war jetzt genau das Falsche, denn es würde nur den Fokus trüben. Er brauchte die Anspannung. Mit dieser Erkenntnis stand er auf, zog sich seine normale Kleidung an und ging hinauf in die Ruine.

Am Ende des Fußmarschs durch den Wald ging er hinter einem dichten Busch in die Hocke und wartete, bis sich sein Atem so weit beruhigte, dass er keine dichten Kondenswolken mehr ausstieß.

Erst dann drehte er sich zu dem Haus und beobachtete es eine Weile. Der Umstand, dass seine sogenannte Mutter durch ihren Schlaganfall fast nichts mehr sagen konnte, machte es einfacher. Doch was seinen Vater anging, konnte er sich da nicht ganz so sicher sein.

Natürlich war das Wissen um dessen Vergangenheit ein starkes Druckmittel, doch man konnte sich nie sicher genug sein. Nachdem sich in der Umgebung um das frei stehende und renovierungsbedürftige Forsthaus nichts Auffälliges zeigte, stand er auf und ging hinunter.

Er trat ein, ohne anzuklopfen, und fand seinen Vater dabei, wie er gerade sein Gewehr reinigte. Sebastian hasste Schusswaffen.

Wenn er ein Tier erlegte, wollte er die Körperwärme und den versiegenden Atem spüren.

»Sie waren da«, brummte sein Vater statt einer Begrüßung. Er hielt inne, sah ihn mit diesen trüben, kalten Augen an und wiederholte: »Sie waren hier und wollten wissen, ob ich eine der alten DDR-Ruinen in der Umgebung kenne, in der vielleicht jemand hausen könnte.« Dann veränderte sich seine Haltung. Doch trotz seiner noch immer vorhandenen körperlichen Stärke sah Sebastian, welche Last auf den Schultern seines alten Vaters lag.

Gut so, dachte er, trat extra nahe an den Tisch, neigte den Kopf etwas zur Seite und sagte scharf: »Dann will ich doch hoffen, du hast das Richtige gesagt. Oder muss ich dich daran erinnern, was passiert, wenn sie von deinen kleinen schmutzigen Geschäften während der Wendezeit erfahren?«

Er liebte es, diese Unsicherheit im Gesicht seines Vaters zu sehen. Der alte Mann schüttelte kraftlos den Kopf und flüsterte: »Du bist ein Monster.«

»Monster bringen Monster hervor. Das war schon immer so«, erwiderte Sebastian gleichmütig.

»Ohne meine Rente bist du ein Nichts«, warf sein Vater ein. »Und wenn sie dich dort oben finden, kannst du nur noch von deinem geliebten Wald träumen.«

Sebastian ignorierte die Aussage. Sein Blick wechselte zu der Frau, die sich seine Mutter schimpfte, und er fragte wenig interessiert: »Wie geht es ihr?«

Das Thema war heikel, und wenn sein Vater eine gewisse Kraft entwickelte, dann wegen ihr. Und tatsächlich brachte er Haltung in seinen Körper und entgegnete scharf: »Was interessiert es dich? Du bist doch sicher wegen des Wagens hier.« Er sah liebevoll zu seiner Frau, die starr und stumm in ihrem Schaukelstuhl saß. Danach steckte er die Hand in seine Hosentasche, zog den Schlüssel heraus und legte ihn neben das zerlegte Gewehr. »Tanke ihn wieder voll. Ich brauche ihn morgen früh zurück. Mutter muss zum Arzt und ich will nicht wieder ein Taxi rufen müssen.«

»Tanken wollte ich sowieso«, gab Sebastian zurück. Er nahm den Schlüssel und ging wortlos hinaus. In der Garage lud er die beiden Benzinkanister in den Wagen, startete ihn und fuhr auf die Landstraße in Richtung Jena.

IM Natascha. Wie oft hatte er diesen Namen in den alten Akten über seinen Vater gelesen. Alle anderen Decknamen waren relativ leicht herauszufinden gewesen, aber diese Natascha war bis zu seinem letzten Besuch in der Psychiatrie ein Rätsel geblieben. Aber eigentlich war das nur logisch. Während man über die einfachen Mitarbeiter ordentlich Buch führte, wurden die Identitäten der ranghohen Stasimitarbeiter außerordentlich gut geschützt.

»Herbert, Herbert«, sagte Sebastian laut, als er an den Professor dachte. Wie lange hatte er diesen Namen mit sich herumgetragen. Die Verbindung zu der Frau musste wirklich stark gewesen sein, wenn er sie mit seiner Tochter Vanessa auf eine Stufe stellte. Aber damit war jetzt Schluss.

Sebastian konzentrierte sich wieder auf die Straße, musste aber einige Male stehen bleiben, um die alte Landkarte zurate zu ziehen.

Es war ein hübsches Haus. Alte Substanz, aber mit großem Aufwand renoviert. Der Ortsteil Ziegenhain bot mit seinem weidenähnlichen Bewuchs wenig natürlichen Schutz, aber die Frau wohnte zum Glück abgeschieden genug.

Sebastian suchte sich eine Stelle neben der Zufahrt zu dem Grundstück der Ärztin. Er schaltete die Innenbeleuchtung aus, um in der beginnenden Abenddämmerung nicht aufzufallen, und lehnte sich zurück. Bei seinem ersten Besuch am gestrigen

Abend war ihr Auto gegen neunzehn Uhr aufgetaucht und er hoffte einfach, dass sie sich an einigermaßen regelmäßige Arbeitszeiten hielt.

Tags zuvor hatte er das Grundstück einmal umrundet, wobei er immer wieder einen Blick durch sein kleines Fernglas wagte. Soweit er es erkennen konnte, wohnten im Haus noch zwei fast erwachsene Kinder und ein Mann, der sein Büro im oberen Stockwerk des Hauses hatte. Die drei würden sie vermutlich vermissen.

Allerdings hatte das gestrige Abendessen der Familie aus mitgebrachtem Fertigfraß bestanden, der lieblos auf die vier Teller verteilt wurde. Nichts an dieser Familie hatte glücklich gewirkt. IM Natascha war eine Frau mit verbissenem Gesichtsausdruck, die weder für ihre Kinder noch für ihren Mann einen liebevollen Blick übrighatte.

Sebastian hatte noch lange im hohen Gras unweit des Hauses gelegen und sich wirklich zusammenreißen müssen, um sie nicht sofort zu holen. Allerdings wollte er nicht, dass ihre Kinder etwas mitbekamen oder durch ihn sogar in Gefahr gerieten. Ob der Mann die Vergangenheit seiner Frau kannte und ebenfalls eine Strafe verdient hatte, wusste er nicht. Aber den Kindern vom Tod ihrer Mutter berichten zu müssen, würde Strafe genug sein. Und bei dem, was er vorhatte, würde auch die Identifikation ihrer Leiche keinen Spaß machen.

Um achtzehn Uhr dreißig war die Sonne längst untergegangen, und da man auf der von Obstbäumen gesäumten Zufahrt auf Laternen verzichtet hatte, war kaum noch etwas zu erkennen. Sebastian zog sich die halb aus Leder und halb aus Fell bestehenden Handschuhe über. Danach folgte die selbst gemachte Mütze aus Hasenfell, aus der die Hörner eines jungen Rehbocks herausragten.

Auf seinen kompletten Anzug musste er hier leider verzichten, doch die beiden Kleidungsstücke genügten, um ausreichend Distanz zu seiner bürgerlichen Rolle herzustellen. Er schloss die Augen, ließ seine Gedanken treiben und fand so mehr und mehr Zugang zu seinem inneren Jäger.

Als sich die Lichter des kleinen Sportwagens näherten, legte er sich neben seinem Auto auf den Boden, sodass er mit den Beinen auf die Zufahrt ragte. Mit halb geschlossen Augen beobachtete er, wie die Ärztin näher kam.

Sie stoppte ihr Auto so, dass er voll im Licht ihrer Scheinwerfer lag. Danach schaltete sie zwar auch noch das Fernlicht ein, machte aber keine Anstalten auszusteigen. Sebastian schickte ein Zucken durch seine Glieder und versuchte dadurch, wie ein Schwerverletzter zu wirken. Doch anstatt ihm zu helfen, sah er nun das blaue Leuchten eines Handydisplays. Er stieß einen Fluch aus, sprang auf und rannte zu der Fahrerseite. Ihre Hand ging zu dem Knopf, mit dem man alle Schlösser gleichzeitig verriegeln konnte, war aber zu langsam. Er riss die Tür auf und bekam ihre frühere Ausbildung zur Stasioffizierin zu spüren.

Sie handelte, ohne zu zögern, und sie war schnell. Ihre Hand ging zu seiner Hose, umgriff seine Hoden und drückte erbarmungslos zu. Er wusste, dass der eigentliche Schmerz erst verzögert einsetzen würde. Er musste etwas tun, solange es noch ging. Er schlug zu. Sie lockerte ihren Griff erst, als ihre Augäpfel nach oben wegrollten. Mit dem Einsetzen des Schmerzes und der eingetretenen Stille hörte er die Stimme eines Mannes, der immer wieder den Vornamen der Frau rief. Sebastian holte das Handy aus dem Fußraum, drückte auf den roten Hörer und der Mann verstummte.

Es erforderte wahnsinnige Überwindung, seine schmerzenden Hoden halbwegs zu ignorieren. Trotzdem schaffte er es, die

Frau abzuschnallen, aus dem Wagen zu ziehen und unsanft in seinen eigenen Kofferraum zu befördern.

Danach legte er krachend den Rückwärtsgang ein und sah noch, während er wendete, wie an dem Haus die Außenbeleuchtung eingeschaltet wurde.

51

Ruben war in ein langes Telefonat mit seiner Familie vertieft. Da er heute Nacht nicht mehr mit Eva rechnete, saß er im Schlafanzug auf seinem Bett und genoss es, endlich wieder einmal alleine zu sein.

Er wünschte seiner Pia gerade eine gute Nacht, als sein Handy trotz des aktiven Telefonats einen leisen Hinweiston ausstieß. Ruben bat seine Frau, kurz zu warten, sah auf das Display, wo nur der erste Satz von Habermanns Nachricht zu lesen war, und dieser lautete: IM Natascha ist Nastja Lasarew, Leiterin des gerichtsmedizinischen Instituts in Je…

»Ruben? Mein Schatz, bist du noch da?«, hörte er Pia am anderen Ende sagen, während sich in seinem Kopf eines zum anderen fügte. Die Chefärztin der Gerichtsmedizin passte perfekt ins Bild. Sie war in etwa gleich alt wie der Professor, hatte einen leichten Dialekt, der darauf schließen ließ, dass sie schon lange in Thüringen lebte, und hatte bei seinem Besuch in der Gerichtsmedizin ziemlich unnahbar gewirkt.

»Ruben?«

Er hob das Handy wieder ans Ohr. »Ja, mein Engel, ich bin noch da. Habermann hat mir nur gerade eine Nachricht geschickt.«

»Dein Kollege in Bamberg?«

»Ja, genau. Der Typ, der nur hinter seinem Computer sitzt und Kekse isst.«

Pias Lachen tat ihm gut, konnte aber nicht davon ablenken, dass die Zeit drängte. Der Täter hatte sich bisher mit nichts Zeit gelassen, und wenn diese Ärztin tatsächlich auf seiner Liste stand, war sie in größter Gefahr.

Pia kannte ihren Mann lange genug, um schon an Rubens Stimmlage zu erkennen, wann er nicht bei ihr, sondern in seinem Job gefangen war. »Ruf mich an, wenn dein Kopf wieder Ressourcen freihat«, schlug sie vor.

Ruben zwang sich kurz zurück zum Telefonat und erwiderte: »Ja … danke, mein Engel … es … Ich glaube, es eilt wirklich.«

Sie antwortete mit leicht genervtem Unterton: »Alles gut, mein Schatz. Aber nach diesem Fall sind *wir* dran. Dann baust du ein paar Überstunden ab und wirfst dein Handy aus dem Fenster.«

Rubens Gedanken waren schon wieder zu Nastja Lasarew gewandert, daher antwortete er, ohne nachzudenken: »Ja, das mache ich. Bis dann. Ich liebe dich.« Danach unterbrach er die Verbindung und öffnete Habermanns vollständige Nachricht.

IM Natascha ist Nastja Lasarew, Leiterin des gerichtsmedizinischen Instituts in Jena. Mein Programm hat mir gerade die Auswertung der Suchanfrage für IM Natascha per Mail zugeschickt. Sie finden den Bericht in Ihrem Mailpostfach.

Ruben öffnete das Mailprogramm und las:

IM Natascha

Klarname: *Nastja Lasarew*

Offizierin bei der Bezirksverwaltung Suhl

Ausbildung: *Doktor der Medizin*

Verantwortungsbereich: *Jugendwerkhof Erfurt*

++keine weiteren Informationen++

Jugendwerkhof Erfurt. Dort also, wo auch der Professor beschäftigt gewesen war. Ruben bedankte sich mit wenigen Worten bei Habermann und wählte anschließend Verona Goldbachs Nummer. Doch zeitgleich mit dem Freizeichen klopfte es an der Tür der Ferienhütte. Ruben legte wieder auf, holte seine Waffe und ging zur Tür, die er ohne Vorwarnung aufriss.

Verona Goldbach machte eine abwehrende Geste. »Hoho, immer langsam!« Sie hob die Hand, in der sie das Handy hielt, in die Höhe.

»Sie haben gerade versucht, mich zu erreichen?«, fragte sie, während sie sein Outfit musterte. Sie verkniff sich das Kichern und murmelte: »Ach du Scheiße. War der Pyjama ein Weihnachtsgeschenk, und wenn ja, in welchem Jahr?«

Ruben ignorierte die Aussage und fragte ein wenig verwirrt: »Was machen Sie hier? Haben Sie Habermanns Mail noch vor mir bekommen?«

»Ihr Kollege aus Bamberg?« Verona Goldbach wirkte nun ebenfalls verwirrt. »Nein, der hat mir nichts geschickt. Aber ich lasse mir die aktuellen Polizeieinsätze über unsere neue schicke Dienst-App als Pushnachrichten schicken.«

»Und?« Ruben wusste nicht so ganz, was er mit dieser Information anfangen sollte.

Die Kommissarin deutete mit der freien Hand auf das Display ihres Handys. »Nastja Lasarew wurde vor etwa eineinhalb Stunden von ihrem Mann als vermisst gemeldet. Die Kollegen von der Streife haben ihren Wagen in der Zufahrt ihres Hauses gefunden. Außerdem befanden sich Blutspuren auf dem Fahrersitz. Und da Sie heute Vormittag mit der Doktorin gesprochen haben, dachte ich mir: Wo der Herr Hattinger ist, kann ein Verbrechen nicht weit sein.«

Ruben musste nicht lange überlegen. Eilig trat er aus der Hütte. »Nastja Lasarew ist IM Natascha. Wir müssen sofort los. Ich glaube, sie ist in Lebensgefahr.« Dann wollte er die Tür hinter sich zuziehen.

Verona Goldbach stoppte diese mit ihrem Fuß, sah ihm kurz in die Augen und empfahl: »Sie haben sicherlich recht, trotzdem würde es die meisten Bürger verwirren, wenn ein Hauptkommissar im Schlafanzug ermittelt.«

Während sich Ruben schnell umzog, erzählte er ihr durch die offene Schlafzimmertür von Habermanns Mail.

»Und was machen wir jetzt?«, fragte Verona Goldbach nach seinen Ausführungen. »Fahren wir nach Jena zu Frau Lasarews Haus?«

Er streckte den Kopf durch den Türrahmen. »Nein, das würde nichts bringen. Ich würde vorschlagen, Sie lassen ihr Auto und den Auffindeort von der KTU wie einen Mordtatort untersuchen. Die sollen uns fortlaufend informieren. Und wir beide fahren zu Ihnen ins Büro und sehen uns die Spurenlage an. Außerdem müsste sich jemand um die Verkehrsüberwachung in der Gegend um den Wohnort der Frau kümmern. Vielleicht finden sich irgendwelche Aufnahmen von Verkehrskameras, auf denen der Täter zu sehen ist.« Ruben stockte. »Apropos, wo sind eigentlich unsere beiden Turteltauben?«

Die Kommissarin räusperte sich. »Ich habe Florian zwar erreicht, und Ihre Kollegin ist auch bei ihm, aber ich fürchte, die beiden werden uns heute keine Hilfe mehr sein. Die beiden turteln nämlich nicht, sie sitzen in einer Kneipe und löschen ihren Durst mit den falschen Substanzen, wenn Sie wissen, was ich meine.«

Eine halbe Stunde später schob Ruben das Whiteboard aus dem Aufzug, wobei ihm ein alter Bürostuhl als Wagen diente. Er stellte die große Tafel an einer Wand ab, setzte sich vor Florian Hübners Monitor und gab sein eigenes Passwort ein, um Zugriff auf sein Benutzerkonto im Polizeinetzwerk zu bekommen.

Inzwischen waren erste Informationen in Form von Fotos zu dem Verschwinden der Jenaer Doktorin verfügbar.

»Kann man die …« Ruben deutete zu dem elektronischen Smartboard, neben dem seine primitiv wirkende Tafel stand. Verona Goldbach trat neben ihn, nahm die Maus und klickte auf ein paar Schaltflächen. Kurz darauf erwachte das Smartboard zum Leben und zeigte das erste Foto der KTU.

»Danke«, sagte er und klickte sich Schritt für Schritt durch die zwanzig Bilder. Danach öffnete er Foto Nummer fünf, lehnte sich zurück und fragte: »Fällt Ihnen auch etwas auf?«

Die Kommissarin musterte die Aufnahme, auf der ein Sportwagen mit eingeschalteten Scheinwerfern leicht schräg in einer schmalen Zufahrt stand. »Der Winkel?« Es war mehr eine Frage als eine Feststellung.

»Genau«, bestätigte Ruben. »So fährt man nicht über diesen Weg. Es sieht für mich aus, als wollte die Doktorin mit den Scheinwerfern etwas anleuchten. Und hier …«, er bewegte den Mauszeiger zu einer Stelle zwischen zwei Obstbäumen, »sieht der Boden so aus, als hätte dort ein weiterer Wagen gestanden. Jedenfalls erscheint mir das Gras umgeknickt und dann festgefroren.«

Ruben klickte auf ein kleines Chatsymbol, das ihn direkt mit dem Einsatzleiter der KTU in Jena verband. Dann tippte er seine Frage ein und bekam nur zwei Minuten später die Antwort:

> Wir konnten nur einen Teilreifenabdruck finden. Aber Sie haben Glück, mein Kollege macht den Job schon ziemlich lange und ist sich ziemlich sicher, dass es sich bei dem Reifen um ein altes Fabrikat handelt, das oft in dem russischen Geländewagen UAZ 469 verbaut wurde.

Ruben tippte: »Danke!« Danach öffnete er eine Internetseite und suchte nach dem Wagen.

Die Kommissarin blickte über seine Schulter. »Was ist das?«

»Das ist der Fahrzeugtyp, den der Täter möglicherweise fährt. Haben Sie so einen Wagen hier schon einmal gesehen?«

Verona Goldbach dachte kurz nach. »Nicht in diesen Militärfarben, aber ja, ich glaube, der eine oder andere Bauer fährt so einen. Scheint sich gut für unsere Wälder zu eignen.«

»Alles klar«, erwiderte Ruben. »Dann brauchen wir jetzt Zugriff auf die Kfz-Zulassungsstelle und die Namen von allen, die eine solche Kiste fahren. Und auch die Verkehrsüberwachung soll sich darauf konzentrieren.« Ruben stockte, tippte sich einige Male mit dem ausgestreckten Finger gegen die Lippe und fragte schließlich: »Waren Sie in letzter Zeit draußen an diesem Bunkermuseum, zu dem auch unser Hotel gehört?«

»Nein, warum?«

Er schloss die Augen und wiederholte im Geist einen kleinen Spaziergang, den er vor zwei Tagen in der Hotelanlage unternommen hatte. Der Wagen war rückwärts in eine Garage eingeparkt gewesen, deren Tor aber offen gestanden hatte. Ruben drehte sich wieder zu dem Monitor und zoomte die Front dieses UAZ 469 heran. Und tatsächlich, es war derselbe Wagen wie in der Garage unweit des alten Bunkers.

»Da kommt er«, flüsterte die junge Frau an der Rezeption verschwörerisch. Verona Goldbach hatte die Strecke zwischen Suhl und der Hotelanlage bei Frauendorf in sportlichen zwanzig Minuten bewältigt.

Der Kellner, von dem sie inzwischen wussten, dass er einen alten Geländewagen fuhr und eines der Personalzimmer im Haus bewohnte, kam langsam schlendernd auf den Eingang zu. Die Rezeptionistin hatte ihnen bereits mitgeteilt, dass er heute seinen freien Tag hatte. Ruben stand in dem kleinen Büro neben der Rezeption, während die Kommissarin an der angrenzenden Bar saß.

Der Mann trat ein, ging lässig zu seiner Kollegin und sagte leicht lallend: »Hallo, Chéri. Machst du jetzt nur noch Nachtschichten oder kann ich dich mal wieder zu einem Essen einladen?«

Die Angesprochene zwang sich zu einem Lächeln und erwiderte: »Hi, du. Das wird wohl noch ein wenig warten müssen.«

Dann hätte alles ganz schnell gehen können, doch Ruben trat schon aus dem Nebenzimmer, als die Kommissarin noch an der Bar stand. Der Kellner sah ihn fragend an, erkannte ihn als den Polizisten, der im Hotel wohnte, und ergriff die Flucht.

Verona Goldbach schrie noch: »Stehen bleiben, Polizei!«, doch da war der Mann auch schon durch den Haupteingang und lief nun draußen quer über den Parkplatz zum angrenzenden Wald. Die beiden Kommissare folgten ihm noch ein Stück, bis sie schließlich zwischen den Bäumen stehen blieben und sich umsahen. Der Mann schien spurlos verschwunden.

»Und was jetzt? Hubschrauber? Wärmebildkameras?«, fragte Verona Goldbach schwer atmend.

Ruben schüttelte den Kopf. »Das können wir nicht bringen. Vielleicht ist er nur geflüchtet, weil er betrunken gefahren ist. So einen Einsatz können wir nicht verantworten.« Er drehte sich zurück zur Hotelanlage und beschloss: »Aber seinen Wagen können wir uns ansehen. Und falls es tatsächlich Spuren gibt, die auf eine Entführung hinweisen, sieht die Sache schon wieder anders aus.«

52

Vanessa wusste zunächst nicht, was sie weckte. Einen Atemzug später strömte der Kaffeegeruch in ihre Nase. Sie schlug die Augen auf, sah erst Torsten, der auf ihrer Bettkante saß, dann die Tasse in seiner Hand. Sie strich sich die zerzausten Haare aus dem Gesicht, setzte sich auf und fragte erstaunt: »Was ist mit dir? Wunderheilung?«

Er lächelte frech. »Sieht so aus. Offenbar hast du gestern die richtigen Mittelchen mitgebracht. Ich bin zwar noch nicht topfit, aber für ein paar Recherchen reicht es allemal.«

Sie nahm ihm die Tasse aus der Hand, trank einen Schluck und stellte sie weg. Dann warf sie einen Blick auf ihr Handy, das gerade einmal sieben Uhr anzeigte, rückte etwas zur Seite und klopfte auf die Matratze. »Bevor ich dich in die Welt lasse, will ich spüren, wie fit du bist.« Dann strich sie ihm durch die vom Duschen nassen Haare, öffnete den Gürtel seines Bademantels und zog ihn zu sich.

Nachdem die beiden eine Kleinigkeit gegessen hatten, packte Torsten seine Kameraausrüstung zusammen. Vanessa stand am Fenster, blickte hinunter zu den beiden Autos, von denen sie rund um die Uhr bewacht wurden, und atmete einmal tief durch. »Wir müssen sie loswerden. Wenn dieser Kommissar mitbekommt, dass wir trotz des Vorfalls mit dem Arzt eigene Recherchen vornehmen, nimmt er uns noch in Schutzhaft.«

Torsten trat an ihre Seite. »Und wie willst du das machen?«

»Gute Frage«, erwiderte sie unschlüssig. »Rausschleichen würde vielleicht noch klappen, aber spätestens wenn wir unser Auto nehmen, haben sie uns.«

Torstens Blick fiel auf die unausgepackte Reisetasche, die er am Tag zuvor achtlos in dem Wohnraum abgestellt hatte. Plötzlich hatte er einen Geistesblitz.

Draußen war einer der Polizisten ausgestiegen, um eine Zigarette zu rauchen. Er sah missmutig und gelangweilt aus. »Wir erlösen die Typen dort unten«, erklärte Torsten.

Vanessa runzelte die Stirn. »Wie meinst du das?«

»Na, wir geben ihnen keinen Grund mehr, uns zu überwachen. Wir checken aus und fahren zurück nach Erfurt.«

»Hä?« Sie verstand es nicht.

»Wir checken aus und bitten sie, diesem Kommissar Hattinger mitzuteilen, dass wir nach Hause fahren. Normalerweise haben die nur einen bestimmten Zuständigkeitsbereich. Also werden sie uns höchstwahrscheinlich nicht folgen, sondern höchstens ihren Erfurter Kollegen Bescheid sagen. Dort kommen wir aber nicht an und haben so eine Weile Zeit, in der uns niemand am Arsch klebt.«

»Gar nicht dumm«, erwiderte Vanessa nach einem Augenblick des Nachdenkens. »Könnte tatsächlich klappen.«

»Hast du eigentlich eine Spur?«, fragte Torsten, während er einige Dinge zusammensammelte.

»Nur eine«, erwiderte sie über die Schulter. »Der beste Freund meines Bruders ist kurz vor dem Mord tödlich verunglückt. Ich möchte mit seinen Eltern reden. Vielleicht wissen die, mit wem die Jungs damals noch Kontakt hatten. Und vom Alter her könnten sie sogar meinen Vater kennen.«

»Und wer sind die Herrschaften?«, fragte Torsten.

»Das Ehepaar Dittrich. Er ist der hiesige Förster und war das auch schon vor der Wende. Ich kenne den Mann sogar flüchtig von einer früheren Reportage, wusste damals aber nicht, dass sein Sohn etwas mit meinem Bruder zu tun hatte.«

»Meinst du die Sache mit den toten Tieren, die auf so eigenartige Weise im Wald gefunden wurden?«

»Genau«, bestätigte sie, schloss den Reißverschluss ihrer Tasche und verkündete: »Von mir aus können wir. Ich bin fertig.«

Sie bezahlten die Rechnung und einen kleinen Aufschlag, da sie nicht wie versprochen mehrere Tage blieben. Danach luden sie ihr weniges Gepäck ins Auto und Torsten ging laut hustend zu einem der zivilen Polizeiwagen. Dort klopfte er an die Scheibe, nur um einen weiteren Hustenanfall vorzutäuschen, als der junge Polizist ausgestiegen war. Der Mann ging angewidert auf Abstand, hörte sich seine Geschichte an und bat ihn, kurz zu warten.

Torsten konnte zwar nicht hören, was der Bulle im Inneren seines Wagens ins Handy sagte, deutete dessen Gesichtsausdruck aber positiv. Zwei Minuten später stieg der Beamte wieder aus und erklärte: »Alles klar. Der zuständige Kommissar ist informiert und möchte, dass Sie sich bis heute Abend in einer der Erfurter Wachen melden. Außerdem soll ich Sie warnen, dass man jede eigene Recherche als Behinderung der Ermittlungsarbeit werten würde, was empfindliche Strafen nach sich zieht.«

Nun musste Torsten wirklich niesen. Der Polizist wich ein Stück zurück, blieb aber trotzdem freundlich. Er wünschte ihnen eine gute Fahrt und gute Besserung. Dann stieg er in seinen Wagen, gab vermutlich den Kollegen in dem anderen Wagen, der einige Hundert Meter entfernt stand, per Funk Bescheid und sie fuhren beide davon.

»Haben sie es geschluckt?«, erkundigte sich Vanessa, nachdem er auf der Fahrerseite eingestiegen war und sich die kalten Hände rieb.

»Jein. Wir sollen uns bis heute Abend bei der Erfurter Polizei melden.«

»Passt doch. Wenigstens ein paar Stunden ohne Beobachtung«, erwiderte sie. »Kannst du bitte den Motor starten? Es ist verdammt kalt.«

Er tat es, sah dabei zu, wie sie eine Adresse von ihrem Handy in das Navi übertrug, und legte den Gang ein.

Es war gerade einmal neun Uhr morgens und zwischen den hohen Tannen hing noch dichter Nebel. Außerdem war die Straße an einigen Stellen unberechenbar glatt, was ihn zu einer langsamen Fahrweise zwang. Nach einer weiteren kleinen Ortschaft sagte die Frauenstimme: »In zweihundert Metern bitte rechts abbiegen.«

Torsten nahm das Gas weg. »Bist du dir sicher, dass die Adresse richtig ist?«, fragte er zweifelnd und folgte der Anweisung, die ihn auf einen nur mit alten Betonplatten befestigten Weg führte. Dort hielt er kurz an und Vanessa überprüfte die Angabe mit der elektronischen Landkarte auf ihrem Handy.

»Ja, der Weg zieht sich noch ein Stück, aber am Ende steht ein Haus«, erklärte sie schließlich, und Torsten setzte die langsame und ziemlich holprige Fahrt fort.

Der dicke Hochnebel ließ kaum Tageslicht in den dichten Wald. Farne wirkten durch ihre frostige Ummantelung wie erstarrt und selbst die vereinzelten Felsbrocken vermittelten ein Gefühl von Kälte. Links und rechts von ihnen rückten die Hügel immer näher. Das Tal verengte sich zunehmend. »Früher hätte ich es romantisch gefunden, hier zu wohnen«, sagte Vanessa mit einem leichten Frösteln. »Aber nach allem, was passiert ist, würde ich nachts hier draußen vor Angst durchdrehen.«

»Der Mann ist Förster und hat mit Sicherheit eine Waffe. Das macht es vermutlich leichter. Außerdem haben diese Menschen mit Sicherheit nicht so viele üble Filme gesehen«, antwortete Torsten betont gelassen.

Sie sah ihn an und stellte mit einem Lächeln fest: »Ich bin ja nur froh, dass du auch Angst hast.«

»Hab ich nicht«, gab er zurück.

»Hast du auf jeden Fall«, stichelte sie.

Die Rauchfahne des Hauses unterbrach das kleine Streitgespräch. Torsten lenkte den Wagen auf eine freie Fläche neben dem Weg und betrachtete das alte, mit Schieferplatten verkleidete Haus. »Na, das hat doch was. Stell dir vor, es ist tiefster Winter. Ein Meter Schnee, ein Holzfeuer und nur du und ich.«

»Und ein Irrer, der sich draußen im Wald herumtreibt und Tiere und Menschen häutet«, unterbrach sie seinen Versuch, romantisch zu sein.

Torsten atmete hörbar aus und griff nach hinten zu seiner Kamera. »Können wir, Miss Marple?«

Augenblicklich drang die kalt-feuchte Herbstluft durch jede Naht ihrer Kleidung.

Das Haus lag am Ende der Zufahrt, dahinter waren nur bewaldete Hügel zu sehen. Außerdem gab es noch ein kleines Nebengebäude, das nach einer Garage aussah.

Insgesamt wirkte alles sehr aufgeräumt.

»Wenigstens scheint jemand da zu sein«, brach Torsten mit einer Geste zu dem qualmenden Kamin das Schweigen.

»Na ja, ich weiß nur nicht, ob das Ehepaar Dittrich überhaupt mit uns reden will. Marias Mutter meinte, dass sie sich seit dem Tod ihres Sohnes ziemlich zurückgezogen haben. Außerdem hat Frau Dittrich einen Schlaganfall erlitten.«

»Und das sagst du mir jetzt, nachdem ich ewig weit ins Nirgendwo gefahren bin«, maulte Torsten.

»Mach dich locker, du musstest ja nicht laufen«, erwiderte Vanessa, trat vor die schwere Holztür und drückte auf einen uralten Klingelknopf.

Das schrille Klirren war lauter, als es draußen hätte sein dürfen. Torsten deutete auf den Spalt zwischen Tür und Rahmen, sagte flüsternd: »Die ist offen«, und drückte leicht gegen das Holz.

53

Vanessas erste Wahrnehmung war der alte, muffige Geruch, die zweite das leise Summen einer Frauenstimme.

»Wir sollten verschwinden.« Torstens Stimme klang alarmiert, obwohl sie kaum zu hören war. Vanessa sah sich um. Der kleine Windfang beherbergte alles, was man brauchte, um nach draußen zu gehen. An einem Brett hingen zwei dicke Jacken, darunter standen schwere Stiefel und auf einer Ablage gab es noch Handschuhe und eine dicke Fellmütze. Die nächste Tür, zwei Meter weiter, war geschlossen, doch das Summen kam eindeutig aus dieser Richtung … oder war es doch eher ein Jammern?

»Lass es«, forderte Torsten nun nachdrücklicher, als seine Freundin Anstalten machte, das Haus zu betreten.

Vanessa drehte den Kopf zu ihm. »Und wenn jemand Hilfe braucht?«

»Wir holen die Polizei«, schlug er vor. Sie deutete ein Kopfschütteln an, machte zwei Schritte hinein und klopfte gegen die zweite Tür. Die Frauenstimme verstummte kurz, nur um einen Augenblick später wieder einzusetzen.

Vanessa legte ihre Hand auf die Türklinke. Sie hielt den Atem an, drückte sie herunter und schob die Tür langsam nach innen auf.

Dem ersten Eindruck uriger Gemütlichkeit folgte die Erkenntnis, dass hier etwas nicht stimmte. Die alte Frau, die in der hinteren Ecke in einem Schaukelstuhl saß, wirkte zwar unverletzt, blickte aber starr auf eine andere Stelle im Raum, die von der Tür aus nicht zu sehen war. Vanessa öffnete die Tür ein Stück weiter, sah zuerst zwei Beine am Boden liegen, dann den ganzen Mann. Kurz über der linken Augenbraue klaffte eine große Platzwunde, doch der Brustkorb hob und senkte sich gleichmäßig. Der dichte graue Bart war blutverkrustet und in seiner Hand hielt er ein Schüreisen, das zu dem alten Ofen gehören musste, der leise knisternd in einer Ecke brannte.

Einen Augenblick später löste sich Vanessa aus ihrer Starre. Der alte Mann hatte vermutlich einen Schwächeanfall erlitten und seine kranke Frau konnte nichts tun, als ihn anzusehen.

»Fuck, wir müssen ihnen helfen«, stieß Vanessa jetzt lauter aus, was auch Torsten aus seiner Erstarrung löste. Vanessa vergaß ihre Vorsicht, trat in den Raum und fragte an die Frau des Försters gewandt: »Ist alles in Ordnung? Geht es Ihnen gut?«

Torsten folgte dicht hinter ihr, kniete sich neben den Verletzten, nahm dessen rechte Hand und suchte nach der richtigen Stelle, um den Puls zu fühlen.

Im selben Augenblick, als Vanessa begriff, dass der starre Blick der Frau gar nicht ihrem gestürzten Mann galt, war es zu spät. Die Tür fiel mit einem lauten Krachen ins Schloss, sie und Torsten wirbelten herum und begriffen zunächst nicht, was sie sahen. Der Mann war komplett in Fell gekleidet. Sein Gesicht war unbedeckt, aber zwei kleine Hörner ragten aus der Mütze. In seiner Hand hielt er eine kurze Schrotflinte, die in ihre Richtung zeigte. Er blickte sie mit einer Mischung aus Interesse und Überheblichkeit an.

Torsten, der noch immer die Hand des Försters hielt, zuckte zusammen. Der verletzte Mann am Boden regte sich plötzlich und gab ein Stöhnen von sich. Der Mann mit dem Gewehr forderte: »Los, setzt ihn dort drüben auf den Stuhl und bindet ihm die Hände hinter der Lehne zusammen.« Und als sich weder Vanessa noch Torsten rührten, hob er die Waffe ein Stück an und brüllte: »Jetzt!«

Vanessa überlegte kurz, was sie tun könnte, doch fünf Meter Distanz waren viel zu weit für einen Angriff. Stattdessen schluckte sie und fragte dann leise: »Was wollen …« Sie stockte, sah ihm in die Augen und stellte überrascht fest: »Du bist doch der Typ aus dem Archiv.«

»Spielt jetzt keine Rolle. Helft Vater auf den Stuhl und fesselt ihn.«

»Vater?« In Vanessas Kopf überschlugen sich die Gedanken und aus irgendeinem Grund hatte sie keine übermächtige Angst vor diesem Mann. Statt seinem Befehl zu folgen, stellte sie fest: »Du bist sein Sohn? Wie kann das sein? Mir sagte gestern noch jemand, dass du tot bist.«

Die Mündung des Schrotgewehrs schwenkte zu Torsten und dem Förster, der sich nun langsam aufrappelte. Der ältere Mann spuckte etwas Blut aus und sagte müde: »Wir sollten tun, was er sagt. Er ist nun endgültig verrückt geworden.«

Torsten half dem Mann auf die unsicheren Beine und führte ihn zum Stuhl.

Der Mann deutete mit der Waffe zu einer Kommode und befahl: »Dort drüben ist Klebeband drin. Hole es und fessle ihn.«

Als auch das geschehen war, forderte er an Torsten gewandt: »Und jetzt du. Setz dich auf den anderen Stuhl.« Er warf einen kurzen Blick zu Vanessa. »Und du fesselst ihn ebenfalls.«

Sie nahm ihren Mut zusammen. »Nein, das werde ich nicht!«

Der Mann neigte seinen Kopf etwas zur Seite, richtete den Lauf auf Torstens Kopf und sagte gefährlich leise: »Dann muss ich die Sache wohl anders lösen.«

Vanessa gab sich geschlagen. Sie murmelte mit einer beruhigenden Geste: »Ist gut, ist gut«, und umwickelte die Handgelenke ihres Freundes mit dem Klebeband. Danach folgte sie den Anweisungen und setzte sich auf den Stuhl neben ihm.

Als die Frau im Schaukelstuhl ein leises Wimmern ausstieß, brüllte der Mann: »Halt die Klappe, Mutter.« Das Wort Mutter stieß er dabei eigenartig kalt aus.

In Vanessa kam trotz der Bedrohung die Reporterin durch. Außerdem hatte sie einmal gelesen, dass man bei Geiselnahmen das Gespräch suchen sollte. Also fragte sie: »Aber wenn du Sebastian Dittrich bist, wer saß dann vor sechs Jahren in deinem ausgebrannten Wagen?«

»Niemand, der es nicht verdient hätte.«

»Aber ich will es verstehen«, drängte sie weiter.

Er entspannte sich ein wenig, lehnte sich mit dem Rücken an die Holzwand und antwortete tatsächlich. »Jemand, der genauso skrupellos und schlecht war wie dein Vater und dein Bruder. Er war mit deinem Bruder und mir bei einem Bundeswehreinsatz in Somalia. Und genau wie der werte Professor scherten sich weder dein Bruder noch unser Kamerad um die Seelen der Frauen und Kinder, die sie dort für ihre Perversionen benutzten. Dann kamen wir zurück nach Deutschland. Sie gingen zu ihren Freundinnen und machten einfach weiter, als wäre nichts geschehen. Doch das konnte ich nicht zulassen. Maria war ein Engel und wäre Paul, dein Bruder, gut mit ihr umgegangen, ich hätte es akzeptiert. Aber die Sache in Somalia und sein Verhalten ihr gegenüber ließen mir keine Wahl. Irgendwann hätte er sein damals noch ungeborenes Kind in die gleiche Hölle geschickt, durch die ich gegangen bin.« Er machte eine kurze Pause und fügte hinzu: »Also habe ich, bevor ich mich um deinen Bruder kümmern konnte, mit Holger einen kleinen Ausflug unternommen, von dem er leider nie zurückkehrte.«

»Und als sie dich für tot hielten, bist du untergetaucht.« Vanessa konnte das Gesamtbild noch nicht greifen, fühlte aber ein gewisses Verständnis, über das sie sich selbst wunderte.

Seine Lippen formten ein Lächeln. Er sah sie an und sagte mehr zu sich selbst: »Du kommst eindeutig aus der Familie Lauenstein. Irgendwie scheint uns das Gen für Empathie zu fehlen.«

»Uns?«, fragte Vanessa irritiert, doch er ging nicht weiter darauf ein.

Er richtete die Waffe auf sie. »Komm mit«, befahl er und machte einige Schritte weg von der Tür.

Sie stand auf, drehte sich zur Tür und spürte kurz darauf den Lauf der Waffe an ihrem Rücken, was ihrem Mut einen deutlichen Dämpfer versetzte. Außerdem wurde ihr erst jetzt so richtig bewusst, für was dieser Mann alles verantwortlich war. Trotz all der scheinbar guten Gründe, die er ihr genannt hatte, war und blieb er ein skrupelloser Mörder und sie musste einen Weg finden, um ihn zu stoppen.

Nachdem er sie mit dem Gewehrlauf erst durch den Windfang, dann durch die Haustür gedrängt hatte, fiel ihr Blick auf den nahen Wald, der unmittelbar hinter dem Haus begann. Wenn er nicht sofort schoss, wäre es zu schaffen, doch der Wald war seine Heimat und er war ihr dort mit Sicherheit überlegen. Auf der anderen Seite sah sie die Kühlerhaube ihres Wagens. Weit weg, aber vielleicht die einzige Chance.

»Warte hier«, befahl er und sie hörte, wie er noch einmal zurück in die Hütte ging. Ihre Entscheidung fiel im Bruchteil einer Sekunde. Sie spurtete los. Erst in Richtung Wald, dann um das Haus herum zu der Stelle, an der das Auto stand. Wenn er darauf hereinfiel und sie im Wald vermutete, konnte es klappen.

Als sie das Ende der Rückseite des Hauses erreicht hatte, drückte sie sich an die Wand. Sie hörte seine wütenden Schreie auf der anderen Seite, fasste Mut und rannte weiter.

Ihre Hand ging zum Türöffner und das schlüssellose System bestätigte die Berührung mit einem kurzen Aufblinken der Warnleuchten, gleichzeitig wurden die Schlösser mit einem Klacken entriegelt, das ihr wahnsinnig laut vorkam.

Vanessa riss die Tür auf, ließ sich auf den Fahrersitz fallen, zog sie wieder zu und verriegelte den Wagen von innen. Danach drückte sie auf den Startknopf, der Motor startete und sie riss den Automatikhebel in die Stellung R.

Letztlich war es egal, ob sie zu viel Gas gegeben hatte oder das Lenkrad nicht genügend eingeschlagen war. Der schmale Bachlauf war durch das viele Laub nicht erkennbar. Der rechte Hinterreifen sank darin ein und quittierte jeden Versuch des Heckantriebs, wieder herauszukommen, mit einem lauten Kreischton.

Sekunden später splitterte die Fahrerscheibe und der Gewehrkolben schlug hart gegen ihre Schläfe.

Sobald der Mann fluchend aus dem Haus gestürmt war, hatte Torsten begonnen, an dem von Vanessa nur locker gewickelten Klebeband zu ziehen. Gleichzeitig drückte er sich in den Stand und forderte den kraftlos dasitzenden Förster auf, es ihm gleichzutun. Das Klebeband lockerte sich zwar, machte aber keine Anstalten, seine Hände freizugeben. Als kurz darauf das Motorengeräusch ertönte, gab er auf, drehte sich mit den gefesselten Händen zu der geschlossenen Tür und drückte die Klinke herunter.

Der Windfang war leer und die Haustür stand offen. Ob es ein gutes Zeichen war, dass die Schreie des Mannes aufgehört hatten, wusste er nicht. Das Motorengeräusch war inzwischen verstummt. Er ließ es trotzdem darauf ankommen und rannte mit den Händen auf dem Rücken in Richtung des Wagens. An der Hausecke angekommen, sah er gerade noch, in welches

Desaster sich Vanessa gebracht hatte, dann wurde er grob gepackt und zurück in die Hütte geschleift.

Dort warf ihn der Mann auf einen Stuhl, gab ihm mit dem Handrücken eine schallende Ohrfeige, ging vor ihm in die Knie und sah ihm mit kaltem Blick in die Augen. Nach einem Augenblick der Stille sagte er drohend: »Versuche das noch einmal und du verspielst meine Barmherzigkeit.«

Er schlug erneut zu und Torsten nahm die weiteren Ereignisse nur noch wie durch einen Nebel wahr. Der Mann fesselte ihn und das alte Ehepaar nun auch an den Beinen und klebte allen eine Schicht Klebeband über den Mund. Anschließend verschwand er kurz, kam mit zwei Benzinkanistern wieder und füllte damit zwei große Kochtöpfe. Dann stellte er den Gasherd auf die kleinste Stufe.

Nachdem alles erledigt war, trat er vor den Förster und raunte: »Du triffst die anderen in der Hölle.« Dann wandte er sich an Torsten. »Du hast leider schon zu viel gehört und ich kann es mir nicht leisten, dass du irgendwann nach uns suchst. Vanessa ist mein und wird es auf ewig bleiben. Aber ich möchte nicht, dass du leidest …«

Der Schlag mit dem Gewehrkolben erfolgte ansatzlos und schickte ihn in eine angstfreie Ohnmacht. Das Letzte, was Torsten mitbekam, war der leichte Geruch nach Benzin, dann verschwanden alle Sorgen.

54

»Er kann es nicht sein.«

Ruben öffnete die Augen, schloss diese aber sofort wieder, da Verona Goldbach unerbittlich auf den Lichtschalter drückte. Er hob die Hand schützend vor die Augen, hatte aber immer noch Mühe, die Kommissarin im Schein der vielen Neonröhren scharf zu stellen.

Er setzte sich auf und seine versteifte Rückenmuskulatur rebellierte. Sie hatten den Kellner, der sich kurz nach seinem Verschwinden selbst der Polizei gestellt hatte, bis drei Uhr morgens verhört, und da Ruben gleich frühmorgens weitermachen wollte, war er einfach hiergeblieben.

Die Kommissarin durchquerte den Kellerraum, reichte ihm eine Tasse und wiederholte: »Er kann nicht der Gesuchte sein. Seine Alibis wurden von der Nachtschicht überprüft und sind fast lückenlos.«

Ruben ignorierte die Tasse, quälte sich mühsam auf die Beine und rieb sich über das Gesicht. »Dachte ich mir schon.« Danach schlüpfte er in seine Schuhe und zog sich den Pulli über das Unterhemd. Normalerweise mochte er keinen Kaffee, trank nun aber doch einen Schluck.

»Und jetzt?«, frage Verona Goldbach, der die schlaflose Nacht kaum anzumerken war.

Er griff zu seinem kleinen Notizbuch, überflog seine letzten Einträge und beschloss: »Wir machen der Reihe nach weiter. Oder hat die Fahndung nach Frau Dr. Lasarew schon etwas ergeben?«

»Nein, nichts. Eine Überwachungskamera hat zwar das gesuchte Fahrzeug, also so einen russischen Geländewagen, eingefangen, aber das bringt uns nicht weiter. Die Aufnahmen zeigen weder den Fahrer noch das Nummernschild. Der Wagen stand ziemlich ungünstig neben einem kleinen Lkw.«

»Okay«, gähnte Ruben. »Geben Sie mir bitte noch fünf Minuten, um wach zu werden und eine Toilette zu besuchen.«

»Ja, natürlich.« Die Kommissarin war schon fast zur Tür hinaus, als sie noch einmal stehen blieb. »Ach, übrigens. Dieses Reporterpärchen hat sich heute Morgen bei den Kollegen abgemeldet. Der Mann schien ziemlich krank zu sein. Sie versprachen, zurück nach Erfurt zu fahren und sich dort bis heute Abend in einer Wache zu melden.«

Ruben saß auf dem Klo und dachte über das Verhalten von Vanessa Lauenstein nach. Wie abgebrüht musste man eigentlich sein, wenn man neben der abgelösten Gesichtshaut eines Mannes aufwachte und trotzdem daran dachte, noch etwas aus der Hütte zu schmuggeln? Was auch immer dort oben auf dem Badschrank der Ferienhütte gelegen hatte, Vanessa Lauenstein wollte es unbedingt geheim halten. Würde sie wirklich so einfach aufgeben, nur weil ihr Freund krank war? Was, wenn sie noch viel mehr Informationen hatte und nur die Polizisten vom Hals haben wollte?

Ruben beendete sein Geschäft, checkte etwas in seinem Handy und wusch sich anschließend die Hände und das Gesicht. Dann ging er eilig zum Büro der Kommissarin. Ohne die Kollegin zu beachten, griff er zum Telefonhörer, wählte Habermanns Nummer in Bamberg und forderte grußlos:

»Ich brauche den Aufenthaltsort eines Handys.« Er zog sein kleines Büchlein heraus und diktierte dem Kollegen Vanessa Lauensteins Nummer. »Was, einen Gerichtsbeschluss?«, fragte er abwesend. »Nein, Gefahr in Verzug.« Ohne sich zu verabschieden, legte er auf.

»Und was war das jetzt?«

Ruben drehte sich zu Verona Goldbach und erklärte: »Die sind nie und nimmer abgereist. Abgesehen von ihren familiären Interessen ist diese Vanessa Lauenstein auch für einen sehr karrierefördernden Reporterpreis nominiert und würde sich die Sache hier niemals entgehen lassen.« Er runzelte die Stirn. »Außerdem ergibt es überhaupt keinen Sinn. Die Gesichtshaut des Arztes war entweder eine Botschaft oder eine Drohung. Jeder andere hätte sofort die Koffer gepackt und wäre so schnell wie möglich weg von hier. Diese Frau dagegen hat uns keine halbe Stunde später ein mutmaßliches Beweismittel unterschlagen und sich nur zwei Ortschaften weiter eingebucht. Entweder sie steckt mit dem Täter unter einer Decke oder sie ermittelt auf eigene Faust.« Ruben holte Luft und fügte hinzu: »Doch egal was es ist, beides könnte uns zum Täter führen.«

Während sie auf die Ortung von Vanessa Lauensteins Handy warteten, überflog die Kommissarin noch einmal die Protokolle des Vortags. Sie hakte alle ab, die entweder tot oder vermisst waren, und sagte schließlich laut: »Bleibt eigentlich nur noch IM Waldbauer, also Förster Dittrich.«

»An ihn habe ich auch schon gedacht«, bestätigte Ruben. »Allerdings hat der nach jetziger Aktenlage am wenigsten mit den früheren Geschehnissen zu tun. Was wissen Sie über ihn?«

»Hm«, brummte Verona Goldbach. »Wie gesagt. Er machte in der Vergangenheit immer einen ruhigen, eher zurückgezogenen Eindruck. War immer freundlich und hilfsbereit, und das trotz seiner Schicksalsschläge.«

»Was ist passiert?«

»Vor etwa …« Die Kommissarin musste kurz nachdenken. »… sechs Jahren ist sein Sohn bei einem Autounfall tödlich verunglückt. Kurz darauf erlitt seine Frau einen Schlaganfall und ist seitdem pflegebedürftig. Ich habe mich oft gefragt, wie er das alles verarbeitet hat.«

Rubens Handy gab einen kurzen Signalton von sich und Habermann bewies wieder einmal, dass er seinen Job beherrschte. Unter den GPS-Koordinaten des Ortes, an dem sich das Handy zum letzten Mal ins Netz eingeloggt hatte, stand zusätzlich ein Link, der die Stelle auf Google Maps anzeigte.

Ruben überflog die Informationen. »Wissen Sie, wo das ist?«, fragte er und hielt Verona Goldbach sein Handy mit der geöffneten Karte hin.

Sie nahm es entgegen, vergrößerte den Kartenausschnitt und erklärte: »Auf jeden Fall ist das die falsche Richtung, wenn man nach Erfurt will.« Sie stockte, schob die Karte noch ein wenig auf dem Display hin und her und fügte leise hinzu: »Und das Forsthaus von Herrn Dittrich ist keinen Kilometer von der Stelle entfernt.«

»Also dann«, beschloss Ruben und holte sich seine Jacke von der Garderobe. »Wo sind eigentlich unsere beiden Turteltäubchen?«

»Florian hat gerade geschrieben, dass sie in zwanzig Minuten hier sind.«

»So lange warten wir nicht! Schreiben Sie den beiden, wo wir hinwollen.«

»Alles klar«, bestätigte die Kommissarin, tippte eine kurze Nachricht in ihr Handy und fragte dann: »Nehmen wir Verstärkung mit?«

Ruben dachte kurz darüber nach. »Für das große Aufgebot haben wir zu wenig Fakten, aber vier Beamte in zwei Autos können nicht schaden.«

Sie griff wieder zum Telefon, organisierte die Verstärkung und holte sich ebenfalls ihre Jacke. Danach verließen sie das Präsidium, warteten, bis die Kollegen ebenfalls auf dem Parkplatz eintrafen, und fuhren in einem kleinen Konvoi in Richtung der Stelle, an der das Handy von Vanessa Lauenstein den letzten Kontakt zu einem Funkmast hatte.

»Denken Sie, der Förster hat etwas mit der Sache zu tun?«

Ruben löste seinen Blick von der Landschaft. Der erste Schnee des Jahres verlieh ihr etwas Märchenhaftes. Noch waren es wenige kleine Flocken, doch dicke Wolken am Himmel versprachen mehr.

»Ich weiß es nicht«, antwortete er. »Ich habe den Mann nur bei unserem ersten Einsatz gesehen und für mich passt er nicht ins Bild unseres Täters. Doch bei allem, was ich über die Stasi weiß, würde es mich auch nicht wundern, wenn wir noch lange nicht alles über ihn in den Akten gelesen haben.«

Verona Goldbach konzentrierte sich auf die glatte Fahrbahn und fragte: »Wie schlimm ist es? Ich meine, die Sache mit ihrem … ja was eigentlich … Trauma.«

»Was laute Geräusche angeht?« Ruben wusste, dass er ehrlich sein musste. Erstens, um sich zu schützen, und zweitens, um keinen Kollegen in Gefahr zu bringen. »Sollte geschossen werden, können Sie sich für einige Augenblicke nicht auf mich verlassen. Manchmal geht es schon nach Sekunden vorbei, es kann aber auch sein, dass ich für eine ganze Minute bewegungsunfähig bin.«

Die Kommissarin, die die Spitze des Konvois bildete, setzte den Blinker und bog in eine noch schmalere Waldstraße ab. Das Aufblitzen von Rehaugen im Unterholz ließ Rubens Hand nach dem Haltegriff tasten. Verona Goldbach schien das gewohnt zu sein, sie fuhr mit unvermittelter Geschwindigkeit weiter. »Alles klar, dann bleiben Sie besser hinter mir«, sagte sie gelassen.

»Hier muss es sein«, erklärte Ruben zwei Minuten später. Er hatte Google Maps geöffnet, und die von seinem Kollegen angegebenen Koordinaten deckten sich genau mit ihrem aktuellen Standort.

Verona Goldbach stoppte den Wagen. Um sie herum war nichts zu sehen, abgesehen von einer kleinen Ruine, die an einem Bach neben der Straße stand.

Während sie den Kollegen in den beiden Autos hinter ihnen per Funk die Sachlage erklärte, stieg Ruben aus. Die erste Erkenntnis war, dass er eine zu dünne Jacke gewählt hatte, deren hochgestülpter Kragen kaum etwas von den feinen Schneeflocken abhielt. Die zweite Einsicht bestand darin, dass die Reporter vielleicht vorbeigekommen waren, aber mit Sicherheit nicht mehr hier waren. Es gab weder Forstwege, in die man hineinfahren konnte, noch sonst eine Möglichkeit, ein Auto unbemerkt abzustellen. Und die kleine schmale Holzbrücke, die über den Bach zu der alten Ruine führte, war unpassierbar.

Zurück im Wagen sagte er daher: »Hier ist absolut nichts. Wie weit ist es noch bis zu diesem Forsthaus?«

Fünfhundert Meter weiter setzte Verona Goldbach erneut den Blinker und bog in einen mit groben Betonplatten nur leidlich befestigten Weg, der nicht einmal breit genug für Gegenverkehr war. Ruben murmelte: »Das finden die nie«, nahm das Handteil des Funkgeräts in die Hand und drückte den Knopf. »Wagen zwei.«

»Hier Wagen zwei.«

»Bleiben Sie bitte am Abzweig stehen. Wir erwarten noch Kollegen, denen Sie den Weg weisen müssen.«

»Alles klar, wir warten hier«, lautete die knappe Antwort.

»Gut. Und lassen Sie niemanden vorbei, der aus dem Wald fahren möchte. Bleiben Sie so lange dort, bis Sie weitere Anweisungen von uns bekommen.«

»Verstanden.«

Der Fahrbahnbelag schüttelte sie ordentlich durch, dann kam das kleine, gemütlich aussehende Haus in Sicht und Verona Goldbach verlangsamte die Fahrt noch weiter. Kurz vor der Stelle, an der das Auto der Reporter stand, stoppte sie, deutete darauf und stellte leise fest: »Die Scheibe wurde eingeschlagen.«

55

Sebastian blinzelte die Schneeflocken weg. Das Gewicht auf seiner Schulter spürte er kaum und die Wärme ihres Körpers spendete ihm ein Gefühl von Geborgenheit.

Der Schneefall hatte zum Glück erst eingesetzt, als schon ein gutes Stück hinter ihm lag. Sonst wäre es ein Leichtes gewesen, seinen Spuren zu folgen. Er kannte den Weg durch die unverfälschte Natur. Es war eine der wenigen Gegenden, in der es kaum Forstwirtschaft oder sonstige Eingriffe gab. Doch anders als sonst beflügelte ihn heute nicht die Kraft des Waldes. Vielmehr war es die Vorfreude auf sein neues Leben.

Die eisigen Windböen schafften es nicht durch das dicke Fell seines Anzugs, aber er musste dafür sorgen, dass Vanessa bald ins Warme kam. Ihr zarter Körper war noch nicht an die raue Natur gewöhnt und sie hatten im Moment keine Zeit für Krankheiten.

Bald, sehr bald würde er ihr die Augen öffnen und dann an einen neuen, sicheren Ort umziehen. Wo das sein würde, wusste er seit einer Militärübung. Die großen, weiten Wälder Schwedens hatten ihn schon damals in ihren Bann gezogen. Vanessas Bruder hatte nie verstehen können, wie man sich außerhalb der Zivilisation wohlfühlen konnte. Ihm fehlte jeder Sinn für das wirklich Schöne. Bei ihm ging es immer nur um

Geld, Karriere und darum, Macht über andere auszuüben. Alles Verfehlungen, die unweigerlich zu seinem Tod führten.

Der Hieb mit dem Gewehrkolben war sicher nötig gewesen, trotzdem begann Sebastian, sich langsam Sorgen zu machen. Doch nur wenig später gab Vanessa endlich ein Lebenszeichen von sich. Was mit einem leisen Stöhnen begann, wurde einige Schritte weiter zu einem Trommelfeuer ihrer Fäuste auf seinem Rücken.

Bis zu seinem Haus waren es noch gut zwanzig Minuten, zu weit, um mit einer tobenden Frau über der Schulter weiterzulaufen. An einem umgestürzten Baum blieb er stehen, hob sie mühelos herunter und setzte sie auf das nasse Holz. Sie fauchte: »Lass mich«, und stieß ihn trotz ihrer zusammengebundenen Hände weg. Dann stieß sie ein weiteres Stöhnen aus und hob ihre Hände an ihre blau verfärbte Schläfe. Aus ihrem Blick sprach Wut. Sie sah sich um und fragte scharf: »Wo ist Torsten? Was hast du mit ihm gemacht?«

Er musterte sie einen Augenblick. »Nicht jetzt, wir müssen weiter.«

»Ich gehe nirgendwo hin!« Sie versuchte aufzustehen, taumelte und hielt sich reflexartig an ihm fest. Er nutzte die Gelegenheit, legte seine Arme um sie und atmete den Geruch ihres Haares ein. Nach einer Sekunde des Innehaltens wollte sie erneut Widerstand leisten. Er festigte seine Umarmung und sagte neben ihrem Ohr: »Ich verspreche, dass dir nichts passiert. Alles, was ich möchte, ist, dass du begreifst … einfach alles begreifst.« Er lockerte seine Umarmung, drückte sie ein Stück weg und sah ihr in die Augen. »Soll ich dich tragen, oder kannst du gehen?«, fragte er, als wäre es eine Selbstverständlichkeit, dass sie ihm folgen würde.

»Und was, wenn ich nichts davon mache?«, zischte sie. Ihr rebellischer Ton gefiel ihm, er mochte ihre Stärke. »Erschießt du mich dann mit dem Ding da?«

Er führte seine Hand zu ihrer unverletzten Wange, strich mit der weichen Außenseite seines Handschuhs darüber und sagte sanft: »Die Flinte hab ich doch nicht wegen dir dabei. Sie ist einfach nur zu unserem Schutz. Denn die da draußen werden nie begreifen. Sie werden nie verstehen, warum alles so kommen musste.«

In ihren Augen flackerte etwas auf, Angst, Verwirrung. Er konnte sehen, dass sie ihn noch nicht verstand. Doch sie schien zu erkennen, dass es keinen Sinn hatte, ihm weiter zu widersprechen. Stumm nickte sie, und als er sich in Bewegung setzte, folgte sie ihm.

Als das augenscheinlich verfallene alte Forsthaus in Sicht kam, wuchs seine Vorfreude. Trotzdem blieb er kurz davor noch einmal stehen, sagte: »Warte«, und ging zu einem seiner selbst gebauten Hochsitze. Dort stieg er die Leiter hinauf und blickte zurück über das Land. Eigentlich wäre es langsam an der Zeit für eine dicke schwarze Rauchwolke, doch noch schien sich das Benzin nicht entzündet zu haben.

»Du hast keinen Fluchtversuch unternommen«, stellte er erfreut fest, nachdem er wieder heruntergestiegen war.

»Hier, mitten im Wald und mit gefesselten Händen«, zischte sie abfällig. »Meinst du, ich will dir einen Grund geben, mich von hinten zu erschießen?«

Sebastian lächelte sie an. »Ich weiß, Vertrauen muss man sich erarbeiten.« Er nickte zu dem Haus. »Na, dann komm, ich will dir alles zeigen.«

Kurz darauf löste er die schwere alte rostige Kette, die so wirken sollte, als hätte man die Ruine vor langer Zeit und zum Schutz vor Verletzungen abgesperrt. Der erste Raum entsprach dem äußeren Bild des Hauses. Er war dreckig, verwüstet und einige der Dachbalken hingen gefährlich weit herunter.

Nachdem er die Tür hinter sich geschlossen und mit einem quer liegenden Brett gesichert hatte, ging er zu einem leicht schräg stehenden Regal.

Dass es auf einer Art Schiene stand, war nicht zu erkennen. Er schob es mühelos zur Seite, bat: »Komm«, und führte Vanessa in sein Reich.

Er hatte die Wohnung im hinteren Bereich eingerichtet. Im Haus gab es nur diesen einen Zugang und an den Außenwänden hatte er alle früheren Fenster zugemauert. Selbst wenn sich jemand in die Ruine wagte, wäre dieser Bereich praktisch unsichtbar.

Sein neuer Schatz sah sich tatsächlich interessiert um. »Kannst du mir jetzt bitte diese Fesseln abnehmen? Ich spüre meine Hände nicht mehr«, bat sie schließlich.

Er schenkte ihr ein Lächeln, sah auf ihre schönen schlanken Hände, die er im Geiste schon auf seinem Körper spürte. »Gleich«, erwiderte er und öffnete eine verborgene Bodenplatte.

56

»Schutzweste.«

Ruben war bereits völlig auf das Anwesen, die zerstörte Autoscheibe und die umliegenden Wälder fokussiert und hörte seine Kollegin nicht.

»Herr Hattinger«, sagte Verona Goldbach etwas schärfer.

Er drehte sich zu ihr. »Was?«, fragte er abwesend.

Sie sah ihn genervt an, brachte ihm die Weste und erklärte: »Das hier ist das Haus eines Försters, und solche Leute haben Schusswaffen zu Hause. Ich halte es daher für eine gute Idee, eine Weste anzulegen.«

Ruben zog seine Jacke aus, legte die Weste an und schlüpfte wieder hinein. Dann drehte er sich zum Haus, atmete tief ein und stellte beinahe verträumt fest: »Was für eine Stille.«

Sein erstes Interesse galt dem Wagen der Reporter. Er zog sich ein Paar Handschuhe über, öffnete die Fahrertür und sah dabei zu, wie kleine, offenbar mit Blut benetzte Teilchen des Sicherheitsglases herunterrieselten. Außer dem Fahrzeugschlüssel gab es nicht viel zu sehen. Er umrundete den Wagen und begutachtete den festgefahrenen Hinterreifen. »Das war ein Fluchtversuch, der sozusagen den Bach runterging.«

Sie nickte, sah zu dem Haus und dem Nebengebäude und stellte unsicher fest: »Wir sollten vorsichtig sein. Ist irgendwie zu ruhig hier.«

Beinahe im selben Augenblick setzte das Motorengeräusch eines sich nähernden Autos ein. Zwischen den Bäumen erschien ein kleiner schwarzer BMW und stoppte hinter den beiden anderen Dienstwagen.

Eva und Florian versuchten, dynamisch zu wirken, doch ihre leicht geröteten Augen sprachen eine andere Sprache. Bei ihren älteren Kollegen angekommen stammelten beide eine Entschuldigung. Sie sahen sich um und Eva fragte an Ruben gewandt: »Worum geht es hier? Was sollen wir tun?«

»Unklare Lage«, erwiderte er. »Wir wissen inzwischen, dass IM Natascha die verschwundene Chefin der Gerichtsmedizin, Nastja Lasarew, ist. Außerdem haben die Reporter vorgegeben, zurück nach Erfurt fahren zu wollen. Aber wie ihr seht, haben sie ihre Pläne geändert und sind jetzt hier irgendwo.« Er deutete zu der eingeschlagenen Autoscheibe und fügte hinzu: »Wenn auch nicht ganz freiwillig.«

»Und was ist mit dem Haus?«, fragte Florian.

»So weit sind wir noch nicht. Ihr habt also nichts verschlafen«, schaltete sich Verona Goldbach spöttisch ein.

»Wie wollen wir vorgehen?« Eva ließ ihren Blick über das Areal schweifen. Rechts neben dem Wohnhaus gab es noch ein kleines Nebengebäude, in dem sich offenbar eine Garage sowie ein Vorratsschuppen befanden. Links und hinter dem Haus grenzte dichter Wald an, der sich zu einem Hügel erhob. Sonst stand nur eine alte motorisierte Schneefräse herum, die bereits von einer dünnen Schneeschicht bedeckt war. Aus dem Schornstein war die ganze Zeit eine dünne Rauchfahne gekommen, die jedoch nun abriss. Sie deutete dorthin und sagte an Ruben gewandt: »Wenn da jemand drin ist, hat er vergessen, Holz nachzulegen.«

Ruben winkte die beiden anderen Kollegen zu sich und teilte sie zur Sicherung auf der Rückseite des Hauses ein. Dann wandte er sich wieder an Eva, Florian und Verona Goldbach. »Geht ihr schon rüber zur Hauswand, aber wartet noch. Ich will einen Blick in die Garage werfen. Wenn dort dieser gesuchte Geländewagen steht, sollten wir über Verstärkung nachdenken.«

Verona Goldbach war einverstanden und deutete ihren beiden jungen Kollegen mitzukommen.

Während sich die drei vorsichtig dem Haus näherten, blieb Ruben dicht am Waldrand, der in einem Bogen bis zu der Garage reichte.

Entgegen seiner Befürchtung brauchte er das schwere alte Garagentor nicht aufzuschieben, da es seitlich eine schmale, unverschlossene Tür gab. Er knipste die Taschenlampenfunktion seines Handys an, zog die Tür nach außen auf und warf zunächst einen schnellen Blick um die Ecke.

Sein erster Eindruck war, dass alles sehr aufgeräumt wirkte. Der zweite bestätigte, was er bereits geahnt hatte. Auch wenn er sich mit Fahrzeugen nicht besonders gut auskannte, war er sich schon nach dem ersten Blick sicher, dass es sich um ein altes russisches Model handelte.

Als sich auch nach einigen Sekunden nichts regte, schlüpfte er in den dunklen, nach Diesel und Öl riechenden Raum, um nachzusehen, ob sich die Ärztin vielleicht noch im Fahrzeug befand. Die Lampe immer ins Innere des Wagens gerichtet, umrundete er es einmal, doch es beherbergte nichts als einige alte Decken.

Ruben verließ die Garage deutlich alarmierter als zuvor. Er wählte denselben Weg zurück, um sich dem Haus an der fensterlosen Stirnseite zu nähern.

»Und?« Die Kommissarin sah ihn fragend an.

»Ich fürchte, der Täter ist nicht weit. Ich konnte den Wagen zwar nicht eindeutig identifizieren, aber er sieht dem gesuchten zumindest sehr ähnlich.«

»Gehen wir rein oder warten wir auf Verstärkung?«

»Warten ist keine gute Idee«, mischte sich nun Florian ein, der sich bis unter das erste Fenster an der Längsseite geschlichen hatte.

»Was ist los?«, fragte Ruben.

»Ich konnte nicht den ganzen Raum einsehen, würde aber sagen, dass die Menschen dort drin in Gefahr sind. Eine alte Frau sitzt in einem Schaukelstuhl in der Ecke und starrt entsetzt in eine Richtung. Der Fotograf, der Vanessa Lauenstein begleitet hat, sitzt gefesselt auf einem Stuhl und scheint ohnmächtig zu sein. Neben ihm befindet sich der Förster, ebenfalls mit einer Platzwunde am Kopf. Auch er ist gefesselt und geknebelt.«

»Starrt er auch in eine bestimmte Richtung?« Ruben versuchte herauszufinden, ob sie vielleicht bedroht wurden.

»Ja. Möglicherweise zur Küchentür. Allerdings konnte ich nur ein kleines Stück des Wohnzimmers einsehen. Gut möglich, dass dort noch jemand ist.«

»Was ist mit der Reporterin?«

»Nicht zu sehen.«

Ruben wandte sich zu Verona Goldbach. »Rufen Sie Verstärkung. Bis die da sind, versuchen wir, uns ein besseres Bild zu machen.«

Sie zog ihr Handy heraus, drückte darauf herum und erklärte frustriert: »Daraus wird nichts. Ich habe keinen Empfang.«

»Ich auch nicht«, sagte Eva. »Der brach schon vorne auf der Landstraße ab. Ich denke, wir müssten erst aus diesem Tal heraus.«

»So viel Zeit haben wir nicht.« Ruben schloss kurz die Augen, zog seine Waffe und beschloss: »Wir gehen rein.«

Er drehte sich schon in Richtung Haustür, als die Kommissarin ihn am Arm packte und ihn zurückhielt. »Sie gehen nicht zuerst. Ihr Trauma …« Ihre Stimme ließ keinen Widerspruch zu.

Ruben atmete einmal durch und nickte dann. Er wusste, dass sie recht hatte.

Verona Goldbach befahl an Eva und Florian gewandt: »Ihr beiden geht zuerst und ich bleibe dicht hinter euch. Kollege Hattinger sichert uns über das Wohnzimmerfenster ab.«

Die beiden Jüngeren nickten motiviert.

»Du öffnest, ich sichere«, flüsterte Florian. Eva platzierte sich entsprechend, wartete, bis er in Position war, und drückte die Klinke herunter. Der kleine Windfang war dunkel, aber nicht sehr groß. Nur beim Anblick einer dicken Jacke zuckte Florians Finger kurz zum Abzug seiner Waffe. Er flüsterte zu seiner Chefin, die neben ihm an der Hauswand stand: »Sicher, aber da ist noch eine Tür.«

»Dann weiter.«

Eva folgte ihm ins Haus, wo sie wieder auf sein Nicken wartete. Beide wussten, dass sich hinter der nächsten Tür das Wohnzimmer mit den Gefangenen und möglicherweise dem Täter befand.

Auf Florians Stirn hatte sich ein dünner Schweißfilm gebildet, trotzdem schenkte er Eva ein aufmunterndes Lächeln. Dann nickte er und Eva wusste im selben Moment, als sie die Klinke nach unten drückte und die Tür aufzog, dass sie gerade einen Fehler machte.

Es war der Geruch. Ruben hatte ihr schon bei dem Fall in Velburg erklärt, wie wichtig es war, auf all seine Sinne zu achten.

Der entstandene Türspalt sorgte durch die geöffnete Haustür für einen starken Luftstrom. Der Benzingeruch verschwand, doch gleichzeitig wurde die letzte Glut im Ofen mit

Sauerstoff genährt. In der Hoffnung, das Benzin-Luft-Gemisch genügend zu verdünnen, riss sie die Tür komplett auf. Danach hörte sie noch, wie Florian »Nicht« schrie, sah das Feuer auf sich zurasen und spürte die Hitze auf ihrer Haut.

Ruben hörte das Wimmern, begriff aber zunächst nicht, dass es aus seinem eigenen Mund kam. Er lag auf dem schneenassen, matschigen Boden. Das Rauschen und Knistern wollte nicht zu der Umgebung passen. Oder war plötzlich Wind aufgekommen, der die Bäume dazu brachte, ihr Lied zu singen?

In seinem Kopf spielten sich Szenen ab, die nicht hierhergehörten. Er sah sich selbst als Jugendlicher in der Bank stehen. Sein größerer Bruder stellte sich einem Mann mit Waffe entgegen, dann fiel erst der Schuss und anschließend sein Bruder.

Seine Schulter wurde von einer Hand ergriffen, die ihn durchschüttelte. Jemand wollte ihn davon abhalten, zu ihm zu gelangen … »Hattinger? Gottverdammt, wachen Sie auf.«

Das Bild wechselte. Wieso lag in der Bank Schnee?

»Hattinger … ich brauche Sie!«

Aus dem verglasten Auszahlungstresen wurde ein altes Haus im Thüringer Wald und aus dem Rauschen ein lang gezogener Pfeifton. Statt seinem Bruder erkannte er plötzlich einen anderen Körper, der einige Meter weiter auf dem Boden lag und dessen Kleidung qualmte.

Das Schütteln seiner Schulter wurde energischer, ebenso wie die Tonlage der Frauenstimme: »Hattinger … reißen Sie sich zusammen. Es brennt. Hören Sie? Wir sind alle in Lebensgefahr!«

Eva, war sein erster klarer Gedanke, gefolgt von dem Begreifen, was passiert war. Es hatte eine Explosion gegeben. Seine Partnerin und der junge Kommissar waren in dem Haus. Der qualmende Körper … war sie das?

57

Langsam kehrte Rubens Erinnerung zurück. Er hatte gerade durch das große Fenster in die Wohnstube geblickt, als es zu der Explosion kam, konnte seinen Kopf aber gerade noch rechtzeitig zur Seite hinter der Wand in Sicherheit bringen. Einen Wimpernschlag später erreichte die Druckwelle das Fenster und schleuderte ihn zusammen mit den Scherben einige Meter weit zurück. Wie durch ein Wunder war die Hauptlast gegen seine Schutzweste gegangen, was sich nun anfühlte, als würde ein Elefant auf seinem Brustkorb stehen. Das warme Gefühl an seinem linken Arm wurde von einem dünnen Blutstrom verursacht, der seine helle Jacke langsam dunkel färbte.

»Wieder zurück?«, fragte Verona Goldbach und bedeutete ihm mit einer Handbewegung, die Jacke auszuziehen. Sie versorgte die Schnittverletzung mit ihrem Halstuch, half ihm auf die Beine und sah sich benommen um.

Letztlich war es Ruben, der seine Kräfte am schnellsten sammeln konnte. Die beiden Polizisten, die er zur Absicherung hinter das Haus geschickt hatte, waren gerade dabei, Eva aus dem inzwischen stark qualmenden Haus zu holen. Sie legten sie neben Florian, dessen Kleidung zwar nicht mehr qualmte, der aber immer noch bewusstlos war. Oder Schlimmeres.

Ruben gab sich einen Ruck. »Los, kommen Sie«, sagte er zu der Kommissarin und torkelte zu einem der Polizisten. »Wie sieht es aus? Was ist mit den anderen?«

Der Mann war deutlich gefasster als er. »Keine Ahnung, da drin steht alles in Flammen.«

»Wir müssen es versuchen«, erwiderte Ruben heiser. Dann drückte er seine Jacke, die er noch immer in der Hand hielt, in den nassen Schnee, legte sie über seinen Kopf und ging zum Hauseingang. Dort duckte er sich so gut es ging herunter, hielt die Luft an und tastete sich an der Wand des Windfangs entlang. Noch war es nur die Holzdecke, an der wütende Flammen nach Nahrung suchten. Im unteren Drittel des Raumes war die Sicht noch so gut, dass er das Chaos halbwegs einordnen konnte.

Der Druck hatte den massiven Esstisch bis an die Wand geschoben und den alten Mann vom Stuhl gerissen. Sein Glück war allerdings, dass er unter dem Tisch gelandet war. Dort lag er nun, konnte sich durch die Fesseln aber kaum bewegen.

Der junge Reporter war mitsamt seinem Stuhl weggeschleudert worden und ausgerechnet an einem Hirschgeweih gelandet, dessen spitzes Horn sein Auge durchbohrte. Und auch für die alte Frau im Schaukelstuhl kam jede Hilfe zu spät. Die dicke Decke, die über ihr lag, stand in Flammen.

Ruben hastete zurück und sog die frische Luft ein, was ein Stechen in seinem Brustkorb auslöste. Er winkte einen der Kollegen zu sich, deutete auf den Schneematsch und befahl: »Machen Sie Ihre Jacke nass. Da drin ist ein Mann, der noch leben könnte.«

Eine halbe Minute später fielen schon erste brennende Stücke der Holzvertäfelung herunter. Ruben versuchte, es zu ignorieren, und schnitt das Klebeband mit seinem Taschenmesser durch. Er deutete dem Polizisten, die rechte Hand des Försters zu nehmen, er selbst packte die linke. Auf dem Weg zur Tür war Ruben einige Male versucht einzuatmen. Die Anstrengung, den alten Mann quer durch den Raum zu ziehen, war einfach zu groß. An der Schwelle zum Windfang konnte er nicht mehr anders. Er ließ den Mann los, überwand die wenigen Meter bis zu Haustür und japste nach Luft. Keuchend zeigte er dabei in das Haus.

Verona Goldbach verstand, ging hinein und erschien wenige Sekunden später zusammen mit dem Polizisten wieder in dem Qualm. Sie schleppten den leise jammernden Förster einige Meter weg und setzten sich erschöpft daneben auf den Boden.

Ruben gestattete sich nur einen kurzen Blick zu Eva und Florian, die noch immer keine Regung zeigten. Er befahl einem der Polizisten, sich um die beiden zu kümmern, und seinem Kollegen, zur Landstraße zu fahren, um die Rettung zu alarmieren und die dort wartenden Kollegen herzuholen. Dann hielt er einen Augenblick inne und dachte nach.

Der Umstand, dass zumindest in dieser Wohnstube nur drei Personen waren, bedeutete nichts anderes, als dass es noch nicht vorbei war. Sowohl von Nastja Lasarew als auch von Vanessa Lauenstein und dem Täter fehlte jede Spur.

Er griff sich eine Handvoll Schnee, kühlte damit sein heißes Gesicht und ging neben dem Förster auf die Knie. Der Atem des Mannes ging rasselnd und ungleichmäßig, seine Augen blickten leer hinauf in den Himmel.

»Hören Sie mich?«, fragte Ruben, der keine Rücksicht nehmen konnte.

Keine Regung.

»Herr Dittrich, hören Sie mich?«

Ein Augenzwinkern.

Ruben nahm die vom Ruß geschwärzte Hand des Mannes, drückte ziemlich fest zu und wiederholte: »Herr Dittrich, können Sie mich hören? Ich brauche Ihre Hilfe.«

Ein kehliges Krächzen war zu hören. Ruben nahm eine weitere Handvoll Schnee und presste sie über dem leicht geöffneten

Mund des alten Mannes aus. Nachdem einige Tropfen über die von der Hitze aufgeplatzten Lippen in den Mund geflossen waren, schluckte der Förster schwach und flüsterte: »Jetzt ist er endgültig verrückt geworden.«

»Wer? Wer ist verrückt geworden?«, drängte Ruben.

Die Augen des Försters lösten sich vom Himmel und sahen ihn müde an. »Sebastian, mein Sohn … mein Adoptivsohn. Er dreht durch.«

Ruben begriff es nicht gleich. Der angeblich tote Sohn lebte nun doch und war außerdem nur ein Adoptivsohn? Doch wichtiger als seine Überraschung war im Moment nur eines. Er gab dem Mann noch ein paar Tropfen des kalten Wassers und fragte: »Wo ist er? Wo finde ich Sebastian?«

Das Nicken des Mannes war nur zu erahnen, zeigte aber zum Waldrand hinter dem brennenden Haus. Dann stammelte er: »Pfad«, und nur eine Sekunde später erstarrten seine Augen in der Bewegung.

Ruben atmete tief durch, streifte die Augenlider des Försters mit einer Handbewegung nach unten und stand mühevoll auf. Selbst wenn die Feuerwehr jetzt schon eingetroffen wäre, wäre das Haus nicht mehr zu retten gewesen. Der Brand hatte inzwischen den Dachstuhl erreicht und schlug in meterhohen Flammen aus allen möglichen Öffnungen.

»Wir müssen die Verletzten weiter wegbringen«, hörte Ruben den Kollegen wie durch einen Schleier sagen. Er nickte und drehte sich zu Verona Goldbach, die sich um Eva und Florian kümmerte. Dann hörte er sich selbst die Frage stellen, wie es den beiden ging.

Die Kommissarin hob ihren Kopf und erklärte mit sorgenvoller Miene: »Sie leben, aber es sieht nicht gut aus.« Und an den anderen Polizisten gewandt forderte sie: »Wir brauchen die Rettungsdecken aus den Autos. Die beiden kühlen zu stark aus.«

Ruben zwang sich zurück in die Realität. Auch wenn ihn der Dauerton in seinem Ohr beinahe wahnsinnig machte und sich sein Körper anfühlte, als wäre er in eine Prügelei geraten, durfte er sich jetzt nicht hängen lassen. Er warf einen letzten Blick auf Evas Gesicht, das von der Hitzewelle entstellt worden war, gab sich einen Ruck und beschloss: »Am besten, wir legen sie rüber zu der Garage. Wer weiß, wie lange das Haus noch stehen bleibt.« Und als hätte es eine Bestätigung gebraucht, stürzten in diesem Augenblick Teile des Kamins herunter.

Als der auf- und abschwellende Ton der Sirenen näher kam, hätten weder Ruben noch Verona Goldbach sagen können, wie viel Zeit vergangen war. Sie hatten ihre beiden Kollegen in alle verfügbaren Isolierfolien gewickelt, sie dann in die stabile Seitenlage gebracht und immer wieder versucht, die beiden anzusprechen.

Einige Minuten später wurden sie von den Sanitätern beiseitegeschoben und sahen fassungslos dabei zu, wie diese ihren Job so selbstverständlich machten, als ginge es um nichts Besonderes.

Irgendwann sagte die Kommissarin mit monotoner Stimme: »Ich habe sie dort reingeschickt. Es … es sollte nicht die Jüngeren treffen. Niemals. Erst die Alten, dann die Jungen … so sollte es sein.«

Entgegen seinen sonstigen Gewohnheiten legte Ruben seine Hand auf ihren Rücken und schenkte ihr ein müdes Lächeln. »Wir konnten nicht ahnen, dass so etwas passiert. Jede andere Situation hätten die beiden gemeistert. Da bin ich mir sicher. Wissen Sie, was passiert ist?«

Die Kommissarin wischte sich eine Träne aus dem Augenwinkel, wandte sich vom Anblick ihrer zwei auf einer Trage liegenden Kollegen ab und räusperte sich. »Ich glaube, es waren Benzindämpfe. Kurz bevor die beiden die Tür öffneten, habe ich es gerochen, konnte aber nichts mehr machen.«

»Dann muss es Vorsatz gewesen sein«, stellte Ruben schon wieder sachlicher fest. »Um einen Raum dieser Größe mit einer kritischen Menge an Dämpfen zu füllen, dürfte es kaum reichen, einfach etwas Benzin zu verschütten.« Er schwieg einen Augenblick nachdenklich und fragte dann: »Sind Sie fit genug, die Verfolgung aufzunehmen? Wenn ich den letzten Hinweis des Försters richtig gedeutet habe, dürfte der Täter Vanessa Lauenstein in den Wald geführt haben. Vielleicht hat er dort irgendwo einen Unterschlupf.«

Nach einigen Sekunden nickte Verona Goldbach. »Ja, lassen Sie uns diesen Irren jagen. Egal was hinter seinen Motiven steckt, für das, was er unseren Kollegen angetan hat, soll er auf jeden Fall büßen!« Sie hielt kurz inne, betrachtete Ruben einen Augenblick lang und fügte zweifelnd hinzu: »Und was ist mit Ihnen? Sie sehen, mit Verlaub, echt scheiße aus.«

Ruben schüttelte den Kopf. »Alles gut. Meine Wunde ist versorgt und die Prellungen tun zwar weh, aber ich komme damit klar.« Danach steckte er sich den Finger ins Ohr. »Es wäre nur schön, wenn dieses Pfeifen langsam nachlassen würde.«

Ruben tauschte seine nasse Jacke mit dem dicken Mantel des Försters, der bei der Explosion aus dem Windfang geschleudert worden war. Verona Goldbach wählte zwei der Streifenpolizisten aus, suchte einige nützliche Utensilien in den Einsatzfahrzeugen zusammen und beauftragte einen weiteren Beamten, Verstärkung anzufordern.

Der Schneefall steigerte sich langsam zu einem Wintersturm. Dennoch fand Ruben mühelos den nur leicht ausgetretenen Pfad, der schon kurz hinter dem Haus steil anstieg. Er erklärte den beiden Streifenpolizisten, dass der Gesuchte mindestens eine Frau in seiner Gewalt hatte, dann zogen sie los.

58

Vanessa wusste selbst nicht, woher diese innere Ruhe kam. Natürlich hatte sie auch Angst, aber lange nicht so viel, wie sie haben müsste. Der Typ, dieser Sebastian, schien ihr gegenüber geradezu höflich, was es ihr schwer machte, ihm all diese grauenhaften Verbrechen zuzuschreiben. Außerdem war da ein Gefühl ... Sie hatte diese latente Vertrautheit schon im Archiv gespürt. Er sah ihr in die Augen und irgendetwas in seinem Blick irritierte sie.

Trotzdem war sie natürlich nicht dumm. Und dieses dunkle Loch unter der Bodenplatte, die er gerade angehoben hatte, versprach ganz und gar nichts Gutes. Sie zögerte.

»Angst?«, fragte er, als wäre dies keine Selbstverständlichkeit.

Sie sah ihn an und erkannte seine Nervosität. War es Vorfreude oder etwas anderes? Unter seinem Vollbart verzog sich sein Mund zu einem Lächeln, das sie wohl ermuntern sollte hinunterzusteigen. »Keine Sorge, du bist bei mir sicher«, sagte er. »Dort unten gibt es nichts, was dich ängstigen müsste. Und du willst sie doch auch wissen, die Wahrheit.«

»Welche Wahrheit?« Plötzlich stieg Panik in ihr auf. Dieses Tagebuch, ihr Vater, ihr Bruder und seine Maria. Sogar der Selbstmord ihrer Mutter. Fünf Jahre lang hatte sie damit leben können, es wegschieben und in einer Ecke ihres Hirns einschließen können, wo es sie nicht täglich beschäftigte. Warum hatte sie ausgerechnet jetzt damit anfangen müssen, Fragen zu stellen? Ihr kam Florians Frage in den Sinn, als sie die Reportage zu dieser Geschichte übernommen hatten: Warum nicht Hawaii oder Ibiza?

Jetzt stand sie hier, mitten im Wald in einem verfallenen Haus, und ein offensichtlich Wahnsinniger verlangte von ihr, in ein dunkles Loch zu steigen.

War das eine menschliche Stimme, die leise flehend aus dem Keller kam? Vanessa machte instinktiv einen Schritt zurück und es lief ihr eiskalt den Rücken herunter. Sie brauchte einen Augenblick und musste zwei, drei Mal schwer schlucken, bevor sie leise fragen konnte: »Was ist dort unten? Was …?« Ihr fehlten die Worte.

Seine Stimmung wechselte so schnell, dass sie ihm nichts entgegensetzen konnte. Er packte ihre gefesselten Hände, sagte scharf: »Genug jetzt«, und zerrte sie zu der steilen Holztreppe.

Wenn sie nicht unkontrolliert fallen wollte, hatte sie keine andere Wahl, als einen Fuß vor den anderen zu setzen. Stufe für Stufe ging es hinab in eine andere Welt … eine Welt, in der die Regeln nur ein Einziger machte.

Der große Kellerraum wirkte wie aus einer anderen Zeit. Es gab einen schweren Holztisch, Felle und Kerzenhalter an den Wänden und auf dem Boden sowie ein gemütlich aussehendes Bett. Allerdings wurde der heimelige Charme von etwas durchbrochen, was nichts als Gefahr signalisierte. Das schwere Stahlgitter ging einmal quer durch den Raum, teilte den Tisch in der Mitte und machte die Seite mit dem Bett darin zu einer Zelle, aus der es kein Entrinnen gab.

Kleine Details, wie das aus Holz geschnitzte Kinderspielzeug oder eine am Boden liegende Stricksocke für kleine Füße, prasselten auf Vanessa ein, die inzwischen keinen klaren Gedanken mehr fassen konnte.

Das leise Wimmern verstärkte sich, kam aber aus einer Richtung, die in völliger Dunkelheit lag.

»Gefällt es dir?«

Sie wusste nicht, ob er es ernst oder zynisch meinte. Die Beklemmung setzte so schnell ein, dass es ihr die Luft raubte. Es fehlte noch ein Schritt bis auf den Boden, doch sie hatte das Gefühl, es könnte ihr letzter sein.

Er schien ihre Emotionen zu ahnen. »Es gibt jetzt kein Zurück mehr«, sagte er leise und zog an ihren Händen.

Das Flehen aus der Dunkelheit formte sich zu einem Wort und Vanessa glaubte, eine Frauenstimme zu hören, die darum bettelte, erlöst zu werden.

Die Verzweiflung, die darin mitschwang, und das plötzliche Begreifen, wie Maria und ihr Sohn in den letzten Jahren hatten leben müssen, gaben ihr ihre Kraft zurück. Sie konnte nichts rückgängig machen, kein früheres Leid mehr lindern, doch sie selbst würde dieses Monster nicht bekommen.

Vanessa brachte Spannung in ihren Körper, wartete auf einen Augenblick seiner Unachtsamkeit und trat zu. Der Fußtritt warf ihn hart gegen den einzigen Stuhl auf dieser Seite des Gitters. Seine körperliche Überlegenheit wurde ihm jetzt zum Verhängnis, da er seine eigene Masse nicht abfangen konnte. Sie sah noch einen kurzen Moment dabei zu, wie er rückwärts über den Stuhl fiel, drehte sich um und begann, die leiterartige Treppe hinaufzusteigen. Oben angekommen griff sie ein herumliegendes Jagdmesser, ging zu der Wand mit der Schiebetür, auf deren Rückseite das alte Regal angebracht war, und stieß einen Fluch aus. Wie auch immer sich diese geheime Tür öffnen ließ, es war nicht zu erkennen. Sie suchte verzweifelt nach irgendeiner Kerbe oder sonst etwas, an dem man die Platte verschieben konnte.

Sein lauter Atem kam schnell näher, aber noch war er auf der Treppe. Zurück zur Bodenklappe traute sie sich nicht, daher begann sie nun, mit dem Griff des Messers gegen die Holzplatte zu schlagen, was natürlich nichts bewirkte.

Einige Sekunden später war er hinter ihr. Sie spürte seine Hand auf ihrer Schulter, dann, wie sie grob herumgerissen wurde. Noch hielt sie das Messer mit ihren zusammengebundenen Händen, hob die Arme auf Kopfhöhe und ließ sie herunterfahren. Die Klinge schrammte sein Gesicht, bevor seine Hand ihre Arme stoppen konnten. Der Stich verfehlte sein wesentliches Ziel, verursachte aber durch ihre Vorwärtsbewegung, dass er nach hinten kippte und sie mit sich riss.

Einen Moment später fand sie sich auf ihm liegend, hob das Messer erneut an, fixierte seine Stirn und wollte schon zustechen. Es war seine plötzliche Passivität, die sie innehalten ließ. Das Fehlen jeder Gegenwehr ließ sie zögern. Er lag einfach nur ergeben da, ignorierte das Messer über seinem Kopf, sah ihr in die Augen und fragte mit ruhiger Stimme: »Willst du wirklich deinen Bruder töten?«

Ihr war, als würde jede Kraft aus ihr herausfließen. Und während ihr Kopf nach einer Erklärung suchte, nahm er ihr das Messer aus den Händen, schob sie sanft von sich und setzte sich auf. Danach spürte sie seinen starken Griff, der sie mühelos auf die Beine zog und erneut zu der Treppe führte.

Unten angekommen drehte er sie zu dem im Dunkeln liegenden Bereich des Kellers und schob sie noch ein Stück weiter. »Lass es uns beenden. Lass uns die Last der Vergangenheit hinter uns bringen.« Seine Stimme klang erschöpft. Er drehte einen altertümlichen Lichtschalter.

Vanessa glaubte, den Schmerz, den die Frau erleiden musste, an ihrem eigenen Körper zu spüren. Sie wollte es nicht sehen und doch starrte sie wie gebannt auf das, was einmal ein unversehrter Körper gewesen war.

Das rechte Auge der Frau war komplett zugeschwollen. Sie blinzelte gegen das grelle Licht. Die aufgeplatzten Lippen formten ein Wort, das es nicht aus ihrer Kehle schaffte. Ihr Körper hing nackt und schlaff an breiten Lederriemen, die an der Decke befestigt waren. Ohne diese wäre sie mit Sicherheit einfach in sich zusammengefallen.

Vanessa öffnete den Mund, schloss ihn wieder und irgendetwas in ihr weigerte sich, den Anblick zu akzeptieren. »So sieht es aus, wenn einen die Sünde einholt«, sagte er tonlos. Sie wandte sich ihm zu, schaffte aber weiterhin nur ein fassungsloses Kopfschütteln.

Beim nächsten Stöhnen der armen Frau schaltete etwas in Vanessa ab. Sie wurde nicht ohnmächtig, spürte aber, wie ihre Beine nachgaben. Das Gefühl seiner Hände auf ihrem Körper war ihr unangenehm, doch ohne sie wäre sie einfach auf dem Boden aufgeschlagen. Er hob sie hoch und trug sie wie ein kleines Kind zurück in den großen Raum. Dort legte er sie auf das Bett. Sie hörte, wie sich die Gittertür mit einem leisen Quietschen schloss, und kurz danach ein klickendes Geräusch.

59

Eigentlich mochte Ruben Schnee – und verschneite Landschaften sowieso. Aber die Geschehnisse der letzten Stunde und die Sorge um die beiden Kollegen lasteten schwer auf seinen Schultern.

Der ohnehin kaum erkennbare Pfad war nun immer öfter unter dem weißen Nass verborgen. Eine Weile lang konnten sie ihm noch folgen, aber je höher sie kamen, umso öfter mussten sie feststellen, dass sie in die falsche Richtung gelaufen waren. Auch hatten am Anfang noch einige Forststraßen ihren Weg gekreuzt, was die Orientierung leichter machte. Doch der letzte ausgebaute Weg lag weit hinter ihnen und inzwischen gab es um sie herum nichts als dichten Wald.

Dort, wo die Bäume den Schnee noch etwas abhielten, war der nur leicht ausgetretene Pfad gerade noch zu erkennen. Er, Verona Goldbach und die beiden Polizisten liefen schweigend und waren auf die Umgebung konzentriert.

Zehn Minuten später öffnete sich der Wald. Irgendein Sturm hatte ihm in der Vergangenheit eine Fläche von der Größe einiger Fußballfelder geraubt, was ihnen nun einen Strich durch die Rechnung machte. Der Schnee lag hier bereits einige Zentimeter hoch und es gab keinen einzigen Anhaltspunkt, wohin der Flüchtige mit der Reporterin gegangen war. Zur

Auswahl stand, dass er die Freifläche überquert hatte und an deren Rand nach unten ins nächste Tal gegangen war oder sich oben weiterhin auf dem Höhenzug hielt.

Die Kommissarin war, wie ihre Begleiter auch, stehen geblieben. »Mist«, fasste sie die Situation knapp zusammen.

Ruben trat an den Waldrand, hob die Hand schützend über die Augen und ließ seinen Blick über die Landschaft schweifen. Was würde er tun? Wo würde er seinen Unterschlupf haben, wenn er nicht gefunden werden wollte? Denn dass der Mann zu einem Auto wollte, schloss er eigentlich aus. Die Entführung der Gerichtsmedizinerin hatte ziemlich sicher mit dem Wagen des Försters stattgefunden.

»Also, wie weiter?« Verona Goldbach war neben ihn getreten und sah sich ratlos um.

»Haben Sie Handyempfang?«, antwortete er mit einer Gegenfrage.

Sie zog ihr Gerät heraus, hielt es etwas nach oben und erwiderte: »Einen Balken.«

»Gut. Ich würde vorschlagen, Sie rufen in der Zentrale an und geben unsere Position durch. Die sollen einen Hubschrauber mit einer Wärmebildkamera schicken. Außerdem soll sich ein Einsatzteam der SEK bereitmachen.«

»Alles klar«, bestätigte die Kommissarin. »Und was machen wir solange?«

»Aufteilen. Sie gehen mit einem der Kollegen oben weiter. Ich überquere die Freifläche mit dem anderen und orientiere mich etwas weiter nach unten. Der Mann muss meiner Meinung nach eine befestigte Unterkunft, also eine Hütte oder ein Haus haben. Er hat fünf Jahre lang mit Maria Schmucke und einem Kind zusammengelebt und das dürfte wohl kaum in einem provisorischen Unterschlupf funktionieren.«

Nach einem kurzen Telefonat berichtete die Kommissarin, dass der Hubschrauber in etwa fünfzehn Minuten da sein würde. Allerdings machte das die zuständige Leitstelle auch vom Wetter abhängig, weshalb es zeitlich keine Garantie gab.

Danach teilten sie sich auf und Ruben stapfte mit dem jüngeren Beamten quer über das Schneefeld, wobei sie immer wieder über umgestürzte Bäume klettern mussten.

Weiter ober wurden die Kommissarin und ihr Begleiter immer kleiner, bis sie schließlich in einem kleinen noch intakten Waldstück verschwanden.

»Glauben Sie, wir schnappen den Kerl?«, brach der junge Kollege irgendwann das Schweigen, als sie sich wieder einmal gegenseitig über ein Hindernis halfen.

Ruben stapfte mit inzwischen schweren Beinen weiter und antwortete: »Wenn es um Glauben ginge, wäre ich Pfarrer geworden.« Zwei Meter später blieb er stehen und sagte: »Bitte entschuldigen Sie«, putzte sich die Nase und nickte. »Ja, wir bekommen ihn. Die Frage ist nur, ob wir auch schnell genug sind, um die beiden Frauen zu retten.« Danach sah er den verunsicherten Kollegen an und fragte: »Kennen Sie den Fall oder wurden Sie heute nur zufällig eingeteilt?«

»Die Kommissarin hat mich nicht an den Ermittlungen beteiligt, aber es wurde natürlich viel darüber gesprochen. Außerdem konnte ich ein paar Akten einsehen. Der Typ muss total durchgeknallt sein.«

Ruben atmete einmal tief durch und erklärte: »Vorsicht, Kollege. Es gibt enorm viele Abstufungen von durchgeknallt und in diesem Fall reden wir von einem Täter, der systematisch und überlegt vorgeht. Er ist natürlich nicht in unserem Sinne normal, weiß aber, was er tut. Und das sind die Gefährlichsten. Sie sollten das immer im Hinterkopf haben, falls wir auf ihn treffen.«

Nach der Freifläche mit ihren entwurzelten Bäumen folgte wieder dichter Wald. Hier unten im Tal wurde aus dem Schnee mehr und mehr Matsch, dem ihre Schuhe nicht standhalten konnten. Rubens Füße wurden zunehmend nass und er machte sich gerade Gedanken über eine mögliche Erkältung, als sein Kollege alarmiert »Da drüben« rief.

Rubens Hand ging zur Waffe, entspannte sich aber wieder, als sein Blick den Grund für den Ausruf einfing. Eine Stelle um einen alten umgestürzten Baumstamm wies deutliche Fußspuren auf. Sie gingen vorsichtig näher und erkannten eine klare Spur. Bis zu dem Stamm gab es nur eine Reihe tief in den Schneematsch gedrückter Fußspuren, die der Größe nach von einem Mann verursacht wurden. An dem Stamm kamen dann noch Abdrücke von deutlich kleineren Schuhen dazu. Anschließend führte eine Doppelreihe weiter über den nur spärlich bewachsenen Waldboden.

»Sieht vielversprechend aus«, murmelte Ruben und zog sein Handy heraus, das aber keinen Empfang anzeigte.

»Wir gehen vorsichtig weiter«, beschloss er und folgte den beiden parallel verlaufenden Spuren, behielt dabei aber immer auch seinen Handyempfang im Auge.

Nach einigen Minuten fragte sein Begleiter: »Warum schreiben Sie nicht einfach eine Nachricht und senden sie ab. Die geht dann automatisch raus, sobald Ihr Gerät wieder Empfang hat.«

»Guter Hinweis«, stellte Ruben fest, hatte aber Mühe, mit seinen eiskalten Fingern die richtigen Buchstaben zu treffen.

Das alte Haus war durch die verwitterte Farbe kaum vom Wald zu unterscheiden. Die einzige Zufahrt, die dem Haus des Försters ähnelte, hatte sich ebenso der Natur beugen müssen wie das Gemäuer selbst. Dichtes Gestrüpp umgab das Grundstück und zusätzlich verhinderten ein paar umgestürzte

Bäume, dass man mit einem Fahrzeug in die Nähe der Ruine kommen konnte.

»Perfekt«, flüsterte Ruben und ging im Schutz einer kleinen jungen Tanne in die Hocke.

Der Beamte tat es ihm gleich und deutete nach vorne. »Die Spuren führen bis zur Tür. Ich glaube, wir haben ihn.«

Ruben schob die Kapuze des alten Parkas nach hinten herunter. »Noch nicht. Bis jetzt wissen wir nur, wo er sein könnte.«

»Okay, und was jetzt?«, fragte der Kollege, blickte zu einem nahen Hochstand und schlug vor: »Ich könnte dort drüben hinaufsteigen. Vielleicht bekomme ich Netz und kann die Kollegen informieren.«

»Keine schlechte Idee.« Ruben war bei dem Anblick des Hauses nicht ganz geheuer. Weniger, weil das Dach so aussah, als könnte es jederzeit in sich zusammenfallen, sondern weil der Täter hier einen klaren Heimvorteil hatte. Außerdem konnte man sich dem Haus kaum unbemerkt nähern, da es keine echte Möglichkeit zur Deckung gab. Wie er vorhin schon gesagt hatte: Der Mann wusste, was er tat. Offenbar hatte er jeden größeren Baum rund um das Haus und das verfallene Nebengebäude abgeschlagen, um eine übersichtliche Freifläche zu schaffen.

»Also, soll ich?«, fragte sein Kollege.

»Haben Sie ein eigenes Handy oder brauchen Sie meins?«

Der Beamte zeigte ihm sein neues und vermutlich supermodernes Gerät, steckte es wieder weg und schlich gebeugt zu dem Hochstand, der circa zwanzig Meter weiter hinter ihnen im Wald stand.

Ruben sah ihm hinterher und stutzte plötzlich. »Stopp«, rief er lauter, als ihm lieb war. Keine drei Meter neben dem Mann schienen kleine Wassertropfen mitten in der Luft zu hängen. Sein Kollege verharrte zwar an Ort und Stelle, drehte sich allerdings zu ihm um, wobei er einen kleinen Schritt zur Seite machte.

Dann geschah alles gleichzeitig. Es gab ein metallenes Geräusch, gefolgt von dem Aufschrei des Mannes, und die Tropfen lösten sich von dem dünnen Nylonfaden. Zeitgleich hörte Ruben in dem Haus hinter sich lautes Poltern, das nur eines bedeuten konnte. Es gab hier nicht nur Fallen, sondern auch ein ausgeklügeltes Alarmsystem.

Während sich sein Kollege mit Tränen in den Augen das malträtierte Bein hielt, musste Ruben eine Entscheidung treffen. Sollte der Täter das alles mitbekommen haben und in Panik geraten, waren die beiden Frauen in akuter Lebensgefahr. Andererseits stand er ihm mutterseelenallein gegenüber und konnte nicht auf Hilfe hoffen.

Er suchte sich einen Stock, stocherte damit vor jedem Schritt in den Schneematsch und war kurz darauf bei dem Verletzten. Dann bogen sie zusammen die schwere Tierfalle auf und Ruben verwendete Verona Goldbachs Tuch ein zweites Mal. Es war nicht besonders hygienisch, würde aber, wie zuvor an seinem Arm, die Blutung am Bein des Mannes stoppen.

Nachdem sich der Polizist ein wenig beruhigt hatte, fragte er: »Was wollen Sie jetzt tun?«

Rubens Blick wechselte von ihm zum Haus und wieder zurück. »Ich muss mir zumindest ein Bild der Lage verschaffen. Sie bleiben hier und versuchen, zur Leitstelle durchzukommen. Vielleicht ist das SEK bereits in der Nähe und kann uns helfen.« Ruben fiel der Schweiß auf der Stirn des Mannes auf und fragte: »Schaffen Sie das oder soll ich Sie erst wegbringen?«

Dieser schüttelte tapfer den Kopf. »Nein, geht schon. Erst die Frauen, danach ich.«

Ruben klopfte ihm väterlich auf die Schulter, nahm erneut den Stock und bahnte sich langsam und vorsichtig einen Weg zu der Ruine.

60

Es machte Ruben bald wahnsinnig. Er hatte jetzt sowohl die Tür als auch die zugenagelten Fensterläden kontrolliert, und auch wenn sich im Inneren der Ruine nichts rührte, ohne Hilfsmittel und gewaltigen Lärm war kein Reinkommen möglich.

Natürlich war es nicht hundertprozentig sicher, dass der Gesuchte und die beiden Frauen überhaupt dort drin waren, aber es deutete vieles darauf hin. Also musste er es weiter versuchen.

Auf der Vorderseite war nichts zu machen. Es gab hier nur die Tür, an der die Fußspuren endeten, und diese rührte sich keinen Millimeter. Das Schloss hing geöffnet in seiner Halterung und war lange nicht so alt, wie es wirken sollte. Folglich musste jemand die Tür von innen verschlossen oder blockiert haben. Die Bretter der zugenagelten Fenster links und rechts davon machten zwar ebenfalls einen alten Eindruck, waren aber ganz und gar nicht morsch.

Ruben blieb dicht an der Hauswand, sah um die erste Ecke und ging zu dem nächsten, ebenfalls gut gesicherten Fenster. Hier bot zwar ein kleiner Spalt Einblick in das Gebäude, zeigte aber nur einen verwahrlosten Raum ohne jede Spur der Opfer oder des Täters.

Es folgten ein weiteres Stück Außenwand und die nächste Hausecke. Er blickte sich um, wieder zurück und stockte. Irgendwas schien nicht zusammenzupassen. Also ging er zurück, sah noch einmal in den Raum und dann wieder an der Hauswand entlang. Es waren der Abstand einer Wand im Inneren und die Länge der äußeren Mauer, die nicht übereinstimmten. Und da keine Zimmertür zu sehen war, ließ das nur einen Schluss zu … der hintere Teil war vom vorderen abgetrennt worden.

Leider nützte ihm diese Information nicht besonders viel, da es auf der Rückseite kein einziges Fenster gab. Erst als er die Wand dort genauer betrachtete, fielen ihm zwei unebene Stellen auf, wo sich früher vielleicht einmal welche befunden hatten. Ruben blieb einen Moment lang stehen, um zu überlegen.

Das kleine Dampfwölkchen war kaum zu sehen, schien aber kein Nebel zu sein. Es löste sich aus einem Busch, der genau zwischen der Hauswand und den ersten Bäumen stand und irgendwie fehlplatziert wirkte. Dem ersten Wölkchen folgte ein weiteres, das der Wind ebenso schnell zerstreute wie das erste.

Ruben kontrollierte die Umgebung, ging zu dem immergrünen Buchsbaum und schob einige Zweige auseinander. Das dicke Rohr verschwand senkrecht im Boden, wobei sein Ende aus vielen kleinen Löchern bestand, die vermutlich genau diese Dampfschwaden vermindern sollten.

Er kniete sich daneben hin, schaufelte mit der holen Hand etwas Luft zu seiner Nase und sog sie ein. Sie war warm und roch leicht abgestanden. Genau in diesem Augenblick drang das leise Jammern einer Frau an sein Ohr.

Ein Verlies, war Rubens erster Gedanken. Er legte sein Ohr an das warme Rohr und lauschte. Neben dem Jammern war auch die Stimme eines Mannes zu hören, der offenbar nicht in der Nähe des Lüftungsrohrs stand. Seine Stimme wirkte wütend und aufgebracht und er schien jemandem einen Vortrag zu halten. Kurz darauf ertönten ein schnalzendes Geräusch, ein kläglicher Aufschrei und die Stimme von Vanessa Lauenstein, die »Nicht« schrie. Der Mann antwortete leiser, doch Ruben konnte ein paar Satzfetzen verstehen: »… Doch, sie weiß alles und sie wird es uns jetzt sagen …« Danach folgte ein weiteres Stöhnen.

Ruben sah momentan keine Chance, den beiden dort unten zu helfen. Alles, was er tun konnte, war, wenigstens die Wahrheit herauszufinden. Er zog eine Kordel aus dem Parka, schnürte eine kleine Schlaufe und hängte den altmodischen Gürtelclip seiner Handytasche darin ein. Danach hob er langsam und vorsichtig den Deckel von dem Rohr, schaltete die Diktierfunktion des Geräts ein und ließ es, soweit es die Kordel zuließ, in den dunklen Schacht hinunter. Anschließend setzte er den Deckel wieder darauf und klemmte damit auch gleich die Schnur fest.

Das Geräusch der Rotorblätter begann erst als leises Wummern, das sich an den umliegenden Hügeln brach. Nutzlos, dachte Ruben. Es ging nicht mehr um die Suche nach Menschen in einem riesigen Wald, es ging um die Befreiung zweier Frauen aus der Hand eines Psychopathen.

Der Helikopter kam näher, wurde kurz leiser, stieg auf und verschwand wieder.

Wenige Minuten später erschienen einige Schatten im Dunkel des nahen Waldes. Einer der Schatten trat ein Stück vor und winkte ihn zu sich. Ruben schob sich ein Stück zurück, wobei er die Äste des Busches langsam um das Rohr zurückfedern ließ. Seine Erfahrungen mit den Spezialkräften waren nicht immer die besten, doch heute freute er sich wirklich, sie zu sehen.

Der Anführer der SEK-Einheit streckte ihm die Hand entgegen, und da der Mann Handschuhe trug, erwiderte Ruben den Gruß. Danach nickte der Mann zu der Ruine. »Klären Sie mich auf. Wie ist die Lage? Ihr verletzter Kollege konnte uns nicht viele Informationen geben.«

»Okay«, bestätigte Ruben und dachte kurz an den Beamten auf der anderen Seite des Hauses, der seinen Fuß hoffentlich behalten konnte.

»Der Täter hat sich vermutlich in einem Keller unterhalb der Ruine verschanzt. Das Haus selbst ist präpariert. Ich konnte einen kurzen Blick hineinwerfen und bin der Meinung, dass der hintere Teil – das ist der hinter der fensterlosen Mauer dort drüben – vom vorderen Bereich abgetrennt wurde. Sie werden also vermutlich keinen offensichtlichen Zugang sehen. Die Haustür und die Fenster im vorderen Bereich sind mit massiven Holzbrettern gesichert.«

»Opfer?«, fragte der vermummte Beamte dazwischen.

»Mindestens zwei Frauen. Eine davon vermutlich schwer verletzt.« Ruben machte eine kurze Pause und fügte hinzu: »Dort drüben ist ein Lüftungsrohr und ich konnte mithören, dass er sie gerade foltert.«

»Weitere Zugänge?«

»Sind mir keine bekannt. Ihr Team sollte aber aufpassen. Mein Kollege ist in eine Tierfalle getreten und es könnte gut sein, dass es noch weitere Überraschungen gibt. Außerdem hat der Täter offenbar ein primitives Alarmsystem aus Nylonfäden angebracht. Er ist also möglicherweise schon jetzt vorgewarnt.«

»Na super«, stellte der Mann wenig professionell fest, zog das Mikrofon seines Headsets zum Mund und erklärte seinen im Wald verteilten Männern die Lage.

»Wie wollen Sie vorgehen?«, fragte Ruben danach.

Der Kollege dachte kurz nach und beschloss: »Schnell und hart.«

Ruben hatte keine bessere Idee und nickte.

Das Team bestand aus sechs Mann. Je einer von ihnen wurde an den Seiten des Hauses postiert, an denen es nur vernagelte Fenster gab. Die anderen vier fanden sich an der Haustür ein. Mit Ruben war abgesprochen, dass er die Männer ihre Arbeit machen ließ und erst danach das Haus betreten sollte.

Dann konnte er nur noch beobachten. Das Team verteilte aus zwei schweren Rucksäcken einige Hilfsmittel. Ihr Anführer entschied sich gegen die Tür, schickte zwei seiner Männer mit großen Stemmeisen zu dem größten Fenster und deutete ein kurzes Nicken an. Die Spezialeinheit wusste, was sie tat. Keine zehn Sekunden später nahmen sie das erste Brett herunter, kurz darauf das zweite und dritte. Das alles geschah fast geräuschlos.

Es folgte eine kurze Kontrolle des ersten, großen Raumes durch eine Kamera, die an einem langen flexiblen Stiel angebracht war. Kurz danach waren alle vier im Inneren der Ruine verschwunden.

Ruben schob sich außen bis zu dem Fenster und verfolgte von dort aus das weitere Vorgehen.

Nach kurzer Ratlosigkeit bedeutete der Anführer seinen Männern, die rückwärtige Wand abzusuchen. An einem windschiefen Regal wurden sie schließlich fündig. Während die anderen mit ihren Schnellfeuerwaffen sicherten, schob einer von ihnen das Möbelstück zur Seite. Nach einem weiteren Einsatz der Kamera gingen sie in Zweierteams weiter und verschwanden nun endgültig aus dem Sichtfeld. Für Ruben begann die bange Zeit des Wartens.

Der weitere Einsatz dauerte nicht einmal eine Minute. Es ertönten Schreie, das dumpfe Ploppen einer Blendgranate und ein Schuss, der nicht nach einer Dienstwaffe klang. Fast zeitgleich weitere Schüsse, dieses Mal in kurzer Folge, dann herrschte Stille. Wenige Sekunden später erschienen zwei der Männer, die in ihrer Mitte Vanessa Lauenstein stützten.

Der Lärm war weit genug weg, um ihn nicht in eine Krise zu stürzen. Trotzdem musste Ruben erst einmal tief durchatmen, bevor er dabei helfen konnte, sie durch das Fenster zu heben. Dabei sah er erleichtert, dass sie zumindest äußerlich unverletzt war.

Er setzte sie an die Hauswand. Die junge Frau war bei Bewusstsein, aber ohne jede Reaktion. Sie saß einfach nur da, verzog keine Miene und starrte geradeaus.

»Sie können jetzt.« Der Anführer des Teams war inzwischen zurückgekehrt und in seinem Blick las Ruben, dass er sich auf das Schlimmste gefasst machen musste.

»Warten Sie.« Ruben blieb in der inzwischen geöffneten Haustür stehen und drehte sich um. Verona Goldbach wirkte durch die Wanderung erschöpft, aber entschlossen, als sie aus dem Wald trat, auf die Ruine deutete und sagte: »Ich will mit. Ich will sehen, wer unseren Kollegen das angetan hat.«

Sie durchquerten den großen Raum, gingen an einem der SEK'ler vorbei in den hinteren Bereich und kamen schließlich zu einer geöffneten Luke im Boden. Unten brannte Licht, trotzdem war noch nichts außer einer steilen Treppe zu erkennen.

Ruben stieg als Erster hinab, blieb unten stehen und sein erster Eindruck erinnerte ihn an den Titel eines Buches, das er bei seiner Tochter gesehen hatte. *Die Kammer des Schreckens.* Besser konnte man das hier kaum beschreiben. Er machte der Kommissarin Platz, die ebenfalls innehielt und nach einem Augenblick »Ach du Scheiße« flüsterte.

Der Mann, nach dem sie so lange gesucht hatten, war in eine Art Anzug aus Tierfellen gekleidet. Er lag in einem schmalen Durchgang, der offenbar in einen weiteren Bereich des Kellergewölbes führte. Seine Stirn zierte ein blutrotes Loch und auch im Bereich seines Unterkörpers bildetet sich eine Blutlache.

Sie stiegen über ihn hinweg. Der Kontrast zu dem ersten Raum, der ohne das Gitter beinahe gemütlich wirken könnte, hätte nicht krasser sein können. Im hinteren Bereich, wo Ruben auch das Lüftungsrohr wiedererkannte, gab es zwei weitere kleine Räume. In einem stand ein größeres Bett und die grob aus dem Boden geschlagenen Wände wurden von großen Tierfellen geschmückt. Der andere Raum schien nur einem Zweck zu dienen. *Bestrafung*, schrie es Ruben förmlich entgegen.

Die Ärztin, die er aus dem gerichtsmedizinischen Institut kannte, war kaum wiederzuerkennen. Das sowieso schon verschwollene Gesicht zeigte die Einschusslöcher vieler kleiner Schrotkugeln, was er in Anbetracht ihrer anderen Verletzungen beinahe als Erlösung wahrnahm. Dieser Wahnsinnige musste die arme Frau bei lebendigem Leib gehäutet haben, anders war der enorme Blutverlust nicht zu erklären.

Verona Goldbach schien für einige Sekunden erstarrt. »Ich muss hier raus«, keuchte sie schließlich, und auch Ruben hatte für den Augenblick genug.

61

Verona Goldbach ging zu der großen Scheibe des Konferenzsaals, drückte auf einen Schalter und sorgte mit dem Herablassen der Rollos für eine noch bedrückendere Atmosphäre. Ruben startete den Beamer. Dieser gab erst ein leises Summen von sich, bevor sein Licht stärker wurde und ein kleines Kreuz an die Leinwand projizierte.

Die Kommissarin trat neben ihn, faltete die Hände und bat die Anwesenden, sich zu erheben.

Staatsanwalt Tauber, Rubens Chef Kriminalrat Winkler und ein älterer Richter folgten ihrer Aufforderung. Dann räusperte sich Verona Goldbach und sagte mit belegter Stimme: »Wir gedenken unserem geschätzten Kollegen Kriminalkommissar Florian Hübner.«

Nach der Schweigeminute setzte sich die Kommissarin sichtlich angeschlagen auf einen Stuhl neben dem Rednerpult und Ruben begann mit seinen Ausführungen.

Er wechselte die Projektion, woraufhin eine Übersicht der Opfer erschien. Dann nahm er noch einen Schluck aus der bereitstehenden Teetasse, versuchte, die dunklen Wolken in seinem Kopf zu vertreiben, griff zur Computermaus und erklärte: »Abschlussbericht zum Fall Unhold, der vor zehn Tagen mit dem Tod des Täters Sebastian Dittrich endete.« Ruben deutete auf die Leinwand. »Alle hier abgebildeten Personen haben eine Vergangenheit. Eine wenig rühmliche Vergangenheit. Meiner Kollegin und mir ist es in der letzten Woche gelungen, die Bilder zusammenzusetzen, die den Lebensweg beschreiben, der zu dieser Katastrophe führte. Unsere Erkenntnisse zeigen auf, warum der Täter so unsagbar wütend wurde. Nichts davon rechtfertigt die Taten und trotzdem kann ich, und das ist meine rein persönliche Meinung, seine Beweggründe in gewisser Weise nachvollziehen.«

Der anwesende Richter hob den Arm und unterbrach Ruben mit dem Hinweis: »Bitte bleiben Sie sachlich.«

Ruben sah ihn an, erwiderte nichts, zog den Mauszeiger auf das Bild von Professor Dr. Herbert Lauenstein und klickte es an. Eine Aufzählung der einzelnen Stationen seines Lebens erschien. Ruben trank noch einen Schluck Tee und begann seinen Bericht mit den Worten: »Nach unseren Recherchen hatte Lauenstein in jungen Jahren ein Verhältnis mit seiner Schwester Adele. Ein langes und, unseres Wissens, auch ein glückliches Verhältnis. Die beiden wussten um die Gefahr, in die sie sich begaben, und besonders Herbert Lauenstein musste stets auf seinen guten Ruf achten. Das DDR-System ermöglichte ihm das Medizinstudium und bot ihm dadurch besondere Aufstiegschancen. Nach dem Abschluss seines Studiums machte er sich einen Namen, wurde ungewöhnlich schnell Professor und war mit Leib und Seele in der Psychiatrie tätig. Wir können heute nur erahnen, wie hin- und hergerissen er zwischen der Liebe zu seiner Schwester und seinem Beruf gewesen sein muss. Denn wie wir alle wissen, ließ der damalige Staat bei seinen hohen Offizieren und Leistungsträgern so einiges durchgehen, doch Verfehlungen dieser Art gehörten nicht dazu.«

Ruben machte eine kurze Pause und musterte den alten Richter, von dem er schon fast einen Einspruch erwartete. Als dieser ausblieb, fuhr er fort: »Diese Details sollten Sie kennen, um alles andere zu verstehen. Das eigentliche Drama begann, als Herbert Lauensteins Schwester von ihm schwanger wurde. Dem bei Vanessa Lauenstein gefundenen Tagebuch konnten wir entnehmen, dass Herbert Lauenstein die Gefahr für sich und seine Arbeit erkannte. Er forderte sie auf, das Kind abzutreiben, doch sie weigerte sich standhaft. Er nahm dies noch eine Zeit lang hin, geriet aber immer mehr unter Druck und weihte schließlich eine befreundete Stasioffizierin ein. Nastja Lasarew, die bis vor Kurzem das gerichtsmedizinische Institut in Jena leitete, war unserem Professor ebenfalls nicht abgeneigt. Sie kam damals direkt aus Russland, um für die damalige russische Führung ein Auge auf die Dinge innerhalb der DDR zu haben.« Ruben stockte erneut. »Kleine Info am Rande: Als die Wende kam, verschwand alles, was ihr schaden konnte, und sie zauberte stattdessen blütenreine Zertifikate und Nachweise aus der Schublade.«

Ruben nahm das ungläubige Kopfschütteln seines Chefs zur Kenntnis und kehrte zu dem Fall zurück. »Lange Rede … Herbert Lauenstein und Nastja Lasarew vereinbarten, dass seine Schwester kurz vor der Geburt unter einem Vorwand in Haft genommen werden sollte. Dort bekam sie dann auch ihr Kind, von dem ihr gegenüber behauptet wurde, dass es kurz nach der Geburt verstorben sei. Die Wahrheit ist jedoch, dass es genügend kinderlose Paare in der Führungsspitze gab, denen man auf diese Weise zu einer größeren Familie verhalf. Adele Lauenstein wurde zwar kurz nach der Geburt aus der Haft entlassen, hat sich aber nie von den Ereignissen und dem Verrat ihres Bruders erholen können. Sie landete in der Psychiatrie, wo sie ihrem Bruder damit drohte, alles an die Öffentlichkeit zu bringen. Man fand sie einige Wochen später mit einer Überdosis Drogen im Blut in ihrem Zimmer. Wie es dazu kam, lässt sich heute leider nicht mehr nachvollziehen. Den Totenschein hat übrigens der damals gerade promovierte Dr. Reich ausgestellt.«

Ruben rieb sich über die Reste einer kleinen Wunde, die er sich bei dem Einsatz zugezogen hatte. Danach öffnete er eine weitere Folie der PowerPoint-Präsentation, die Habermann ihm zusammengestellt hatte. Auf dieser Seite waren alle Opfer durch Pfeile miteinander verbunden dargestellt.

»Also gut«, begann er und warf einen kurzen Blick zu Verona Goldbach, die ihm ein müdes Lächeln schenkte. »Der Rest ist im Grunde schnell erzählt. Sebastian kam als Adoptivkind zu den Dittrichs. Herr Dittrich war schon zu DDR-Zeiten Förster in der Region und hatte offenbar gute Kontakte nach oben. Seine Frau, eine Grundschullehrerin vom alten Schlag, galt als unnahbar und streng. Alte Schulkameraden von Sebastian sagten aus, dass der Junge damals Jahr für Jahr mehr zu leiden schien. Er sonderte sich ab und reagierte zunehmend aggressiv, was massive Strafen durch seine Adoptiveltern nach sich zog. Wir vermuten, dass er um die Zeit des Mauerfalls davon erfahren hat, wer er wirklich war, beziehungsweise dass es sich bei den Dittrichs nicht um seine leiblichen Eltern handelte. Er begann zu recherchieren und fand heraus, was ich Ihnen vorhin schilderte. Jedes einzelne seiner Opfer, abgesehen von unseren Kollegen, der Tochter des Arztes und den beiden Wanderern, hatte unmittelbar mit den damaligen Geschehnissen um Lauensteins Schwester zu tun. Dr. Reich stellte als junger Arzt den falschen Totenschein für den Säugling und dessen Mutter aus. Über die Rolle von Nastja Lasarew habe ich schon geredet. Egon Schulze, bei dem wir den Schlafanzug von Sofi Reich gefunden haben, stellte seine Wohnung für konspirative Treffen zur Verfügung. Und was die Rolle des Ehepaars Dittrich war, muss ich nicht weiter erklären.«

»Und was ist mit Maria Schmucke und Lauensteins ermordetem Sohn?«, fragte Staatsanwalt Tauber, als Ruben stockte.

Ruben deutete ein Nicken an. »Nach einer kurzen Liebschaft trennte sich Nastja Lasarew von dem Professor. Er fand eine andere Frau, heiratete sie und die beiden bekamen zwei Kinder, Paul und Vanessa. Sebastian fand das heraus und spiegelte den Hass gegen seinen richtigen Vater auch auf dessen Sohn Paul. In Sebastians Augen hatte Paul seinen rechtmäßigen Platz eingenommen. Die beiden jungen Männer waren zwar nach außen hin befreundet, doch im Grunde seines Herzens muss Sebastian die Familie gehasst haben, vielleicht mit Ausnahme von Vanessa. Er beschloss, die beiden Männer zu bestrafen, und ließ Herbert Lauenstein dabei zusehen, wie er Paul langsam und qualvoll tötete. Er trieb den Professor in den Wahnsinn und inszenierte es so, als hätte dieser seinen eigenen Sohn getötet und dann verbrannt. Maria hatte in Sebastians Augen nichts verbrochen und in seiner Sehnsucht nach einer Familie beschloss er, sie einfach bei sich zu behalten. Sie gebar, vermutlich in demselben Keller, den wir gestürmt haben, den kleinen Jungen. Sebastian wusste, dass dieses Kind von seinem Halbbruder war. Und auch wenn es für uns nicht nachvollziehbar ist, tat es ihm leid, dem Kind seinen Vater genommen zu haben. Also fertigte er diese Jacke aus Pauls Haut. Quasi als Wiedergutmachung gegenüber dem Kind.«

»Wie krank kann man sein?«, stieß der Richter aus. »Haben all diese eigenartig getöteten Tiere in den letzten Jahren auch damit zu tun?«

»Ja«, bestätigte Ruben. »Sebastian lebte an ihnen etwas aus, was sich unserem Horizont entzieht. Meiner persönlichen Meinung nach fungierten sie als Ventil. Soweit mir bekannt ist, waren es immer weibliche Tiere, die entweder trächtig waren oder bereits Junge hatten. Vermutlich ging es dabei auch um den Verlust seiner eigenen Mutter.«

»Apropos Mutter. Was ist mit ihr?«, fragte der Staatsanwalt dazwischen. »Ich meine, mit der Mutter von Paul und Vanessa.«

»Sie hat sich nach der Ermordung ihres Sohnes an einem Balken im Dachstuhl ihres Hauses erhängt. Ob Sebastian da ebenfalls seine Finger im Spiel hatte, vielleicht um seinen Vater noch weiter zu demütigen, wissen wir nicht.«

Nach einigen Sekunden der Stille machte sich der Richter noch einige Notizen und beschloss: »Ich glaube, ich habe genug gehört. Sie haben gute Ermittlungsarbeit geleistet.«

Ruben schüttelte den Kopf. »Das waren nicht wir. Sebastian Dittrich hat alle seine Erkenntnisse, Schlussfolgerungen und die Konsequenzen, die er daraus zog, seit Jahren fein säuberlich dokumentiert.«

Der Richter brummte etwas von wegen: »Das muss ja keiner wissen«, und wollte sich bereits erheben, als Ruben ein weiteres Bild an die Leinwand warf. Der Richter nickte nach vorne und fragte irritiert: »Was soll das sein?«

»Das …«, sagte Ruben mit besonderer Betonung und drehte sich ebenfalls zu dem Bild, das im Grunde nur aus vielen Streifen bestand, die wiederum aus unterschiedlich hellen Streifen bestanden. »Das ist die eigentliche Dramatik in diesem Fall.«

»Ich dachte eigentlich, dass wir jetzt genug Dramatik gehört haben«, murmelte der Richter, setzte sich jedoch wieder hin und forderte Ruben mit einer müden Geste auf weiterzusprechen.

Dieser deutete abermals auf die Leinwand, drehte sich zurück zu seinen Zuhörern und sagte: »Was ich Ihnen hier zeige, sind die DNA-Proben von Sebastian Dittrich und Herbert Lauenstein. Wie Sie sehen, unterscheidet sich die obere Reihe deutlich von der unteren. Was wiederum nichts anderes heißt, als dass Sebastian nicht der gemeinsame Sohn des Geschwisterpaars Herbert und Adele Lauenstein ist. All diese Morde wurden unter falschen Vorzeichen begangen. Sebastian Dittrich kam zufällig zur gleichen Zeit wie das angeblich getötete Kind der Lauensteins auf die Welt. Und da seine Mutter die Geburt im Haftkrankenhaus nicht überlebte, wurde er das Adoptivkind des Försters und seiner Frau. Das ändert nichts an seiner schweren Kindheit, aber sein Hass und seine Wut auf alle anderen Beteiligten waren unbegründet. Er mordete aus für ihn plausiblen Gründen, doch in Wirklichkeit hat er nie etwas mit Lauensteins Geschichte zu tun gehabt.«

Rubens Chef atmete tief durch. »Dann können wir nur hoffen, dass der echte Erstgeborene von Professor Lauenstein nicht auch noch durchdreht.«

Ruben sah vielsagend in die Runde. »Ich glaube, ganz so einfach ist es nicht. Es haben sich Hinweise ergeben, dass Sebastians Handeln manipuliert wurde. Er hat eine Art Kalender geführt, in dem er alle Ereignisse dokumentiert hat. Darin findet sich zwar kein Name, aber immer wieder der Hinweis darauf, dass ihn Briefe ohne Absender erreicht haben. Erst an ihn selbst adressiert und später, nach seinem inszenierten Ableben, gingen sie bei seinen Pflegeeltern ein. Und da der Förster eine Heidenangst hatte, dass Sebastian etwas von seiner zweifelhaften Vergangenheit preisgeben und ihn damit im schlimmsten Fall ins Gefängnis bringen könnte, gab er diese Briefe ungelesen weiter. Sebastian macht sich in seinen eigenen Aufzeichnungen immer wieder darüber lustig, wie schwach sein Pflegevater bei aller Strenge war. Die Untersuchung der gefundenen Briefe hat gezeigt, dass er Stück für Stück mit Informationen über Professor Lauensteins Vergangenheit gefüttert wurde. Und da er glaubte, selbst der Sohn des Professors zu sein, nahm seine Wut auf alle Beteiligten Stück für Stück zu. Einzig Maria und ihr Kind hielten ihn noch halbwegs unter Kontrolle. Und was nach ihrer tödlichen Flucht geschah, wissen wir alle. Wir haben inzwischen auch eine Ahnung, wer das Ganze eingefädelt haben könnte, aber da ich nicht spekulieren sollte, müssen wir uns noch ein wenig in Geduld üben.«

»Gut, ermitteln Sie den Urheber dieser Briefe«, stimmte der Richter Ruben zu. »Und was hat dieser alte Förster verbrochen, das niemand wissen darf?«

Ruben hatte die Frage erwartet. »Er hat sich, wenn Sebastians Aufzeichnungen stimmen, damals als unbefugter Grenzschützer betätigt und seine Abschüsse als Jagdunfälle inszeniert. Und da die Staatssicherheit in dieser Beziehung auf beiden Augen blind war, wurde das nie verfolgt. Wenn heute allerdings ein Angehöriger der damaligen Opfer davon erfährt, wird die Sache anders aussehen.«

62

Klaus Stolz öffnete gut gelaunt die Tür zu dem Krankenzimmer. Er schloss sie hinter sich, stellte das Essen auf den Tisch und setzte sich auf einen der beiden Stühle. Der Professor sah ihn irritiert an, begann, heftig den Kopf zu schütteln, und stammelte: »Will nicht. Kann nicht.«

Klaus grinste. »In meinem Beisein essen?«, fragte er.

Er stand auf, trat hinter den Patienten und führte ihn mit energischem Druck gegen den Rücken zum Tisch. Dort presste er ihn an der Schulter hinunter auf den Stuhl und befahl: »Du isst jetzt. Und ich möchte, dass du dir bei jedem Bissen vorstellst, es wäre ein Stück deiner geliebten Russin.«

»Mein Engel«, gab der Professor verzückt von sich, dann änderte sich sein Gesichtsausdruck und das Kopfschütteln begann erneut.

Klaus setzte ein überlegenes Lächeln auf, ging neben ihm auf die Knie und legte seine Hand auf die des alten Mannes, der im selben Augenblick erstarrte. Dann befahl der Pfleger: »Sieh mich an.« Als sich der Professor nicht rührte, verstärkte er den Druck und wiederholte leise drohend: »Du sollst mich ansehen.«

Der Professor tat es. »Engel, mein Engel«, murmelte er.

Klaus' Grinsen wurde breiter. »Dein Engel ist jetzt ein toter Engel. Unser fleißiger Sebastian hat deine alte Liebe in Stücke geschnitten.« Noch leiser flüsterte er: »Hast du gehört, Vater? Hast du begriffen, was ich dir gerade gesagt habe?«

Er sah angewidert dabei zu, wie ein langer Speichelfaden aus dem Mundwinkel des Mannes floss. Es vergingen einige Sekunden, bis die zerstückelten Teile der Persönlichkeit des Professors die Information verarbeitet hatten. »Nein, nein, nein«, schrie er, und Klaus drückte seine Hand auf den Mund seines Vaters.

»Sei still! Wir brauchen Ruhe, damit du auch wirklich alles gut verstehen kannst, was ich dir zu sagen habe.«

Der alte Mann wehrte sich kurz, schaltete irgendwann jedoch zu einer anderen Persönlichkeit und entspannte sich etwas.

Klaus nahm die Hand weg, wischte sich den Speichel an seinem Kittel ab und strich seinem Vater über die Wange. »Du bist jetzt alleine auf dieser schönen Welt. Nur Vanessa ist noch übrig«, sagte er leise und eindringlich.

»Engel, Engel, Engel«, stieß sein Vater aus.

Klaus nickte. »Ja, das stimmt, meine Halbschwester ist ein Engel. Und sie ist jetzt, genau wie du, in einer Einrichtung untergebracht. Sebastians Vorstellung hat ihr schwer zugesetzt und ich fürchte, sie wird eine ganze Weile brauchen, bis sie es verarbeitet hat.«

Die Augen des Professors zuckten unruhig hin und her. Klaus ließ sich davon nicht aufhalten und sagte einfühlsam: »Aber keine Sorge. Ich werde mich gut um sie kümmern. Diese andere Einrichtung hat meine Bewerbung angenommen und schon bald werde ich ihr, und nicht mehr dir, das Essen bringen.« Danach griff er in seine Tasche und holte einen kleinen glänzenden Gegenstand heraus.

Er stand auf, zeigte die Rasierklinge seinem Vater und steckte sie in einen Spalt am Fensterrahmen. Anschließend setzte er sich wieder ihm gegenüber an den Tisch und erklärte gelassen: »Wie du siehst, habe ich an alles gedacht. Und da ich von Anfang an versprochen habe, dir die Erlösung irgendwann zu ermöglichen, löse ich dieses Versprechen jetzt ein. Solltest du die Vorstellung, wie sich dein letzter Engel in meine Arme stürzt, also nicht mehr aushalten, benutze einfach die Klinge. Dass du die Adern der Länge nach öffnen musst, solltest du als Arzt ja noch wissen.«

Klaus stieß ein freudiges Glucksen aus, tätschelte die welke Wange des Mannes, der nie zu seinem Vater geworden war, und verließ den Raum.

Ruben stand vor dem Krankenbett und sah dabei zu, wie das Beatmungsgerät Evas Brust hob und senkte, als sein Handy den traurigen Moment unterbrach. Er hob ab und sagte müde: »Hallo, Frau Kommissarin.«

Verona Goldbachs Stimme klang aufgeregt in sein Ohr. »Wir haben ihn. Sie hatten recht! Heute Morgen hat die kleine Überwachungskamera aufgezeichnet, wie Klaus Stolz seinem Vater davon erzählte, dass er sich nun auch noch seine Halbschwester Vanessa holen würde. Wenn Sie möchten, warte ich mit dem ersten Verhör auf Sie.«

Ruben sah aus dem Fenster, dann wieder zurück auf Evas friedlichen Gesichtsausdruck. Erst als er Verona Goldbachs Stimme fragen hörte: »Herr Hattinger? Herr Hattinger, sind Sie noch dran?«, hob er das Gerät wieder zum Ohr und sagte: »Ja, bitte warten Sie auf mich. Ich bin noch bei Eva in der Klinik. Die Ärzte lassen sie noch im künstlichen Koma, aber sie ist stabil.« Ihm kam noch ein weiterer Gedanke. »Wie geht es dem Professor?«

Die Stimme der Kommissarin wurde weniger euphorisch. »Selbstmordversuch. Er konnte aber gerettet werden.«

»Das ist gut«, bestätigte Ruben leise, legte auf und begann, eine leise Melodie zu summen. Dabei holte er einen aus den Ästen einer Weide geflochtenen Traumfänger aus seinem Stoffbeutel und hängte ihn an die Stange über Evas Bett. Er dachte daran, wie sie an der Zusammenarbeit mit ihm gezweifelt hatte, und eine Träne lief ihm über die Wange.

ENDE